Christiane Bode & Reiner Bode

Darf ich vorne sitzen?!

&

Taxi nach Paris und zurück

AF874339

CHRISTIANE BODE &
REINER BODE

Darf ich vorne sitzen?!
&
Taxi nach Paris und zurück

Paramon
Verlag

Die Deutsche Nationalbibliothek verzeichnet diese Publikation in der Deutschen Nationalbibliografie; detaillierte bibliografische Daten sind im Internet über dnb.dnb.de abrufbar. Die Schweizerische Nationalbibliothek (SNB) verzeichnet aufgenommene Bücher unter Helveticat.ch und die Österreichische Nationalbibliothek (ÖNB) unter onb.ac.at.

Christiane Bode & Reiner Bode:
Darf ich vorne sitzen?! & *Taxi nach Paris und zurück*
ISBN: 978-3-03830-959-8

Buchsatz: Danny Lee Lewis, Berlin: dannyleelewis@gmail.com

Paramon® ist ein Imprint der
Europäische Verlagsgesellschaften GmbH
Info@Paramon.de
Erscheinungsort: Zug
© Copyright 2026
Sie finden uns im Internet unter: www.paramon.de

Die in diesem Buch genannten Namen, Personen und Tiere sind frei erfunden. Lediglich die Orte gibt es. Ob sie allerdings in den Zusammenhängen aufgesucht wurden, wäre rein zufällig. Genau wie Ähnlichkeiten mit Lebenden oder Toten.

Der besseren Lesbarkeit geschuldet ist das Buch im generischen Maskulinum geschrieben. Selbstverständlich sind sämtliche Lebensformen angesprochen.

Dieses Werk ist von Christiane Bode erarbeitet und erlebt. Dieses Buch ist keine KI-maschinell-erstellte Ausarbeitung. Außer bei der Arbeit, sind wir keine Roboter!

Buch

Warum fährt man Taxi? Damit meint die Autorin Christiane Bode nicht, dass man in ein Auto steigt, was am Halteplatz steht, deutlich gekennzeichnet ist, als TAXI. Um sich dann für einen bestimmten Geldbetrag von A nach B fahren zu lassen. Nein, warum wird man Taxifahrer? Ist es die tägliche Herausforderung mit immer anderen Menschen umzugehen? Immer andere Autos zu fahren? Oder sind es die vielen Ortswechsel, die einen Taxifahrer dazu bewegen, anderes zu bewegen? Die Antworten auf diese Fragen stehen in diesem Buch. Der Leser liest von gelebten Geschichten, verschiedener Fahrer, hauptsächlich aber von Christiane Bode und ihrem Mann Reiner. Es soll auch ein bisschen helfen, das Image eines Taxifahrers aufzuwerten. Natürlich gibt es immer wieder Jene und solche: Hat man sie nicht als Nachbarn, dann gewiss als Kollegen. Neugierig? Na, dann ganz einfach lesen: Warum gibt es Taxifahrer?!

Autorin

Christiane Bode, von Beruf Großhandelskauffrau hat in ihrer Karriere mehrere Berufe kennengelernt. Beim Taxifahren ist sie geblieben, weil sie ihr Hobby, sie fährt gerne Auto, mit ihrem Beruf gemischt hat: Heraus kam eine Taxifahrerin. Jetzt ist ihr Hobby das Buch schreiben. Mehrere Veröffentlichungen von Kurzgeschichten, Leserbriefen und einem eigenen Buch beweisen, dass die Vielfältigkeit ihr Image ist.

Warum man das Buch von vorne und hinten lesen kann

Kennengelernt haben wir uns durch dieses Buch. Denn normaler Weise wären wir uns, obwohl wir Kollegen waren, nie über den Weg gelaufen: Reiner fuhr in der Nachtschicht, ich fuhr in der Tagschicht. Der Zufall und die gleiche Idee: Ein Buch vom Taxifahren zu schreiben, haben dieses Buch entstehen lassen. Die Kennenlern-Geschichte steht in der Mitte des Buches: Viel Spaß beim Lesen!

Darf ich vorne sitzen?!

ein Betriebshandbuch für Fahrgäste

Herausgegeben von
Christiane Bode

Paramon
Verlag

Phantasie ist wichtiger
als Wissen,
denn Wissen ist begrenzt!

A. Einstein

Inhaltsverzeichnis

Darf ich vorne sitzen?!

Für meine Kinder:
Wenn Ihr einmal nicht weiterwisst,
fragt einen Taxifahrer,

der hat immer eine Antwort!

Vorwort

(Betriebshandbuch)

Sie können einen Nippel durch die Lasche ziehen, während Sie dieses Buch lesen, oder auch den Drehdübel (1), mit der Rückwand (15), und dem Nuppsi 123 (siehe Seite X12) verbinden. Am liebsten wäre mir aber, Sie sind in entspannter Haltung, ein Getränk neben sich, leckere Knabbereien und genießen dieses Buch! Man sollte es immer mit einem Augenzwinkern und dem berühmten Schalk im Nacken lesen, denn so wurde es geschrieben.

Es ist eine Liebeserklärung an Bremen, seine Taxifahrer und den Menschen, die da so mitfahren, aber mit erhobenem Stinkefinger. Denn das Leben hat ja bekanntlich immer zwei Seiten!

Ihnen, verehrte Leser, soll es die Geheimnisse des Taxifahrens eröffnen. Denn so ein Betriebshandbuch hat Bremen noch nicht. Ob eine Stadt, wie Bremen, das braucht, entscheiden Sie, wenn Sie zu Ende gelesen haben. Wenn Sie schon immer wissen wollten, warum es Taxifahrer überhaupt gibt, was die so essen und warum man überhaupt Taxifahrer wird, es sei denn, man ist Student … *zumindest war es in den früheren Jahren so, dass Studenten immer Taxi gefahren sind, um sich neben dem Studium ein bisschen dazuzuverdienen. Damit ist auch der Spruch: »Es war nur ein dummer Taxifahrer« aus der Welt. Es gibt durchaus auch studierte Taxifahrer! Und auch Nicht-studierte, die aber nicht weniger schlau sind!* Dann sollten Sie weiterlesen. Auch wenn Sie wissen möchten, wie wir Taxifahrer unseren Weg, besonders in Bremen, immer wieder finden, dann freue ich mich, wenn Sie in diesem Buch bleiben! Wenn es Sie nicht interessiert, dann lesen Sie bitte trotzdem weiter, wenn Sie dann das nächste Mal im Taxi mitfahren, wissen Sie warum und kennen

Ihre Rechte und Pflichten. Sorry, an die Kollegen *(auch wenn wir nicht alle in einem Betrieb arbeiten, nennen wir uns doch »Kollegen«, auch wenn einige sich gar nicht so verhalten),* die bisher mit Tricks gearbeitet haben: Das Kaninchen kommt jetzt aus dem Hut, es muss mal gelüftet werden!

Wenn jemand sich tatsächlich erkennen sollte, ob als Fahrgast, Taxifahrer, Botengut oder sonstiger Nebenrolle: Ich hoffe, ich habe nicht zu sehr untertrieben! Auf Namen verzichte ich absichtlich, ich arbeite lieber mit Spitznamen oder »Nickname«, wie man ja heutzutage sagt. Außerdem herrscht im Taxigewerbe eine so hohe Personalfluktuation, da kann man sich die Namen sowieso alle nicht merken, oder einige Namen sind so schwer auszusprechen, dass man sich die Zunge dabei bricht. Ich bevorzuge Spitznamen oder Figuren aus dem Film, weil es für mich einfacher ist, wenn Kollege *Clint Eastwood* mal wieder meinen *Day gemaked* hat, weil er mich um den ersten Platz am Taxihalteplatz besch … en hat, obwohl er noch gar nicht dran war *(wie das geht, wird auch verraten).* Auf diese Weise werden *Dick und Doof, Mickey Mouse* oder *Daisy Duck* auch unsterblich! Sie sehen, es wird spannend und knallhart. Auf alle Fälle wünsche ich Ihnen beim Lesen genauso viel Spaß, wie ich ihn beim Schreiben hatte! Vielen Dank!

P.S.: Wenn Sie Fehler finden: Die dürfen Sie behalten!

Was ist ein Taxi

Wenn man ins Lehrbuch für Taxifahrer schaut (das gibt es wirklich!), dann lautet die Definition für *TAXI*: »Ein Fahrzeug mit mindestens zwei Achsen und vier Rädern zur Personenbeförderung, was den Straßen- und Wetterverhältnissen angepasst sein muss. Wetter- und jahreszeitenbedingt sind auch Winterreifen, Schneeketten, Spaten und Hacke, sowie Abschleppseil oder -Stange mitzuführen. Die Ausrüstungsgegenstände und Zeichen am oder im Fahrzeug müssen so beschaffen sein, dass niemand gefährdet oder behindert wird.«

Am Anfang war …

Zuerst einmal erkläre ich in *hoffentlich* verständlichen Worten, was ein Taxi ist, also die offizielle Version. Wobei man in Bremen auf Schneeketten, Hacke oder Ausrüstungsgegenstände aber auch gut und gerne verzichten kann, wenn sie hinderlich sind. So viel Schnee wird es in Bremen gar nicht geben und falls doch einmal, dann wohnt garantiert jemand in der Nähe, der mit einem Beil, Schneeketten oder Ähnlichem aushelfen kann.

Bei manchen Bedingungen, was ein Taxi ist, scheiden sich auch die Geister, also erkläre ich, zumindest wie eines sein sollte *(meines ist so Eines).* Nämlich in erster Linie *SAUBER, rauchfrei* und TÜV-geprüft! Was die Sauberkeit betrifft, sollte das für alle Taxis landesweit gelten, am besten europaweit und nicht nur für die Bremer Taxis. Denn wer möchte schon gern in einem stinkenden »Aschebecher« befördert werden, dessen Sitzfedern sich während der Fahrt mehr oder weniger mit dem Gesäß des Fahrgastes verbinden wollen, während Sie darüber nachdenken, ob in Ihrem eigenen Wagen, gleiches Modell, die Fußmatten auch so hoch sind?! Gefühlt ungefähr dreißig Zentimeter über dem Boden, weil sich darunter die Pausen-Frühstücksreste der letzten Monate gesammelt haben?!

Da Taxifahrer Brötchen zum Frühstück bevorzugen, sollten Sie vielleicht mal nach dem Alter des Wagens fragen, damit Sie eine ungefähre Vorstellung von der letzten Reinigung haben.

Die gute alte Stulle, liebevoll zu Hause in der Küche geschmiert, packt nur noch jeder achte Fahrer zum Frühstück aus. Obwohl das den immensen Vorteil hat, dass Stullen nicht so sehr krümeln. Wobei es natürlich noch darauf ankommt, wo man die Brötchen gekauft hat und wann, wegen der Krümelfähigkeit, meine ich. Persönlich bevorzuge ich fünf gute Adressen von Bäckereien, die man gut anfahren kann: Der erste ist in der Wachmannstraße. Der zweite in der St.-Jürgen-Straße, den dritten finden wir in der Schwachhauser Heerstraße, den vierten in der Hastedter Heerstraße, da gibt es auch superleckere, fertig geschmierte Brötchen. Während der fünfte Bäcker in der Lindenstraße in Wulsbüttel ist. Solche guten, warmen, handgemachte Brötchen, schon morgens um vier Uhr, so ein Brot und Nussecken gibt es sonst nirgendwo mehr! Falls Sie nicht wissen, wo das ist, fragen Sie einen Taxifahrer! Auf dem Weg nach Bremerhaven aber nur auf der alten B6 (nicht auf der A27)! Dort kommen Sie an dem Ort Wulsbüttel vorbei, direkt im Dorfkern, das kann man gar nicht verfehlen, hinter der Dorfkirche, auf der linken Seite.

Und hier noch ein absoluter Geheimtipp: Es gibt in Bremen einen echten Konditor, da wird noch echtes Eis mit Sahne zubereitet, die Sahne für den Kuchen manchmal noch mit der Hand aufgeschlagen, er backt den Frankfurter Kranz noch so, wie unsere Omas das gemacht haben. Wenn man die Weihnachtskekse isst, dabei die Augen schließt und sich nur auf den Zimtduft und den Kaffeegeruch konzentriert, dann ist man zu Hause in der guten, alten Landküche bei Oma. Wo der Herd noch mit Holz angefeuert wurde, das Leben ein bisschen weniger hektisch ging, und man sich noch ganz »Sütsche«, Zeit für Frühstück oder Kaffeezeit genommen hat. Diesen Konditormeister finden Sie in der Knochenhauerstraße. Urgemütlich, man fühlt sich zurückversetzt in das Mittelalter. Auch wenn die Mädels im Stress sind, merkt man das als Kunde nicht! Wenn der Konditormeister sich vorne im Laden sehen lässt, nimmt er sich die Zeit für einen kleinen Schnack mit seiner Kundschaft. Und wenn Sie die besten Zimtschnecken der Welt essen wollen, fahre ich Sie, verehrte Fahrgäste, gern auch bis nach Dänemark.

Nun aber zurück zu unserem Hygieneproblem, leider ist das mit dem Saubermachen so ein Problem in der Taxi-Branche. Gern versuche ich Ihnen das Problem einmal ein wenig näher zu bringen. Natürlich gibt es diese Aufgaben auch mit Sicherheit in anderen Firmen, aber da gibt es auch meistens einen Betriebsrat, an den man sich wenden kann. Das gibt es bei den Taxifahrern leider nicht. Entweder man wendet sich an die große Taxizentrale, die aber gern solche Aufgaben vereinsüblich verteilt, an die vielen einzelnen Taxiunternehmen. Dann ist das Problem nämlich wieder da, wo es am Anfang auch war! Die große Taxizentrale ist ein Verein und benötigt daher keinen Betriebsrat! Außerdem ist man ohnehin gestresst und grundsätzlich mit solchen Aufgaben überfordert, oder weil gerade keine Zeit dafür ist, oder das Problem wird gar nicht als solches erkannt und darum nicht so ernst genommen. Oder man wendet sich direkt an seinen jeweiligen Unternehmer, aber dann kümmert man sich doch lieber selber um das Problem, weil man nur aufläuft, und sich genauso gut mit seiner Seifendose unterhalten könnte, denn Probleme gibt es bei Unternehmern in der Taxibranche nur, wenn der tägliche Sold nicht eingefahren wurde oder das Auto kaputt ist und sich noch jemand finden muss, der Schuld hat. Echte betriebsinterne Probleme stören da nur!

Nun aber erst einmal eine Erklärung, warum es mitunter wenig saubere Taxis gibt, oder rauchfreie oder andere Gründe, warum man sich doch nicht so wohl fühlt in einem Fahrzeug, in dem man immerhin fast die Hälfte des Tages verbringen muss, und wie es eigentlich sein sollte: Also, es gibt da die Aushilfsfahrer. Die haben irgendwo einen anderen Beruf, und fahren nur nebenbei Taxi, weil sie es zu Hause nicht aushalten, oder der richtige Beruf nicht genug Geld abwirft *(was nicht heißen soll, dass man beim Taxi fahren reich werden kann, aber auch darauf kommen wir noch).*

Manchem Fahrer macht es auch einfach Spaß am Bahnhof oder Flughafen herumzustehen und Zeit totzuschlagen. Hauptsache man muss nicht zu Hause den Müll rausbringen oder andere sinnvolle Beschäftigungen erledigen, wie auf die Kinder aufpassen oder Wäsche aufhängen. Aushilfs-Taxifahrer fahren auch oft nur an Wochenenden, da macht man einfach keine Taxis sauber, es ist schließlich Wochenende! Außerdem haben ja gerade sonntags die Waschhallen zu. Vereinzelt kann man mal einen Taxifahrer sehen, der versucht, mit Haushaltsrolle unter dem Arm und Glasreiniger in der Hand, die Windschutzscheibe zu reinigen. Das sind die wenigen Ausnahmen! Oder das ist ein normaler Berufs-Taxifahrer, der es in der Woche partout nicht geschafft hat, seine Scheiben zu reinigen. Am Wochenende ist es oft ruhiger in der Tagschicht, da kann man das mal einplanen. Oder der Fahrer kann vor lauter platten Fliegen nichts mehr sehen, die der Aushilfsfahrer vor ihm, während der Autobahntour gesammelt hat und nicht abwischen konnte, weil das ja der reguläre Fahrer machen kann, schließlich ist es sein Taxi und nicht das Auto des Aushilfsfahrers, dessen Windschutzscheibe vor der Tour auf der Autobahn blitzeblank war. Dass es das Taxi des gleichen Unternehmers ist, bei dem der Aushilfstaxifahrer auch angestellt ist, würde zu lange dauern, ihm das zu erklären, in der Zeit kann man schon wieder etwas befördert haben, *oder Scheiben gereinigt*?! Klingt komisch, ist aber so!

Selten bekommen Aushilfstaxifahrer während ihrer Schichten immer das gleiche Fahrzeug zugeteilt. Bei festen Fahrern ist das ein bisschen anders, die mögen es nicht, wenn sie sich immer wieder auf ein anderes Fahrzeug umstellen müssen. Weil verschiedene Fabrikate – unverständlicherweise – immer andere Positionen der Blinker-, Scheinwerferhebel, Taster für Scheibenwaschanlagen oder Staufächer haben. Aber auch die verschiedenen Taxameter-Modelle (Fahrpreiszähler) variieren in ihren verschiedenen Bedienfeldern und Einstellungsmöglichkeiten. Sich damit richtig vertraut zu machen, kostet Zeit und die hat der Taxifahrer in der Regel nur, wenn er am Halteplatz steht und auf seine Fahrgäste wartet. Doch dann muss er Kaffee trinken, Brötchen essen (wo Sie die bekommen, ist weiter oben beschrieben), rauchen oder schlafen. Wenige lesen auch ... oder schreiben Bücher.

Wenn jemand im Büro arbeitet, muss er ja auch nicht jeden Tag ein neues Büro aufsuchen. Was zum Beispiel gerade bei Büros, die mit Buchführung zu tun haben, fatal wäre. Man hat gerade alle seine Belege entsprechend den Themen zugeordnet und muss alles wieder zusammenstauchen, weil man morgen ein anderes Büro oder einen anderen Schreibtisch bekommt, besonders, wenn man das Pech hat, in einem Großraumbüro sitzen zu müssen. Das ist genauso, als ob man ein Zehntausend-Teile-Puzzle immer wieder abbauen muss, weil jemand anderes den Tisch haben möchte. Zumindest war das beim Schreiben des Buches noch nicht so. Inzwischen hat ein Büroangestellter auch schon keinen Anspruch mehr auf einen festen Arbeitsplatz, wie ich gerade höre, dank, der neuen »Wir-erfinden-das-Rad-neu-auch-wenn-das-alte-Rad-gut-war-wie-es-war-Generation«. Warum das so ist, kann bestimmt auch bald in Abendkursen gelernt oder in Studien, nicht unter acht Semestern, studiert werden.

Es gibt auch noch die Taxifahrer, die nicht sauber machen, weil sie vielleicht zu Hause auch nicht sauber machen (brauchen?). Damit ist nicht gemeint, dass jetzt plötzlich alle Taxifahrer Messies sind. Gott bewahre! Wenn Sie einmal zu Gast in einem Haus sind, in dem alles peinlichst sauber ist, eine prachtvolle Vinyl-Schallplatten-Sammlung, die eine Wand ziert, penibel geordnet nach Alphabet, während an der anderen Wand ein echter, handgeschnitzter Hochzeitsschrank aus Eiche steht, in dessen Vitrine die Bleikristallgläser frisch poliert funkeln, dann fragen Sie doch einfach mal, ob der Gastgeber nicht vielleicht ein Taxifahrer in der Tagschicht ist. Nein, denen gilt meine Kritik nicht! Obwohl ... Kritik hier auch nicht das richtige Wort ist: Da die wenigsten Menschen kritikfähig sind, kritisiere ich grundsätzlich nicht! Bitte nicht falsch verstehen! Sagen wir, es sind Auffälligkeiten im harmonischen Miteinander, die eher diskrepanzmäßige Auffälligkeiten beinhalten!

Also, gemeint sind die, bei denen zu Hause die Freundin, Frau, Schwester, Oma, Mutti, Tante, Vater, Onkel, Schwiegermutter, wer auch immer, sauber macht, nur nicht der Taxifahrer. Also können diese das Problem der ortsgebundenen Reinigung am Fahrzeug gar nicht kennen. Vielleicht durfte der Taxifahrer zu Hause auch noch nie sauber machen, weil er in einem Waldorf-Kindergarten, draußen, ganzjährig, gelernt hat, dass die Natur nun einmal keine Reinigungen vorgesehen hat, mit Eimer, Wasser, Putzmittel und Lappen *(womit nicht die Ureinwohner Lapplands gemeint sind)*. Diese Art Reinigungen sind absolut umweltunverträglich! Falls sich ein »Gutmensch« nun wieder angesprochen fühlt, der das Unrecht der Welt ständig ins Geschehen bringen muss, um wieder mal Unruhe zu stiften und damit den gewöhnlichen Tagesablauf stört: Man kann auch mit ein wenig Phantasie sein Auto umweltverträglich reinigen: Die Automatten in den Regen legen, um Wasser zu sparen! Das Auto nach einem heftigen Regenguss, mit dem Abzieher abziehen und solches!

Schlussendlich gibt es da die Fahrer, die sich einfach sauwohl fühlen, wenn es im Taxi riecht wie zu Hause im Wäschekorb für Dreckwäsche, die nach einem Tag in der Pommes-Bude bei fünfunddreißig Grad Außentemperatur, einschließlich nassem Handtuch, was im Turnbeutel nach dem Duschen vergessen wurde, wo auch tagelang ein nasser Hund drauf geschlafen hat, zum Waschen gegeben wurde. Aber diese Menschen begegnen einem nicht nur als Taxifahrer.

Aber nun weiter mit den speziellen Typen von Taxifahrern: Da gibt es auch noch die Nachtfahrer. Eine ganz besondere Spezies. Wenn Nachtfahrer sich selber beschreiben sollten, hört man wahrscheinlich auch das Wort: »Elite« heraus. *Wobei die wenigsten dessen wahre Bedeutung wahrscheinlich nur aus den Fernsehfilmen, wie: »Das Ekel Alfred« oder »Al Bundy« wirklich kennen*. Denn die machen grundsätzlich nicht sauber, weil sie ja extra in die Nachtschicht gewechselt sind, um es bequem zu haben. Nachts sieht man den Dreck nicht so, und man hat keine Behindertenfahrten, keine Apothekenfahrten, wenig Botenfahrten, bei denen man Sachen transportiert, deren Inhalt man lieber nicht wissen möchte, was zum Beispiel gerade aus einem Operationssaal abgeholt wurde. Vielleicht holt man Pizzas, Bierkästen von der Tanke, nebst Rauchwaren, oder Frauen für irgendeine schräge Männerparty. Man steigt also bei Schichtbeginn ein, fährt die Nacht im Taxi durch, wobei man häufig nicht einmal auszusteigen braucht. Die meisten Betrunkenen fallen so ins Taxi, vielleicht muss man aussteigen, um dem Fahrgast zu Hause wieder aus dem Wagen zu helfen, nachdem man kassiert hat.

Wenn man als Nachtfahrer dann morgens wieder zum Betriebshof kommt, dann fällt man vielleicht aus dem Taxi – vor Müdigkeit versteht sich – fällt ins eigene Auto und fährt nach Hause. Vielleicht hat man es gerade noch geschafft, das Taxi abzuschließen, besser noch, wenn die Tagschicht schon wartet, denn dann braucht man nicht einmal mehr das zu machen. Merken Sie etwas, verehrte Leser? Da stand gar nichts von Wagen auftanken und sauber machen! Richtig! Ich habe ja auch gerade die Nachtschicht erklärt: »Die Elite!«*(räusper)*. Natürlich gibt es auch da immer Ausnahmen! Zum Beispiel habe ich so eine Ausnahme am Wochenende, nachts, auf meinem Taxi sitzen! Der Mann macht sogar nach einer ganz anstrengenden Nachtschicht den Wagen noch sauber. Kann sein, dass bei ihm der Angstlevel ganz hoch sitzt. Denn wenn ich eines nicht leiden kann, dann ist das ein Taxi, was man mir dreckig, ungetankt, stinkend oder kaputt hinstellt. Dann bin ich sauer! Dann sollte der Angstlevel auch bitte ganz oben sein! Zumindest ohne mindestens eine Notiz im Wagen, wie: »Nach mir die Sintflut!« oder: »Hatte keine Zeit zum Saubermachen und Tanken«, oder ähnlich. Nein, *mein* Nachtfahrer hinterlässt dann gern schon mal Nachrichten wie: »Digitax (unser Gerät im Fahrzeug, über das wir die Aufträge empfangen können) ist defekt! Martin gibt Frank Bescheid, oder Ina meldet sich bei Dir! Gruß Olaf.« Das ist doch schon ein ganz anderer Schnack! Da weiß die Tagschicht gleich, was Sache ist! Den Text brauche ich Ihnen nicht erklären, verehrte Fahrgäste, das ist das berühmte Taxi-Fachchinesisch, jeder Fahrer weiß, was gemeint ist. Es ist irgendetwas kaputt, da kann man schon mal sicher sein! Das ist nur ein Beispiel für (seltene) gute Zusammenarbeit.

Etwas worum ich die Nachtfahrer nicht beneide, sind die Fahrten mit Betrunkenen, die gleich nach dem Einsteigen das »Hicksen« anfangen, meistens noch mit einem unterdrücktem Würgereiz. Oder die gleich das Fenster runterlassen, auch in eiskalter Winternacht und lallen, dass man doch nicht so schnell fahren sollte, obwohl man eigentlich gerade erst losgefahren ist. *Auweia, hoffentlich geht das gut!* Denn ein Fahrzeug, was vollgespuckt wird ist keine Freude! Um den Geruch wieder wegzukriegen, muss der Fahrer entweder stundenlang das Auto reinigen und lüften oder es muss anschließend gleich abgestellt werden, um am nächsten Tag zur Spezialreinigung gefahren zu werden. Das kostet! Besonders, wenn in die Lüftungsschlitze getroffen wurde, dann ist so eine Spezialreinigung aber bitter nötig! Die hohe Rechnung geht dann an den Spucker!

Aber zurück zur Tagschicht: Wenn diese dann nach Feierabend aus dem Taxi fällt, vor Müdigkeit, oder weil die Knochen weh tun, vom vielen Botengut wegbringen, meistens an Adressen, die schwer zu erreichen sind. Was meistens heißt, das Taxi konnte nicht in Abholer-oder-Bring-Adressen-Nähe abgestellt werden, weil die Bremer Verkehrspolitik nette Poller an guten Parkplätzen aufgestellt hat. Oder weil wieder einmal die Straße für Fahrradwege rot markiert wurde, worauf man nicht halten sollte, wenn man nicht lebensmüde ist, weil garantiert dann gerade in dieser Minute die Tour-de-France nach Bremen verlegt wurde, und die alle klingelnd und schimpfend genau an diesem einen Haltepunkt durchmüssen. Das Botengut garantiert in einem Haus im obersten Stockwerk, ohne Fahrstuhl abgeholt werden muss, tonnenschwer ist, sonst hätte der Auftraggeber das ja selbst zur Post gebracht oder der gewöhnliche Postgutabholer es nicht abgeholt hat, oder das Paket irgendwie sperrig ist, stinkt, jault oder illegal ist: Taxis befördern fast alles, was andere Lieferanten nicht schaffen, liegen gelassen haben, die Anschriften nicht finden oder finden wollen, nicht befördern wollen, weil es gegen deren Auflagen verstößt, beißt, stinkt oder so verpackt ist, dass es absolut nicht in einen Paketlieferwagen passt. Dann werden wir Taxis angerufen, um das stinkende, beißende, sperrige Etwas zu befördern.

Vielleicht gab es aber auch den Tag über nur schwierige Fahrgäste, oder einfach, weil es nicht der Tag des Taxifahrers war. Denn Taxifahrer sind schließlich auch nur Menschen! Dann ist die Schicht aber noch längst nicht beendet für den guten Tagfahrer. Dann wird der Wagen erst aufgetankt, innen gereinigt, aufgefrischt und gewaschen. Damit die Nachtschicht ein sauberes, getanktes Auto hat. Denn sie sind ja die Nachtschicht und die … aber das hatten wir ja schon.

Ach, und »by the way«: Seit 2007 gilt in Taxis das absolute Rauchverbot, wie in öffentlichen Gebäuden, Bussen, Straßenbahnen, Geschäften und guten Restaurants. Anmerkung: Gaststätten oder Kneipen lasse ich extra raus, weil das typische Ambiente einer Kneipe verloren geht, wenn man da nicht drin rauchen darf!

Das Rauchverbot in Taxis gilt auch für die Fahrgäste. Ein Taxi ist ein Beförderungsmittel im öffentlichen Personenverkehr! Da gibt es oft Diskussionen zwischen Tag- und Nachtschicht, und Raucher gegen Nichtraucher. Denn auch in der Tagschicht findet man Raucher. Die finden in mir gerade den richtigen Diskussionspartner, weil: Nichtraucher *(ein ganz fieser dazu, weil ich früher selber Raucher gewesen bin!).* Und dazu auch noch in der Tagschicht fahre! Mein bestes Argument gegen die Raucher ist, dass wir am Tag oft Krebspatienten fahren, die gerade von der Chemo-Behandlung oder Bestrahlung kommen! Je nachdem, was da gerade behandelt wird, kann das auch die Lunge sein. Und der ohnehin schon geschwächte Mensch soll nun in einem »Aschebecher« sitzen?! Diese Menschen kämpfen schon um jeden Atemzug. Nicht schön, wenn der Kampf im Taxi stattfinden muss, weil es ein Fahrer wieder einmal nicht für nötig gehalten hat auszusteigen und mindestens einige Schritte vom Taxi wegzugehen, bevor er sich den »Sargnagel« ansteckt.

Wie immer finden sich auch hier die ganz schlauen Fahrer, die stehen dann vor ihrer offenen Fahrertür und qualmen, wogegen die noch fahrenden Dampfloks nur kleine Räuchermännchen sind. Gut wenn der Wind aus Osten kommt, dann geht der Qualm nicht *IN* das Taxi. Aber es gibt ja überall förderungswürdige Intelligenzbestien, so auch im Taxigewerbe, die nur von anderen, noch weniger Begabten, übertroffen werden. Im Winter vor allem, wenn man die Fahrer sieht, die im Taxi sitzen, das Fenster runtergelassen haben und aus dem Fenster rausqualmen, weil es zu kalt ist, um auszusteigen! Und deren linker Arm dann auch ganz kalt ist, *nee aber auch*!

Warum ich eigentlich über diese Dampfmaschinen so erbost bin, erkläre ich Ihnen gern, verehrte Leser: Bei Taxis gibt es den sogenannten Servicestatus. Das bedeutet, dass ein Taxi und seine Fahrer sich schon einen gewissen Status erarbeitet haben: Der Fahrer ist ordentlich, sauber und es ist ein Nichtraucherfahrzeug. Früher konnte man extra »Rauchertaxis« bestellen, das genaue Gegenteil dazu sind die Taxis mit »Servicestatus«. Das hat auch etwas mit dem Trinkgeld zu tun! Der Fahrer steigt aus, um dem Fahrgast die Tür zu öffnen, bringt die Koffer an die Tür, kann ein Gespräch führen, und so weiter. Dann ist das ein Taxi mit »Servicestatus«. Es hat einen roten Punkt, meistens in der oberen Mitte der Windschutzscheibe. Werden darin die rauchenden Taxifahrer erwischt, wird dieses Taxi sozusagen »degradiert« und verliert den Servicestatus, für mindestens einen Monat. Dann darf der Fahrer keine »Service-Fahrten« mehr fahren, und bekommt auch keine Fahrgäste mehr, die in trinkgeldgeber-freundlicher Stimmung sind. Was für die Karriere eines Taxifahrers mitunter verheerende Folgen haben kann, denn manchen Verdienst macht das Trinkgeld aus! Nur, das fiese an der ganzen Sache ist, dass der Nachtwagenfahrer den Status verhunzt, und ich als Tagschicht dann auch unter der Degradierung zu leiden habe! Denn der Taxiverein in Bremen stuft das *GANZE* Fahrzeug herab, anstatt nur dem entsprechenden Fahrer die Schulterstücke abzureißen! Da greift dann wieder der Paragraf drei des Grundgesetzes: »Alle Menschen sind gleich!« Da der Taxi-Ruf das wohl nicht gerechter umsetzen kann, ist das jetzt: »Alle Fahrzeuge sind gleich!« Auch ich war schon Opfer dieser Gleichmacherei, gern dürfen Sie Zeuge dieses erbauenden Gespräches unter Kollegen sein *(Zartbesaitete, bitte weiterlesen im nächsten Kapitel)*. Meine Mutter möge mir verzeihen, trotz meiner guten Erziehung ihrerseits, musste das nun einmal sein, außerdem war mein Servicestatus in Gefahr und fällt somit unter den Erziehungspunkt: »Wehre Dich«!

Also, nachdem der Nachtfahrer Izmail ein paar Mal freundlich von mir gebeten wurde, nicht im Taxi zu rauchen, weil ich in der Tagschicht auch Lungen-Krebspatienten von der Chemo abhole, und er darauf so gar nicht reagiert hat, wurde irgendwann meine Ansage deutlicher:

»Hattest Du in der Taxiprüfung gar nicht die Frage, ob Rauchen in Deutschland, in den Taxis seit 2007 verboten ist? Wenn ja, hast Du das wohl falsch angekreuzt!«

»Was? Isch gar nix gemaaacht! Wo isch doch so eine gude Deutsche biiiihn!«

Darauf habe ich dann meine gute Kinderstube sprechen lassen und ihm freundschaftlich die Hand gereicht:

»Okay, dass wusste ich nicht, entschuldige! Dann lade ich Dich heute zum Abendessen ein, es gibt Knödel, Schweinebraten und Rotkohl, das essen wir doch so gerne!«

Und siehe da, der Rotkohl war anscheinend das Zauberwort, den mochte er wohl nicht, ich mache den auch mit Zimt an, das ist nicht jedermanns Geschmack!

Mein Taxi war nun endlich rauchfrei und ich musste nicht mehr jeden Morgen mit Lederreiniger, Glasspray, Raumspray, Teppichreiniger und Textilerfrischer arbeiten. Ist ja auch für mich gar nicht gesund! Hier entschuldige ich mich erst einmal für den »Droschken-Jargon« bei den verehrten Lesern, der ist manchmal ein wenig gewöhnungsbedürftig, aber er zeigt meistens Ergebnisse.

Ob Gute oder Schlechte liegt im Sinne des Betrachters. Und wie überall, fallen auch hier beim Hobeln Späne.

Aber weiter mit der Betriebsanleitung für Taxis. Denn ein Taxi sollte unbedingt auch ein Taxischild auf dem Dach haben. Gelbe Schrift auf schwarzem Grund, mit ganz viel gelber Beleuchtung »umzu« (bitte entschuldigen Sie, dass ich ab und zu ins bremische ausarte, ich bin nun schon zehn Jahre hier, eigentlich komme ich vom Land, da heißt das: »umto«).

Die »Hungerleuchte« oder »der Geier«, wie sie im Taxlerdeutsch genannt wird, ist beleuchtet, wenn das Taxi frei ist. Unbeleuchtet, wenn der Wagen besetzt ist. Fehlt beim Taxi mal das Taxischild auf dem Dach, dann kommt es entweder gerade aus der Waschstraße und wurde dort vergessen. Oder ist auf dem Weg dorthin, oder ist auf dem Weg zur Werkstatt, um sich ein neues Taxischild aufmontieren zu lassen. Zum Beispiel, weil der Fahrer vergessen hat, es vor der Wäsche in der Waschstraße abzubauen und es geplatzt ist. Das passiert gern einmal im Winter, wenn warmes Wasser auf sehr kaltes Dachzeichen trifft. Oder der Fahrer hat es abgebaut, um das Leuchtmittel zu wechseln und weiß nicht mehr, wo das Dachzeichen nun gerade wieder herumliegt. Oder das Fahrzeug ist schlicht und einfach kein Taxi, sondern ein *MIETWAGEN*. Bitte nicht verwechseln mit den Leihwagen von »Inter-Rent/ Avis/ oder Cambio« oder wie sie alle heißen, nein! Bei dem (Taxi-) Mietwagen brauchen Sie sich nur in die Polster sinken lassen, die Adresse nennen, wo Sie hinmöchten, und Ihr Fahrer fährt Sie dorthin! Denn dieser Mietwagen wird mit Chauffeur gemietet, hat also die gleiche Funktion wie ein Taxi. Außer, dass es Probleme beim Aufstellen am Taxihalteplatz gibt, denn das darf dieser Mietwagen nicht. Er muss dann nach jeder Fahrt, die ein Fahrgast telefonisch im Betrieb bestellt hat, wieder an den Betriebshof zurückfahren. Diese Mietwagen werden auch oft für Schülerfahrten oder Fahrten zum Arzt eingesetzt, also für reine Rechnungsfahrten, wobei der Fahrgast kein Bargeld zu bezahlen braucht *(außer vielleicht ein kleines Trinkgeld!)*.

Wenn das Taxi keine Limousine oder Kombi ist, sondern ein Bus (Fahrzeug mit mindestens neun Plätzen), auch genannt: *GROSSRAUM-TAXI*, dann sollten Sie dies bei ihrer Bestellung unbedingt betonen, wenn Sie mehr als vier Personen sind. Besonders wenn Sie eine Kreuzfahrt planen und entsprechend Gepäck dabeihaben, da auf dem Dach ja schon die »Hungerleuchte« (»Geier«) ist, passt da kein Dachgepäckträger mehr drauf. Wenn Sie Ihre Fahrräder mit auf die Kreuzfahrt nehmen wollen, dann sagen Sie das bitte auch vorher, dann kommen wir mit großem Fahrradanhänger. Oftmals gibt es aber an Bord auch Fahrräder (der Crew), die kann man sich bestimmt kurz ausleihen?! Bei Boot-Transporten ist es genauso. Ich meine, nicht jeder traut diesen schwimmenden Palästen, dann ist es gut, wenn man sein eigenes Boot dabeihat. Denn schon die Geschichte lehrt uns zur Vorsicht, waren auf der »Titanic« nicht auch zu wenig Rettungsboote?!

Kleiner Tipp: Wenn Sie einen Mietwagen bestellen, lässt sich etwas mit dem Preis machen! Denn ein Taxi, in das Sie am Halteplatz einsteigen, ist an den ortsüblichen Tarif gebunden. Das heißt, es muss die Uhr eingeschaltet werden *(nicht die Eieruhr, oder Stoppuhr oder das Andenken vom letzten Malle-Urlaub: Die teuer gekaufte Billig-Armbanduhr am Strand)*, das Taxameter ist gemeint. Bei neueren Taxis ist das meistens im Innenspiegel. Die alten Droschken haben das Taxameter noch unter dem Radio in der Mittelkonsole sitzen. Da sitzt dann auch meistens der »Wegstreckenzähler« beim Mietwagen. Denn der muss jeden Kilometer genau abrechnen. Wenn Sie so einen Mietpreis hören wollen, erwarten Sie bitte keine Wunder: Ein seriöses Unternehmen hat den Preis genau kalkuliert, wobei Sprit, Leerfahrt für Hin- oder Zurück, Verbrauchs- und Personalkosten einkalkuliert sind. Ehrlich gesagt, habe ich diese Kalkulation nie verstanden, ich habe da so meine eigene Rechenmethode, die aber nah an das richtige Ergebnis kommt: Wenn Sie den Strecken-Kilometer mal zwei rechnen, denn das würde Pythagoras genauso machen, dann haben Sie ungefähr die Summe. Aber wenn man bedenkt, was ein Schiff kostet, bleiben die Beträge doch noch ganz moderat.

Einen Fahrgast, habe ich auch einmal mit einem Mietwagen zum Flughafen gefahren. Der hat sich gefreut, als er irgendetwas um die fünfzehn Euro zahlen sollte. Was auch der richtige Preis ist für diese Strecke. Bei seiner Anreise wurde er nämlich dreimal über die Weser gefahren und hat fünfunddreißig Euro bezahlt. Ein anderer Fahrgast hat für die gleiche Strecke fünfundvierzig Euro bezahlt. Der Fahrer ist erst einmal über die Autobahn A1, hat dann halb Bremen umrundet, ist dann auf die A27 abgebogen und doch letztendlich in das Hotel gefahren, wo er hinwollte. Keine Angst, verehrte Leser, natürlich ist der Fahrer kein Fahrer mehr, er hat jetzt einen Feinschmecker-Döner-Imbiss, mit Außer-Haus-Verkauf in Berlin, meine ich gehört zu haben.

Werden Sie bitte auch nicht nervös, wenn Sie in einem Unternehmen einen sogenannten Mietwagen bestellt haben, und es kommt ein Taxi, mit Taxischild und sauberem Aschenbecher. Das ist alles richtig. Durch die Nase atmen! Es gilt trotzdem der vereinbarte Festpreis. Das Taxi wurde geschickt, weil alle Mietwagen besetzt waren. Der Trick ist der Anruf bei dem Taxiunternehmen! Nur Taxis an Halteplätzen, in die Sie einsteigen, sind an den örtlichen Tarif gebunden. Mit den genauen Zahlen des Taxitarifes will ich Sie jetzt nicht langweilen, das können Sie googeln, ganz einfach »Taxi-Ruf Bremen« eingeben, dann unter Taxi-Tarife, oder Fahrpreisberechnung googeln, dann haben Sie den gültigen Preis.

Da sind wir auch schon beim Taxameter, was ich zuvor auch schon mal erwähnt habe. Das ist ein elektronisches Zählwerk, ein kleines Rechenwerk. Es kann sich die Kilometer-Strecke merken, die gefahren wurde und multipliziert das mit dem Tarif und zieht noch die Zeit dazu, die man so an Ampeln rumsteht. In Bremen sind einige Ampeln für Autofahrer lang geschaltet, besonders nachts, da beschweren Sie sich aber bitte bei der zuständigen Verkehrssenatorin! »Zeit ist Geld«, nun wissen Sie, wo der Spruch herkommt, und voilà: Der Fahrpreis! Der kleine Computer merkt sich auch das Datum, Uhrzeit, gefahrene Touren und die eventuellen Zuschläge. Ganz wichtig: Das Taxameter *MUSS* vom Eichamt versiegelt sein!

Für diese Kontrollen fahren wir Taxifahrer, manchmal auch die Unternehmer (oder beide), einmal im Jahr zum Eichamt und verbringen einen Vormittag damit, erst einmal zu warten … warten … und warten, nachdem wir uns einen Anmeldebogen besorgt und im Kontor abgegeben haben! Wenn man dann an der Reihe ist, fährt man den Vorderreifen links, in ein kleines Loch im Hof. Anfangs dachte ich, die könnten hier auch mal wieder pflastern, bei den Unebenheiten, ich kenne da jemanden, der kann gut pflastern! Aber *NEIN*! Das muss so sein! Man steht also in der kleinen Senke, der Eichamtsförster malt den Vorderreifen an.

Verstanden habe ich auch das nicht, traue mich aber nicht zu fragen, weil es dann garantiert wieder »typisch Frau« heißt. Wobei … als »typisch Frau«, würde ich ja nicht in einem Taxi sitzen, das ist ja immer noch ein typischer Männerberuf, auch wenn ich Kolleginnen habe, einige wenige. Als »typisch Frau« würde ich ja irgendwo bei »REWE/ Aldi/ Activ/ Netto/ neukauf/ Metro« oder so, an der Kasse sitzen oder zu Hause vor dem Fernseher bei den Serien »Desperate Housewife« oder »Doctor House«.

Ist aber nicht so, also stehe ich, mit dem Vorderreifen immer noch im Loch, beim Eichamt auf dem Hof. Warte immer noch, dass der Eichamtsförster den Reifen markiert, dann darf ich ein kleines Stück geradeaus über den Hof fahren, während der Förster nebenherläuft. Ich meine, für die zehn Meter braucht er auch wirklich kein Taxi! Außerdem ist frische Luft gesund! So, dann kommt das Taxi auf eine Art Fitnesstrainer für Autos. Mit den Vorderreifen fahre ich auf ein Rollband, dann geht es aber los, die einzige Stelle in Bremen, wo das Auto über hundert Stundenkilometer innerorts fahren darf, ohne dass es dafür strafrechtlich verfolgt wird.

Dann bekommt mein Taxameter *DAS* Siegel an das Taxameter gepappt, was sehr wichtig ist!

Übrigens, wenn Sie in ein Taxi steigen, dessen Siegel am Taxameter halb abgerissen ist oder aussieht wie zerknülltes Bonbonpapier, wundern Sie sich nicht über »Sonderpreise«: Nach oben hin sind da keine Grenzen gesetzt. Siehe die Geschichte mit dem Taxi, was fünfundvierzig Euro für eine fünfzehn Euro-Strecke brauchte. Aber ich will nichts gesagt haben!

So, nachdem ich nun das Siegel erhalten habe, kann ich wieder ein Jahr ordentlich, im Sinne des Finanzamtes, Taxi fahren. Und wo wir gerade bei amtlichen Prüfungen sind, wichtig an einem Taxi ist auch eine gültige TÜV-Plakette. Die sitzt hinten auf dem Nummernschild (sollte sie). Allerdings kann man an manchen Halteplätzen auch die bunte Vielfalt der TÜV-Plakettenfarben der Vorzeiten sehen. Die aktuelle TÜV-Plaketten-Farbe kann man auch googeln, momentan sind wir bei Gelb angelangt. Warum bei solchen Sachen hin und wieder getrickst wird, weiß ich auch nicht genau. Denn das Geld, das der Unternehmer bei einem verpassten TÜV-Besuch einsparen will, gibt er ja wieder aus, plus einem Extra-Bonus dazu, für die zuständige Behörde, wenn einem uniformierten »Kontrollfreak« auffällt *(die sind meistens alle gleich angezogen),* dass die TÜV-Plakette alt ist. Und somit ist das gesparte Geld wieder futsch, mindestens plus Aufschlag! Also, Kalkulation ist auch meine Stärke nicht, aber *DAS* kann man sich doch an den Fingern abzählen, oder?!

Außerdem sollte ein Taxi noch eine Videokamera haben, was alle Bremer Taxis einmal hatten. Seitdem waren die Überfälle auf Taxifahrer auch bis zu fünfundneunzig Prozent zurückgegangen, kein Scherz! Andere Städte wie Hamburg oder Berlin wollten hier auch nachrüsten, auch kein Scherz! Die Bilder gingen direkt an die Zentrale, wurden dort für zwei Stunden gespeichert und dann gelöscht, wenn nichts vorgefallen war.

Es gab einmal einen Überfall auf ein Bremer Taxi, wobei dem Übeltäter die Kamera auffiel. Das machte den Täter ganz wütend. Rasend vor Wut hat er dann auch gleich dem Taxifahrer das Taxi regelrecht auseinandergefetzt, auf der Suche nach dem Videofilm. Beim Fetzen hat er völlig die Zeit vergessen, inzwischen kam die Polizei vorbei, wunderte sich über die »im öffentlichen Verkehrsraum nicht verhältnismäßigen Zerlegungsaufwendungen«. Die haben den Täter dann mitgenommen, ohne dass er den Saustall wieder aufräumen musste!

Leider mussten – Dank des »Datenschutzvereins« – alle Kameras wieder abgebaut werden, weil Täter nun einmal auch nur Menschen sind, meistens mit schlechter Kindheit und-so-weiter, la-la-la ... wir kennen die Sprüche, die einige Menschen doch wieder gleicher machen als die übrigen und vor Verurteilungen schützen, unter Zuhilfenahme dieser Gutmenschen!

Durch solche Vorfälle, wie oben beschrieben, haben wir Taxifahrer eine besondere Antenne für gefährliche Fahrten entwickelt, besonders, wenn zum Beispiel drei Leute in ein Taxi steigen und der Beifahrer vorn, gleich die Sonnenblende runterklappt, besonders abends im Dunkeln! Dann knurrt bei uns der Blindenhund! Stress pur macht sich breit und im Hirn werden sämtliche Registerkarten gezogen, für eigene Flucht oder heftig gegen die Wand fahren, damit der Täter sich den Kopf stößt und ... »Hilfe!« – sämtliche Alarmsysteme in Gang gesetzt. Das Sprühen von *Hundeabwehr-Spray* sollte man wegen Nähe zum Täter lieber unterlassen, man schadet sich selbst am meisten damit!

Solch eine Fahrt hatte ich auch schon, dachte ich zumindest. Dazu sei nebenbei erwähnt, bin ich ein absoluter Krimi-Fan von Alfred Hitchcock und Miss Marple (selbstverständlich ist nur die echte Miss Marple gemeint, also: Margarete Rutherford)! Statt meine freien Abende mit Familien-Doku-Soaps, löse ich Fälle mit den Superhirnen, wie Monk oder auch gern mit Columbo.

Also, diese Fahrt war, Gott sei es getrommelt und gepfiffen, nicht weit! Nachdem ein Fahrgast bei mir vorne eingestiegen war, dachte ich sofort an den Film »Aladin«, denn er erinnerte mich ein wenig an den Vater von Jasmin, den »Sultan von Bagdad«. Er klappte, trotz Dunkelheit die Sonnenblende runter, hinten stiegen seine »Tschakos« ein, aus deren Innentaschen der Jacken eindeutig Revolvergriffe hervorlugten. *Soweit zum Thema »Waffenfreie Zone« am Bahnhof!* Der »Sultan von Bagdad« nannte sein Ziel, dabei fragte er so ganz nebenbei, ob meine Geschäfte denn heute gut liefen. Es war kurz vor Schichtwechsel, mein Herz schlug bis zum Hals, eine blöde Antwort schluckte ich lieber herunter, als Frau hatte ich hier sowieso keine Chance bei der Überzahl! Waren das etwa Geldeintreiber, oder machten die mir ein Angebot, was ich nicht ablehnen konnte?! Oder diese, auch aus dem Fernsehen bekannten Schutzgeldabholer?! Meine Gedanken überholten sich selber, während ich äußerlich ganz ruhig blieb. Dabei fuhr ich sie zu ihrem Ziel: Die nächste Spielbank, die glücklicherweise in der Nähe war. Der »Sultan von Bagdad« zog ein dickes Geldbündel aus seiner Jogginghose, bezahlte, und die Horde zog ab. Dass sie nicht einmal die Türen zugemacht haben, war mir in dem Moment auch egal, vielleicht waren *DIE* auf der Flucht, ich nicht! Ich schloss die Türen, es fährt sich nicht gut, wenn es zieht und habe »Hackengas« gegeben. Jetzt hätte man die Kameras gut gebrauchen können, kurze

Zeit später wurde eine (andere) Spielbank überfallen, aber ich will nichts gesagt haben! Und als *alte Frau* habe ich sowieso nur ein Kurzzeitgedächtnis: »Keine Ahnung wie die Täter aussahen!« Leider wurden dank politisch-übertriebener »Over-Correctness« alle Videokameras abgeschafft, und so sind wir Taxifahrer wieder auf unsere eigenen Instinkte angewiesen: Bei Überfällen entweder das Taxi fluchtartig zu verlassen oder den Täter im Kofferraum »dingfest« zu machen.

Manchmal, besser gesagt: In der Regel, steigen aber auch ganz gewöhnliche Leute in ein Taxi, klappen die Sonnenblende herunter, mit dem Text:

»Ich bin nicht damit einverstanden, dass ich gefilmt werde!«

Dazu sage ich dann erst einmal gar nichts, und bleibe aber höflich, denke *»Ach du je, die Geschichte! Das wird wieder eine anstrengende Fahrt«*, und rolle mit den Augen, was man dank meiner Sonnenbrille nicht sieht.

Wo wir gerade bei der Vielfältigkeit der menschlichen Spezies sind, möchte ich mich an dieser Stelle entschuldigen, bei allen Veganern, dass ich gern Curry-Wurst und Hamburger esse, Steak auch! Diese Sucht bekomme ich einfach nicht in den Griff, vielleicht kann man mir da den ein- oder anderen Tipp geben, einfach auf meine Mehlbox sprechen! Dann entschuldige ich mich auch bei den gewaltfreien Erdbeertee-Trinkern, dass ich in dem Buch das Gendern völlig vergessen habe, aber dass fiel mir erst auf, als das Buch schon fertig geschrieben war! Und kaffeesüchtig bin ich auch noch, also eigentlich gar nicht mehr ertragbar für diese Gesellschaft! Mea culpa!

Jedenfalls fahre ich die Kamera-Allergiker zuerst einmal an ihr Ziel und lächle leise in mich hinein! Denn in dem Moment, in dem sie das Taxi besteigen, gehen sie einen Dienstleistungsvertrag mit mir ein, dem sie zugestimmt haben, weil sie eingestiegen sind! Jedes Taxi, das eine Videokamera an Bord hat, ist damit gekennzeichnet – zu sehen an den Aufklebern – an jeder Wagentür und an der Windschutzscheibe. Das Schild mit der Kamera darauf, das ist es! Die anderen Schilder weisen nur auf die Möglichkeit der Kartenzahlung hin, oder dass der letzte Abgas- oder Lichttest bestanden ist. Das heißt, ich bin mit der Kamera, der Ausrüstung, dem Wagen, dem Fahrer, und dem Unternehmen einverstanden, dessen Fahrzeug ich gerade nutze! Und ich muss auch den verlangten Preis zahlen, den das Taxameter anzeigt. Ansonsten ist das schlichtweg Betrug! Lachen muss ich nur, wenn der Anti-Kamera-Freak anschließend in eine Bank oder ein Kaufhaus geht: Wie viele Kameras beobachten dort die Kunden?!

Letztes Jahr hatte ich einen Fahrgast, der wohl *SEINE* Rechte kannte, nur *MEINE* hatte er völlig außer Acht gelassen. Dabei brauchte ich, genau wie in der bekannten TV-Serie »Monk«, auch immer den gerechten Ausgleich ganz besonders! Abgesehen davon, dass er wie eine Moorleiche gerochen hat, womit er meinen Wohlfühl-Modus verletzt hat, teilte er mir beim Einstieg ziemlich unfreundlich mit, nachdem ich ihn nach dem Fahrziel fragte:

»Das brauche ich Ihnen nicht mitzuteilen, fahren Sie los! Fahren Sie verkehrt, kriegen Sie kein Geld!«

Mir blieb die die Antwort im Hals stecken: *»Eine Dienstleistung in Anspruch nehmen, mit dem Vorsatz nicht zu zahlen, ist Betrug, das sollten Sie wissen BEVOR Sie ein Taxi besteigen!«*

Eigentlich blieb mir auch noch dieses böse A-Wort im Hals stecken, aber dieses Buch soll ein gewisses Niveau behalten, darum sagt man das nicht laut! Und so habe ich die Worte auch erst einmal da gelassen, wo sie waren und bin losgefahren. Denn diejenigen, die betrügen, wissen das ganz genau!

Sollten sie erwischt werden, gibt es immer noch diverse Menschenrechtsorganisatoren, die sie dann schon irgendwie heraushauen werden, und das wissen diese Ganoven auch ganz genau! Wir lesen es jeden Tag, immer wieder in den Zeitungen und kennen es zur Genüge, dieses: Schlechte Kindheit, traumatisiert, kein Pony bekommen, und der Spinat musste auch immer aufgegessen werden: Das prägt für das Leben!

An der nächsten Kreuzung nannte er mir dann endlich sein Ziel, dann habe ich ihn auch gern zum Bahnhof gefahren, allein schon, weil mir sein Frankenfeld-Jackett so gut gefallen hat, bin ich von der Idee, ihn einfach auszusetzen, völlig abgekommen. Wäre auch wirklich dumm gewesen, bei dem Supertrinkgeld, was das Frankengeld-Jackett mir bezahlt hat!

Nun aber weiter mit den wichtigen Sachen in einem Taxi.

Wahrscheinlich fragen Sie sich, verehrte Leser, wie wir wissen, dass Sie überhaupt mit einem Taxi fahren wollen, wenn Sie nicht gerade an einer Straße stehen und winken, vor das Auto springen, die Tür aufreißen oder unverschämt pfeifen, um ein Taxi anzuhalten. Das *unverschämt* ist reiner Neid, weil ich dieses Pfeifen einfach nicht mehr hinkriege! Früher konnte ich mal auf zwei Fingern pfeifen, das war noch mit meinem Milchgebiss. Jetzt wo die Zähne alle da sind …

Die aktuelle Taxibestellung lesen wir von einem kleinen Display ab, das entweder rechts oder links, beim Fahrer am Armaturenbrett hängt, je nach Taximodell *(zu dem Thema kommen wir auch noch)*. Auf dem Bildschirm sind sämtliche Taxihalteplätze Bremens aufgeführt. Fünf Halteplätze sind sichtbar aufgelistet, die in unmittelbarer Nähe zum Taxi sind. Will man die Übersicht über alle Taxiplätze haben, scrollt man einfach weiter. Obwohl die Angaben dafür auch nicht immer stimmig, mit dem Gesamtbild eines Halteplatzes sind, denn einige Fahrer melden sich gar nicht an, wenn sie am Halteplatz angekommen sind, wie zum Beispiel am Bahnhof oder Flughafen, die wollen nur Einsteiger und dann am liebsten Barzahler!

Dann kann man am Taxi noch die Taxinummer erkennen, falls ein Fahrer sie vergessen hat und sich nicht traut, sich umzudrehen, um auf die Heckscheibe zu gucken, da steht die Taxinummer nämlich auch noch mal, für alle sichtbar. Manchmal sind die Ordnungsnummern auch im Auto-Kennzeichen enthalten, dann findet der Fahrer sein Taxi auch noch leichter wieder, wenn er mal einkaufen war oder sonst wie in einer Reihe geparkter Wagen steht. Ansonsten muss er sich Merkmale merken, an denen er sein Taxi wiedererkennen kann: Schramme vorn links oder blinder Scheinwerfer vorn rechts, verbogene Antenne oder so. Mein Taxi erkenne ich an dem schiefen Dachzeichen. Das war nicht immer so, ein »Kollege« hat mal meine Halterung, mit dem das Dachzeichen am Dach befestigt ist, ausgetauscht, damit *SEIN* Dachzeichen nicht so schief ist *(die Halterungen gibt es in verschiedenen Längen, die richtige Länge zu bestellen, darauf ist bei der Bestellung noch keiner gekommen der zuständig ist: Wenn man nicht alles selber macht!).*

Nun, zurück zum Display: Der Fahrer kann auch laut Liste erkennen, wie viele Taxis an den jeweiligen Halteplätzen aufgestellt sind, wobei einige Fahrer auch das *Aufstellen* interpretieren, mit: Kaffee holen, in der Sonne auf Stühlen im Grasstreifen sitzen *(wenn vorhanden, wie beim Bahnhof-Nordseite zum Beispiel)*, auf der Motorhaube sitzen und rauchen oder versammelt mit anderen Kollegen an einem anderen Taxi stehen, sitzen, hocken und laute Ratssitzung abhalten. Mit dem »korrekten Aufstellen am Halteplatz« ist in der Taxiordnung eigentlich gemeint, dass der Fahrer »Taxi Beifuß« ist und jederzeit fahrbereit sein sollte. Das heißt, *NICHT* erst den Kartoffelsalat mit Kotelett und Senf einpacken, die Sitze reinigen, den Geruch entfernen, eine Zigarette zu Ende rauchen, den Kaffeebecher wegbringen. Sondern: Losfahren können, falls ein Fahrgast ins Taxi steigt, ohne jede Verzögerung!

Der Bildschirm gibt auch Auskunft für alle Halteplätze, wie viele Fahrten in der letzten Stunde rausgegangen sind. Das ist wichtig, wenn man mal Pause machen will. Dann steuert man nämlich möglichst einen Halteplatz an, der eine oder wenige Fahrten in der letzten Stunde hatte, dann kann man auch mal zwanzig Minuten (höchstens) chillen. Also, man fährt diesen Halteplatz an, freut sich auf seinen Kaffee, den man bei einem guten Bäcker, mit Brötchen dabei, geholt hat. Dann meldet man sich ordnungsgemäß an, beißt in sein Brötchen, genießt den Kaffee und ... »Ding-Dong«, ein Auftrag kommt herein. Welchen Fehler hat der Fahrer hier gemacht? Richtig! Er hat einen Halteplatz angesteuert, der zu einsam war, sich dort auf den ersten Platz gestellt und angemeldet! Dann muss man natürlich losfahren ... *Mist!* Na ja, nach der Fahrt fährt man dann einen Halteplatz an, wo man sich an neunter Stelle hinten aufstellt. Da nervt allerdings, dass man alle zehn bis fünfzehn Minuten *(oder auch eher)* »Aufziehen« muss. Das ist, wenn der erste Wagen wegfährt, wird die Lücke geschlossen mit dem zweiten Wagen, die mit dem dritten Wagen, und so weiter. Das ist so eine Art »Reise nach Jerusalem«, nur mit Taxis. Der Fahrer an erster Stelle kann zwar auch den Fahrauftrag verweigern, das ist aber nicht klug! Er hat dann fünf Minuten »Zwangspause«, weil er von der Taxizentrale gesperrt wird. Und er kann sich danach nicht wieder auf dem ersten Platz anmelden. Nein, Strafe muss sein! Es geht zurück an das Schlangenende, neu anmelden als neunter. Sie kennen das: »Gehen Sie nicht über Los, ziehen Sie keine tausend Euro ein!« Aber dann kann der Fahrer ja seine Pause machen!

Dazu kommt auch noch, dass wir Fahrer nach einer Taxiordnung handeln sollten *(Auch die gibt es wirklich! Den Inhalt kennen aber heute nur noch die wenigsten! Warum? Weil die wenigsten Fahrer das lesen: Sie denken, dass ist ein Werbeprospekt für den Taxi-Ruf Bremen!).* Nach der Taxiordnung haben wir eine Fahrpflicht! Achtung, aufgepasst, liebe Fahrgäste: Lehnt ein Fahrer eine Tour ab, weil die »nur mal eben zum Blumenhändler an der Ecke geht«, dann merken Sie sich die Taxinummer, in der Heckscheibe hinten: Taxi-Ruf anrufen, beschweren! Der Fahrer fährt die nächste Tour dann beim nächsten Mal gerne *nur um's Eck*!

Wir sind nun wieder auf dem Bildschirm im Taxi, man sieht auf dem Bildschirm auch noch ein Polaroid-Foto vom Fahrer, darunter eine Zahl. Nein, es ist kein Verbrecherfoto aus den USA geliehen, auch wenn es damit oft viel Ähnlichkeit hat. Mein Bild sieht immer aus, wie ein Bewerbungsfoto für Starbucks.

Aber Sie kennen den kaufmännischen Leitsatz: »Mit wenig Aufwand den größtmöglichen Gewinn erzielen!« Ein Polaroid-Foto lässt sich nicht nachbearbeiten! Bezüglich »Verbrecherkartei« kann ich Sie aber beruhigen, die meisten Taxifahrer sind ganz harmlos, die haben das Herz auf dem rechten Fleck, vom Grundsatz ehrlich, können gut zuhören, sind verschwiegen wie ein Grab und vor allem, pünktlich und freundlich!

An einer Veränderung für diese Schreck-Fotos wird auch schon gearbeitet, der Augen-Scanner, der das Taxi öffnet, wird gerade von der MIB-Abteilung, Silicon-Valey unter Leitung von Dr. D. Üsentrieb erforscht. Das Foto soll Ihnen nur helfen, zu erkennen, dass der Fahrer neben Ihnen auch der angemeldete Fahrer ist, der zu dem Taxi gehört und nicht sein Bruder. Als es diese Fotos noch nicht gab, war Taxi fahren so, wie es eine Freundin wirklich einmal erlebt hat: Sie steigt am Bremer Bahnhof in ein Taxi und wollte in die Langenstraße. Für die, die es nicht wissen, das ist nahe bei der Martinistraße, parallel sozusagen, beim Pressehaus und fängt am Brill an.

Nachdem der Fahrer sie sekundenlang angeschaut hat, ist er losgefahren. Sie kennt den Weg. Schließlich arbeitet sie seit zwanzig Jahren dort. Nach einigen Minuten merkt sie, dass der Fahrer völlig orientierungslos die Straßen abfährt, in der Hoffnung, die richtigen Straßen zu treffen. Sie hilft ihm und gibt die Richtung an, bis sie schließlich dort ankommt, wo sie hinwollte. Bis dahin hat der Fahrer auch noch kein Wort gesprochen. Kann er auch nicht. Nein, man hat ihm nicht die Zunge herausgetrennt, weil er die zehnte Kurzfahrt abgelehnt hat. Sondern, er versteht ihre Sprache gar nicht!

Jetzt stellt sich die Frage, wie ist der Mann denn zu seinem Taxibeförderungsschein gekommen? Denn man muss doch mindestens sechzig Prozent der Fragen richtig beantwortet haben, um diese Prüfung zu bestehen. Das ist in Deutschland zumindest so. Und die Prüfungen werden ohne Dolmetscher abgehalten, das war zumindest noch beim Entstehen des Buches so. Was bis zum Korrekturlesen dieses Buches geändert wurde, war: Dass die Fahrer keine Ortskenntnisse mehr brauchen, denn der Taxi-Unternehmer ist jetzt verpflichtet, ein Fahrzeug mit Navigationsgerät zur Verfügung zu stellen! Damit auch wirklich jeder Kleingeist, der ein Navi betätigen kann, Taxifahrer werden kann. In London muss man übrigens neunundneunzig Prozent der Fragen richtig beantworten, es ist die schwierigste Taxiprüfung der Welt! Die Schulung dauert mindestens drei Jahre. Während bei uns nun wirklich jeder, aber auch jeder Hansel, der ein Navi bedienen kann, Taxifahrer werden kann: Ein Lob auf die Fachkräfte, die wissen, was sie tun!

Zurück zu dem Fahrer und der Frage, wie er die Prüfung bestanden hat? Hat er gar nicht! Das funktioniert, indem sein Bruder … Onkel … Vater … Schwager oder Cousin einen Taxibeförderungsschein hat. Und der spricht Deutsch, der Bruder … Onkel … Vater … Schwager oder Cousin. Da der Personenbeförderungsschein ohne Foto ist und diese Scheine auch herzlich wenig kontrolliert werden, gibt es manchmal solche Verwechslungen. Darum ist jetzt jeder, der Taxi fährt, mit seinem Foto im Bordcomputer des Taxis ausgerüstet.

Nachdem diese ganzen Geräte in dem Taxi sind, meldet sich natürlich auch der Datenschutz und wehrt sich heftig gegen diese ganze »Überwachung am Arbeitsplatz«. Dazu kann ich nur die Gegenfrage stellen: »Euer Ehren, seit der NSA-Affäre: Wo waren Sie denn da die ganze Zeit, als die NSA ›uns‹ abgehört hat?« Aber das ist jetzt wahrscheinlich wieder eine Frage, auf deren Antwort man Jahre warten muss, weil sie von mehreren Gremien geprüft werden muss, und geprüft werden muss, und geprüft werden muss. Neue Gegenfrage, die sich auf das Thema Datenschutz und Überwachung bezieht: Ob die Bankfachleute … Kaufhausangestellten … Bahnhofspersonal … Hotelfachleute … Autobauer … Fabrik-Angestellten … IT-Fachleute … LKW-Fahrer … Verkehrsteilnehmer … und alle Angestellten, die mit Zeiterfassung arbeiten, egal wo auch immer, eigentlich wissen, dass sie den ganzen Tag »überwacht« werden?! Weiß ein Autokäufer, dass er vom ersten Start seines Neuwagens über GPS jederzeit verfolgt werden kann? Besonders die E-Auto- und Autonom-Wagen-Fahrer-Freaks! Weiß der Autokäufer auch, wenn er in seinem Auto entführt wird, dass er jederzeit geortet werden kann, und ihm dank dieser Technik geholfen werden kann?! Mir wäre es lieber, wenn jemand ab und zu mal ein Auge auf mich wirft, wo ich denn bin – und ob es gut ist – wo ich bin, als dass irgendwelche Tagediebe auf die krumme Idee kommen, und mir mein Taxi samt Inhalt kidnappen, und tun ihm verbotene Dinge an und kommen so davon, weil sie nicht wieder aufzufinden sind. Oder sollte so etwas lieber mal einem Datenschutzbeauftragten passieren? *Upps, habe ich das jetzt laut gedacht?!*

Und mal ehrlich gesagt, wenn die Leute ohnehin den ganzen Tag mit den I-Pötten rumspielen, was meinen die denn wohl, was da alles öffentlich wird, was lieber im Hause bleiben sollte! Wobei, »im Hause« – meine ich – wartet ja auch schon die »Alexa« auf Befehle! Ob die immer so alles für sich behält, was die zu erfahren kriegt? Dagegen ist die Taxi-Kontrolle per Satellit das reinste Pacman schieben!

Nun aber zurück zum Taxi und die Wichtigkeiten darin. Ganz wichtig für ein Taxi ist auch ein Regenschirm. Denn welcher Fahrgast möchte pitschnass im Taxi sitzen und die Ledersitze *(das Thema behandeln wir auch später)* nass machen?! Außerdem könnte man als Taxifahrer in Bremen mit dem Schirm beim Freimarktsumzug im Oktober, prima in der ersten Reihe stehen und damit »Bonschen« *(für die Kölner Leser heißt das Kamelle)* einfangen. Böse Leute lassen sich damit auch gut abwehren, dann sollte man das Ding besser drehen, sodass die Spitze nach vorne zeigt. Sie sehen, ganz praktisch so ein Regenschirm an Bord eines Taxis!

Gute Taxis sind auch mit Kindersitzen ausgerüstet. Es gibt verschiedene Gruppen. Gruppe A, oder Gruppe I ist nötig, wenn das Kind noch nicht sitzen kann, das ist eher mit einem »Baby-Wipper« zu vergleichen. Gruppe II bedeutet Schalensitz: Das Kind sitzt schon allein, ist aber noch zu niedrig für den Gurt, muss also erhöht sitzen. Gruppe III ist für das Kind, was immer noch nicht hoch genug für den Gurt sitzt, geht aber schon in die Schule, Sie kennen sicher diese Stoffüberzogenen Styroporschalen. Denn auch die Jüngsten wollen in den Genuss kommen, in einem Taxi mitfahren zu dürfen. Aber nur hinten, ohne krümelnde Kekse und keine klebrigen Finger! Da man selten mit Kindern länger als eine halbe Stunde fährt, benötigt man im Allgemeinen kein Proviant-Paket an Bord. Der Halt an einem »Drive-In« tut auch nicht Not, schon wegen der Geruchsbelästigung nicht. Wenn alle Stricke reißen, hilft auch die Stulle des Fahrers. Radio ist im Auto auch installiert, es muss nur der Musikwunsch des Juniors genannt werden, der erfahrene Fahrer findet auch diesen Sender. Und um die Fahrt ohne Genörgel fahren zu können, geht das berühmte: »Ich-sehe-was-was-Du-nicht-siehst-Spiel« auch immer. Ansonsten können Intensivkurse beim Taxi-Ruf belegt werden: *Wie schaffe ich Kurzweil für den jüngeren Fahrgast?* Referatsleiter ist Herr »Dr. Acula«, der ist berühmt für seine schrägen Kurzweil-Einlagen, besonders für Nachtfahrten.

Also, was ein Taxi ist, wissen wir nun. In erster Linie ist es ein Beförderungsfahrzeug mit mindestens vier Türen und zwei Achsen zur »Personenbeförderung«. Da das Wort »Taxi« sehr oft missbraucht wird, bekomme ich regelmäßig Atem-Aussetzer, wenn ein Fahrzeug auf der Straße an mir vorbeizieht, was den Namen »Lasten-Taxi«, »Vitamin-Taxi« oder »Apotheken-Taxi« auf der Karosserie verewigt hat, denn das ist deutschtechnisch völlig daneben. Um den alternaiven Lesern auch die Möglichkeit des Verstehens zu geben: »Das geht grad' gar nich' Alder!« Denn Lasten, Vitamine und Apotheken-Arzneien sind Dinge, keine Personen! Meine Haut zeigt dann regelmäßig deutliche »Goosepickles« (Gänsehaut), wenn ich das lese. Vielleicht sollten diese Firmen einmal einen Deutschkurs besuchen, denn: »Da werden sie geholfen!« Wir Taxifahrer können Sie auch zur VHS (Volkshochschule) bringen, die gibt es auch in Bremen, die Adressen kennen wir.

Ein Taxi ist kein Taxi, wenn es nicht auch eine Alarmanlage hat. Natürlich gibt es, ähnlich wie im American Football in der Mannschaft, oder bei Überfallkommandos der Polizei, kurz vor dem Stürmen des Gebäudes, um den oder die Täter dingfest zu machen, auch bei Taxifahrern gewisse Absprachen, wie Taxifahrer sich bei Überfällen verhalten. Da sie aber die Hände am Lenkrad lassen sollten, vor allem während der Fahrt, gibt es gewisse andere Kodexe, die sie haben. Das ist so ähnlich wie das Geheimrezept von Coca-Cola. Auf alle Fälle, sind die Taxifahrer gewappnet gegen solche Überfälle.

Ist der Fahrer tatsächlich in Not, dann sollte sich der kriminelle Hansel, der da in dem Taxi sitzt, einmal umdrehen. Dann sieht er wahrscheinlich eine ganze Taxi-Eskorte hinter sich. Wenn er Glück hat, ist die Polizei-Eskorte auch schon dabei. Wenn nicht, bekommt er so lange eine Gratis-Sightseeing-Tour, bis das Empfangskomitee für solche Traumatisierten bereit ist ihn dingfest zu machen. Er sollte dann lieber nicht aussteigen!

Der eigentliche Alarm ist richtig laut! Der ist nämlich mit der Autohupe verbunden, die ist laut, wenn es sich um das richtige Modell handelt, oder, wenn der Taxifahrer ein Fan von Fanfaren ist, mit einem Kompressor *(das besprechen wir auch noch).* Dieses Vergnügen habe ich mir auch schon einmal gegönnt: Und natürlich an einem Sonntagmorgen, um sechs Uhr, wenn meine Schicht beginnt. Es sind zehn Grad minus …

»Mein« Taxi ist nicht da, *(zu der Zeit war das natürlich noch nicht MEIN Taxi, aber weil üblicherweise ein Fahrer immer gern das gleiche Taxi fährt, nenne ich es so, das hatten wir aber weiter oben schon besprochen).* Denn, wenn Sie im Büro arbeiten und morgens ins Büro kommen, möchten Sie ja auch nicht erst einmal den Schreibtisch suchen, den Computer zusammenbauen und das Schreibmaterial einkaufen.

»Mein« Taxi also, ist nicht da! Ein Anruf im Büro klärt schnell auf, dass der Nachtfahrer noch weiter weg ist, das kann dauern! Dann soll ich doch den Citroen-Kombi nehmen, der kommt »meinem« Taxi vom Modell ziemlich nahe, da ich sonst auch Kombi fahre: Aber selbstverständlich den mit dem Stern. Man ist ja Taxifahrer in Bremen, da werden die gebaut. Also, der Citroen ist dem Mercedes ziemlich ähnlich, es ist ein großer Citroen. Es ist noch ein neues Taxi, soll heißen, den hatte ich noch nie gefahren. Und viele Kollegen oder Chef selber auch nicht. Der Citroen hat noch diesen allseits beliebten Neuwagengeruch. Der ist ja auch erst eine Woche alt. Das ist aber auch schon nächste Woche vorbei Dank der Raucher. Nachdem ich also losgefahren bin, grüßen mich erst einmal zwei Polizisten grinsend an der nächsten Ampel, mit der Frage:

»Hat der Wagen auch Licht?«

Upps, bei Mercedes ist immer alles auf *Automatisch* eingestellt, da brauche ich mich nicht kümmern. *Ach du je, wo ist hier der Lichtschalter? Es gibt so viele Schalter, Hebel, Tasten in diesem Neufahrzeug! Warum können nicht alle Fahrzeuge die wichtigen Bedienelemente an der gleichen Stelle haben?!* Ich suche den Lichtschalter und finde ihn *NICHT*. Die Polizisten sind weitergefahren, ich auch. Erst einmal zum nächsten Halteplatz, das Licht suchen. Das ist der Halteplatz am Krankenhaus-Mitte. Ja, was soll ich sagen, gefunden habe ich den Lichtschalter nicht, dafür aber versehentlich den Alarmknopf! Und dann ausgerechnet den lauten Alarm! Und wenn Sonntagmorgens um halb sieben Uhr so ein Taxi mit gefühlten tausend Watt los röhrt, dann ist keiner wirklich begeistert. Nun suche ich den »Aus-Knopf«. Wo der in »meinem« Taxi sitzt, weiß ich blind. Jetzt finde ich ihn nicht. Ich rufe eine Kollegin an, die unsere lebende Betriebsanleitung für alle Wagentypen ist. Fast alle! Denn *DEN* Wagen hat sie auch noch nicht gefahren! Dafür sagt sie mir, wo der Aus-Knopf in ihrem Taxi sitzt! *Super! Danke, für die große Hilfe!* Denn sie fährt auch Mercedes. Dann rufe ich den Halter des Wagens an, unseren Chef. Schließlich ist es sein Auto! Der müsste doch wissen, wo der *Ausknopf* für lauten Alarm sitzt! Normalerweise bleibt keine Frage unbeantwortet, was der Mann alles weiß! Nur ... Pech ... sonntagmorgens ... in aller Herrgottsfrühe ... sollte man seinen Chef, an seinem einzigen, freien Tag, nach einer Nachtschicht im Telefondienst, besser nicht anrufen! Ich vergaß! Die Antwort gebe ich hier jetzt nicht wieder, falls Kinder mitlesen, man hätte das aber auch eleganter ausdrücken können! Gut, dass ich morgens um diese Zeit noch nicht so schlagfertig bin! *Ist den Lesern eigentlich auch bewusst, selbst wenn man im Recht ist, in solchen Situationen bekommt man trotzdem kein Recht und schon gar nicht vom Chef!* Schon einmal hat mich eine Antwort mit: »Ar ... loch«, zu einem anderen, früheren Chef, den Job gekostet. Zwar in einem anderen Gewerbe, ähnlich dem Taxigewerbe, Sie kennen den Spruch: *Ist dir dieses nicht gelungen, reist du in Versicherungen!* Auch wenn mir alle, die das »Ar ... loch« kannten, anschließend gratuliert haben, und mir auf die Schulter klopften und bestätigten: »Dass *DER* das verdient hat und es endlich einmal Zeit wurde, dass Einer dem die Wahrheit sagt!« Nur ... den Job war ich los! »*Was für ein Ar ... loch!*«

Inzwischen ist die Nachricht, dass mein Taxi Hilfe braucht, im Taxiflurfunk auch herumgegangen. Es kommt inzwischen schon das dritte Taxi, um zu helfen. Bis dahin hatte ich herausgefunden, dass bei diesem Fahrzeug der Ausknopf da war, wo er sonst auch ist. Jedes Taximodell hat da so seine anderen versteckten Plätze, wo der Schalter platziert sein kann. Herausfinden muss das auch jeder Taxifahrer selbst, es gilt: Learning by doing (für die Nicht-Englisch-Sprechenden: Finde es selber heraus), denn Einweisungen kosten unnötig Zeit und damit Geld, das hat ein Taxifahrer sowieso nicht. Dabei machte ich aber auch gleichzeitig die Erfahrung, dass zehn Grad minus sich nicht positiv auf Schließmechanismen für Motorhauben auswirken, wenn der Motor noch kalt ist und der Wagen gerade aus der Waschanlage kam. Dass ich den Motor starte und einfach laufen lasse, ist mir in dem Moment auch nicht eingefallen. Den drei Kollegen aber auch nicht! Wir wollten einfach nur diesen höllischen Lärm *»AUS!«* haben. Die Haube ging nicht auf! Während es laut weiter dröhnte vor dem Krankenhaus, fragte mich ein angetrunkener Passant, ob ich frei wäre?!? »Nein«, war meine kurze Antwort, mit einem Blick, den ich werfe, wenn ich kurz davor bin auszuweiden und Leber zu fressen. Wenn Stress aufkommt, reagieren die meisten Menschen eben eher ein wenig disharmonisch. *Ist das etwa eine Ableitung von »dämonisch«?!*

Die beiden netten Polizisten von vorhin waren inzwischen auch eingetroffen. Wahrscheinlich hatten sie sich drei Straßen weiter einen Kaffee geholt *(damit der Leser eine Vorstellung von der Lautstärke der Alarmanlage hat)*! Das jetzt breitere Grinsen signalisierte Wiedererkennen. Man konnte aber auch den Satz, »Frau und Auto« darin lesen. Meine Gedanken dazu gebe ich hier jetzt lieber nicht wieder, sie stimmen ungefähr mit dem Vokabular von vorhin am Telefon, mit dem meines

Chefs überein. Wie der Herr, so sein Gescherr oder wie der Lateiner zu sagen pflegt:

»Plane qualis dominus, talis et servus«.

Nach kurzem Bericht über die allgemeine Sachlage wollten die Retter der Sachlage natürlich der *doofen* Taxifahrerin helfen und ihr einmal zeigen, wie man(n) die Motorhaube öffnet, nachdem drei *doofe* Taxifahrer das auch nicht geschafft haben. Fachmännisch wirkend drückten, zogen, klopften und funzten sie, es geschah aber nichts! Die Motorhaube ging nicht auf! Eine Stunde später, die inzwischen vergangen war, kam auch schon der »Gelbe Engel« um die Ecke. In meiner Verzweiflung habe ich den einfach angefordert. Ist Ihnen schon einmal aufgefallen, egal, ob Sie in der Stadt eine Panne haben, auf der Autobahn, im Wald von Kanada oder in einer verlassenen Pampa mit Ihrem Fahrzeug stehen: Es dauert gefühlt immer eine Stunde, bis die »Gelben Engel« kommen? *Danke … nochmal … für die große Hilfe: Ihr seid Klasse!* Und ob Sie es glauben, oder nicht, verehrte Leser, es dauerte keine zehn Sekunden und die Haube war offen, der Aus-Knopf gedrückt: *RUHE*! Das war so eine Ruhe, wie Weihnachten, wenn bei allen Leuten Bescherung ist, leiser Schnee fällt, die Fenster alle beleuchtet sind, und ein Weihnachtsduft nach Zimt und Nelken vom Glühwein durch die Straßen zieht.

Nachdem ich mich bei allen bedankt habe, gab es erst einmal einen heißen Kaffee. Denn wenn man eine Stunde bei zehn Grad minus draußen verbracht hat, an einem Sonntagmorgen, dann fragt man sich, ob man nicht doch den Beruf lieber wechseln sollte. Dann fallen einem Berufe ein, die im Imbiss, in der Küche, Backstube, vorne bei der Dampflok, oder so, zu tun haben. In solchen Momenten kann auch der Teufel einen holen, egal: Hauptsache, es ist warm!

Drei Wochen später rief mich übrigens ein Kollege an und fragte mich, ob ich wüsste, wo man den lauten Alarm bei dem neuen Citroen ausstellt. Ich habe den gar nicht verstanden, es war so laut im Hintergrund! Ich konnte ihm nur sagen, wo bei meinem Taxi der Aus-Knopf war, und gab ihm noch einen Tipp: »Ruf' bloß nicht den Chef an!«

Taxi ist nicht gleich Taxi

Dass es zur Personenbeförderung nicht nur Taxis gibt, sondern auch Mietwagen hatten wir schon besprochen. Viele Fahrer, aber auch Fahrgäste meinen, dass die Bezeichnung »Taxi« das Wort »Sonderrechte« beinhaltet. Aber die haben wir nicht. Außer, dass wir manchmal Extra-Busspuren befahren dürfen. In Bremen haben nur die Fahrradfahrer Sonderrechte, aber das ist ein anderes Thema, zu dem wir auch noch kommen. Aber wir können auch, mit einem Stempel auf einem Dokument der Verkehrsbehörde, Sonderrechte eingeräumt bekommen. Dann dürfen wir zum Beispiel einen Deich befahren, der sonst nur für Fußgänger frei ist. Oder eine wichtige Person muss an Autofreien-Zonen abgeholt werden, dann dürfen wir dort einmalig einfahren und wieder rausfahren. Aber das muss jedes Jahr gegen Gebühr wieder neu beantragt werden. Jetzt könnten wir den Small-Talk über »wichtige« und »unwichtige« Personen halten und ob es die überhaupt gibt. Wenn beim Bäcker jemand »normale« Brötchen bestellt, frage ich: » Was sind denn unnormale Brötchen«?! Aber das sprengt jetzt die Vielfalt der Themen, dann wird das eine Trilogie! Und einen zweiten »Herr-der-Ringe« braucht wirklich niemand, mir persönlich ging schon der erste Film auf die Nerven, wo vier Stunden nach einem Ring gesucht wird! Vielleicht sollten »die Beutlings« einfach den »weisen Helge« fragen!

Also, wir Taxifahrer haben uns genauso an die staatlich-gesetzliche Verkehrsordnung zu halten, wie jeder andere auch. Das Wort »Taxi« kommt auch nicht von »Eilig« oder »Formel-1-Fahrt«. Obwohl einige Fahrer, besonders in dunkleren Stunden, also nachts, mit wenig Verkehr, das oft meinen. Es werden auch dann nicht die *Blitzer* (Radarfallen) ausgestellt! Aber spätestens, wenn die Rennfahrer unter uns, einen monatlichen Kurzurlaub mit Sammelpunkten aus Flensburg haben, wissen sie das auch!

Es gibt da auch noch ein paar mehr Unterschiede bei den Taxis, das *Frauen-Nacht-Taxi* ist da so einer. Das ist ein Sondertarif, der extra für Frauen, die nachts unterwegs sind, in Anspruch genommen werden kann, um der »Anmache« in Bussen und Bahnen auszuweichen. Den Tarif können Sie auch unter Taxi-Ruf Bremen, Tarife, googeln. Dieser Sonderdienst muss telefonisch bestellt werden. Denn diesen Sondertarif bietet nicht jedes Taxiunternehmen an.

Am Anfang dieser Idee stand eigentlich, dass nur Fahrerinnen für das Frauen-Nacht-Taxi eingesetzt werden sollten. Da es nachts aber für Fahrerinnen, auch in Bremen, zu gefährlich geworden ist, zu fahren *(es gibt nur noch wenige Ausnahmen, die nachts fahren, diese Kolleginnen sind wohl im Nahkampf erprobt!)*, oder die unerprobten Fahrerinnen müssten dann mit Body-Guards fahren, was den Tarif aber wieder teurer machen würde. Also werden ganz einfach Männer mit erstklassigem Führungszeugnis, verheiratet, als Fahrer eingesetzt. Was soll ich sagen, liebe Leser, es gibt nichts, was es nicht gibt! Eines Nachts war in der Taxiruf-Zentrale ein Anfänger eingesetzt, sein erster Nachtdienst. Vor Aufregung hat er dann das Frauen-Nacht-Taxi einfach in den »normalen Fahrauftrag« gepackt. Es kam irgendein Taxifahrer. Ja, Sie ahnen es wahrscheinlich. Der Fahrer fing ein »nettes« Gespräch an und unterstrich seine Worte noch mit eindeutigen Gesten *(ein unbedingtes Tabu übrigens für jeden Fahrer ist, NIE den Fahrgast anfassen, es sei denn mit Ansage, wenn Hilflos oder Ähnliches)*. Peinlich ohne Ende! Wo Menschen arbeiten, passieren Fehler! Der Fahrer wurde natürlich sofort entlassen und transportiert jetzt gewürzte Fleischware am Spieß, ohne Kühlung. Er hat sich, glaube ich, selbstständig gemacht. Natürlich hat die Presse versucht der Bevölkerung klarzumachen, dass mal wieder der *typische Taxifahrer* am Werk war, um das Ganze aufzubauschen. Wobei nun wieder die Frage kommt: »Was, in Gottes Namen, ist ein *typischer Taxifahrer*?« Wobei die Pauschalisierungen doch spätestens seit den *typischen* Veganern vorbei sein sollten (ich lege gern einmal einen Gemüsetag in meinem Essensplan ein, bin trotzdem noch kein *typischer* Veganer)!

Dazu fällt mir die Geschichte einer Freundin ein, die als Volontärin bei einer Zeitung gearbeitet hat. Nachdem sie beim Begrapschen eines Journalisten nicht einfach stillgehalten hat, wurde sie rausgemoppt aus dem Verlag. Heute führt sie eine erfolgreiche Modeagentur. Sie sehen, es wird überall mit Wasser gekocht, wo Wein getrunken wird! An die Leserinnen sei gesagt, dass mitunter auch Taxifahrer in den Wagen sitzen, da würden sie sich wünschen, dass … aber lassen wir das! Ich sage nur: »Sahneschnitten!« Und weise gleich darauf hin, dass man sie *NICHT* mit nach Hause nehmen darf! Aber das können Sie den dann selber fragen!

Und weil eine Geschichte immer zwei Seiten hat, hier ein Beispiel, was uns Fahrern so passieren kann, in Sachen »Belästigung«. Das sind dann die weiblichen Fahrgäste, die ihre Position gnadenlos ausnutzen, wenn es um die Rechnungsbegleichung – beziehungsweise – Zahlungsverweigerung geht. Irgendwie haben diese *Damen* das Wort *Emanzipation* völlig falsch verstanden. Ein Kollege, Nachtfahrer, hat seinen Beruf aufgegeben, weil er es leid war, Frauen zu fahren, die einfach nicht genug Geld für die Rückfahrt dabeihatten. Wenn am Fahrziel die Debatte mit: »Festpreis« beginnt (bei Einsteigern am Halteplatz, *MUSS* nach Taxameter gefahren werden, innerhalb Bremens), und dann die Debatte weiter geführt wird mit:

»Wenn Du die zehn Euro nicht nimmst und auf den Taxameter-Preis bestehst, dann beschwere ich mich in der Zentrale, dass Du mich angefasst hast!«

Spätestens dann weiß der Fahrer, dass die Tageseinnahmen wieder nicht mit dem Kilometer-Stand »kumuliert«. Es gibt Fahrer, die lassen sich auf solche Verhandlungen ein, und nehmen das wenige Geld, weil sie denken: »Lieber die Taube in der Hand als den Anschiss solcher Bratze auf's Dach!« Kommt das aber mehrmals vor, können die Unternehmer ihre Konzession verlieren. Man stelle sich das mal vor: Ein Unternehmen wird ruiniert, für ein paar fehlende Cent-Stücke! Wenn so ein Fahrgast in meinem Taxi sitzen würde, dann wäre ich gnadenlos bei der Polizei vorgefahren und hätte eine Anzeige wegen Betrugs und Verleumdung gemacht. Denn in ein Taxi steigen, mit dem Vorsatz nicht den Preis zu zahlen ist *BETRUG*! Wie schon im Buch weiter vorne erwähnt. Ein Taxi ist kein Basar, auch wenn manchmal an den Innenspiegeln derartige Anhänger baumeln *(für den einen Fan ein Duftbaum, für den Anti-Fan jedoch ein großer Kopfschmerz-Verursacher).*

Und überhaupt, wo kommen wir denn hin, schließlich kann man an der Kasse eines Supermarktes oder im Restaurant auch keinen Preis aushandeln oder den Kellner wegen Belästigung anzeigen, weil mir das Geld zum Essengehen fehlt. Wäre ja auch doof, wegen der Zeugen, die da so an den Tischen umzusitzen.

Aber jetzt verlassen wir das Frauen-Nacht-Taxi und sitzen im *LINIEN-TAXI*. Das wird eingesetzt im Ersatz-Linien-Verkehr des Öffentlichen-Personen-Nah-Verkehrs (ÖPNV). Wenn eine Straßenbahn- oder Buslinie ausfällt, dann werden ersatzweise Taxis, meistens Großraum-Taxis eingesetzt. Sie, als Fahrgast, zahlen den üblichen ÖPNV-Tarif, also genau das, was Ihre Fahrkarte sonst auch kostet. Das Taxi fährt die übliche Buslinie ab und setzt Sie wie gewohnt an ihrer Haltestelle ab. Das gleiche gibt es auf dem Lande. Nur, dort heißt es »Anruf-Sammel-Taxi« (AST). Wenn es für ein Busunternehmen zu teuer ist für einen einzelnen Fahrgast einen ganzen Linienbus zu schicken, zu einer Haltestelle hinter der Milchkanne, dann wird so ein AST geschickt. Der Fahrgast ruft mindestens eine Stunde vor dem Abholtermin in der Buszentrale an, bestellt das AST, und die Buszentrale benachrichtigt die Taxizentrale, welche für den Sonderfahrdienst Bereitschaft hat. Der Fahrgast wird dann an der bestellten Haltestelle ganz nach Fahrplan abgeholt und zur gewünschten Haltestelle gebracht. Auch in Bremen werden solche Linientaxis, in entlegenen Stadtgebieten, eingesetzt. Der Preis bleibt auch hier, wie bei der normalen Fahrkarte, gleich. Den Mehraufwand rechnet das Taxiunternehmen mit dem Busunternehmen ab.

So, dann wäre auch noch das *LIEGE-TAXI* im Angebot. Nicht, dass die weiblichen Fahrgäste jetzt denken, dort werden unsere »Sahneschnitten« (gutaussehenden, netten Taxifahrern) für besondere Serviceleistung eingesetzt. Nein! Die werden nach Schichtende unter den Fahrerinnen aufgeteilt, die besonders guten Umsatz hatten! Auch nein! Es ist auch kein Taxi mit Schlafwagenabteil. Scherz beiseite: Das Liegetaxi ist für die Fahrgäste, die nicht sitzend gefahren werden können. Es ist wie eine Art Krankenwagen, nur dass der Fahrer keine medizinische Ausbildung hat, und der Fahrgast keine medizinische Versorgung braucht, darum ist der Tarif im Vergleich zum Krankenwagen auch günstiger. Es sind auch außer dem notwendigen Erste-Hilfe-Koffer, keine medizinischen Geräte an Bord. Manche Fahrer solcher Liegetaxis waren früher vielleicht mal Krankenwagenfahrer, aber trotzdem dürfen sie außer Erste-Hilfe-Maßnahmen, keine ärztlichen Eingriffe während der Fahrt machen. Es sei denn, einen notwendigen Luftröhrenschnitt nach »McGuyver«-Art, aber das kommt nicht häufig vor. Außerdem fehlt oft auch ein Kugelschreiber dafür an Bord, es sei denn, der Fahrgast hat einen dabei.

Aber wer schon einmal an den Bandscheiben operiert wurde und längere Zeit nicht sitzen oder stehen darf, der wird mit so einem Liegetaxi transportiert. Oder jemand, der vom Krankenhaus entlassen wird, in ein Altenheim verlegt wird, nicht laufen kann, aber keine medizinische Versorgung braucht, ist ein Fahrgast für ein Liegetaxi. Oder wer nicht in der Lage ist zu sitzen und zur Notaufnahme in das Krankenhaus muss, weil er sich vielleicht einen Nerv eingeklemmt hat, es ihm aber ansonsten gut geht, wird mit dem Liegetaxi gebracht.

Viele Taxikunden denken auch, wenn man ein Taxi am Halteplatz ansteuert, dass dann auch das erste Taxi in der Warteschlange gewählt werden muss. Es gilt in Deutschland Meinungsfreiheit, verehrte Fahrgäste! Wenn zum Beispiel an erster Stelle das gewöhnliche Auto des Volkes steht, und nicht ein bequemeres, Sie aber lieber das Taxi möchten, das an sechster Stelle steht, weil das eher das Fahrzeugmodell Ihres Wunsches ist, dann steigen Sie dort ruhig ein! Vor allem, wenn Sie sich während der Fahrt unterhalten wollen, was nicht durch lautes Geklapper und Gerödel gestört werden soll, dann nehmen Sie selbstverständlich den Wagen mit dem Stern auf der Haube. Für einen Bremer Fahrgast eigentlich auch irgendwie Pflicht, denn das ist der größte Arbeitgeber Bremens, glaube ich!

Natürlich können Sie auch den Wagen mit dem »Löwen« oder auch der »Raute« am Kühler nehmen. Wenn Sie das nicht mögen, schauen Sie, ob irgendwo der Wagen mit dem Engel auf dem Kühler steht, der ist wirklich bequem! Aber eher selten! Nun genug der Lobhudelei, schließlich kriege ich keine Prozente, ich mag den Stern einfach gern fahren. Da ich mir diesen Wagen privat nicht leisten kann, bin ich Taxifahrerin geworden. Sie als Fahrgast haben tatsächlich die freie Wahl, in welches Taxi Sie steigen möchten. Wünschenswert ist allerdings immer, das Taxi, was an erster Stelle steht, auch zuerst vom Fahrgast besetzt wird. Weil der Kollege dort am längsten steht und als Nächster »dran« ist. Was heißen soll, er ist an der Reihe! Denn an guten Halteplätzen herrscht »Gentleman-Agreement« *(keine Ahnung wie man das gendert)*, denn die Übereinstimmung gilt natürlich auch für Frauen* Kinder* Divers*, es geht dann doch immer schön der Reihe nach!

Wenn ich als einzige Fahrerin in der Reihe stehe und der Fahrgast, meistens selber weiblich, besteht auf eine Fahrerin, dann darf ich natürlich die Dame zu ihrem Ziel bringen und muss nicht an das erste Taxi am Halteplatz verweisen, in dem ein Mann sitzt. Natürlich hat solches dann auch mal zu Vorwürfen der Kollegen geführt, da diese aus ihren fernen Regionen der Welt kommend, die hier gelebten Formen der Emanzipation noch nicht so kennen. Und so hatte man mir Flüche und Kaffeebecher, oder beides, nachgeschmissen, weil man die Regel der Taxi-Ordnung nicht akzeptieren will. Und dies nur, weil ich nicht als erstes Taxi vom Halteplatz, aber mit Fahrgast, losgefahren bin.

Und selbst noch Wochen nach solch einer Fahrt und vielen Fahrgästen später, sieht man sich auch hier, wie im Leben, immer zweimal wieder. Plötzlich taucht aus dem Nichts ein Taxifahrer auf, den man noch nie im Leben gesehen hat, denn man selber hat den Vorfall längst vergessen, weil die Welt sich ja nun einmal weiterdreht! Und da ich auch eigentlich gar nicht so recht weiß, was der »Kollege« von mir will. Da tut der Kutscher mir seinen wochenlangen Unmut kund, wahrscheinlich, weil bei ihm keine vielen Fahrgäste dazwischen waren:

»Ey, Du Montag einfach weggefahren und nischt an erste Taxi geschickt! Nischt gute Fahrer! Musst du wissen!«

Ich schaue ihn verwundert an, sekundenlang, ohne eine Antwort zu geben. Nicht, dass mir nichts einfällt. Schließlich bin ich nicht seit gestern erst Taxifahrerin! Die Luft ist flirrend heiß, ringsum ist plötzlich alles mucksmäuschenstill. Man könnte eine Nadel fallen hören. Selbst die Vögel haben aufgehört zu piepen, die Straßenbahnen trauen sich gar nicht laut quietschend durch die Schienen zu fahren, die Umgebung hält inne, keiner wagt sich zu rühren, Bremen ist in ein Standbild eingefroren, irgendwo klingt eine Mundharmonika »Spiel mir das Lied vom Tod«, bis ich in einem fast perfekten Englisch mein:

»Sorry, I can't understand you! Please, say it on english!«, abfeuere. Darauf folgen mir in einem Sing-sang seine Flüche. Wahrscheinlich verflucht er mich, dass ich mit ihm nicht in den Himmel soll, zu den anderen nackten vierzig Frauen. Dafür bin ich ihm aber sehr dankbar! Nicht wegen des Nacktseins, aber ich möchte lieber in die Hölle, der Wärme wegen! Trotz katholischer, strenger Erziehung, oder vielleicht gerade deshalb, habe ich es jetzt mit strenger Religion nicht mehr so und außerdem ist das ein Thema, was man im Taxi lieber nicht anspricht. Genauso wenig wie Politik. Obwohl in Kneipen oder Taxis bekanntlich oft die besten Lösungen zur Rettung des Volkes, des Staates und deren Probleme gefunden werden, die meistens von den Politikern oder Parteien verursacht werden. Gut, wenn sich Fahrgast und Fahrer einig sind und gemeinsam eine Strategie erarbeitet haben. Warum können das die Politiker eigentlich nicht so schnell?! Denn die meisten Fahrten sind kurz.

Was die Taximodelle betrifft, gibt es viele Modelle die als Taxi in Frage kommen. Da könnte man jetzt einen Diskussionsabend wie bei »drei-nach-neun-talkshow« im Fernsehen draus machen. Jeder hat so seinen Favoriten als Auto. Meine Idee wäre, alle Taxis einheitlich, dann kann man sie schon beim Eintreffen in Bremen am Bahnhof oder Flughafen klar erkennen und braucht nicht schon wieder die Qual der Wahl treffen. Und wenn das alles Kombis sind, hat man zu neunundneunzig Prozent auch keine Schwierigkeiten mit dem Gepäck. Es sei denn, man kommt von einer drei-monatigen Kreuzfahrt, dann wird es auch hier knapp mit Stauraum! Aber dafür gibt es ja die Großraumtaxis. Okay, wenn jemand seinen Rollator einfach so in den Kofferraum stellen möchte, ohne ihn hinzulegen, dann sind Kombis auch eher ungeeignet. Das sind aber die einzigen Ausnahmen, abgesehen von einem vollen Orchester, mit Instrumenten, denke ich. Und auch da haben wir so unsere Tricks, was das Verstauen angeht!

Welche Autos im Taxi-Unternehmen letztendlich fahren, muss jeder Unternehmer selber kalkulieren. Das zeigt sich meistens auch bei den Häufigkeiten der Reparaturen, ob die Wagen als Taxis taugen. Und die Kosten werden kommen, auch wenn der Wagen neu ist. So ein Taxi läuft meistens im

24-Stunden-Betrieb. Sie können davon ausgehen, dass ein Taxi drei bis vier Jahre hält und dann dermaßen verbraucht ist, dass man keinen Fahrgast mehr darin fahren sollte. Die Sitze sind durchgesessen, die Gurte, wenn sie nicht ohnehin schon mal getauscht wurden, ausgeleiert. Die Innenverkleidungen zerkratzt, denn fast jeder Fahrgast hat Ringe auf, Nieten an den Hosen, hohe Absätze, Schnallen an Taschen, Schuhen, Bekleidungen, Rucksäcken, Business-Cases und dergleichen. Die Kofferräume sind unansehnlich, die Lenkräder, wenn mit Leder bezogen, abgegriffen. Die Matten sollte man schon mal ausgetauscht haben, denn die haben keine Lebensdauer von drei Jahren. Es gibt wenige Taxis, die länger überleben, das kommt auf die Fahrer an, die damit gefahren sind, wie sie die Autos fahren und wie sie das Auto pflegen. Jeder Fahrer hinterlässt seine »Handschrift« beim Taxifahren. Das kann man auch mit der Nutzung eines Füllers vergleichen. Zum Beispiel schreibe ich immer noch mit dem Füller aus meiner Schulzeit und das ist schon länger als ein Vierteljahrhundert her! Das Taxi pflege ich genauso, darum läuft mein Taxi, dank Unternehmer auch noch tadellos: Erste Maschine ist ausgetauscht, der Gute (das Taxi!) geht ins vierte Jahr!

Wie bereits weiter oben im Buch bemerkt, ist es so, wenn Fahrer zu Hause auch noch nie einen Besen oder Lappen in die Hand genommen haben, dann muss man keine Wunder erwarten und denken, dass sie nun ein Auto reinigen würden. Oder einfach mal lüften könnten. Oder wenigstens mit Raumspray einsprühen, wenn deren Taxi-Schicht vorbei ist. Aber wahrscheinlich zerstört dies das Karma des Fahrers?! Einige Fahrer wollte ich schon anrufen, ob sie noch leben! Bei dem Geruch, der im Taxi herrschte, müsste das Taxi eigentlich von Geiern umkreist werden. Kann auch sein, dass sie kadaverartiges gegessen haben, aus guter alter Tradition. Da gibt es doch diesen Gammelhai im hohen Norden! Vielleicht haben sie auch eine Hyäne transportiert, man weiß es nicht, oder einen nassen Affen. Wie gesagt, wir Taxis transportieren das, was die Lieferdienste liegen lassen.

Bei den Reparaturen sind nicht nur die Kosten wichtig, sondern auch die Zeit. Ein Taxi was lange steht ist ineffizient. Neben dem Wagen mit »dem Stern« mag ich auch die Wagen aus Schweden, sie sind fast »unkaputtbar«, dabei sparsam im Verbrauch. Aber wenn der Turbolader gewechselt werden muss, kann das schon über eine Woche dauern. Das ist einfach eine zu lange Stehzeit für ein Taxi. Wäre die Welt ein Wunschkonzert, fährt man in die Werkstatt, egal was kaputt ist, wartet höchstens eine Stunde und alle Schäden sind behoben. Schließlich fliegt die Welt zum Mond! Leider macht das Werkstattpersonal da auch nicht immer mit. Obwohl die Leute dort oft schon arbeiten bis an ihre Grenzen. Nur, man darf keine Wunder erwarten, wenn man sie nicht selber vollbringen kann.

Wenn ich mit meinem Taxi in die Werkstatt fahre und um die Ecke komme, einfach nur, um die Reifen zu wechseln, dann den Spruch bringe: »Formel-1 wechselt in zehn Sekunden alle vier Räder, haut rein, Jungs!«, dann stecken sich die »Jungs« erst einmal in aller Ruhe eine Zigarette an, denn in der Ruhe liegt die Kraft! Und sie werden ja nicht nach Akkordlohn bezahlt. Außerdem macht die Gewerkschaft da nicht mit! Und Schrauben abdrehen, Reifen abnehmen, Schrauben wieder draufdrehen, das kann dauern! Da muss schließlich *JEDE* Schraube in die Hand genommen werden. Und bei einem Reifen macht das fünf Schrauben. Und das mal vier Reifen, das sind zwanzig Schrauben! Man überlege mal! Die alle liebevoll mit dem Radschlüssel rausgedreht, und sorgfältig beiseitegelegt. Den alten Reifen abgenommen. Den neuen Reifen draufgezogen. Die erste Schraube reingedreht. Dann die vier anderen. Das ist eine große Verantwortung! Jeder, der schon einmal einen Reifen montiert hat, kennt den Spruch: »Nach fest kommt ab!« Was so ein Mechaniker ist, der hat das aber wirklich nicht immer leicht! Leise seufze ich, *DAS* wäre mein Traumjob gewesen! Mechaniker! Nicht einfach nur Schrauber! Nein! Mechaniker! Den ganzen Tag mit ölverschmierten Fingern und Ölstreifen im Gesicht, auf der Suche nach dem passenden Werkzeug, was Kollegen natürlich nie dahin zurückräumen, wo es hingehört. Dann den Fehler beim »Patienten«, dem Auto finden! Das ordentliche Auseinanderbauen der Teile, das Saubermachen der Verschleißteile, die sorgfältige Sortierung, in Reihenfolge, wie es nachher wieder zusammengehört. Die Fehlerquelle entdecken und beseitigen, alles wieder zusammensetzen. Und dann der Moment, wo der Zündschlüssel gedreht wird, und ... Das Fahrzeug springt an, schnurrt wie Kätzchen und ein zufriedenes Lächeln auf dem Gesicht gibt mir die Bestätigung alles richtig gemacht zu haben! Das wäre es gewesen! Aber nein, zu meiner Zeit der Ausbildungssuche, verzichtete die Männerwelt gern auf Frauen, nicht nur in der Seefahrt brachten – was dem Aberglauben geschuldet ist – die Frauen Unglück! Nein, auch in anderen Berufssparten. Na ja, nun habe ich ja einen guten Ersatz gefunden. Setze mich in mein Taxi mit den neuen Puschen ... und düse, düse, düse los ... im Sauseschritt ... als Dritte von links ... (aus dem Lied: Codo, von DÖF).

Bevor ich in Bremen Taxi gefahren bin, war ich in einem eher sittlich-ländlichen Taxi-Unternehmen tätig. Dort hatte ich auch schon die Idee ein englisches Taxi zu fahren, einfach mal etwas anderes und sicher ein Hingucker auch auf dem Land. Ich wage sogar die Behauptung, dass die Landleute ein solches Gefährt mehr zu schätzen wüssten, und den ein- oder anderen Fahrgast würde das sicher auch begeistern. Aber es gibt in Bremen nur eine Werkstatt, die sich auf englische Wagen spezialisiert hat. Auf dem Land gibt es nur Leute unter der Hand, die sowas noch reparieren (können), aber da macht die Steuer nicht mit. Wenn in Bremen fünfhundert englische Taxis unterwegs wären, käme es, denke ich, regelmäßig zu einem Engpass in der Auftragsabwicklung. Außerdem müsste der Fahrgast dann die Verantwortung tragen, denn wenn man mit dem Rechtslenker als Taxi einen Laster überholen will, muss der Beifahrer das Kommando übernehmen, was bei Nachtfahrten schwierig wird. Wer übernimmt schon gern Verantwortung! Die Politiker offensichtlich überhaupt nicht, aber natürlich wir Taxifahrer, wenn wir die teuerste Fracht der Welt im Auto haben, nämlich Sie, verehrter Fahrgast! Nur, dann wäre der Wunsch mit meinem Zehn-Sekunden-Reifenwechsel noch weiter in die Ferne gerückt.

Es sind auch schon »Versuchsballons« mit Taxis mit Gasantrieb gestartet. Man sieht auch schon Elektroautos, als Hybridautos, die Zwitter unter den Fahrzeugen. Aber solange das alles noch in Kinderschuhen steckt, und die Reichweite dieser Fahrzeuge nicht genau gleich ist, das Aufladen viel Zeit in Anspruch nimmt, im Gegensatz zu den normalen Benzinern, ist da eigentlich als Taxigebrauch besser noch von abzuraten. Die ganz neuen »autonomen Fahrzeuge« begreife ich überhaupt nicht! Warum soll ich in so einer futuristischen Spielkapsel sitzen, wenn ich nicht selber Auto fahren soll?! Zeitung lesen, während der Autofahrt will ich auch nicht, dann würde ich Zug fahren, oder mir einen Chauffeur leisten, bei dem ich hinten im Auto sitze. Dann kann ich doch besser mit dem Bus fahren, bevor man in so ein »Goast-Car« steigt. Hierzu empfehle ich das Buch, was mir ein Kollege empfohlen hat, mit dem Titel »The Passengers«, eine hervorragend beschriebene gruselige Geschichte von Autos die autonom fahren! Und bei denen schön autonom die Passagiere gegen Tunnelwände gelenkt werden, oder in Seen ertränkt, immer mit der Vorwarnung im Display: »Sie können nichts dagegen tun!«, nachdem automatisch die Türen verriegelt wurden.

Einige Fahrgäste haben sicher schon einmal in einem Auto mit reinem Gasantrieb gesessen. Am Anfang der Gas-Ära waren das ausschließlich die amerikanischen Straßenkreuzer. Die sehen von außen bombastisch aus! Dabei wird wohl auch so mancher Traum der männlichen Fahrgäste erfüllt. Man kann sich mal wie Dean Martin der Neuzeit fühlen. Bei näherem Betrachten ist aber auch alles nur Glasfaser und Acryl. Sodass das nur ein Traum bleiben sollte, da diese Wagen zu anfällig für Reparaturen sind. Und ein Gas-Benzin-Fahrzeug ist immer noch nicht die Nadel im Heuhaufen für Umweltschutz.

Mit Taxikollegen hat man an den Halteplätzen auch schon Tag-Träume gesponnen. Es gibt doch mehr Oldtimer-Fans unter uns Fahrern, als man vermutet. Da sind schon Ideen laut geworden, etwa den guten alten Citroen-DS, den Benz-Bauerndiesel, den »Strich-Acht« oder Rolls-Royce als Taxi auf die Straße zu schicken. Was aber auch gleich nach einer flüchtigen Kalkulation wieder ganz schnell verworfen wird, es wäre einfach zu schade um diese Schönheiten aus der Vergangenheit! Da kann nicht jeder mit umgehen! Nicht auszudenken, wenn ein Taxifahrer dann in dem Wägelchen raucht oder seinen Döner oder Hamburger, mit extra viel Zwiebel isst, dann ist das ganze schöne Ambiente sofort dahin! Da helfen dann auch keine Sprays mehr!

Taxis und andere Verkehrsteilnehmer

Weiter vorne hatte ich schon die Radfahrer erwähnt. Eigentlich sollten die heiligen Kühe Bremens keine besondere Erwähnung in meinem Buch finden, da sie ganz gewöhnliche Verkehrsteilnehmer sein sollten, und schließlich gelten die Verkehrsregeln für *ALLE* Teilnehmer! Aber da das in Bremen eine eigene Spezies ist, widme ich ihnen auch gern ein eigenes Kapitel. Erst wollte ich denen gar nicht so viel Ehre der Aufmerksamkeit geben, verdient haben sie es nicht, zumindest die meisten nicht! Aber dank Grüner-Linken-Veganer-Politik und dem üblichen »Wir-wollen-Aufmerksamkeit«, ist der Fahrradfahrer inzwischen, besonders in Bremen, zu einer besonderen Spezies herangewachsen.

Es gibt natürlich immer Solche und Solche. Es gibt gute Taxifahrer und schlechte Taxifahrer. Für das Wort *Taxifahrer* können Sie natürlich auch gerne *Autofahrer* einsetzen! Es gibt Fußgänger, die einfach den Fußweg nicht finden können und grundsätzlich bei Rot die Straße überqueren oder bei Dunkelheit aus dem Bürgerpark gejoggt kommen und einfach quer über die Straße weiter joggen, obwohl in der Parkallee Fußgängerüberwege mit Ampelschaltungen gemacht wurden. Anhalten dürfen sie ja nicht, dann übersäuert anscheinend der Anhalte-Muskel, oder so ähnlich. So übersäuert nun das Magengeschwür des Autofahrers, der beinahe ein »Etwas-was-aus-dem-Bürgerpark-kam-und-man-konnte-es-in-der-Dunkelheit-nicht-erkennen« überfahren hätte. Es gibt aber auch vorbildliche Fußgänger, die an ihrem Leben hängen und die geltende Straßenverkehrsordnung begriffen haben und die Drücke-Knöpfe an den Ampeln auch.

Es gibt sicherlich auch einige wenige gute Lastwagenfahrer, die einfach ihren Job machen, wobei sie immer die Fahrregeln im Kopf behalten *(können)*. Keine unnötigen Überholmanöver auf der Autobahn starten, um mit ihren ohnehin auf neunzig Stundenkilometer gedrosselten Fahrzeugen, keinen Extra-Stau auf der linken Seite zu verursachen, obwohl doch der Mittelstreifen und die rechte Fahrbahnseite für sie da ist. Es gibt sicher auch die guten Lastwagenfahrer, die während der Fahrt, unterwegs keine Waffeln backen oder Fernsehgucken, oder ihren Lieben zuhause während der Fahrt keine Nachrichten schreiben, während sie sich die Fußnägel knipsen und damit als Stau-Auffahrer in die Geschichte eingehen, beziehungsweise im Verkehrsfunk extra erwähnt werden wollen. Nein, es gibt auch die wirklich guten Lastwagenfahrer, die sich freuen, wenn sie abends gut zu Hause angekommen sind bei ihren Liebsten und die Erlebnisse auf den Straßen mitteilen können. Mit vollem Portemonnaie, weil sie keine Ordnungsgebühren unterwegs zahlen mussten, wie vielleicht wegen völliger Überladung, zu schnell gefahren, abgefahrene Reifen, ungesicherte Ladung, keine Bremsen, keinen Führerschein, zu viel Restalkohol oder sonst wie die Suchtgrenze überschritten haben. Man darf auch nicht vergessen, dass dieser Beruf inzwischen zu einem gefährlichen Beruf geworden ist, was der vielen Überfälle auf den Rastplätzen geschuldet ist. Darum gönnen wir den LKW-Fahrern die kleinen Sünden!

Genauso gibt es auch die Straßenbahnfahrer, die einfach laut klingelnd überall auf deren Schienennetz so durchbrackern *(wobei ich mich frage, warum die Straßenbahnen, im Verhältnis zu ihrer Größe so mickerige Klingeln haben? Ein ausgewachsenes Schiff hat ja auch keine Fahrradhupe!)*. Wobei sie durchaus auch mal bis zu 70 Stundenkilometer erreichen, innerorts, wohlgemerkt! Ich bin einmal neben einer Straßenbahn nebenhergefahren, bis mich ein fester Blitzer ausgebremst hat, die

Straßenbahn nicht. Aber selbst bei Rollstuhlfahrern auf den Schienen wird kein Halt gemacht, sondern nur laut geklingelt! Die Straßenbahnen haben unbedingt Vorfahrt *(denken sie)*! Das kommt wohl daher, weil sie nicht einfach ausweichen können! Am Originärsten finde ich die Straßenbahnfahrer, die so lange mit der Straßenbahn warten, bis deren Fahrgast fast an der Tür ist und kurz bevor der Fahrgast, fast schon mit der Hand an der Straßenbahn ist, dann einfach losfahren. Aber wahrscheinlich drängt den Fahrer immer der »innere Ruf« zur Fahrplan-Einhaltung. So einfach ist das manchmal!

Es gibt Busfahrer die wirklich gerne Busfahrer sind und auch mal stehen bleiben, um eine Omi mit ihrem Rollator vorbeizulassen – egal – ob das ihren Fahrplan durcheinanderbringt oder nicht. Oder, die Behinderten beim Ein- und Ausstieg behilflich sind. Und es gibt aber auch Busfahrer, die ihren Beruf nur machen, weil gerade keine andere Stelle frei war. Dann sieht der Bus weniger einladend aus, und der Fahrer hat das Schild: »Bitte nicht mit dem Fahrer sprechen« auf Dauerrot leuchten.

Und jetzt kommen wir zu den ganz besonderen Verkehrsteilnehmern: *DIE* Fahrradfahrer! Wenn ich Fahrgäste im Taxi habe, die von Außerhalb kommen, fragen sie grundsätzlich, ob es normal ist, dass die Fahrradfahrer ohne jegliche Regeln durch Bremen fahren dürfen?!

»Ja, ist es! Sie sind hier in Bremen!«

Es gibt Fragen, da antworte ich nur in Kurzfassung. Wer mich kennt, weiß, dass da eigentlich noch mehr Potential ist, aber bei dem Thema »Fahrrad«, besonders in Bremen, werde ich ganz kurz angebunden. Besser ist das! Es bringt einfach nichts zu diskutieren! Münster soll da zwar noch schlimmer sein, kann man sich aber bald gar nicht vorstellen! Dachte ich, bis ich einen Fahrgast aus Münster hatte, der die oben genannte Frage auch stellte, und sich dann als Münsteraner outete, was mich doch stutzen ließ. Der Münsteraner erklärte dann:

»In Münster wird disziplinierter gefahren, weil es *SOFORT* Gegenmaßnahmen bei Verkehrs-Verstößen gibt, und das wird dann auch richtig teuer!«

Aber wir sind ja jetzt hier in Bremen. Wo viele Fahrradfahrer, *gefühlte neunzig Prozent*, die Anarchisten der Straßen sind! Die heilige, weiße Kuh, Bremens. Wenn hier Klaus Haxe, *oder so ähnlich,* der Guru der Radfahrer (*KEIN* Senator!), der Schutzheilige der Pedalritter, auf sein Fahrrad steigt, dann vergisst er die einfachsten Verhaltensregeln im Straßenverkehr, und auch die einfachsten Benimm-Regeln, die er gestern, als Autofahrer noch wusste! Den guten Knigge sowieso, im zwischenmenschlichen Miteinander, den man bei Bremer Radfahrern meistens vermisst! Das ist nicht in Hamburg, Hannover, Bremerhaven, Niberg, Aarhus oder Lands End so, nein, das ist offensichtlich nur in Bremen so!

Wenn Sie, verehrter Leser, auch nicht jeden Tag unterwegs sind, wir Taxifahrer sind es! Wir haben immer wieder mit Rotsündern, Vorfahrtnehmern, gefährlichen Abkürzungsfahrern und lebensmüden »Mitten-im-dicksten-Verkehr-mitten-auf-der Straße-Fahrern« zu tun. Nicht zu vergessen, die Radkuriere. Die müssen anscheinend bei ihrer Einstellung als Fahrradboten eine Klausel im Vertrag unterschreiben, dass sie unter Einsatz ihres Lebens das entsprechende Botengut transportieren müssen, ungeachtet jeglicher Verkehrsregeln. Vielleicht gilt »Lebensmüde« als Einstellungsvoraussetzung, das gab es bisher auch noch nicht! Es muss ja jeden Tag etwas Neues sein, für kommende Generationen.

Hier einmal ein Beispiel, für die auswärtigen Leser: In Bremen gibt es *DEN* »gefürchteten Kreisel«, *DEN STERN*. Der ist in der Nähe des Bahnhofs. Da dieser gefürchtete, für viele, vor allem Radfahrer, undurchschaubare Verkehrsknotenpunkt von oben aussieht wie ein Stern mit sechs Zacken, hat er seinen Namen zu Recht. Es gibt sogar eine (oft, gerade von Radfahrern) nicht beachtete Verkehrsregel, die besagt, dass: »*Wer IM Kreisel ist, hat Vorfahrt! Wer in den Kreisel einfährt, hat dem Verkehrsteilnehmer, der im Kreisel ist, Vorfahrt zu gewähren!*« Es darf also nicht einfach so in den Kreisel nach Lust und Laune hineingefahren werden! Gönnen Sie sich doch einfach mal das Vergnügen und machen Sie eine Art Volkszählung für sich selber. Fahren Sie mal zum Stern und bleiben dort nur so bummelig eine Stunde stehen und zählen die Radfahrer, die *KEINE* Vorfahrtregeln kennen oder besser gesagt, kennen *WOLLEN*. Denn ich bin davon überzeugt, dass die meisten Radfahrer zum größten Teil einen gültigen Führerschein für ein Auto besitzen. Und somit auch die Vorfahrtregeln einmal gelernt haben. Das macht sich nämlich bei eisigen Temperaturen unter null Grad bemerkbar. Denn dann fließt der Verkehr, weil kaum Fahrradfahrer auf der Straße sind, die den gesamten Verkehr ausbremsen. Die sitzen dann nämlich auch in den warmen Autos, und versuchen mit dem Auto durch das kalte Bremen zu kommen. Natürlich bremsen sie an jedem Fahrradüberweg, lassen allen Fahrradfahrern die Vorfahrt, selbst denen, die im Stern entgegen dem Kreisel fahren. Was dann wiederum zu Stau führt. Als Bremer kann man also mit Recht behaupten: »Ich wohne im Stau!« Und natürlich führt dieses Verhalten regelmäßig auch zu Unfällen. Und raten Sie mal, *WER* dann Schuld kriegt in einer Fahrradstadt wie Bremen?! Richtig, der Fahrradfahrer *NICHT*! »Als schwächerer Verkehrsteilnehmer ... *gegenseitige*

Rücksichtnahme ... und ... bla, bla, bla!« Und genau auf diesen einen Satz: »Als *schwächerer* Verkehrsteilnehmer«, berufen sich die Fahrradfahrer! Auch dabei die E-Biker, die gute 50 Stundenkilometer auf ihren Tacho bringen! Logisch! Einige sind ja nicht einmal versichert, wie sie da so durch die Straßen Bremens kreuzen. Der Autofahrer dagegen *MUSS* versichert sein! Merken Sie etwas, verehrte Leser?! Mein Blindenhund knurrt schon wieder! Nebenbei bemerkt, die Radfahrer werden von dem »Verkehrs-Kasper« *(Sorry: Senator)* Bremens, der ihnen jedes Recht gibt, gepampert. Absolut freie Wahl, ob sie auf der Straße fahren wollen oder auf dem Fahrradweg, durch Fußgängerzonen oder Sandkästen, über Grundstückzufahrten, Hauptsache jede Abkürzung nutzend, völlig antiautoritär erzogen! Sie dürfen waldorfschulmäßig ihre Freiheiten auf dem Fahrrad entfalten, wo sie wollen und wie sie wollen. Das Grundgesetz scheint wohl für die Fahrradfahrer nicht zu gelten: »*ALLE* Menschen sind gleich«, nur die Bremer Fahrradfahrer sind gleicher! Ein kreuzgefährlicher Freibrief, wie ich meine! Viele fahren auch schon auf dem Fußweg und pöbeln dann die Fußgänger an, oder klingeln sie einfach weg, weil sie »im Weg« sind! Ein eigenes Erlebnis in der Fußgängerzone auf dem Marktplatz und in der Sögestraße, bei dem ein Fahrradfahrer mich beleidigend fast angefahren hat, weil ich *NICHT* zur Seite gesprungen bin, nach seinem Klingeln. Dort sind reine Fußgängerzonen! Fahrradfahrer haben abzusteigen und zu schieben! In Bremen nicht, Ordnungshüter, die auf Fußstreife verdonnert wurden, schauen lieber in die andere Richtung, wenn Fahrradfahrer durch die Fußgängerzonen düsen. Oder halten sie an, klopfen ihnen auf die Schulter, lachen, man trifft sich heute Abend im Steintor zum Pfeifchen und Cocktail.

Freigestellt ist den Radfahrern auch die Fahrtrichtung in Einbahnstraßen. Hierzu ein kleines erlebtes Beispiel: Im Januar in Findorff kommt mir frühmorgens im Dunkeln *EIN* Fahrradlicht in einer Einbahnstraße entgegen. Langsam fahre ich mit dem Taxi weiter. Es sind *DREI* Mädchen auf *DREI* Fahrrädern, aber nur *EINE* hat Licht am Rad! Die Eltern der anderen zwei Mädels können ihre Mädchen wohl nicht leiden oder haben schon genug Kinder, so dass es auf eines mehr oder weniger auch nicht ankommt?! Oder war kein Geld für Licht da, weil das letzte Kleingeld für Zigaretten drauf ging!?! Entschuldigen Sie vielmals den ironischen Unterton, aber manchmal geht meine Meinungsfreiheit mit mir eben durch! Um die Ruhe zu behalten, sage ich jetzt im Sing-Sang die Artikel des Grundgesetzes vor mir her, dabei gleitet die alte Steuerkette meines letzten kaputten Fahrzeugs durch meine Finger. Dabei bin ich auch Radfahrerin, hoffentlich nicht so eine Chaotin!

Habe ich schon erwähnt, dass der »Verkehrskasper« *(Mensch Senator, ich kann mir das immer nicht merken!)*, natürlich ein »Grüner« ist? Aha! Jetzt fällt der Groschen, Cent-Weise, nicht weit vom Fassboden! Natürlich sollen in Bremen am besten nur noch Fahrräder fahren! Keine Autos. Wegen sauberer Luft und so weiter. *Obwohl ich den »Verkehrs-Ka … « (Senator) auch schon mit dem Auto nach Lestra (ein besonderer Lebensmittelhändler, mit einer Super-Käseabteilung: Nur ein Tipp!), habe fahren sehen! Er hatte wohl viel einzukaufen und zu schleppen! Aha! Dafür ist ein Auto dann also doch gut!*

Spinnen wir mal mit den zuständigen »Verkehrs-Kaspern« weiter herum, wenn es keine Autos mehr gibt: Wir Taxler bringen dann die Fahrgäste mit Rikschas zum Flughafen, das Gepäck bringen die Fahrradkuriere. Nebenbei bemerkt, fragt man sich, warum die immer so dünn sind, in ihren oft schwarz-orangenen Thermoanzügen?! Erstens, weil der geringe Luftwiderstand bei dünnen Fahrern, mehr Botengut zeitgleich austeilen lässt, sie sind eben schneller, als wenn ein Einhundert-kg-Mensch in die Pedale tritt. Außerdem erhöht das dann auch den Reifenabrieb, also erhöhter Feinstaubwert auch bei Radfahrern! Zweitens, falls die Sportlich-schlanken dann mal in die Weser fahren, weil sie so schnell unterwegs sind und nicht mehr rechtzeitig vor dem Ufer bremsen können, dann gibt das Wasser weniger Widerstand und die können gleich viel schneller am anderen Ufer wieder hochfahren und eine neue Lieferung schneller, am anderen Ufer abgeben und haben Umwege gespart! Die Sportbrillen sind dann gleichzeitig die Taucherbrillen. Ich nehme an, diese Spezies Botenfahrer bekommt Akkordlohn?!?

Aber spinnen wir lieber weiter mit dem Senatsmitglied für Bau-Innengedöns, Familie, Verkehr und lalala: In die Krankenhäuser zur Chemo oder zu Bestrahlungen, bringen wir dann auch die Leute mit Rikschas. Im Winter haben wir natürlich Decken parat, weil diese Fahrgäste eine geringe Immunabwehr haben und schon allein wegen der Behandlung oft frieren.

Die Schulkinder mit Defiziten werden ebenfalls so befördert, dann hat das Warme-im-Bus-Herum-gesitze ein Ende, man soll die Jugend nicht verweichlichen! *Die freuen sich vielleicht sogar, aber nur, wenn das Wetter gut ist!*

Zum Theater braucht man auch keine Taxis mehr, die Leute sollen doch in ihrer Gala-Aufmachung auf Fahrrädern zu den Veranstaltungen fahren! Dann empfehle ich Holland-Räder, die haben Kettenschutz, wegen der langen Kleider und guten Hosen! Und wenn die Bewohner Bremens eine Veranstaltung besucht haben, auf der auch Alkohol getrunken wird, dann sollen sie doch mit Fahrrädern nach Hause fahren! Was für ein Spaß, das möchte ich mir gern ansehen. Fahrräder haben doch die Angewohnheit, einen immer abzuschmeißen oder fahren nur im Kreis ab einer bestimmten Promille-Grenze. Davon abgesehen, dass auch betrunken mit dem Fahrrad fahren, den Führerschein kosten kann! Aber da ja keiner mehr Auto fährt, ist der Führerschein dann auch wertlos und kann abgeschafft werden! Allerdings fallen dann die Arbeitsplätze der Fahrschulen weg. Aber das juckt die neue Regierung wohl auch wenig, die bekommen dann einfach irgendwelche Zuschüsse um sich mit Fahrradläden oder als Veganer-Lieferdienst selbstständig zu machen. Man kann ja auch Investor für Windkrafträder oder E-Autos werden, der Grünen liebstes Kind! Wir leben ohnehin alle nicht mehr, wenn die nächsten Generationen mit der Entsorgung dieser High-End-Öko-Lösungen kämpfen müssen!

Wie soll dieser Fahrrad-Hype wohl nach einem Werder-Fußballspiel funktionieren? Wie viel Fahrräder stellt der Senat pro Spiel zur Verfügung, damit die Fans vom Stadion in die Kneipen oder zum Bahnhof gefahren werden können nach dem Spiel? Und die Einsatzkräfte am Bahnhof, die die Fans der Gegenseite in Empfang nehmen, sollen die auch auf Fahrrädern kommen?! Sollen die Fahrräder von den Fans nach dem Spiel auch wieder zurück an den Bahnhof gebracht werden oder soll jedes Fahrrad einen Fahrer haben, der den Fan zum Stadion begleitet und dann wieder beide Fahrräder zurückbringt, als »Fahrrad-Engelfahrt« sozusagen? Besser wären dann doch Tandems? Gerade stelle ich mir vor, wie ein Kind in der Schule angerufen wird, dass es wegen eines Unglücksfalles in der Familie »schnell« nach Hause kommen muss. Es wird eine Rikscha gerufen. Wobei das Wort »schnell« in Bremen keine Bedeutung hat, außer für Fahrradboten.

Ebenso scheint das »zügig« auch so ein Neutrum in Bremen zu sein. Denn wer schon einmal mit dem Auto an einer Ampel gewartet hat, vielleicht mit einem Fahrgast an Bord, der seinen Flieger knapp verpasst, und dann steht man mit dem Taxi als zweiter Wagen an der Ampel. Dann kann man mitunter Pech haben, wenn der erste Fahrer bei Ampelgrün nicht gleich »zügig« losfährt, sondern noch eine SMS zu Ende schreiben muss, vielleicht das Handy aus der Tasche kramen muss, weil es gerade klingelt, oder in ein so interessantes Gespräch vertieft ist, dass einfach gerade keine Zeit für »zügig« Losfahren ist! Vielleicht kann der erste Wagen auch gar nicht losfahren, weil der Fußgänger, der inzwischen Rot hat, das aber gar nicht sehen kann, weil der gebannt auf sein Handy guckt, um zu sehen, wer da einen lustigen Spruch oder ein völlig sinnfreies Video sendet, was man natürlich gleich mehrfach weiterversenden muss, *JETZT*, mitten auf der Straße! Ganz wichtig! Dafür lässt man sich lieber überfahren!

Dann gibt es ja auch diese typische Taxifahrer-Szene, bei der der Fahrer den eiligen Auftrag bekommt:

»Fahren Sie meine Frau und mich ins nächste Krankenhaus, schnell, meine Frau erwartet ein Kind!«

»Glückwunsch, das Kind ist eine Fahrradgeburt!«

Also, ich weiß nicht, wie man Verkehrssenator in Bremen werden kann: Reicht es, als Erster den Arm oben zu haben, um den Zuschlag zu bekommen! Das kenne ich vom Land her: Beim Viehhandel!

Zu schön ist auch das Szenario: Bremen erwartet regelmäßig im Februar die Gäste für das Schaffermahl. Ein Traditionsessen der Politiker, Kaufleute und Kapitäne, seit 1545. Will der gerade zuständige »Verkehrs-Kasper« (*Sorry: SENATOR!)*, als Erster vorneweg mit dem Fahrrad fahren?! Aber weiter zum Thema Fahrräder und den ganzjährigen Veranstaltungen in der Stadthalle. *Sorry, zum Begriff »Stadthalle«, ich kann mir den jeweiligen Namen der Sponsoren für die »Arena« auch nicht merken, für mich bleibt das »DIE Stadthalle«!* Die Teilnehmer von auswärts können dann ab Landesgrenze ein Fahrrad mieten, mit dem sie nach Bremen reinfahren können, bis zur Veranstaltung. Bei Regenwetter stelle ich mir das so vor:

»Super, nun ist mein Outfit ruiniert, was ich mir extra für das Konzert besorgt habe! Kann Bremen die Straßen, Baustellen und Radwege nicht extra reinigen bei Veranstaltungen?!«

Wenn aus den Krankenhäusern Bremens die Patienten entlassen werden, vor allem diejenigen, welche weitere Anfahrten hatten. Sie werden dann bei der Entlassung erst mit dem Fahrrad, und den berühmten Lastenrädern für das Gepäck, an die Landesgrenze von Bremen gebracht und fahren dann weiter mit Taxis, die dort warten, um sie nach Hause zu bringen. Oder wie soll ein Fahrraddorf aussehen?!

Das Ganze scheint mir ziemlich utopisch für eine Stadt zu sein! Vor allem fatal für die gesamte Infrastruktur, meine Meinung!

Aber ich bin ja auch kein »Verkehrs-Ka ... «, Senatorin. Sie merken, verehrte Leser: Die Zeit ist vorangeschritten, in der mein Buch geschrieben wurde, es war ein Regierungswechsel! Jetzt hat eine Frau das »Verkehrs-Ka ... « Innen-Amt inne! Aber geben Sie sich nicht der Hoffnung auf Besserung hin: Auch eine Grüne! Würde man Taxifahrer zum »Verkehrs-Kasper« machen, dann gäbe es vielleicht ein Aufatmen in Bremen, weil es keine millionenfachen Dreißiger-Zonen, Poller und Durchfahrverbote mehr geben würde. Denn in meinen Augen sind diese Geschwindigkeitsbeschränkungen die größten Stauverursacher und tragen damit mehr zur Umweltverschmutzung bei! Neben den vielen kurz geschalteten Ampeln,

Einbahnstraßen und natürlich Fahrrädern, die es in einer Stadt geben kann, dürfen diese als »Bremser«, weil sie nicht die dafür vorgesehenen Radwege benutzen, sondern auf der Straße fahren, auf keinen Fall den Verkehr regulieren, anhand ihres geringen Tempos. Mit den oft überladenen Anhängern, dem zu schnellem Tempo als Pedelecs, oder E-Bikes, entsteht ein ähnlicher Gummiabrieb, wie bei Kraftfahrzeugen. Denn: Die meisten E-Bikes fahren leicht über 25 Stundenkilometer, das muss dann als Mofa zugelassen sein! Da entgeht dem Staat eine Menge Schwarzgeld! Die Radfahrer wünschen sich Ampeln die automatisch auf Grün schalten, wenn sie in der Nähe sind. Super Idee, dass wünschen sich die Autofahrer auch! Was ist das Ergebnis: Chaos!

Warum schaffen es Fahrradfahrer eigentlich nicht, an der Ampel zu warten, bis es Grün ist? Wir Autofahrer bezahlen hohe Strafen und riskieren Punkte in Flensburg, bei Rotverstößen. Dieses System sollte dann auch für Radfahrer eingeführt werden, wenn man schon von Gleichberechtigung spricht! So, wie es gerade geregelt ist, wird nur mehr CO^2-Ausstoß verursacht. Einmal habe ich eine Fahrradstreife auf einen radfahrenden »Rotsünder« angesprochen und gefragt, ob er nicht etwas dagegen unternehmen möchte:

»Der ist ja viel schneller als ich, bis ich da hinterher bin!«, sprach's und schaute in die andere Richtung! Offensichtlich ein Vorpensionär, der nur noch seine paar Wochen absitzt in der Wache, bevor er in seinen wohlverdienten Ruhestand geht. Hätten Fahrräder auch Kennzeichen, wie Kraftfahrzeuge, wäre das Vergehen nicht so ohne weiteres untergegangen, und der Staat verzichtet auch da wieder auf eine Menge Mehreinnahmen, die wieder einmal die armen Parksünder aufholen müssen!

Wo wir seit Jahren gerade bei dem Thema Umwelt sind, wenn Anwohner wegen Verkehrslärm rumquaken *(Tipp: Bevor man sich eine Wohnung ansieht, könnte man sich das Wohnumfeld genau ansehen)*, würde ich eine Umgehung, oder Untertunnelung auf deren Kosten bauen und anschließend höhere Grundstückspreise verlangen.

Aber wirklich umweltverträglich ist doch eigentlich nur *ZÜGIGES* Fahren *(schon wieder dieses Bremer Fremdwort)*. Denn wenn Fahrzeuge *ZÜGIG* durch die Straßen fahren, ohne ständig anhalten zu müssen, stoßen sie weniger Emissionen mit ihren Fahrzeugen aus, als wenn sie ständig im Stop-and-go-Verkehr dahinschleichen. Dabei werden die neueren Fahrzeuge dann auch ständig an-und-ausgeschaltet, bei den ECO-Einstellungen. Was nur die Anlasser ruiniert. Das gibt dann aber den Auto-Werkstätten ihre Daseinsberechtigung! Irgendetwas ist ja immer!

Natürlich sind jetzt die »echten« Radfahrer unter den Lesern puterrot angelaufen und empört und denken an Bücherverbrennung. Das können Sie gern tun, es ändert aber nichts daran, dass sich der größte Teil der Radfahrer in Bremen wie die Ciceros im alten Rom benehmen! Und der Ruf ist sowieso schon ruiniert, über die Landesgrenzen hinaus! Dann können Sie ebenso gut auch weiterlesen. Glauben Sie mir, was hier steht sind die wirklichen, eigenen Erfahrungen im täglichen Umgang mit Bremens Fahrradfahrern, kein Seemannsgarn! Und das nicht nur als Autofahrer.

Normalerweise fahre ich nicht gern Rad in Bremen, es ist einfach zu gefährlich geworden! Als ich noch mit meinen Kindern auf dem Land gewohnt habe, sind wir häufig Fahrrad gefahren, zur Arbeit, zur Schule, zu Freunden, wenn das Wetter es erlaubte, und die Strecke nicht zu weit entfernt war. Das Fahrrad war fester, täglicher Bestandteil des Alltags. Es passierte aber auch nie etwas! Das ist jetzt in Bremen anders. Trotzdem konnte mein Mann mich an einem schönen Sommertag dazu überreden, einen gemeinsamen Fahrradausflug zu machen. Das Ziel sollte unsere Lieblings-Eisdiele in Bremen-Nord sein. Leider haben wir es nicht erreicht, dank einer dieser typischen rücksichtslosen E-Bike-Fahrer, denen wir begegnet sind. Diese beiden Fahrer kamen falsch auf unserer Fahrspur entgegen. Dass dieser Radweg sehr eng ist, brauche ich nicht zu erwähnen. Während die für sie richtige Seite viel breiter und leer war. Da ich nicht ausweichen konnte, mit meinem geliebten Hollandrad, versuchte ich trotzdem irgendwie auszuweichen auf den blumenbewachsenen Mittelstreifen. Eine schlechte Entscheidung, denn ich rutschte mit dem Vorderrad von der grasverdeckten Bordsteinkante ab und versank tief in dem Blumenbeet, was den Radweg vom Fußweg trennte. Der Sturz war unvermeidlich! Zuerst stürzte das Fahrrad, ich da drauf. Während ich dort lag, mit aufgerissenem Knie und Ellbogen, fuhren die E-Biker einfach vorbei. Sie kommentierte ihre Fahrerflucht mit der hochnäsigen Bemerkung:

»Ist wohl alles gut gegangen!«

Leider war nicht *alles gut gegangen.* Wir überlegten mit dem Zug zurückzufahren. Aber weil mein Ellbogen und Knie zu stark bluteten, war das ausgeschlossen: Das Zugpersonal hätte uns so gar nicht einsteigen lassen. Nachdem mein Mann in der nächsten Apotheke Verbandszeug holte, riefen wir meinen Sohn an, der von weit herkommen musste, extra um mich nach Hause zu fahren. Auch er hatte sich gefreut, auf einen seiner seltenen freien Tage, an denen er mit Freunden Angeln war, was er an dem Tag aufgeben musste. Für ihn war in nächster Zeit auch kein freier Tag mehr in Aussicht. Mein

Mann ist mit den Fahrrädern im Zug zurückgefahren (was auch eher umständlich als angenehm war). Der Ausflug war uns natürlich gründlich verdorben!

Wenn Sie mehr erlebte Beispiele möchten, lesen Sie gern weiter.

In Bremen-Mitte gibt es ein Krankenhaus, mit großzügigem Gelände, aber auch das wird nur zu gern als Abkürzung von Fahrradfahrern genutzt, die von Richtung Hastedt in die östliche Vorstadt oder in die Innenstadt wollen und umgekehrt. Dabei fahren sie auf dem Krankenhausgelände oft *MITTEN* auf der Fahrbahn. Nicht rechts, um eventuell Krankenwagen, die ja nun wirklich ihre Daseinsberechtigung dort haben, durchfahren zu lassen. Nein, es wird kreuz und quer gefahren. Gerne quer durch Kreiselverkehre durchgebrackert. Dabei werden einfach alle Fahrzeuge geschnitten, meistens auch wieder die Krankenwagen. Zu gern geben diese Radprofis dann auch Handzeichen zu den Autofahrern und TAXI-Fahrern, langsamer zu fahren! Nur kurz nebenbei erwähnt: Die Taxis fahren dort nicht immer nur entlang, um die nächste Toilette oder das Café anzusteuern! Manchmal haben wir auch wirklich Wichtiges zu tun! Außer dass wir Patienten im Auto haben könnten, die wir zur Chemo/ Bestrahlung/ Röntgen/ Notfallambulanz/ Entlassung oder Einweisung fahren, haben wir mitunter auch wichtige Bluttransporte an Bord. Die kommen von der Blutbank (dem DRK), das sich auf dem Gelände des Krankenhauses befindet *(Richtung Friedrich-Karl-Straße).* Manchmal sind das auch eilige Transporte, nämlich dann, wenn auf dem Transportkoffer »*EILIG*«, »*OP*« oder »*NOTFALL*« draufsteht.

So einen Koffer hatte ich an einem Sonntagmittag auch an Bord. Das heißt für uns; dass muss dann so schnell wie möglich transportiert werden! Irgendwo im OP oder in der Ambulanz liegt ein Mensch, der dringend Blut-Produkte braucht. Ich fahre los und habe ein Pärchen auf dem Fahrrad vor mir. Händchenhaltend ödeln sie vor mir her, mitten auf der Fahrbahn. Die Sonne scheint, ein schöner Nachmittag um quer über das Krankenhausgelände zu strunzen. Er dreht sich sogar noch lachend nach mir um und macht einen Scherz. Wahrscheinlich ist er stolz, dass er in den Straßenverkehr eingreifen kann und die Taxifahrerin hinter ihm jetzt endlich mal an Fahrradfahrer angepasste Geschwindigkeit fahren muss. Was für ein Held! Seine Frau oder Freundin ist bestimmt stolz auf ihn! Ich habe den beiden nur gewünscht, dass nicht eines Tages deren Kind im OP oder in der Ambulanz blutend liegt und *DRINGEND* das benötigte Blut braucht!

An einem anderen, genauso schönen, sonnigen Tag kam ich gerade durch den Kreisel, auf die Einfahrt zum Krankenhausgelände gefahren. Wieder mit einer solchen wichtigen »Bluttransport-Box« an Bord. Ein Polizeiwagen mit einem Gendarmen an Bord gab mir Lichtzeichen, dass ich anhalten sollte. Wahrscheinlich war nichts los am Sonntag, er hatte noch nichts im Protokoll, da sind Taxis immer eine gute Ausbeute. Im Vorbeifahren drehte ich die Scheibe runter und rief ihm zu, dass ich leider eilig zum OP muss und mich mit ihm zurzeit nicht unterhalten kann! Das Gesicht werde ich nicht vergessen, weil ich nicht »Stante pede« (im Vollbremsmodus) angehalten habe! Die Lieferung habe ich natürlich direkt im OP abgegeben. Auf dem Rückweg zum dortigen Taxi-Halteplatz habe ich mir viel Zeit gelassen und doch erst mal einen Kaffee geholt, bis das Polizeiauto wieder weg war, was hinter meinem Taxi parkte.

Übrigens, wussten Sie, dass auf dem Taxi-Halteplatz das Parken verboten ist! Das ist auch so eine Unart, die immer wieder gern genommen wird: Das Parken auf einem Taxi-Halteplatz!

Das ist unser Arbeitsplatz! Wenn Sie eine Dachleuchte mit den Buchstaben TAXI auf dem Auto haben, dürfen Sie dort halten. Wenn nicht, müssen Sie sich leider einen anderen kostenlosen Parkplatz suchen! Denn auf dem Halteplatz kann das Parken teuer werden! Auch wenn es »nur kurz« ist! Das wird zum Beispiel immer wieder gern genutzt, wenn Bäcker in der Nähe sind!

Nun aber weiter zu den Fahrradfahrern. Meine ganz persönlichen Lieblings-Radfahrer unter den Bremer Fahrradfahrern sind mir die Rad-»Kampf«-Emanzen mit Fahrradanhängern und Kindern darin, oder dem halben Hausrat, gern auch Hunde! Da ich selber Kinder habe, die ich jahrelang auf meinem Fahrrad gefahren habe, eines vorne im Kindersitz am Lenker, das andere im Kindersitz auf dem Gepäckträger, ist es mir unverständlich, warum man ein Kind in derartige Plastikbehälter eintütet, die am Fahrrad hängen?! Davon abgesehen, sieht man auch oft, dass diese Dinger völlig zweckentfremdet werden, nämlich dann, wenn dich Hunde aus dem Anhänger angrinsen oder Bücher oder der Anhänger mit völlig überladenen Einkäufen vollgestopft ist. *Wieso müssen Hunde im Anhänger gefahren werden, sind das nicht Bewegungstiere*? Das frage ich mich allerdings auch bei Kindern in Anhängern, die mindestens das achte Lebensjahr überschritten haben?! *Warum sie dann auch noch einen Schnuller im Mund haben müssen, frage ich jetzt lieber nicht!* Oft schlingern die Anhänger derart hin und her, dass ich innerlich Wetten abschließe, bis zu welcher Ecke es das Gefährt wohl noch schafft, ohne umzukippen?! Diese Wetten gewinne ich immer: Als Belohnung gibt es meistens ein Eis! Damit der Leser meine Sorge um diese Gefährte auch versteht: Muss ich Ihnen beichten, dass ich einmal eine Strafe zahlen musste, weil ich einen Pferdeanhänger zum Einkauf auf dem Baumarkt benutzt hatte. Auch zweckentfremdet. Die Erklärung gegenüber dem Verkehrs-Vopo, dass ich ja nur ein paar Kilometer so fahre, haben keine Gnade vor Recht ergehen lassen! Auch nicht die Aussicht auf ein Freibier beim nächsten Schützenfest (wir waren auf dem Land!), haben zwar den Polizisten einen sehnsüchtigen Blick werfen lassen, aber es hat nichts genützt: Dienst ist Dienst! Wenn nun das Ordnungsamt extra eine Gruppe gegen: »Falsch-beladene-Radanhänger« bildet, kommt doch wieder Geld in die leeren Kassen Bremens! Aber wie schon erwähnt, in Bremen wird da gerne in die andere Richtung geguckt, damit diese Vergehen übersehen werden. Kann man auch verstehen, bei dem Schreibkram der anschließend bearbeitet werden muss!

Grundsätzlich stelle ich mir aus Sorge die Frage, wieso werden diese Kinder so einer Gefahr ausgesetzt?! Einmal falsch am Bordstein gefahren und das Ganze kippt um, nicht auszudenken, wenn ein Bus im richtigen Moment vorbeifährt. Und zweitens, ist es nicht schon schlimm genug, wenn die Kinder irgendwann anfangen heimlich zu rauchen oder rauchende Eltern haben, muss ich die Kinder so unmittelbar den Abgasen aussetzen?! Denn genau in Höhe Auspuff sind diese Anhänger. Und die dünne Folie, mit denen die Kiddies da eingetütet werden, dürfte als Schutz nicht ausreichend gegen Abgase sein. Meistens sind diese Fahrradfahrer mit dem Gefährt dann auch in einem haarsträubenden Tempo unterwegs, als wenn die Radfahrer auch neidisch sind, dass sie noch keine Rennen auf dem Nürburgring haben dürfen. Da wird in einem Tempo über eine Kreuzung jongliert, passenderweise noch bei Rot durchgeradelt, als gäbe es kein Morgen. Oder besser und immer gern genommen, entgegen der Fahrbahn, zum Beispiel in der Kurfürsten-Allee. Dieses Fahren entgegen der Fahrbahn ist nicht nur kreuzgefährlich, vor allem, wenn noch ein Fahrradfahrer, der sich in richtiger Richtung bewegt zeitgleich unterwegs ist. Dann weicht das Gespann auf die Hauptstraße aus. Wenn dann ein Autofahrer entgegenkommt und hupt, weil mit so einem Verkehrshindernis nicht zu rechnen ist, dann ist diese arme ver(w)irrte Person gezwungen in Gegenwart seines Kindes übelste Schimpfwörter rauszulassen.

Immer häufiger sieht man auch Fahrradfahrer, die an ausgeprägter Rot-Grün-Schwäche leiden. Sie fahren bei Ampelrot einfach über die Straße, im Vertrauen, dass wir Autofahrer sie sehen. Dabei wird auch bei dichtem Nebel, Dunkelheit, Regen- oder Schneegestöber mutig über die Straße gekurvt. Gespannt wird auf das Handy in der Hand gestarrt, mit einer Hand am Lenker, wenn überhaupt, die Ohren verstöpselt, damit man die Hörgeschichte aus dem Handy besser versteht, und das Hupen der Autos überhört, immer mit dem Halbwissen verbunden, dass der Autofahrer ja versichert ist!

Vor kurzem habe ich einen Vater beobachten können, der mit seinem kleinen Sohn im Schlepptau, jeder auf einem Fahrrad, bei Rot über eine Ampel gefahren ist. Gott sei es gelobt, hat der kleine Junge das nicht gesehen, weil er so mit seinem viel zu großen Fahrrad beschäftigt war. Wäre das mein Mann gewesen, hätte er mein Kind nie wieder zum Fahrradausflug ausfahren dürfen. Stimmt, Werder hatte an dem Tag auch ein Spiel im Stadion! Vielleicht hat der Mann das genau deswegen gemacht, um nächstes Mal alleine zum Fußball zu können?!?

Dieses Phänomen der »Rotschwäche« wird aber auch immer häufiger bei Fußgängern beobachtet, das hat aber wohl eher damit zu tun, dass sie zwar auf der Straße sind, aber wegen ihres neuesten Handys gar nicht am Verkehrsgeschehen teilnehmen können. Es sei denn es passiert ein Unfall, dann können sie das schnell fotografieren, um es abends ins YouTube zu stellen, diese Dinger machen ja gestochen scharfe Bilder! Es spricht wirklich der reine Neid aus mir: Bei Autofahrern ist nämlich der Führerschein weg, wenn sie Rot nicht beachten! Bei Autofahrern, die auch noch Geld mit dem Fahrzeug verdienen, ist dann auch gleich die Existenz futsch!

Bei »Rot«-Regelung fällt mir auch oft auf, dass die wenigsten Radfahrer wissen, wie die lautet, wenn sie auf der Straße und nicht auf dem Fahrradweg fahren. Denn dann gilt genau die gleiche Straßenverkehrsordnung, wie bei den Autofahrern (es sei denn, ich habe irgendetwas nicht mitbekommen?!). Hält der Autofahrer an der roten Ampel an, muss der Fahrradfahrer auch anhalten, wenn er auf der Straße fährt. Fährt der Autofahrer weiter, weil »Grün« ist, darf auch der Radfahrer weiterfahren! Zügig! Hier wird oft dann einfach auf den Fußgängerweg gewechselt, weil dort ja »Grün« ist. Und hinter der Fußgängerampel wieder auf die Straße. Ein gutes Beispiel ist da die Ampelanlage an der Emmastraße zur Kreuzung Schwachhauser Heerstraße und der gegenüberliegenden Buchenstraße. Wenn auf der Schwachhauser Heerstraße die Ampel »Rot« zeigt, für die Autos, dann gilt das auch für die Radfahrer, die auf dem Fahrradweg beidseitig der Schwachhauser Heerstraße fahren, denn es queren dann, die Fußgänger, die die Straße überqueren wollen! Wenn ein Fußgänger oder Radfahrer dann die Straße überqueren will und von einem »Rot-Fahrradfahrer« über den Haufen gefahren wird, reicht ein kurzes gekichertes:

»Huch, habe ich gar nicht gesehen!«, aber nicht, wenn es dann gekracht hat. Natürlich nimmt man sich als Geschädigter dann einen Anwalt von Außerhalb, der nicht der Meinung ist, das Bremer Radfahrer unbedingt Recht bekommen müssen, weil sie die schwächeren Verkehrsteilnehmer sind. Es sei denn, der Radfahrer legt ein Attest für geistig vermindertes Verhalten vor! Darf er dann aber am Straßenverkehr teilnehmen?!? Dann kann das schon mal teuer werden für das: »Huch, habe ich gar nicht gesehen!«

Abgesehen von der Vorstrafe wegen Körperverletzung, die von dem Moment an auch das Führungszeugnis ziert. Wenn »Rot«-Regeln dort nicht beachtet werden, kann es auch böse enden, wie neulich geschehen: Es ist »Rot« an genau der Kreuzung Emmastraße/ Schwachhauser Heerstraße/ Buchenstraße. Die Fuß- und Fahrradfahrerampel zeigt deutlich »ROT«! Das kann jeder sehen, der auch die Augen auf die Ampel ausgerichtet und offen hat! Und wenn man aufmerksam ist, dann sieht man auch die Straßenbahn, die sich von rechts nähert. Wenn die Sinnesorgane, die man besonders im Straßenverkehr braucht, auch alle eingeschaltet sind, dann hört man die Straßenbahn sogar, es sei denn, man ist als typischer Bremer Fahrradfahrer unterwegs, mit dem Handy in der Hand, Kopfhörer auf den Ohren und guckt weder nach vorne noch zur Seite. Denn, dass Straßenbahnen und Busse einen Transponder haben, der ihnen »Freie Fahrt« gewährt, das wissen alle! Nur, ein junger Mann hat das nicht gewusst. Vom Typ her wahrscheinlich ein typischer Student oder »Steintor-Freddy« (Steintor, ist ein besonders durch Drogen und Randale am Wochenende, bis zur Prostitution, bekanntes Viertel in Bremen). Und dieser Steintor-Freddy ist einfach mit seinem Fahrrad an dem Fußgängerüberweg, nicht einmal in der Spur für Fahrradfahrer, rüber über die Straße! Die Straßenbahn klingelt sich den Wolf. Er bricht nicht ab, fährt einfach weiter – und rums – kommt seitlich gegen die Straßenbahn. Mir tat in dem Moment der Fahrer der Bahn leid, denn diese Schrecksekunde hat ihn wahrscheinlich Jahre seines Lebens an Energie gekostet, von einem Ignoranten vergeudet! Ach ja, dem jungen Mann ist nichts passiert, vielleicht nur die Schulter und das Knie verschrammt. Das kommt davon, wenn man eine Straßenbahn streift. Da er grinsend einfach weitergefahren ist, war es wohl gewiss ein »Steintor-Freddy«, der sich seine Tagesdosis Freidrogen gerade abgeholt hatte. Sonst hätte er mindestens:

»Huch, habe ich gar nicht gesehen!«, oder wenigstens: »Aua«, gesagt. Wer weiß?!

Aber nicht nur hier hapert es in »Good old« Bremen, sondern auch auf dem Gebiet des Rechtsfahrgebotes. Denn dort könnten die allgemeinen Kenntnisse auch gern erweitert werden. Die gefährlichen »Auf-der-falschen-Seite-Fahrrad-Fahrer« hatte ich schon erwähnt. Jetzt sind die Kamikaze-Lenker an der Reihe, die meinen, sie hätten die Seite, auf der sie fahren für sich gepachtet *(dabei zahlen Radfahrer doch gar keine Kraftfahrzeugsteuern, im Gegensatz zu Kraftfahrern!)*. Ein Beispiel ist die Schwachhauser Heerstraße beim »*Medicum*«, ein Ärztehaus. Wenn man mit dem Fahrrad zum »*Medicum*« möchte, von der Hollerallee kommend, dann muss man, sehr umständlich erst die große Kreuzung überqueren, um dann links weiterzufahren, bis zur nächsten großen Kreuzung. Der Radweg dort, ist schmaler als der Fußweg. Dann an der nächsten Kreuzung muss wieder über die Straße gewechselt werden. Anschließend muss der gleiche Weg, der hingefahren wurde, auf der anderen Straßenseite, mit noch engerem Weg, wieder zurückgefahren werden, bis zum Ziel, dem »*Medicum*«. Und immer, wenn Fußgänger und Radfahrer sich begegnen, dann ist Ärger vorprogrammiert! Wenigstens in Bremen ist das so! In anderen Städten nicht! In meiner Heimat auf dem Land auch nicht! Und das ist so, weil, entweder, die Radfahrer nicht nur den Radweg, sondern auch gern den Fußweg benutzen, oder die Fußgänger den Radweg. Bekloppter geht es kaum! Man kann natürlich auch die Hollerallee hochfahren, links in die Georg-Gröning-Straße abbiegen, dann in die Lüder-von-Bentheim-Straße, und dann an der Schwachhauser Heerstraße ein kleines Stück bis zum »*Medicum*« schieben. Kann man machen, muss man aber nicht! Schon gar nicht, wenn man das gar nicht weiß, dass so etwas geht, weil man, zum Beispiel neu in der Stadt ist. Also ist man gezwungen auf der falschen Seite den Radweg zu nutzen! Man kennt ja den berühmten Satz: »Gegenseitige Rücksichtnahme … !«, also wird es schon gut gehen!

Als Neubürger von Bremen komme ich mit meinem Fahrrad aus der Hollerallee in Höhe Schwachhauser Heerstraße. So, jetzt fahre ich gezwungenermaßen ganz außen auf der falschen Radwegseite, weil ich mir nicht anders zu helfen weiß. Nach Bremer Radfahrart könnte ich natürlich auch auf der Straße fahren und den hupenden entgegenkommenden Autos den Stinkefinger zeigen. Da ich aber ein gutes Elternhaus hatte, fahre ich, wenigstens jetzt, das Rechtsfahrgebot einhaltend, auf dem schmalen Fahrradweg, um entgegenkommende Fahrradfahrer nicht zu stören. Und natürlich, wenn man es am wenigsten braucht, kommt mir ein Radfahrer in typischer Bremen-Manier *(vielleicht ein enger Freund der zuständigen Senatorin?)* entgegen! Er fährt nämlich so richtig schön stur provozierend in der Mitte, des ohnehin schon schmalen Radweges. Ein Radprollo schlechthin! Er macht auch keine Anstalten auszuweichen! Kommt mir also dickspurig entgegen. Und gefährlich nah! *Sind nicht gerade die Radfahrer in Bremen diejenigen, die, was Abstand halten betrifft, pingelig darauf achten, dass der Autofahrer mindestens 1,50 Meter Abstand hält beim Überholen?!* Ich könnte jetzt nur auf die Straße ausweichen, weil auch gerade jetzt, viele Fußgänger auf dem Fußweg laufen, die möchte ich noch weniger gefährden! Ich steige darum ab, und schiebe mit dem Rad bis zu meinem Ziel. Wenn ich mein Rad sowieso schieben muss, weil es viel zu viele Radfahrer in Bremen gibt, dann gehe ich doch lieber gleich zu Fuß! Der gleiche Pappkopp überholt mich am nächsten Tag übrigens mit seinem teuren Mountainbike, in einer anderen Straße, *(wir fahren in die gleiche Richtung)* … aber er fährt auf dem Fußgängerweg. Den habe ich dann als völlig orientierungslos und geistig verwirrt eingestuft! *Dass der überhaupt ein Fahrzeug führen darf!*

Ein ähnliches Missverständnis im Rechtsfahrgebot erlebte ich in der Wätjenstraße. Ein Fahrradfahrer fährt breitseitig mitten auf der Straße der Wätjenstraße. Auf der einen Seite ist ein gut ausgebauter, befahrbarer Fahrradweg. Auf der anderen Seite ist der Fahrradweg stellenweise eher ein Survival-Pfad für Rückenkranke oder Schwangere, beziehungsweise die es nicht mehr bleiben wollen, so buckelig ist der. Aber dieser Provokateur für falsche Fahrweise fuhr ausgerechnet vor mir in die Richtung mit der guten Seite. Ich zuckel also langsam mit dem Taxi neben ihm her und frage höflich, ob es denn gar keinen Fahrradweg in Bremen gibt oder was das rot-gepflasterte Rechts von uns ist?! *Die Radfahrer müssen doch neuerdings ihre Straßen rot angemalt haben, damit sie den Weg finden! Warum fährt der denn jetzt nicht da drauf?!* Oder fährt man dann auf »Brenne«, falls er das Spiel überhaupt kennt: Es gab zu meiner Kindheit auf dem Schulhof ein Ballspiel, bei dem man einen bestimmten Bereich nicht betreten durfte, während des Spiels, das gab Punktabzug, man war da dann auf »Brenne« getreten. Als Antwort kam vorhersehbarerweise:

»Der Fahrradweg ist unbefahrbar!«

»*Aha*«, denke ich, weil ich nämlich gerade *DEN* Weg jeden Tag mit meinem Fahrrad fahre und bisher keinen Schaden erlitten habe, hoffe ich zumindest. So vermutete ich, dass dieser Mensch ohne Elternhaus aufgewachsen ist, in dem man ihm unter anderem beigebracht hätte, dass man nicht lügen darf. Meine höfliche Frage, warum er denn nicht eigentlich auf der Autobahn fährt, die ist gut ausgebaut, glatte Fahrbahn, ohne störende Ampeln *(ach ja, die ignorieren die meisten Radfahrer aber sowieso)*, und so viele schöne Lichter! Darauf hat er auch nicht geantwortet, ich sage es ja, anscheinend keine gute Kinderstube! Andererseits ist es auch besser so, wäre darauf eine Antwort gekommen, hätte die sicher auch meine gute Kinderstube vermissen lassen!

Manche Radfahrer Bremens suchen offensichtlich auch das Abenteuer, vermutlich wegen fehlender Abwechslung im eigenen Leben und zu Hause, in dem sie sich mit ihren absolut überteuerten Rädern – *man gönnt sich ja sonst nichts* – auf die Straße wagen. Wenn sie dann mit aerodynamischem Helm, nach neuestem Design und dicker Fahrradtasche an der linken Seite bewaffnet sind, Hosenklemmen und möglichst einem »Zweitausend-Watt-Strahler« an der Stirn haben, und der gleichen »Baustellennachtbeleuchtung« am Lenker, damit sie bei Dunkelheit im Gegenverkehr, garantiert jeden Autofahrer blenden, fühlen sie sich wahrscheinlich wie in Zeiten der Seifenkistenrennen! So ausgestattet in den Großstadtdschungel fahren, dann sind sie endlich mal Helden! Ihr Alter verrät, dass sie schon mehrere Jahre am Survival-Training: »Fahrrad fahren in Bremen« teilnehmen. Dann wird jede rote Ampel gewissenhaft ignoriert von den »Jan Ullrichs« von Bremen. An großen Kreuzungen mit viel Verkehr, wie Kirchbachstraße, oder Kurfürstenallee, wird todesmutig *QUER* über die ganze Fahrbahn gefahren und jedes Gehupe ignoriert *(oder sie hören es tatsächlich nicht, weil die Hörgeräte zu Hause auf dem Sideboard liegen)*.

Sie fahren dann mit Höchstgeschwindigkeit über die Erdbeerbrücke *(die Brücke, die von Hastedt nach Habenhausen führt und umgekehrt, ist auch als »Carl-Karstens-Brücke« bekannt).* Die Erdbeerbrücke ist nur auf einer Seite von Fußgängern und Radfahrern benutzbar. Und dann auch noch als Hin- und Rückfahrspur. Die Autos fahren zweispurig an ihnen vorbei. Man sollte also auch hier das Rechtsfahrgebot kennen und beherrschen!

Aber mit trotzigem Blick, in haarsträubendem Tempo rasen die Radfahrer auf dieser Bahn, in der Gewissheit, der gerade gültige Verkehrs-Senator wird ihnen schon helfen, wenn etwas passiert! Dann spüren sie den Hauch der großen Freiheit! Zu Hause haben sie trotzig den Müll nicht rausgebracht oder die Einkäufe im Kofferraum liegen lassen, die sie hereinbringen sollten, die Pflichten wurden schändlich vernachlässigt, weil sie ihre Aufgabe im Bremer Straßenverkehr als Anarchisten gerecht werden mussten! Und genauso einen »Jan Ullrich-Verschnitt« (ob er auch gedopt war, weiß ich nicht!), begegnete mir auf der Horner Heerstraße. Ein Fahrgast wollte zu einer Adresse dort. Er hatte einen Termin beim Zahnarzt. Wie so oft in Bremen, war das Ziel mit ziemlich beengter Einfahrt. Da die einzigen drei Parkplätze vor dem Haus belegt waren, konnte ich nur vorwärts reinfahren und *MUSSTE* rückwärts wieder rausfahren. Da ich über den Fußweg fahren musste, machte ich vorsichtshalber Warnblinklicht an, obwohl mich das auch vor nichts geschützt hätte, mir war aber einfach wohler damit. Dann bin ich im »Beerdigungs-Schritttempo« aus dem Grundstück rausgefahren.

Es gibt drei Arten von Schritttempos: Erstens ist das: Das *Beerdigungs-Schritttempo.* Jeder der auf einer Beerdigung war, weiß wie langsam die Leichenwagen fahren müssen!

Das zweite: Das *Schneckenähnliche Tempo* ist das Schritttempo »An-und-für-sich«, weil gerade eine Herde Kühe oder Schafe die Straße kreuzt, oder Kindergärtnerinnen mit Bollerwagen voller Kinder, die alle nicht mehr zu Fuß gehen wollen, weil sie dann schneller wären. Der Tag muss ja auch irgendwie herumgehen.

Und drittens gibt es: *Das Trotztempo*: Das fährt man, wenn man merkt, derjenige der hinter einem fährt hat es besonders eilig, oder die Polizei ist hinter einem, und hat zwar Blaulicht an, aber kein Horn angeschaltet, dann fährt man natürlich vorschriftsmäßig dreißig Stundenkilometer, die ohnehin nur noch auf den meisten Straßen in Bremen gefahren werden dürfen. Oder es ist ein sehr enger Weg, und ein Radrennfahrer oder Radbote *(eine ganz gefährliche Radfahrersorte … hatten wir aber schon, weiter oben)*, ist hinter einem und will schnell vorbei – geht aber nicht – weil es zu matschig an den Seiten ist, oder Straßenbahnschienen entlangführen, dann fährt man auch das »Trotztempo«! Oder soll ich etwa mit meinem frisch gewaschenen Auto in den Matsch fahren?! Natürlich bietet sich das Tempo auch an, wenn man absolut keine Lust auf den Fahrauftrag hat, weil er nur eine Ausweiche ist, für den Disponenten im Büro, der im Moment keinen anderen Fahrer angemeldet hat, oder die anderen Fahrer die Tour schon abgelehnt haben, weil sie ganz genau wissen, dass es entweder eine Tour ist, bei der es für viel Aufwand gar kein, bis wenig Trinkgeld gibt. Oder weil die Tour in so einer Gegend von Bremen ist, wo man eigentlich ohne Begleitschutz gar nicht hin möchte.

Da ich oft Überstunden mache, es wartete ja keiner auf mich zu Hause, treffen *MICH* dann manchmal solche Fahrten. Dann gebe ich mir auch gar keine bis wenig Mühe, damit ich bloß nicht noch einmal so eine Tour bekomme. Aber: »Wenn es denn sein muss, dann erledigt man das eben.«

Aber zurück zu meinem normalen Taxiauftrag, ein Fahrgast musste zu seinem Arzt, die Einfahrt war eng, die Parkmöglichkeiten gering, der Hof stand voller Fahrzeuge, es musste rückwärts auf die Straße gefahren werden. Also fahre ich langsam aus der Einfahrt heraus, sehr langsam, mit Warnblinklicht. Nun ist so ein Kombi ja nicht gerade kurz, sonst wäre es ein Kleinwagen. Als ich das zweite Drittel des Wagens aus der Einfahrt heraushatte, also schon halb auf der Fahrbahn stehe, quasi mit den Vorderrädern nur noch auf dem Fahrradweg, der Fußweg war frei, poltert es hinten auf meinem Kofferraum und lautes Gefluche ist hörbar:

»Was für eine Unverschämtheit ist das? Was bildest Du dir ein!«

Man, ich habe fast einen Herzinfarkt bekommen! Ich hatte schon Angst, dass ich mit einem anderen Wagen zusammengestoßen bin, den ich vielleicht übersehen habe. Nein! Es war ein Radfahrer der im Grunde genommen gerade Sachbeschädigung beging (abgesehen vom frechen Duzen), denn wer weiß, ob der nicht scharfe Fingernägel, oder einen Ring am Finger hat und mir damit den Lack zerkratzt?!

»Das Auto gehört weg aus der Stadt! Bla, bla, bla.« Und natürlich fährt dieser »Radfahrer« bei Regenwetter mit dem Auto, und schimpft über die Radfahrer, die sich nicht an die Regeln halten! Das kennen wir!

Bei so viel Rücksichtnahme und Verständnis für die Situation fahre ich nun einfach weiter, in der Tasche den gestreckten Mittelfinger, im Kopf sämtliches verbotenes Vokabular. Sinnfrei dem Mann das alles zu sagen, denn sein Hörgerät liegt vermutlich auch auf dem Sideboard! Und ein schlechtes Elternhaus hat er auch, denn seit wann duzen wir uns?! Solche Leute gehören gar nicht zu meinem Bekanntenkreis!

Für die interessierten Leser habe ich hier einmal eine kleine Exkursion über den Begriff *STADT* gemacht und das bedeutet: »Eine Siedlung, die Mittelpunkt von Gewerbe, Handel und *VERKEHR* ist und oft zentrale Aufgaben (Markt/Verwaltung) hat.« Man kann das auch googeln, ich habe es aus dem guten alten Brockhaus. Was Verkehr ist, also, jetzt meine ich Straßenverkehr, zu dem anderen kommen wir noch, das brauche ich wohl nicht zu exkursieren oder doch: »Beförderung von Personen, Gütern, Nachrichten und Energie, unter Benutzung der Verkehrs-Mittel (Kraftfahrzeug, Flugzeug, Eisenbahn, Schiff)« ... Zitat-Ende, des guten alten Brockhaus. Lesen Sie ruhig noch einmal, besonders das in Klammern! Merken Sie etwas? Da steht gar nichts von Fahrrädern!

Eine nicht alltägliche Situation hat mich einmal fast meine Stellung gekostet; Sie kennen das bestimmt auch: Es ist ein guter Tag, die Menschen nett, der Kaffee schmeckt, die Kollegen freuen sich auf das Wochenende, der Chef ist gut gelaunt und dann erwacht man mit der plötzlichen Erkenntnis, dass es eben doch nicht nur Einhörner gibt, die Glitzerstaub pupsen, sondern auch echte A ... löcher.

In solchen Momenten muss man besonders aufpassen! Solche Situation sollte man immer dazu nutzen, um einigermaßen mit einem blauen Auge davonzukommen! Was leider nicht immer gelingt. Vor allem, wenn sich eine Begegnung mit so einem Menschen, der sich dann tatsächlich als ein solches A ... loch entpup(p)t nicht verhindern lässt; besonders bei einigen Beamten *(Entschuldigung, Onkel Dietrich, Du bist natürlich die Ausnahme!)*, da hört der Spaß hinten oftmals auf! Diesmal muss ich aber die Fahrradfahrer in Schutz nehmen, die können jetzt wirklich nichts dafür! Jetzt sind die Fußgänger dran! Die Verbeamteten! Einige! Nicht Alle! Besonders *DER* Eine!

Wie schon weiter oben erwähnt, fahren wir Taxis auch ab und zu entlassene Patienten aus den Krankenhäusern nach Hause, die wir meistens auch dorthin gebracht haben. Leider ist der Zugang, besser die Zufahrt, zum Haupteingang nicht immer ganz einfach, das betrifft besonders das Krankenhaus Bremen-Mitte.

Für die Schranke, die zum Haupteingang führt, haben nur Krankenwagen einen Transponder (das Teil, was die Schranken von allein aufgehen lässt, wenn man in einen bestimmten Bereich heranfährt). Vor der Schranke halten ist nicht erlaubt, weil garantiert genau in dem Moment ein Krankenwagen, Polizei oder sonst etwas Wichtigeres als ein Taxi, durch diese Schranke muss. An der Seite halten ist auch nicht gut, weil es kurvig ist, unübersichtlich und eng werden kann, wenn die Bettentransport-Fahrzeuge durchfahren müssen. Da gibt es dann eigentlich nur noch die Möglichkeit vorne an der Ein-und-Ausfahrt zu halten. Wie gesagt, wir Taxifahrer *HALTEN* dort gern für unsere Fahrgäste (Patienten), um sie nah am Haupteingang ein- und aussteigen zu lassen, nicht zum Dauercampen!

Denn neben den vielen anderen Dingen, die wir so täglich erledigen, muss auch ein wenig Quote eingefahren werden. Die Quote ist der Wunschbetrag, den der Taxi-Unternehmer gern abends im Portemonnaie des Fahrers sehen würde. Das heißt, wir müssen auch etwas Geld verdienen, neben dem »Diskussions-Bedarf-decken-wer-Vorfahrt-hat« bei Fahrradfahrern, dem vielen »Nach-dem-Weg-Fragen-Beantworten«, dem »Könnten-Sie-mal-eben-behilflich-sein«, dem »Verlorene-Sachen-besonders-in-der-Nacht-hinterher-Bringdienst«, dem Diskutierbedarf von anderen Taxifahrern, ob man als erster am Halteplatz war oder nicht, dem »Die-Polizei-bittet-besonders-Taxifahrer-um-Mithilfe« und, und, und.

Also, wie gesagt, holen wir manchmal auch Patienten vom Krankenhaus ab. Diese freuen sich, wenn sie bald das Krankenhaus wieder verlassen dürfen und sich in ein Fahrzeug setzen können, das in der Nähe steht. Also, vor dem Haupteingang gibt es einen breiten Zebrastreifen und drei Parkplätze, die sowieso immer besetzt sind. Da ich einen Fahrgast mit Gehhilfen *(bitte richtig lesen! NICHT Gehilfen, sondern Geh-Hilfen!)*, aus der Notfallambulanz abholen sollte und mir aus Platzmangel nicht anders zu helfen wusste, habe ich mit den Hinterrädern wirklich nur *EINEN* Zentimeter auf dem Zebrastreifen geparkt und steige aus, um den Fahrgast zu holen.

Als ich gerade einen Fuß aus der Fahrertür gesetzt hatte, kommt ein älterer Mann auf mich zu und brüllt mich an, dass man mir sofort den Führerschein entziehen müsste, weil ich eine Gefahr bin für die Menschheit und mit meinem Parken auf dem Zebrastreifen alle Menschen Bremens in Gefahr bringen würde! Er, als oberer Beamtenguru hat da ganz klar das Recht auf seiner Seite, und damit hat er dann konsequent meine Daseinsberechtigung in Frage gestellt!

Zuerst einmal habe ich mich umgedreht und mich umgeschaut, ob das aufgeregte Kerlchen mich überhaupt meinte! Auf meine Frage, was denn eigentlich sein Problem sei, *da der Zebrastreifen sowieso oft von den Fußgängern strikt ignoriert wird und diese dann ohnehin überall die Straße queren, nur nicht auf Fußwegen oder markierten Flächen*, war ich mir nun keiner Schuld bewusst!

Außerdem waren noch zwei Meter Zebrastreifen breit Platz hinter meinem Taxi, mit dem ich ja nur versuche, meinen Fahrauftrag zu erfüllen, was mir anders nicht möglich ist, in diesem Moment! Der Mann brüllte *(wahrscheinlich lag auch bei dem das Hörgerät auf dem Sideboard im Flur)* mir sämtliche Paragrafen zu, gegen die ich verstoßen hätte, und das ginge wohl an die höhere Instanz, und wer denn mein Vorgesetzter sei?! Jetzt musste ich grinsen. Denn ich wusste, wie gern sich mein Chef auch mit genau solchen Beamten auseinandersetzt! Au ja! Sie erinnern sich an den Vorgang mit der Hupe?! Genau den Satz würde er sagen!

Brav gab ich dem Brüllaffen eine Visitenkarte unseres Unternehmens und nannte ihm sogar noch meine Taxinummer, dann brauchte er sich nicht lange durchfragen und jeder im Büro wüsste, wer beteiligt war! Dabei sah ich an mir herunter, ob ich vielleicht heute Morgen aus Versehen bewaffnet aus dem Haus gegangen bin, etwa mit einer Kalaschnikoff! Oder hatte ich über der Schulter einen Patronengurt? Eine Panzerfaust hatte ich auch nicht im Kofferraum, glaube ich. Allerdings weiß ich manchmal nicht, wer nachts das Taxi fährt. Heute Morgen hatte ich aber nachgesehen und da war jetzt im Kofferraum nur ein Kindersitz, mit dem ich zur Not auch werfen konnte, aber im Werfen war ich keine Größe, eher im Laufen. Also wusste ich jetzt nicht, worin ich wohl den inneren Frieden störte, schließlich wollte ich nur den Fahrauftrag erfüllen und *ER* war ja derjenige der hier laut herumbrüllte! Leise murmelte ich, ob der wohl nichts anderes zu tun hätte, typischer Beamter! Ach du je, der hatte sein Hörgerät doch mit und auf ganz laut eingestellt, denn *DAS* hatte er gehört:

»Das kommt mit ins Protokoll!«, schrie er herum. Wer da jetzt mitgeschrieben hat, weiß ich auch nicht! Der Typ schritt ins Krankenhaus. Bestimmt hat er da weiter geschimpft über die Sch … Taxifahrer. Besonders diese *Innen! Leise murmelte ich noch: »Die Abteilung für Demente ist in der anderen Richtung!«

Nun war Ruhe, ich konnte endlich meinen Fahrgast abholen und ihn nach Hause fahren. Natürlich habe ich mich bei dem entschuldigt, dass es etwas gedauert hat, ich wurde von einer Knalltüte außer Dienst aufgehalten. Dann habe ich zuerst einmal meinen Chef angerufen und »gebeichtet«. Es gab zwar nichts zu beichten aber angerufen habe ich trotzdem. Da hatte Chef aber schon von dem »Beamten … Ar … Schreihals« gehört, und beruhigt hat er mich auch:

»Keiner wird hier entlassen, wenn *ER* das nicht will.« Also, der Chef jetzt! Zumindest war ich zwei Jahre später immer noch da! Er genauso! *Die Entlassungen kamen drei Jahre später! Das hatte aber mit Einsparungen von Abfindungszahlungen zu tun! Aber das ist eine andere Geschichte.* Ob es den Schreihals da noch gab, entzieht sich meiner Kenntnisse! Gefragt hätte ich diesen Beamten … Ar … Schreihals auch noch gerne, ob er wüsste, welche volkswirtschaftliche Lücke sich auftut, wenn jetzt plötzlich alle ihr Auto abmelden, und nur noch Fahrrad fahren?! Ein Beamter weiß doch sowas! Das fällt mir auch immer zu spät ein! Gut auch, dass der Chef gerade keine Nachtschicht hatte, dann war er gesprächsbereiter!

3 Fragen an die Bremer Verkehrssenatorin

1. Sind Sie schon einmal, zu Hauptverkehrszeiten, mit dem Auto durch Bremen gefahren?

2. Haben Sie sich eigentlich schon mal in der Fahrradstadt Münster, oder in Holland als Verkehrssenatorin beworben?

3. Warum nicht?

Was Taxifahrer nicht leiden können

Es gibt Dinge oder Sätze im Leben eines jeden Menschen, da muss man sich beherrschen, um nicht die Leber des Gegenübers essen zu wollen. Jeder reagiert da auf ganz bestimmte Schlüsselwörter. Bei Eltern ist es meistens die Frage der Kinder:

»Wann fahren wir nach *MC Doof*?«

Vor allem gerade dann gestellt, wenn man noch tausend Dinge zu erledigen hat. Bei Chefs ist es die Frage nach *mehr Urlaub* oder *mehr Geld*. Bei Ehemännern, die typische Frage der Frauen:

»Wollen wir *shoppen gehen*?«

Bei Ehefrauen, Aussagen der Männer, wie:

»Aus der Verabredung wird nichts, ich geh' zum *Fußball*!«

Bei solchen unverschämten Satzbildungen ist quasi der Weltfrieden gestört! Dann ist Ärger vorprogrammiert!

Verehrte Fahrgäste, wenn Sie in ein Taxi steigen und den Satz:

»Ich habe es nicht weit!« rauslassen ... dann haben Sie den Taxifahrer an seiner empfindlichsten Stelle getroffen! Lassen Sie das! Steigen Sie einfach ein und nennen Sie die Adresse, wo Sie hinmöchten! Ende! Bloß nicht als Anhang an die Adresse: »Ich habe es nicht weit!« ... »Es ist kein weiter Weg!« ... »Es ist nur um die Ecke!« ... oder etwa: »Gleich da drüben!«

Natürlich bringen wir Sie an ihr Fahrziel, das ist sogar unsere Pflicht! Aber bitte ohne Ansage! Und wenn Sie ständig kurze Ziele fahren, dann gleichen Sie es selbstverständlich ab und zu mit einem Trinkgeld aus! Egal wie hoch! Sie sind der König! Oder mit einem kleinen netten Geschenk zu Weihnachten, so wie der Postbote oder der Paketbote oder die Sprechstundenhilfe ihres Arztes eines bekommen! Denn wenn ein Tag einmal nicht gut läuft für einen Taxifahrer, dann hat er so einen Tag erwischt, an dem man lange am Halteplatz steht und nur diese »Ich-habe-es-nicht-weit-Fahrten« hat.

Das sind solche Tage, an denen man dann gern die Stellenanzeigen in der Zeitung genauer durchliest. Schließlich hat man einmal etwas »Anständiges« gelernt. Ja, Sie hören richtig, verehrte Leser, diese »doofen« Taxifahrer waren nicht immer »doof«. Sie kommen aus allen Branchen, es gibt sogar Studierte darunter, oder Schriftsteller! Nur, genau wie bei Ihnen, ist auch ein Taxifahrer einmal im Leben nicht auf die Butterseite gefallen, dann ist er eben Taxifahrer geworden, aber zu dem Thema kommen wir auch noch!

So, jetzt sitzen Sie also in dem Taxi und haben diesen einen *bösen* Satz gesagt. Den Schlüssel zur Tür des Ärgers sozusagen herumgedreht. Nur, die Tür wollen Sie nicht wirklich aufmachen! Wundern Sie sich bitte nicht, wenn der Fahrer jetzt ziemlich wortkarg ist, nun hat er nämlich schlechte Laune! Und das nur, weil Sie nicht einfach eingestiegen sind und brav Ihr wirkliches Fahrziel genannt haben! Ja, wo kommen wir denn da hin, wenn alles einfach in ein Taxi steigt und nur *kurz* fährt! Auf keinen Fall kommen wir so sehr viel weiter! Da bleiben Antworten im Hals stecken, wie: »Warum gehen Sie dann nicht zu Fuß?« Oder, auch gern genommen: »Man bewegt sich im Allgemeinen zu wenig!« Besser, wenn Sie dann hören: »Das macht gar nichts, selbst wenn Sie auf die andere Straßenseite wollen, bringe ich Sie gern dahin!«

Dann weiß der Fahrgast, dass er einen Fahrer hat, der die Taxiordnung kennt, auch Kurztouren fährt und sich über zu viele Pausen nicht beschwert! Sollten Sie den »bösen« Satz gesagt haben, bevor Sie im Taxi sitzen und wundern sich, dass das Taxi weitergefahren ist, ohne Sie an Bord zu nehmen, dann hatten Sie einen Fahrer, der wohl bald die Stellenanzeigen ganz genau lesen sollte, denn der braucht bald eine neue Beschäftigung nach seiner Kündigung.

Was Taxifahrer auch gern auf die sprichwörtliche Palme bringt, ist der Satz: »Wo fahren Sie denn jetzt hin?« Vor allem, wenn der Taxifahrer gerade, oder noch gar nicht losgefahren ist. Das dürfen Sie sagen, wenn Sie zum Beispiel nach Bremen-Nord wollen und plötzlich auf der A1 in Richtung Hamburg unterwegs sind. Dann ist was verkehrt! Dann gehört der Satz dahin! Aber sagen Sie das bitte nicht, wenn der Fahrer gerade das Auto gestartet hat! Glauben Sie mir, die wenigsten Fahrer müssen ständig mit Navi fahren, weil sie ihre Hausaufgaben nicht gemacht haben. Die meisten kennen die Gegend gut und umfahren ampelreiche Strecken, Poller-gespickte-Wege, Einbahnstraßen-Labyrinthe, Müllwagen und Baustellen. Das ist in Bremen eine große Herausforderung! Die Taxenordnung schreibt zwar vor, immer den kürzesten Weg zu fahren. Aber da wir ja in Bremen sind, ist der kürzere Weg nicht immer der bessere! Denn der hat oft die meisten Hindernisse.

Stichwort Ampeln: Parkallee, Bürgerparkseite. Sie entschuldigen, wenn ich jetzt nicht unsere Zaubertricks verrate, wenn die nämlich die böse »Verkehrs-Kas« … Zauber(in) kennt, dann werden an den Strecken bald noch mehr Poller, Ampeln und Einbahnstraßen-Wirrwarr oder Durchfahrtsbeschränkungen sein. Was dann für alle Beteiligten heißt: Noch mehr Umwege fahren, mehr Geld bezahlen, gegen die Taxiordnung verstoßen, vor allem mehr Co^2-Ausstoß verursachen. Diese Hindernisse gelten natürlich nicht für die Fahrradfahrer, die aber ja im Brockhaus auch gar nicht erwähnt werden!

Manchmal, besser geschrieben: Immer öfter, umfahren wir auch einfach nur Baustellen, damit man der Warterei an Einfädelungsspuren oder Baustellenampeln entgeht. Oder wir fahren der Müllabfuhr aus dem Weg, immer wieder eine große

Herausforderung! Ganz besonders in bestimmten Stadtteilen, wie zum Beispiel dem Steintor. Man hat wirklich verloren, egal, in welche Straße man einbiegt, wenn die Müllabfuhr vor einem steht! Nehmen wir die Vagtstraße und den Tag an dem man die Müllabfuhr vor sich hat und keine Ausweichmöglichkeit, weil die Müllwagen, in den Straßen, in denen man ausweichen könnte, dort auch schon sind. Denn die Zeiten, in denen die Müllabfuhr nur in einem Stadtteil allein fährt, sind vorbei! Einfach vorbeifahren geht nicht: Zugestellt mit Pollern. Offenbar werden in den Einsatzzentralen für die Müllwagen keine logistischen Erfahrungen mehr gefordert, denn erst gestern sind für vier Straßen in Schwachhausen auch vier Müllwagen eingesetzt worden. Oder bei der Müllabfuhr herrscht gerade Personal- und Wagenüberhang. Wenn die Müllabfuhr besonders in der Hauptverkehrszeit fährt, dann fällt mir immer ein, dass zu meiner Kindheit die Müllwagen meistens so um zehn Uhr alle von der Straße verschwunden waren und ihren Dienst fertig hatten. Außer nach den Weihnachts- und Osterfeiertagen. Also, wenn Sie in einem Taxi sitzen und der Fahrer fährt jetzt nicht unbedingt durch die Straßen, die Sie seit Jahren benutzen, dann hat das seinen Grund. Solche Fälle kommen aber eher selten vor. Meistens fahren wir aber sowieso den Weg, den unser Fahrgast wünscht, denn schließlich ist der Fahrgast König! Dass es dann auch mal der weitere Weg ist, verraten wir lieber nicht.

Wir Taxifahrer sitzen täglich – *außer an freien Tagen* – in einem Taxi. Wir sind auch verantwortlich für die Fahrzeuge, die wir fahren. Und vor allem, kennen wir die Fahrzeuge! Wenn Sie in einem Fahrzeug irgendetwas stört, dann sagen Sie es, dann kann auch Ihnen geholfen werden! Wenn Sie zum Beispiel das

Radio stört, dann drehen Sie es bitte *nicht* selber leiser! *Sagen* Sie, dass Sie das Radio stört!

Dass Sie gerne helfen wollen und besorgt um Ihr Gepäck sind, verstehen wir, aber der Fahrer öffnet die Kofferraumklappe! Und schließt diese auch wieder! Denn oft ist diese Kofferraumklappe automatisch, was über eine Hydraulik funktioniert, ähnlich wie bei Flugzeugklappen und diese dürfen Sie als Fluggast auch nicht schließen (und bitte während des Fluges nicht einfach öffnen!). Das heißt, dass sich die Kofferraumklappe öffnet und schließt, auch wieder auf Knopfdruck. Wird sie so einfach aufgerissen oder geschlossen und das dreißigmal am Tag, dann geht die Hydraulik kaputt, was dann mal bummelig 800 Euro an Reparaturen kosten kann. Das sind dann circa 1.600 Kurzfahrten, glaube ich.

Vom Grundsatz her, sind die meisten Taxifahrer sowieso sehr empfindlich, was die Bedienung ihrer Taxis durch den Fahrgast angeht. Stellen Sie sich vor, Sie kaufen sich ein Auto im Wert von, sagen wir bummelig 50.000 Euro. Und das wird tagein-tagaus ständig von Leuten befummelt, betatscht, gedreht, gedrückt, gekratzt *(rot lackierte Fingernägel oder Ringe an den Händen, hinterlassen Kratzspuren auf dem hellen Lack, ähnlich wie bei einer heißen Liebesnacht auf dem Rücken des Mannes, in modernen Partnerschaften, auch auf dem Rücken der Frau).*

So einen typischen »Fummler« hatte ich natürlich auch schon als Fahrgast. Osman-Junior, natürlich mit teuren, weißen Nikies (Tennisschuhen), teurer weißer Jacke und weißer *Rehbock*-Jogging-Hose angezogen. Das Bürschchen schmeißt sich in meine Ledersitze. Ohne sein Telefonat zu beenden, versteht sich, was er auf seinem 600 Euro teuren I-Pod führt. Kurz nuschelt er eine Adresse und dreht mein Radio noch leiser *(wenn Fahrgäste im Taxi sind, drehe ich ohnehin vorher schon auf Flüsterton),* aber er drehte es auf Lautstärke Null, mit den Worten:

»Das Radio gefälligst leiser, ey!«

Höflich, aber bestimmt habe ich ihn gebeten das Radio nicht anzufassen ... weiter kam ich nicht, denn da bekam ich folgenden Text:

»Isch binn hier Gast und Könisch, behandel' misch auch so, ey!«

Das ergänzte ich mit:

»Dann benehmen Sie sich bitte auch wie ein König, das Radio gehört nämlich einem Kaiser!«

Ach du je, was bildete ich mir als Frau am Steuer eigentlich ein, dass ich so mit dem Osmanischen-Junior-Prachtexemplar schlechthin, redete?!?

»Ey!«

Sofort habe ich dem Bürschchen dann ein neues Taxi mit meinem alten Handy gerufen, mit männlichem Fahrer, versteht sich. Der Fahrer, der den osmanischen Helden übernommen hat, hat mit mir auf der letzten Versammlung der *Heulenden Engel* ein Bier getrunken! Natürlich mussten wir beide am nächsten Tag nicht fahren!

Gern führen wir Taxifahrer interessante Gespräche, die Themenvielfalt lädt ja geradezu dazu ein. Und das sollen wir auch. Manche Fahrer dürfen zu Hause nichts sagen, weil dort ein strenges Regiment herrscht, oder ihnen wurde als Kind ständig der Mund verboten. Das sind dann eher die schweigsamen Fahrer. Schade, wenn Sie eine weite Fahrt mit so einem Kameraden haben. Die meisten Fahrer sind aber so gebildet und belesen, dass sie sich wenigstens über die aktuellen Tagesthemen unterhalten können. Viele hören auch Radio und informieren sich dort. Aber wenn Sie einmal aufmerksam an Halteplätzen vorbeifahren, sehen Sie die Mehrzahl lesender Fahrer. Wie gesagt, die Themenvielfalt lädt zur Unterhaltung ein.

Nur eines mögen wir Taxifahrer überhaupt nicht, das sind Exkursionen über medizinische Auswürfe, Furunkel, eitrige Beulen, Ekzeme oder fortgeschrittene Hämorrhoiden, die man vielleicht mit ansetzen von Blutegeln entfernen kann! Wir brauchen keine Details über diese menschlichen Abfallprodukte aus welchen Hautöffnungen auch immer! Wir möchten auch keine offenen Beine ansehen, lassen Sie also bitte die Verbände zu! Das ruiniert nur die Ledersitze und Gummi-Fußmatten! Sicherlich ist Ihre eitrige Wunde auch einzigartig, wir glauben das gern! Nur, anfassen möchten wir das nicht! Wissen, eigentlich auch nicht! Da sind wir einfach nicht die richtigen Ansprechpartner. Zwar gibt es auch Exmatrikulierte unter den Fahrern, aber selten haben Taxifahrer ihr Medizinstudium geschmissen und sind Taxifahrer geblieben. Sie haben eher das Taxifahren aufgegeben und sind Chirurgen geworden. Natürlich helfen wir den nichtgesunden Fahrgästen, genauso gern, wie den gesunden! Das machen wir sogar gern, gar keine Frage! Aber Diagnosen, Heilmittel und Fetische haben wir nicht! Sollten wir zumindest nicht! Auch keine Nadeln für Voodoo-Puppen. Wenn Ihnen ein Fahrer einmal einen Guru-Zauber für Teuer-Geld anbietet, rufen Sie sofort die Taxizentrale an, der Mann wird vermutlich seit Wochen von einer ganz bestimmten Klinik gesucht!

Was Taxifahrer mögen

Ähnlich wie Sie, verehrte Fahrgäste, mag ein Taxifahrer es gerne, wenn er morgens zur Schicht kommt und sein Auto sauber ist, gut riecht, vollgetankt ist, die Anfangswerte des Taxameters richtig aufgeschrieben sind und er eigentlich nur einsteigen braucht, um loszufahren. Das ist dann so, als wenn Sie morgens ins Büro kommen und Kaffeeduft durch die Räume zieht, und der Chef noch nicht da ist. Jetzt hat jeder Fahrer sein eigenes Anfangsritual. Der eine fährt gleich los und stellt sich brav am Halteplatz auf. Der andere holt sich erst einmal einen Kaffee an der Tankstelle und was zum Lesen. Ein Dritter richtet sich erst einmal gemütlich den Wagen ein, schließlich verbringt er die meiste Zeit des Tages darin. Ich begrüße erst einmal mein Taxi, schließlich verbringe ich mehr Zeit mit ihm, als mit meinem Partner und den begrüße ich ja auch. Einer von den beiden antwortet sogar!

Das Aufblitzen seiner Rückleuchten zeigt mir, dass alles funktioniert und er mich wiedererkennt *(auch ähnlich wie bei meinem Partner)*. Wenn man sich dann am Halteplatz aufgestellt hat und schon nach kurzer Zeit eine Tour kommt, dann ist der Tag gut angefangen! Wenn die Tour dann nicht nur »ums Eck« geht und Trinkgeld dabei ist, dann ist der Tag gewonnen! Es gibt auch Fahrgäste, die sogar zu einer Tasse Kaffee einladen, was meistens am Zeitplan scheitert, aber in der Freizeit nachgeholt werden kann.

Dann kann der Fahrer es gut leiden, wenn man seine Kompetenz anspricht! Viel zu oft gilt das Vorurteil vom »doofen« Taxifahrer! Natürlich gibt es auch *DIE* unter uns Fahrern. Genauso wie in allen anderen Branchen! Und wenn man so einen Blödian nicht als Kollegen hat, dann bestimmt als Nachbarn! Bei ganz viel Pech, sogar als Chef! Aber wenn ein Taxifahrer Ihnen einmal etwas erklärt, dann weiß er auch, was er tut! Und wir helfen gerne! So hatte ich einmal ein Gespräch im Krankenhaus-Ost, im Stadtteil Bremen-Osterholz, an der

Information mitgehört *(ich wartete auf die Herausgabe eines ganz bestimmten Schlüssels)*.

Ein Mann wollte ins Krankenhaus nach Osterholz-Scharmbeck, ist nach Navi gefahren und hat nur »Osterholz« eingegeben. Aber die Adresse »Züricher Straße« passte gar nicht, dass wusste er aber nicht. Das Navi hat ihn dann ins Krankenhaus Osterholz in Bremen gelotst *(eigentlich genau, wie er es dem Navi eingegeben hat)*. Die Dame an der Information kannte aber das Krankenhaus in Osterholz-Scharmbeck nicht. Höflich habe ich mich eingemischt und erklärt, dass dafür »Am Krankenhaus 4«, in Osterholz-*Scharmbeck*, eingeben werden muss. Dem Mann konnte geholfen werden und die Dame an der Information wusste nun, dass es ein zweites Krankenhaus Osterholz gibt, in der Nachbarstadt Osterholz-Scharmbeck.

Oft kommt es auch vor, dass Fremde von Außerhalb schier verzweifeln am Straßengewirr in Bremen, beziehungsweise dem Einbahnstraßen-Wirrwarr. So fragte mich ein älterer Herr aus Köln, der gerade mit seinem Wagen quer über die Domsheide auf die »Glocke« (berühmter Theatersaal) zu gefahren war *(da fahren eigentlich nur Busse und Straßenbahnen und natürlich Fahrräder)*, im schönsten Kölsch: »Wo find' isch jetze de Kolpingstraße im Schnoor?« Fluglinie wäre das ein Katzensprung gewesen. Aber bei der sinnfreien Verkehrsplanung Bremens ist die Fahrt dorthin ein einziges Labyrinth für Autofahrer. Bevor ich das dem Mann erklärt hätte, wäre viel Zeit vergangen. Den Kölner Touristen habe ich sozusagen Huckepack genommen, er ist hinter mir hergefahren und lachte selber, als wir am Ziel ankamen: »Datt hätt' isch jetzo nisch jefunne!«, im schönsten Kölsche Dialekt.

So gibt es einige Geschichten, in denen Taxifahrer zur richtigen Zeit am richtigen Ort waren! Und solche Geschichten erlebt fast jeder Taxifahrer einmal. Auf diese Weise ist auch das Buch entstanden. Je nachdem, auf welcher Seite des Buches Sie angefangen sind, ob auf der Seite der Betriebsanleitung für Fahrgäste oder der Seite mit den täglichen Erlebnissen eines Taxifahrers. Wir haben nur das Ziel, Ihnen, liebe Leser, einmal die Taxiwelt zu eröffnen. Eine der Geschichten, die das Leben schreibt, ist so eine Geschichte: Das ältere Ehepaar lebt leider nicht mehr, der Taxifahrer hat aber immer noch Verbindung mit einer der Töchter.

Ein älteres Ehepaar fragte einmal einen Taxifahrer, ob er irgendwann etwas Zeit hätte und die beiden noch mal an die Orte bringen kann, wo sie früher oft hingefahren sind und glückliche Zeiten miteinander verbracht haben. Er hatte die beiden schon ein paar Mal zum Krankenhaus oder zum Arzt gefahren. Wahrscheinlich wussten sie, dass deren Lebensuhr abgelaufen war und sie nicht mehr viel Zeit zusammen verbringen könnten. Der Fahrer hat nicht lange überlegt und den beiden den Wunsch erfüllt. Denn auch er erkannte, dass diese beiden nicht mehr allzu viel Zeit hatten, und er wusste, dass man Zeit nicht aufhalten kann, das ist, als fängt man Wasser mit Händen auf!

An seinen freien Tagen hat der Kollege dann das Taxi mit Vorbestellung gemietet und ist mit den beiden über Feld und Wiese, durch grüne Wälder und schmucke Dörfer gefahren. Das Paar hat in Gedanken noch einmal die schönsten Momente von Früher durchlebt. Mehr Geschenk kann man einem Menschen nicht machen, denke ich! Sie sind in den Restaurants gewesen, in denen das Paar früher am liebsten gegessen hat, ihre Hochzeit, silberne Hochzeit und goldene Hochzeit gefeiert hatten. Sie sind noch einmal durch das Dorf gefahren, in dem sie lange gelebt haben mit ihrer Familie. Sie freuten sich, dass noch alles so war, wie sie es kannten, denn inzwischen waren immerhin schon acht Jahre vergangen. Sie haben auf dem Markt eingekauft, auf dem sie früher jeden Samstag eingekauft haben. Sie sind an dem See gewesen, an dem beide so glücklich waren mit ihren, damals noch kleinen Kindern. Haben genau wie früher, in ihrem Lieblingsrestaurant gegessen und auch genau die Speisen gegessen, die sie damals immer als Leibgericht bestellt hatten. Sogar die Kellnerin hat sie wiedererkannt und sich gefreut, dass sie den Weg in ihr altes Stammlokal wiedergefunden haben.

Als alle Plätze abgefahren waren, kam der Mann Wochen später in ein Altenheim als Schwerstpflegefall. Der Taxifahrer hat ihn dort noch ein paar Mal besucht. Die beiden haben sich dann angeregt über die Fahrten und das gute Essen in den Restaurants unterhalten, denn der Mann war Koch gewesen. An vieles konnte er sich nicht mehr erinnern, aber Zubereitungen von Speisen, und was er wo gegessen hatte, das hatte er noch genau im Gedächtnis. So konnte er in der Fantasie dem Heim ein wenig entfliehen.

Wenn der Fahrer die Frau zu Hause besucht hat, hat sie oft davon geschwärmt, dass sie bald mal wieder »ins Grüne fahren« würden. Eigentlich wussten aber beide, dass die Verfassung der Frau das nicht mehr zulässt. In jungen Jahren hatte sie schon eine Krebskrankheit überstanden, obwohl die Ärzte ihr damals schon keine gute Prognose gegeben hatten. Da sie schon immer eine Frau mit eigenem Willen und starker Durchsetzungskraft war, hat sie der Krankheit getrotzt und hat immerhin das stattliche Alter von 87 Jahren erreicht. Bei der ersten Diagnose der Krebserkrankung hatte man ihr nur noch eine Lebenserwartung von einem halben Jahr gegeben, da war sie 35 Jahre alt gewesen!

Trotz aller widrigen Umstände, der Mann war inzwischen verstorben, sie war noch in Trauer, hat sie noch einmal solch eine Fahrt nach Bremerhaven »ins Grüne« gewagt. Dafür hat sie einfach ihren vertrauten Taxifahrer bestellt. Es war beginnender Frühling, die Bäume fingen gerade an, ihr grünes Kleid zu bekommen. Die alte Frau war glücklich dies Alles noch einmal zu sehen und die Atmosphäre in den Fischhallen zu erleben. Zwei Wochen später ist sie ihrem Mann gefolgt und friedlich eingeschlafen. Mehr kann man auch als Taxifahrer nicht tun!

Solche, eher familiären Verbindungen sind gar nicht so selten. Da gibt es noch die Taxi-Fahrerin, die jeden Mittwoch eine alte Dame aus dem Heim holt und zur »Mühle am Wall« gebracht hat. Es war das Lieblingsrestaurant einer Frau, die gehbehindert und blind ist. Alles, was ihr an Abwechslung geblieben ist, war diese eine Fahrt jeden Mittwoch. Die Fahrerin hatte noch keine Fahrt ausgelassen, manchmal sagte die Frau, dass sie so viel Hilfe gar nicht wollte, schmunzelte aber dabei. Sie dachte, sie wäre eine Belastung. Dann wurde die Fahrerin immer richtig sauer! Es machte ihre Freude, dieser Frau ein Stück Freiheit wiederzugeben. Während der Fahrt erklärte die Taxifahrerin ihr, wie es gerade draußen aussieht. Ob die Bäume gerade ihr Blätterkleid tragen, oder ob alles weiß verschneit ist. Leider ist »die Mühle am Wall« jetzt geschlossen, aber die beiden haben ein neues Ziel gefunden, und so ist die Taxifahrerin bestimmt nächsten Mittwoch auch wieder da!

Es gibt da auch die rührende Geschichte eines Taxifahrers, der eine ältere Dame mit seinem Taxi abholt, welche nur mit einem kleinen Köfferchen ausgestattet, aus dem Haus tritt, und sich auf die Rückbank setzt. Leise beginnt sie vor sich hinzuerzählen. Während der Fahrt hört der Fahrer aus dem Gespräch, dass es die letzte Fahrt der Frau ins Krankenhaus sein wird. Sie ist schwerstkrank und wusste, dass sie dort sterben wird. Schon während der Fahrt hat der Fahrer das Taxameter ausgeschaltet, für diese Fahrt würde er kein Geld nehmen! Da brauchte er gar nicht lange überlegen! Er hat dann auch bei der Ankunft kein Geld für die Fahrt genommen, obwohl die Dame das wollte. Der Fahrer hat die Dame ins Krankenhaus begleitet. Er wäre auch an ihrem Bett geblieben, bis zum Schluss, dass wollte sie aber nicht. Solche Geschichten sind aus dem Leben geschrieben! Dann hat der Taxifahrer seine Aufgabe verstanden und alles richtig gemacht!

Das Liebesleben der Taxifahrer

Da Taxifahrer vielbeschäftigte Wesen sind, weiß man nur sehr wenig über deren Liebesleben. Wenn man sich einige Fahrer so ansieht, kann man sich vielleicht auch gar nicht vorstellen, dass es so etwas überhaupt gibt. Aber auch hier sind stille Wasser oft tief! Bis man dann die Frau zu dem entsprechenden »Stiesel« kennenlernt, und man überrascht denkt: *»Wow, auf jeden Pott passt ein Deckel!«*

Ähnlich, wie bei Ärzten oder Kapitänen sind die meisten Taxifahrer geschieden. Was man wohl eher dem Schichtdienst, als den Berufsgruppen zuschreiben kann. Das Arbeiten an Sonn- und Feiertagen oder nachts lässt nun einmal wenig Liebesleben zu. Das hat wohl die meisten Fahrer scheu und ängstlich in dieser Beziehung gemacht. Wenn der Taxifahrer paarungsbereit ist, ist oft die Partnerin nicht zu Hause oder greifbar, weil die unterschiedlichen Dienstpläne das verhindern. Das zwingt wohl den Taxifahrer zu den unmöglichsten Tages- oder Nachtzeiten, und an den ungewöhnlichsten Orten und Stellungen dem Trieb nachzugehen. Wenn der Partner das mitmacht. Das setzt dann wieder eine entsprechend große Fantasie voraus, mit der einfachen 08/15-Stellung geben sich die wenigsten Taxifahrer wohl kaum zufrieden. Und berufsbedingt, das haben wir ja schon gelernt, müssen gerade Taxifahrer sehr flexibel sein. Also sollten sie diesbezüglich keine Probleme der Abwechslung im Liebesleben haben.

Da der Taxifahrer an-und-für-sich im sonstigen Leben sehr genügsam sein muss, besonders an den sogenannten »Kurzfahrtentagen«, wo wenig Einnahmen ihn zu einem eher pragmatischen Leben zwingen, ist er in der Liebe gern eher ausschweifend und großzügig, vielleicht mit einem kleinen Hang zum Perversen, was wohl der ständige Kontakt mit den Ledersitzen macht.

Aus den Droschkenzeiten ist ja noch die alte Weisheit überliefert: »Gehst du zum Weibe, dann nimm die Peitsche mit!« Heute in Zeiten der Emanzipation und nach Büchern wie »Shade of Grey« heißt das eher: »Gehst du zu deinem Kerl, vergiss das Sexspielzeug nicht und die Bedienungsanleitung dafür!« Wobei wir von »Shade of Grey«: *Typischer zeitgemäßer Film, mit typischem altem Klischee: Kleine Angestellte, trifft reichen Burschen mit abartigen Angewohnheiten beim Sexspiel: Am liebsten im Fahrstuhl! Dabei frage ich mich: Wie hoch sind die Gebäude?! Wer steht auf so kurzen Sex?!*

Das ist in Bremen weniger zu empfehlen, weil das höchste Haus hier »nur« achtzehn Stockwerke hat. Und ob man in *DEM* Fahrstuhl, igitt ... Neee! Dann lieber weiche Autositze an verschwiegenen Plätzchen oder das gute altmodische Bett.

Wenn es aber doch im Fahrstuhl sein soll, und dazu noch in einem ungewöhnlichen, dann gibt es auch in Bremen noch drei Gebäude, die den guten alten Paternoster haben. Sie wissen, wovon ich rede? Nein, wir wollen jetzt nicht das: »Vater unser!« beten. Jetzt schreibe ich von diesem offenen Fahrstuhl

(Beamtenbagger), der 1882 von Peter Hart erfunden wurde. Dieser Fahrstuhl ist ohne Türen, der in Dauerschleife, offen, langsam hoch- und runterfährt. Das SWB-Gebäude in der Theodor-Heuss-Allee, die Baumwollbörse am Markt und das Finanzamt in der Innenstadt, haben noch diese schönen Fahrstühle. Nur ... Sex ist da nur drin zu empfehlen, wenn man auf Zuschauer steht! Wegen der fehlenden Türen und weil neuerdings diese Fahrstühle nur noch mit extra geschultem Personal benutzt werden dürfen *(hundert Jahre ging es ohne geschultes Personal!)*. Die frühere Generation konnte noch selbstständig einen Schritt in eine Kabine tun, und wieder hinaus. Heute geht das nur unter Kontrolle! *(Hat das vielleicht mit der Freigabe der Drogen zu tun?!)* So ändern sich die Zeiten! Und die Wenigsten stehen wohl auf Sex zu dritt! Oder doch nicht?! Und wenn man im obersten Stockwerk das Aussteigen vor lauter Freude vergessen hat, dann müssen beide schon geübte Akrobaten sein. Denkt man, wenn man dem Paternoster eine Weile zusieht. Die meisten denken dann, die Kabinen fahren über Kopf wieder runter?! Nein! Da passiert schon nichts, das hat der zuständige Erfinder sich schon gut ausgedacht! Da sind der Fantasie nun keine Grenzen gesetzt, Hauptsache es gefällt beiden!

So mancher Taxi-Fahrer bekommt leuchtende Augen, wenn er zum Feierabend noch einmal liebevoll über die warme Motorhaube seines Benz streichelt, wobei er im Kopfkino seine Liebste gerade darauf vernascht. Das geht natürlich auch nur bei Mercedes. Die Konkurrenz, der Volks-nahe-Wagen hat ja eher wenig Motorhaube. Wobei die Motorhaube auch nicht sooo lang sein darf, denn der Volksmund sagt auch, dass die Größe des Wagens wiederum eine Kompensation des besten Stücks des Mannes sein soll, da übertreiben nun die bayrischen Fahrzeuge ganz enorm. Würden sonst die bayrischen männlichen Vertreter ihre kurzen Lederhosen tragen?! Sie sehen meine Damen, warum Mercedes-Fahrer ganz einfach die besseren Liebhaber sein müssen! Man hat mehr Möglichkeiten seiner Lust freien Lauf zu lassen!

Recht gebe ich denjenigen, die gern auch mit flotten Sportwagen kokettieren, doch bedenke man (frau auch), dass der Sportwagen sicherlich nur der Zweitwagen ist, während in der Garage die schicke Limousine wartet. Und wer schon einmal Sex im Sportwagen hatte, weiß, warum besser die Limousine bevorzugt werden sollte! In den Sportwagen kommt man ab einem bestimmten Alter hinein, aber nicht mehr wieder, ohne Hilfe, heraus!

Genau wie in anderen Branchen, sollte man das Liebesleben nicht im Kollegenkreis ausweiten, das führt zu Aggressionen und Konflikten innerhalb des Rudels. Vor allem, wenn die Gleichverteilung von weiblichen und männlichen Artgenossen stark unausgeglichen ist. Ähnlich wie auf Schiffen, wo Frauen eher in der Unterzahl sind. Das führt gewiss zu Rangkämpfen und Unruhe im Gefüge. Während eine Partnersuche in anderen Revieren des Taxigewerbes eigentlich kein Problem sein dürfte, wenn vorher beide Partner ein absolutes Schweigegelübde, bezüglich der Stammkunden-Adressen und Fahraufträge unterschrieben haben. Aber auch hier bestätigen Ausnahmen die Regel!

Tunlichst meiden sollte man Verbindungen, die die firmeneigene Hierarchie betreffen. Wenn zum Beispiel die Chefin mit dem Fahrer: Sie wissen, was ich meine! Heißes Date im Büro, in der Kaffeeküche, in der Werkstatt, beim TÜV oder in der Waschanlage und so. Das führt nämlich zu noch mehr Unruhe, wie in *Normalwirtschaftlichen* Betrieben auch, wenn sich zwei Angestellte, zum Beispiel im Lager paaren. Bei Techtelmechtel unter Fahrern wird irgendwann der Unmut der Fahrer laut, die trotz größter Bemühungen keine guten Aufträge kriegen und dann anfangen Zwietracht zu säen, von wegen: »Ja, die Alte schustert dem Müller (Name ist frei erfunden) die besten Aufträge zu, bei denen läuft was!«

Was im Büro dann eher klingen würde wie: »Du, die Alte und der Müller haben, glaube ich, was miteinander! Seit letzter Zeit verbringen die immer so viel Zeit vor dem Kopierer. Der darf doch sowieso immer die besseren Seiten kopieren!« Dann haben beide verloren und die Chefin sollte Undercover ins nächste Dorf in eine Taxi-Zentrale gehen, wenn sie das Liebesleben weiter aufrecht halten will. Oder die beiden sollten so tun, als wenn sie sich überhaupt nicht ausstehen können. Übereinander herfallen können sie dann ja privat. Nur eben nicht auf der Motorhaube des Benz. Und wenn, dann nur in der Garage, verschlossen, versteht sich, Motor muss aus sein, wegen der Brandblasen, Taxifahrer haben einen sitzenden Beruf. Waschanlage geht natürlich auch als heimlicher Treffpunkt. Nur, wenn man rauskommt, muss man wieder so tun, als ob man sich nicht leiden kann: »Sie hätten jetzt aber auch eine andere Waschanlage aussuchen können, die wäscht nicht sauber genug, das wissen Sie ganz genau, das ziehe ich Ihnen vom Lohn ab!« So etwa. Der Detektiv unter den Lesern fragt sich jetzt, wieso die beiden, wenn sie sich nicht ausstehen können, zusammen durch eine Waschanlage fahren! Weiter zum normalen Liebesleben. Da der Taxifahrer allgemeinhin ja verschwiegen ist, was sein Berufsleben mit sich bringt, weiß man nicht viel über seine Vorlieben und Angewohnheiten beim Sex. Der Taxifahrer, besonders hier wieder der Mercedes-Fahrer, ist ein Genießer. Während er den ganzen Tag mit dem Taxi von Auftrag zu Auftrag hetzt, lässt er sich beim Sex und beim Essen gern Zeit. Da kann sie ihn nicht mal eben zwischen zwei Touren kurz verwöhnen. In der Telefonzentrale geht das schon gar nicht, oder wollen sie sich durch das ewige Telefongeklingel stören lassen? Das geht beim Taxifahrer nur mit viel Zeit, Ruhe und ganz viel Zärtlichkeit. Aber auch nicht zu viel, sonst schläft er ein. Also, im richtigen Moment muss es schon rhythmisch-angepasst zugehen. Eher wild und fordernd vielleicht zum Schluss des Akts, so als wenn er hinter einem Zechpreller her ist, aber doch nicht zu forsch, das verschreckt ihn wieder.

Er mag auch gern äußerliche Reize wie String oder Tanga, oder beides, das erinnert ihn an Befestigungsgurte für Botengut oder auch andere Gurte zum Sichern. Da fühlt er sich wohl! Heiße Dessous machen den Fahrer bestimmt auch an, an der richtigen Frau, zum richtigen Zeitpunkt. Dann sind der Fantasie auch keine Grenzen gesetzt und so hat sich so mancher Fahrer schon zum Höhlenforscher oder Tiefseetaucher entwickelt. Wie im richtigen Leben, bei richtigen Leuten, im richtigen Moment, am richtigen Ort, zur richtigen Zeit. Ob das auch für die Fahrerinnen gilt? Das kommt ganz auf den Fahrer an. Da werden natürlich die George-Cloonies den softweichen Dandys vorgezogen, eben auch wie im richtigen Leben. Es wird hier und da auch von Fahrer und Sex mit Fahrgästen gesprochen. Ähnlich wie bei Versicherungsvertretern mit ihren Kunden oder Paketfahrern mit den Adressaten. Doch glauben Sie mir, das sind wohl mehr Wunschgedanken eines Fahrers auf Entzug, der einige schwere Schichten hinter sich hatte und lange nicht zu Hause war. Bei diesen Fahrern wird der Sex von Tag zu Tag auch immer intensiver *(besonders bei Gesprächen an den Halteplätzen)*, ähnlich wie der Fisch bei einem Angler immer größer ist, den er gefangen hat; in Wahrheit war es dann doch nur eine Makrele. Das Gleiche gilt für die Fahrer, die morgens um sechs Uhr angefangen sind und um acht Uhr schon traumhafte zweihundert Euro eingefahren haben wollen, obwohl man sie eigentlich nur an der Tankstelle Kaffeetrinken und an zwei Halteplätzen herumstehen gesehen hat. Wie gesagt, der Kenner genießt und schweigt!

Wie ernähren sich Taxifahrer eigentlich

Man glaubt es kaum, aber der Taxifahrer kann außer Currywurst und Pommes oder *McHamburger,* durchaus auch ein Gourmet sein. *Oder hieß das jetzt Gourmand?* Vor allem sollte der Taxifahrer – und jeder andere auch – bei allen Vorlieben für gutes Essen, auf die Gesundheit achten! Denn was nützt der beste Hamburger, wenn man hinterher Blähungen ohne Ende hat. Man kann natürlich die Zwiebeln weglassen. Aber mal ehrlich, was ist ein Hamburger ohne Zwiebeln! Und dann sollten es auch nicht die gerösteten sein, nein! Die echten, kurz angebratenen Zwiebelringe, gehören auf den vernünftigen Hamburger! *Sorry, an alle Hamburger, dass ich den Hamburger »Hamburger« nenne ... wobei: Ihr habt Euch ja noch gar nicht beschwert! Wieso eigentlich nicht?! Ist doch gerade Hipp! Sorry, auch an Stefan Hipp ... aber das führt jetzt echt zu weit!* Aber gerade im Taxi sind Blähungen nicht zu empfehlen, da nützen auch heruntergedrehte Scheiben zum Druckausgleich nichts. Wenn man den einfachen Hamburger von der irischen Namenskette genommen hat und der kleine Hunger sich meldet, muss nach zwei Stunden schon wieder Pause gemacht werden, also ist das auch nicht empfehlenswert!

By the way, für mich hat Bremen den besten Imbiss am Goldbergplatz in Lesum! Da gibt es seit über fünfzig Jahren die besten Schnitzel, Pommes, Bratkartoffeln, Kartoffelsalate, Hamburger nach Art des Hauses, und Schaschlik! Vor allem die Pommes! Göttlich! Selbst die Pommes in Groningen von dem belgischen Imbisswagen, können da nicht mithalten! Das Gute an dem Imbiss ist, dass er seit dieser Zeit immer das gleiche Ambiente hat, das gleiche Essen, die gleichen Bedienungen *(nur älter geworden)*, die gleichen Getränke; denn Beständigkeit liebt der Taxifahrer! Das liegt wohl am Beruf und den häufigen Ortswechseln, den ständig wechselnden Fahrgästen und Kollegen. Denn der Mensch ist bei allen Veränderungen und Neuerungen heutzutage, trotzdem ein Gewohnheitstier und sucht gern bleibende Werte. Und das braucht man beim Essen! Eben, essen wie bei Muttern oder Oma. Die meisten, gerade ältere Generationen, suchen das. Siehe hierzu auch den Anfang dieses Leitfadens.

Falls sich jetzt alle die anderen Imbisse in Bremen auf den Fuß getreten fühlen und eine Klage anstreben wollen, um vielleicht einen Ausgleich für schlechtgehende Geschäfte zu finden, sei erklärt: »Ich persönlich kenne nur diesen Imbiss in Bremen«, außer selbstverständlich »Stockhinger« und »Kiefert«. Bei der letzten Korrektur-Lesung dieses Buches, wurde auch der letzte Kiefert-Imbissstand geschlossen: Diese Tatsache ist ganz einfach der Zeit geschuldet: Weil Bremen eine sehr hohe Kriminalitätsrate hat! Aber diese traditionellen Wurstbratereien brauche ich gar nicht extra zu erwähnen, denn die gehörten ja zu Bremen wie der Roland auf den Marktplatz! Das Rätsel, welche Bratwurst besser ist, konnte bis heute nicht gelöst werden. Das probierte man am besten selbst aus. Zu finden waren diese Leckereien am Hauptbahnhof und am Lieb-Frauen-Kirchhof, wo immer noch Stockhinger zu finden ist. Wobei die anderen angebotenen Mahlzeiten dort genauso gut sind, wenn man mal von Muttis Küche absieht! Oder Omas!

Nun sollte man aber auch die grüne Seite der Nahrungskette nicht vergessen und sich ab und zu einen frischen Salat gönnen, eigentlich immer mehr als öfter. Denn der leckere Schokoriegel für zwischendurch geht auf die Hüften. Wahrscheinlich rollen die meisten jetzt mit den Augen oder langweilen sich, weil ja der Trend mit dem *BIO NATURALIS* und *VEGAN* echt schon übertrieben wird. Dabei ist das alles nur eine Frage des Preises und des Glaubens! Man muss nur daran glauben, dass die Kartoffel tatsächlich *»BIO«* ist. Um sich zu überzeugen, sollte man zu dem Kartoffelfeld fahren, die Adresse steht auf jedem Etikett drauf. Wenn neben dem Feld der Großbauer Hinnerk gerade sein Feld düngt, weiß man Bescheid! Nix »Bio«! Dabei sind für mich »vegane Schnitzel, veganes Hackfleisch« oder »vegane Salami« völlig absurd! Es sei denn, jemand kann mir erklären, warum in Fleischermeister-Fachprüfungen zum Beispiel die Frage nach dem Merkmal, einer Salami auftaucht, und als richtige Antwort dazu ist: *»Dass die Mettwurst so-und-so-viel Anteile Schweine-und-Rindfleisch und Gewürze enthalten muss!«* Und nun erklärt mir derjenige dann bitte, wieviel Anteil Schweine- und Rindfleisch in *VEGANER* Wurst ist?! Veganer sind doch diese Spezies Mensch, die den Tieren eher das Futter wegessen, als diese Tiere zu essen … richtig?! Warum soll dann deren Nichtfleisch, beziehungsweise Erbsenfasermasse mit Kleber (Maisstärke, Mehl, und die gleichen Inhaltsstoffe wie Teppichkleister), um das Ganze zusammenzuhalten, aussehen wie ein echtes Schweine-Schnitzel?! *DAS* wollen sie doch gerade nicht, auch richtig?!

Auf alle Fälle sollte man viel Obst essen! Das Angebot ist riesengroß und überall werden die exotischsten Sorten angeboten. Was die Ökos, die gerne Ananas oder Papayas essen, natürlich freut. Leider aber völlig vorbei an Öko ist, dass diese Früchte alle aus der Ferne extra eingeflogen werden, von Flugzeugen, die noch keine E-Flugzeuge sind, also mit Kerosin fliegen, nicht mit Olivenöl! Und was an frischen Erdbeeren im Dezember nun *biologisch* ist, auch eingeflogen aus der Ferne, und mit Unkrautvernichtern bespritzt, die hier in Deutschland gar nicht verwendet werden dürfen, eröffnet sich mir auch noch nicht!

Die gesunde Ernährung empfiehlt: »An apple a day, keeps the doctor away!" Übersetzung für die Nicht-englischen-Leser, heißt, dass ein Apfel pro Tag den Doktor fernhält! Damit ist aber keineswegs gemeint, dass die Doktoren Äpfel meiden, wie Vampire den Knoblauch. Weit gefehlt, ein Apfel ist so gesund, dass die Mediziner arbeitslos werden würden, wenn jeder sich an das Rezept hält. Es kann manchmal so einfach sein!

Da ich mich gewöhnlich mit Hausmannskost ernähre, soll heißen, dass ein Taxifahrer durchaus auch kochen kann, achte ich natürlich auch auf diese alten Hausmittelchen! Diese Küche bevorzugen auch die meisten Kollegen. Denn immerhin sind viele meiner Vorfahren dadurch fast hundert Jahre alt geworden, aus diesem Grund kennen wir auch nicht immer alle Imbisse oder Fastfood-Bistros. Darum gibt es dann natürlich in Erkältungszeiten selbstgemachte Hühnersuppe oder an einem trüben Regentag die gute alte Bratkartoffel. Wenn der Liebste zu Besuch kommt, ist Rehfilet an Preiselbeere, mit Rosmarinkartoffeln und glasiertem Wirsing, der Verführer schlechthin. Auch das gute Gulasch mit Nudeln wird gerne gegessen. Gulasch soll ja sowieso *DAS* Kutschergericht schlechthin sein. In Wien heißt das »Fiaker-Gulasch«, in Bayern »Kutscher-Gulasch«, in Ungarn »Gulyàs« und da soll das Gericht ja auch den Ursprung haben. Am zweiten Tag mit Nudeln aufgewärmt, schmeckt das sogar den Kiddies. Die freuen sich, wenn es mal keine Pizza, Burger oder Pita gibt.

Manchmal essen wir auch gern, wie bereits oben erwähnt, einfach Bratkartoffeln mit Spiegelei und Krabben. Auch Krabben auf Schwarzbrot ist schnell zubereitet und schmeckt. Da wir nahe der Küste wohnen, sind Krabben auch einfach zu bekommen. Und wenn eine Taxifahrt von Bremen nach Bremerhaven geht, drückt man natürlich den »Pause«-Knopf, um sich Fisch einzukaufen. Bratkartoffeln mit Matjes wäre da auch noch so ein Tipp!

Überhaupt isst der Taxifahrer viel Fisch, schon der Gesundheit wegen, und dem Omega geschuldet. Das ist jetzt kein Motoröl, das sind die wichtigen Gesundmacher im Fisch. Das hat auch nur der Fisch. Da kann man noch so viel vegane Mortadella essen oder Quork, nützt nichts, denn Omega³ hat nur der Fisch!

Die besten Matjesbrötchen gibt es übrigens in Schleswig am Hafen oder im »Schaufenster Fischereihafen« in Bremerhaven. Jetzt klappen natürlich die Bremen-Liebhaber das Buch voller Empörung zu und wollen es nicht mehr weiterlesen. Doch, gucken Sie ruhig weiter rein, denn natürlich hat Bremen auch gute Restaurants, Küchen, Cafés, Bistros und andere Essgelegenheiten! Wäre ich sonst noch hier *(ich komme aus der Wesermarsch)*, wenn es so nicht wäre! Nur, das muss doch jeder selbst herausfinden, was nach seinem Geschmack ist. Ein guter Taxifahrer würde sich niemals aufdrängen oder bestimmen wollen, er macht nur Vorschläge! Ob Sie das annehmen, liegt an Ihnen! Aber seien Sie sicher, Sie haben einen guten Taxifahrer gefunden, wenn Sie selber nicht wissen, wo Sie eigentlich essen wollen, sich in ein Taxi setzen und den Fahrer fragen:

»Wo kann man denn hier am besten essen?«

Dann macht er Ihnen gern Vorschläge und gibt Tipps. Sie werden sich schon einigen! Und wenn Sie keine Lust haben aus dem Haus zu gehen und trotzdem gut essen wollen, dann rufen Sie doch einfach Ihr Lieblingsrestaurant an und fragen Sie, ob Sie das Essen auch abholen lassen können! Das macht ein guter Taxifahrer auch für Sie! Da es meistens das Restaurant um die Ecke ist, kostet es nicht einmal viel Extra. Und günstiger als eine Taxifahrt ist es allemal, weil es eine Botentour ist!

Dass der Fahrer hinterher sein Taxi lüften muss und wieder mit Raumspray arbeitet, weiß der Fahrgast ja nicht, braucht er auch nicht, das gehört zum Handwerk! Vielleicht hat man dadurch dem Taxifahrer auch geholfen, die Frage des Tages zu lösen: »Was esse ich denn heute eigentlich nach Feierabend?« Über den Tag ist das Müsli zum Frühstück und die geschmierten Brote verschwunden, zusammen mit dem Kaffee, irgendwo zwischen der Tour zu Frau Meyer und dem »Kannst-du-mal-eben-die-Post-in-die-Ruhrstraße-fahren«. Und wenn man dann abends müde von der Schicht nach Hause kommt, ist es doch gut, wenn der Speiseplan schon feststeht!

Eine Schwäche hat der Taxifahrer allerdings *(der ganz klare Beweis, dass Taxifahrer doch nur Menschen sind!)* und das ist Süßes! Als es in Bremen allen noch gut ging *(wir kennen diese ewigen Seufzenden, die immer in den guten, alten Zeiten festhängen)*, kam der Taxifahrer in starke Gewissenskonflikte, wenn er in die Osterstraße fuhr, um nicht einfach anzuhalten und sich bei der Schokoladenfabrik Hachéz mal eben eine Tüte Süßes herauszuholen! Ich drehte zu gerne das Fenster herunter, wenn ich dort vorbeikam, dann konnte man manchmal den feinen Kakaoduft riechen. Besonders zu Weihnachten. Dann war der Duft mit Zimt vermischt, das reichte schon … bis abends … spätestens dann kaufte man sich eine Tafel Schokolade und hat wieder diesen feinen Kakaoduft genossen.

Fast alle Taxifahrer kennen zum zweiten Frühstück auch noch das gute alte Matschbrötchen! Das ist ein aufgeschnittenes normales, krosses Brötchen, mit einem klassischen *Negerkuss (Entschuldigung! Allen die sich jetzt betroffen fühlen, weil ich dieses »alte-böse-N-Wort« benutzt habe für das:* »Eiweißhaltige Schaumgebäck mit Schokoladenguss«, *das ist die Macht der Gewohnheit, denn jeder weiß nun was ich meine und viele Generationen sind damit groß geworden! Es bezeichnet ja etwas Gutes, Leckeres und Schönes! Es soll keineswegs diskriminieren, ausgrenzen oder beleidigen und schon gar nicht den 3. Weltkrieg auslösen: Es soll einfach nur gut schmecken!).*

Zu dem Thema habe ich übrigens einmal einen Nachtfahrer gefragt, ob ihn das Wort »Negerkuss« stört. *Er ist ein Farbiger, seine Eltern kommen aus Ghana, er ist ohne Migrationshintergrund, weil, hier geboren, spricht perfekt deutsch/ englisch/ ghanaesisch/ französisch und zahlt Steuern!* Er lächelte daraufhin nur und meinte, das wäre ja genau das Gleiche, als wenn der Zigeuner sich daran stört, dass eine leckere Grillsauce nach ihm benannt ist, das sehen die Farbigen gar nicht so eng! *Ist eigentlich schon mal jemandem aufgefallen, dass sich am meisten die Weißen über dieses N-Wort aufregen?! Die Betroffenen weniger!* Dabei muss es doch wohl mein Kollege am besten wissen, er ist ein Farbiger, ein sehr netter dabei!

Jetzt, wo das geklärt ist, kommen wir zurück auf das »Matschbrötchen«: Auf die eine Hälfte des Brötchens legt man den »Negerkuss«, *Entschuldigung nochmal an alle die jetzt bitterböse sind und schon wieder diese »Rassismus-Patsche« herausholen. Aber zu meiner Zeit hieß das so! KEINER, vor allem nicht die Farbigen (!) haben dagegen etwas gehabt, weil dies wirklich nichts Böses ist, es ist ein Eiweißhaltiges … siehe oben … und es ist auch kein »Jemand« damit gemeint, sondern nur ein Etwas! Eben ein süßes, eiweißhaltiges Schaumgebäck, siehe ebenfalls oben … aber SORRY, so much!!! Irgendetwas ist ja immer! Die Frankfurter, Berliner oder Wiener sind auch nicht beleidigt, sondern, im Gegenteil, sie fühlen sich geschmeichelt, das so berühmte, leckere Gerichte deren Ortsnamen tragen dürfen! Und ein Kuss ist auch etwas Schönes … SORRY!!!*

So, jetzt aber endlich weiter zu dem Matschbrötchen *(hoffentlich tun wir jetzt dem Brötchen nicht Unrecht, weil wir es mit Matsch vergleichen, aber Matsch hat auch seine Vorteile, und ist wichtig, dieses erkläre ich aber im nächsten Buch. Nachdem ich diese widerwärtigen Zeilen geschrieben habe, habe ich mir den Mund auch nicht mit Seife ausgewaschen, ehrlich!)* … dann die andere Brötchenhälfte darüberstülpen und alles zusammendrücken, denn jetzt allein das Geräusch, wenn der frische Schokoladenüberzug platzt, ist schon ein Genuss! Sowas haben wir als Kinder als Pausenbrote gegessen und bis hierhin überlebt *(es gab ja auch noch keine »Milchschnitten« oder völlig überzuckerte Mini-Joghurt-Becher).* Natürlich wissen wir, dass zu viel Süßes nicht gut ist. Nicht wegen der Zähne, die sind ja in unserem Alter sowieso gefaked, zum größten Teil ganz bestimmt.

Und feinen Kakao zum Trinken, holte ich mir im besten Kiosk von Bremen. Auch der ist leider Geschichte! Wenn Sie dort auch die guten Seelen von Findorff kannten, dann wissen Sie, dass ich im Kiosk an der Ecke Eickedorfer Straße/Hemmstraße war. Direkt beim Taxi-Halteplatz. Der Robin-Hood von Findorff hatte da für uns Taxifahrer sein Domizil. Von außen ein Kiosk, von innen das Paradies für Taxifahrer und alle seine Kunden. Was er nicht hatte, wurde besorgt. Wir Taxifahrer (und alle anderen natürlich auch) wurden mit Zeitschriften, Rätselheften, Lotto-spielen, Kaffee, Kakao, Cappuccino und Süßigkeiten, noch einzeln in die Tüte gezählt, verwöhnt. Und zum Klo durften wir auch noch. Das ist für einen Taxifahrer nicht immer einfach. Und immer ein Lachen und eine witzige Geschichte hatten die beiden Besitzer auch parat. So konnte man lächelnd in sein Taxi steigen und der Tag konnte fröhlich weitergehen. Leider haben auch dort, wie in so vielen Geschäften in Bremen, die Besitzer gewechselt. Der Kiosk hat damit leider seinen Zauber verloren. Das Schokolade-im-Taxiessen ist natürlich ausgeschlossen, schon wegen der Ledersitze! Auch ein Eis oder vom Freimarkt die Zuckerwatte ist völlig ausgeschlossen. Höchstens in der Pause, zehn Meter Abstand zum Taxi und hinterher mit feuchten Tüchern die Hände abwischen, damit nichts klebt! Man sollte sich auch möglichst wieder saisonbedingtes Essverhalten angewöhnen. Immer mehr hört man von Erdbeeren im Winter und Grünkohl im August. Gut, die Erdbeeren haben auch viel Vitamin C und können durchaus im Winter gegessen werden, auch wenn der typische Geschmack fehlt, Hauptsache Erdbeere! Vielleicht taucht man die Erdbeeren in Schokolade, mit Zimt, dann kommt Weihnachtsstimmung auf. Aber beim Grünkohl im August sollte man schon Abstriche machen. Kohl ist eben besser bekömmlich im Frost. Wenn man im August schon mal den Kassler isst und die Pinkel als Brotaufstrich, und sich den Kohl bis zum Winter aufspart, gibt das gleich mehrere schmackhafte Etappenessen.

Für die ewig kritischen Bremer, natürlich weiß ich, dass es hier in Bremen Braunkohl heißt! Aber warum heißt das hier in Bremen eigentlich Braunkohl? Die Antwort hat der Taxifahrer auch, weil der Braunkohl grün ist, wenn er wächst und gekocht wird, und braun wird, wenn er verdaut ist.

Und weil es nicht immer Kaviar sein muss *(könnte sich der Taxifahrer auch gar nicht leisten)*, verrate ich Ihnen, verehrte Leser, hier eines meiner Lieblings-schnell-günstig-Rezepte nach einem anstrengenden Tag:

Scharfe Spaghetti-Garnelen-Pfanne

150 g Spaghetti
1/2 Bund Frühlingszwiebeln
1 Knoblauchzehe
2 EL Olivenöl
6 Riesengarnelen, geschält
125 g Kirschtomaten
1 Pack. »Brunch« (Frischkäse-Paprika-Peperoni Aufstrich)
Salz/Pfeffer

Zubereitung:
Salzwasser in einem breiten Topf sprudelnd kochen lassen und die Spaghetti darin bissfest kochen. Die Zwiebeln und den Knoblauch abziehen und fein würfeln. Das Öl in einer hohen Pfanne erhitzen. Die Zwiebeln und den Knoblauch darin glasig dünsten. Die Garnelen zugeben und kurz mitbraten. Die gewaschenen, halbierten Tomaten zugeben. Zum Schluss den Brunch-Aufstrich zugeben und unterrühren, bis er geschmolzen ist. Mit Salz und Pfeffer abschmecken. Die Spaghetti in einem Sieb gut abtropfen lassen, in die Pfanne mit der Garnelen-Masse geben und unterrühren.

Mit grünem Salat servieren.

Guten Appetit!

Warum wird man Taxifahrer

Über Berufsfragen zu lamentieren ist sehr schwer, denn: »Wat den een sin Uhl, is den annern sin Nachtigall!« Und einige haben sich diese Frage bestimmt auch schon gestellt: »Warum, in Gottes Namen, wird man Taxifahrer?« Falls Sie sich bis hierhin diese Frage noch nicht selber gestellt haben, dann können Sie sie oben gern nachlesen. *Es gibt so viele Berufe, aber warum ausgerechnet Taxifahrer?* Und heißt es nicht ähnlich wie bei Versicherungs-Vertretern oder Gastwirten, dass das die Berufe derjenigen sind, die bisher noch nichts auf die Beine gestellt haben?! Ein ganz klares »*NEIN*«! Weil es gar kein typischer Ausbildungsberuf ist. Man kann den (richtigen) Taxifahrer gar nicht lernen und auch nicht zum Taxifahrer ernannt werden, wie das zum Beispiel beim Konstrukteur oder den Politikern ist. Der Unterschied zum Politiker ist nur, dass Politiker wohl nicht verantwortlich für ihr Tun und Handeln sind, Taxifahrer schon! Natürlich bilden hier auch wieder die mit den schlechten Elternhäusern, den Drogen- oder Alkoholproblemen, denjenigen die Stimmen gehört haben, denjenigen die traumatisiert sind, die großen Ausnahmen, wie bei allen anderen auch, außer Politiker eben! Erlernen kann man den Taxi-Beruf auch nicht, höchstens die höhere Stufe, den Chauffeur. Das ist ein richtiger Ausbildungsberuf, Taxifahrer nicht. Genau wie Kraftfahrer. Aber der Chauffeur hat weniger etwas mit dem Taxifahren zu tun, eher mit hauseigenem Sklaven, man nennt die heute »PA«: Personal Assistent! Der Chauffeur hat 24 Stunden seinem Herrn zur Verfügung zu stehen. Ruft der nachts an, weil sein Sohn mal eben nach Monte Carlo zur Spielbank will, oder das Töchterchen nach Sylt, dann muss man »Auto bei Fuß« stehen.

Da ein Taxifahrer schon die Fahrschule absolviert hat, was eine Grundvoraussetzung ist, kann man das auch nicht mehr lernen, man muss schon fahren können, darf keine Punkte in Flensburg haben, somit ist fehlerfreies Fahren über Jahre, eine der Voraussetzungen für Taxi-Fahrer. Ein gutes Führungszeugnis muss natürlich auch sein. Der Taxifahrer hat in einem guten Unternehmen seine festen Arbeitszeiten. Wenn er an Nachtschichten teilnimmt, haben seine Wechselschicht-Zeiten aber doch einen einigermaßen geregelten Feierabend. Wenn er denn will. Wenn jetzt natürlich in der Tagschicht, um sechzehn Uhr noch eine Fahrt nach, sagen wir, Hamburg kommt, er normalerweise um siebzehn Uhr Feierabend gehabt hätte, dann überlegt der gute Taxifahrer nicht lange und bringt seinen Fahrgast da *mal eben* hin. Er kann morgen dafür eher Feierabend machen. Oder später anfangen.

Sie merken, verehrte Leser, der Taxifahrer ist die aussterbende Spezies, die »mal-eben-was-machen kann«. Flexibilität und zügig arbeiten sind Hauptvoraussetzung. Das beherrscht jetzt nicht auch wirklich jeder Fahrer aber doch die meisten! Taxifahren ist eine Lebenseinstellung. Entweder man hat es oder man hat es nicht. Man muss mit Menschen *(Tieren auch, manchmal auch mit Botengut)* umgehen können. Man muss einen guten Orientierungssinn haben, aber den kann man sich auch aneignen, wenn man Navi, Google oder Maps weglässt.

Bevor meine Taxifahrer-Karriere begann, bin ich immer nur meine festen Strecken gefahren. Heute weiß ich, dass das Umwege waren. Dank einem guten Chef, am Anfang meiner »Taxikarriere«, und Kollegen, und wenn man an Taxi-Halteplätzen gut zuhört, kennt man bald einige gute Wege mehr. *ALLE* guten Wege *KANN* man nicht kennen, das verhindert dann wieder der »Verkehrs-Kas« ... ja, der eben! Oder die Müllabfuhr! Gern auch die Radfahrer, die Vorfahrten nehmen, keine Rotzeichen an Ampeln kennen, das Fahrzeug gern schneiden, beim Abbiegen … siehe im Kapitel viel weiter oben. Als Taxifahrer muss man sich auch einfach mal zutrauen, in einen Weg abzubiegen, um zu sehen, wo der denn wohl endet. In Bremen natürlich meistens vor einem Poller oder sonst einer Absperrung. In anderen Ortschaften kann man so auch die schönsten Gegenden kennen lernen. Vor allem auf dem Land ist es erstaunlich, an welchen Plätzen man rauskommt und wie viel Kilometer Autobahn und vor allem Zeit, man gespart hat, wenn man einfach mal in einen Feldweg abbiegt! Wenn Trecker den Weg aushalten, dann doch auch ein Auto!

Hätte mir jemand vor zehn Jahren gesagt, ich würde einmal als Taxifahrerin unterwegs sein und diesen Beruf auch noch lieben, hätte ich ihm einen guten Psychiater empfohlen oder gedacht, dass derjenige seine Weissager-Kugel mit einer Schnee-Kugel verwechselt hat, oder den Alkohol aus dem Kopf lassen sollte.

Auf alle Fälle hätte ich gedacht: »Der hat doch einen Riss am Ski!« Ich und etwas anderes als im Büro arbeiten?! Niemals! Keine Computer vor mir, die genau das machen, was ich ihnen nicht befohlen habe?! Keine Kopierer, die mir den Tag mit dauerndem Papierstau versüßen oder mit Tonerpatronen die leer sind und getauscht werden müssen?! Und keine Telefone vor mir, die entweder pausenlos, alle auf einmal klingeln. Am anderen Ende dann natürlich im Sekundentakt die Probleme der Anrufer gelöst werden müssen?! Oder gar nicht klingeln und man selber die Büronummer wählt, weil man denkt, dass sich die Telefonzentrale aufgehängt hat. Nicht auszudenken! Heute sträube ich mich eher, wenn ein Kollege fragt, ob ich Telefondienst im Büro für ihn machen kann, weil er etwas Dringenderes vorhat. Natürlich mache ich das, bin aber froh, wenn ich wieder in meinem Taxi sitze und dem

Telefonklingeln davonfahren kann! Darum bin ich heute »fasziniert« von Menschen, die den ganzen Tag ihr Handy anhaben, um ständig erreichbar zu sein, ich schalte so schnell wie möglich ab, wenn Feierabend ist, schließlich habe ich auch eine funktionierende Haustürklingel!

Tiefenpsychologisch gesehen, ist es wohl genau *DAS*, was uns Taxifahrer zu Taxifahrern gemacht hat. Man kann »wegfahren«. Wenn das noch mit einer Vorliebe für Autos, vor allem Alte (Oldtimer, nicht Schrottautos!) zusammenkommt, dann ist man schon auf dem besten Weg ein Taxifahrer zu werden. Und eine gewisse Vorliebe für Such-Spielchen muss man auch haben. Heute heißt das Spiel, glaube ich »Geo-Caching«. Früher hieß es »Schnitzeljagd«. Nur dass man keine Tupperbox mit Radiergummi drin finden muss, sondern seinen Fahrgast.

Denn wenn man eine Adresse sucht, dann muss man manchmal ganz schön ausgefuchst sein, besonders wenn es kaum Hausnummern in der Straße gibt, oder keine Namen an der Klingel, oder beides. Hier, verehrte Leser, möchte ich Ihnen ans Herz legen, wenn Sie nicht unbedingt anonym bleiben müssen und gern möchten, dass Ihr bestelltes Taxi schnell da ist, weil es Ihre Adresse gut finden soll, dann bringen Sie ihre Hausnummer doch ganz einfach, deutlich sichtbar vorne zur Straße, beleuchtet, an! Vielleicht wundern Sie sich manchmal, dass Sie keine Pakete mehr bekommen, seit Sie umgezogen sind! Nur als Tipp, eine deutlich sichtbare Hausnummer kann da Abhilfe schaffen!

Es gibt wirklich Hausnummern, die sind an der Seite des Hauses angebracht, wo dann aber ein Zaun verhindert, dass man die Zahl von der Straße aus sieht. Oder ein Busch oder Gewächs, was auch immer *(wir sind keine Botaniker)*, verdeckt die Zahl. Wenn dann die Hausnummer noch nicht einmal beleuchtet ist, dann können wir Sie abends im Dunkeln kaum pünktlich abholen, weil der Fahrer lange nach Ihrem Haus suchen muss. Mühsam mit Taschenlampe jeden Eingang abgeht, mit der Angst im Nacken, dass eine bissige, mörderische Bestie auf vier Beinen, gleich ums Eck kommt und einem das Rennen beibringt. Für untrainierte Fahrer sehr nachteilig.

Sie, verehrte Leser, wohnen dort, Sie kennen sich dort aus, der Fahrer wahrscheinlich nicht. Auch gut ist, wenn Sie ihren Namen am Briefkasten, Zaun, Haus oder irgendwo anbringen, dass man weiß, dass ist *DER* Herr Meyer/ Müller/ Schulz, der das Taxi bestellt hat. Ich hoffe nicht, dass die Leute, die vor zwei Wochen ein Taxi bestellt haben, immer noch warten! Sie bestellten ein Taxi. Die Straße habe ich gefunden, sogar ziemlich schnell. Nun suche ich die Hausnummer. Gar nicht so einfach, denn ausgerechnet in der Straße haben von zwanzig Häusern dreizehn keine Hausnummer. Oder vielleicht auf die Mülltonne geschrieben. Die steht aber jetzt im Hof, weil erst übermorgen Müllabfuhr ist! Nun wissen Sie, verehrte Leser auch, dass ich in einer Neubausiedlung bin. Die gibt es aber auch schon seit einem Jahr und alle Häuser sind beleuchtet, also wohnen dort auch schon Menschen darin. Nur, es fehlen die Hausnummern! Also zähle ich ab. Hoffentlich gibt es hier keine A-B-C-Zählung! Das Haus habe ich dann auch gefunden. Nun war der Eingang an der Seite, ein kleines Stück musste ich zu Fuß auf das Grundstück gehen. Das macht aber nichts, ich laufe gern. Nun ist *KEIN* Name an der Klingel, die schief oder sagen wir, kaum an der Hauswand befestigt ist, nur an einem Kabel hängt, was ziemlich weit aus der Wand guckt. Stattdessen hängt dort ein Foto von einem furchterregenden Hund, mit der Aufschrift: »Hier wache ich!« *Mist, ich hatte auch das Leckerli für den Hund vergessen,* die ich normalerweise immer in der Tasche habe. Nun hatte ich die Wahl zwischen: Einen Stromschlag an der Klingel holen/ vom wilden Hund gebissen werden/oder meine neuen Laufschuhe auszuprobieren. Entschieden habe ich mich für Letzteres. Als ich wieder sicher im Taxi saß, habe ich noch einen kleinen Moment gewartet, ob die Leute vielleicht aus dem Fenster schauen und das Taxi sehen. Leise hupen ging leider nicht, zur Erinnerung, ich fahre das Auto mit dem Stern, das hat eine schöne, aber laute Hupe. Dann habe ich in der Zentrale angerufen und nach einer eventuellen Telefonnummer gefragt, auch Fehlanzeige. So musste ich eine Fehlfahrt anmelden. Entschuldigen Sie bitte, liebe Fahrgäste, aber Ihr Taxi ist leider wegen unüberwindbarer Hindernisse nicht durchgekommen!

Dank der vielen Baumärkte und Fantasie der Leute, gibt es auch so viele Arten von Zäunen und Toren, dass man sich eigentlich nur noch über unbezäunte Grundstücke wundert. Manche Grundstücke haben auch Schranken in der Einfahrt. Schranken kennen wir von Bahnübergängen oder Grenzen. Von Kind an lernen wir: Wenn Schranken geschlossen sind, dann fahren wir *NICHT* weiter. Wenn die Schranken offen sind, fahren wir durch. Dachte ich bisher. So wurde es mir auch von Kind an beigebracht und das prägte sich ein! Bisher ging ich auch davon aus, dass ich ein gutes Elternhaus hatte, im Gegensatz zu circa neunzig Prozent der Straftäter in Deutschland, die ja bekanntlich alle ein »schlechtes Elternhaus« hatten, damit die Strafe für sie dann auch nicht so hoch ausfällt. Aber man lernt ja nie aus. Und natürlich ist in Bremen das auch wieder alles völlig anders, was die Schrankennutzung angeht und besonders das »Willkommen« heißen von Taxifahrern! Auch nicht, wenn sie bestellt worden sind! Spontan handeln muss der Taxifahrer übrigens auch können. Eines der Grundvoraussetzungen!

Es ist Sonntagmorgen sieben Uhr. Da sonntags weniger Verkehr ist, fahre ich gern sonntags. Die Fahrgäste sind ganz einfach anders gelaunt, sie haben Zeit, sind tiefenentspannt und haben eben Wochenende. So dachte ich jedenfalls, bis dahin! Von der Zentrale bekomme ich eine Adresse. Dort fahre ich hin. Es ist ein großes Haus, mit vielen Fenstern, mehreren Stockwerken. Ansonsten, wie alle neuen Bauten in Bremen: Nichtssagend, unauffällig dunkel, viel Glas, viereckig, Acryl, hier hat sich der Architekt nicht groß angestrengt bei dem Thema: Entwerfen Sie ein Mehrpersonenhaus: Viereckig, groß und viele Fenster (das haben wir in der Schule auch schon so gemalt!), Bremer Architektur im modernen Stil eben!

Eine Schranke trennt das Grundstück von der Straße. Ich fahre vor die Schranke und drehe das Fenster herunter, um den Knopf zum Öffnen der Schranke zu drücken, da hebt sich die Schranke auch schon von allein. Also fahre ich durch die geöffnete Schranke. Die Schranke schließt sich hinter meinem Taxi wieder. Dass ich jetzt in der Falle bin, wusste ich bis dahin aber noch nicht. Dann suche ich in dem Mehrfamilienhaus die Klingeln mit den Namensschildern, stelle aber fest, dass es keine Klingeln gibt. Nachdem ich das ganze Haus umrundet habe, sehe ich ein Hinweisschild mit der Telefonnummer des Hausmeisters, dort, wo sonst üblicherweise ein Klingelbrett ist. Und ein Schild über die Öffnungszeiten der Rezeption. Die hat sonntags aber geschlossen. *Au-haue-haue-ha*, denke ich, *wer hier wohl Wichtiges wohnt?* Da ja keine Namenschilder da sind, weiß ich das nicht! Jetzt bitte keine anzüglichen Gedanken! Es ist weit ab von den Gegenden, an deren Häuser Namen stehen wie: »Chantal/Suzie oder die wilde Andrea (buche unter neun-neun-neun)«. Weit gefehlt, es waren berühmte Leute, die nicht gefunden werden müssen, vor allem nicht von fremden Taxifahrern.

Dann kann ich nur warten, die Dame, die das Taxi beauftragt hat, muss ja irgendwann einmal rauskommen. Es dauerte auch nicht lange, da kommt ein freundliches, junges Mädchen. Sie setzt sich in mein Taxi, nennt mir ihre Adresse und ich fahre los bis vor die Schranke. Wir wollen ja beide wieder raus. Und: *NICHTS*! Die Schranke geht nicht auf! Es gab auch keinen Chip, oder Karte bei der Einfahrt, denn, wir erinnern uns, die Schranke hatte sich von selbst gehoben. Die junge Dame sagt jetzt:

»Ach herrje, für die Schranke braucht man eine Erlaubnis durchzufahren. Die muss man einen Tag vor dem *Durchfahren wollen* beantragen. Dann bekommt man einen Chip, der die Schranke öffnet.«

Sie hatte keinen Chip. Sie will aber ihren Freund anrufen. Der wohnt da. Und gestern wussten beide noch nicht, dass sie heute einen Schranken-Chip brauchten. Der Freund hat also auch keinen Chip. Er hat ja auch kein Auto, sonst wäre ich wohl kaum hier. Und einen Antrag konnte ich gestern nicht stellen, da wir drei noch gar nicht wussten, dass heute Morgen ein Taxi hier gebraucht wird, denn so ein Taxi wird gern auch mal spontan bestellt! Deshalb rufe ich jetzt den Hausmeister an. Nachdem sich eine schnarrende, wenig freundliche Stimme gemeldet hat, erkläre ich jetzt noch freundlich die Situation:

»Ich sitze mit Fahrgast an Bord, mit dem Taxi fest, weil wir nicht vom Grundstück herunterkommen, weil die Schranke nicht aufgeht!«

Es ist Sonntag, alle Menschen sind anders drauf. Alle. Bis auf einen! *DEN* hatte ich gerade am Telefon! Da ranzt der »Meister-des-Hauses« mich an, dass ich gar nicht auf das Grundstück hätte fahren dürfen! Und das, ohne uns einen guten Morgen zu wünschen, was jetzt aber auch völlig unnötig war! *Ja, das habe ich gemerkt*, denke ich!

»Aber wie komme ich denn wieder raus?«

»Sie hätten da ja gar nicht rauffahren dürfen«, erklärt er nochmals!

»Wie komme ich wieder runter?«, frage ich auch wiederholt. Als er mir den Satz mit dem »nicht-rauf-fahren« jetzt schon zum dritten Mal erzählt, wurde noch einer schlecht gelaunt, nämlich *ICH*! Jetzt änderte ich die Endlos-Textschleife von: »Wie komme ich hier wieder runter«, in:

»Die Schranke wird jetzt *SOFORT* aufgemacht, sonst berechne ich Ihnen die Wartezeit!« Ach du je: Wollen Sie die Antwort von dem Blockwart wirklich wissen?! Sie müssen jetzt ganz stark sein:

»Was bilden Sie sich eigentlich ein! Weil Sie da ja gar nicht rauffahren durften! Und das kann man auch freundlich sagen!«

Das schlägt doch dem Fass den Boden aus der Krone! Da ranzt dieser abgebrochene Hauptschüler mich an und wundert sich, dass ich ihm keine Arie darauf singe, sonntagmorgens, wenn alle anderen gut drauf sind! Etwas, aber auch wirklich nur ein ganz klein wenig anders im Tonfall, erklärt er mir den Trick, wie ich da wieder rauskomme.

Die junge Dame auf dem Rücksitz, war völlig perplex, über so viel Unfreundlichkeit seitens des Haussheriffs und entschuldigt sich bei mir. Das war zwar Balsam für meine Seele, aber ja nun auch nicht in Ordnung: *SIE* hat ja gar keine Schuld, sie will ja nur nach Hause! Da habe ich sie auch hingebracht. Der Sonntag lief dann doch noch gut. Ein Taxifahrer muss auch vergessen und verzeihen können. Dachte ich!

Denn ich war alles andere als nachtragend! Für mein Elefantengedächtnis kann ich nichts, das ist angeboren!

Wenn … ja … wenn der nächste Tag einem nicht die schlechte Erinnerung wieder zurückbringt und bestätigt, dass man sich immer zweimal im Leben sieht oder hört. Was anscheinend auch nur für blöde Momente gilt. Zumindest haben sich bei mir die wirklich schönen Augenblicke selten wiederholt. Dieses Karma ist eine Bitch! Am nächsten Tag, hatte ich den Vorfall längst gelöscht aus meiner Erinnerung, wurde aber zum Rapport ins Büro dirigiert. Da unser Chef lange gedient hatte, bei der Marine, fiel der Rapport kurz und schmerzlos aus. Der Chef zeigte nur kurz auf zwei Gutscheine für Taxifahrten innerhalb Bremens und bat mich, diese Gutscheine an *DIE* Adresse zu bringen, wo die Schranke lauert. Mit dem Befehl mich zu entschuldigen, man hätte sich beschwert über mein Benehmen! Das setzt dem Törtchen echt die Kirsche auf! Gedacht habe ich: »*Wie bitte, ich soll mich entschuldigen, weil ICH angeranzt wurde, dafür, dass ich nur meine Arbeit machen wollte, und mein Taxi wieder aus diesem Gefängnis kriegen wollte?!?*« Aber da jetzt ja mein Chef vor mir saß, habe ich lieber nicht laut gedacht, sondern, kadettenhaft, wie er es von seiner Militärausbildung kannte, zackig gegrüßt und bin wieder in mein Taxi geklettert. »*Gut, die Entschuldigung sollen die haben! Sie haben sich über mich beschwert! Jetzt kriegen sie ihren wahren Grund zur Beschwerde! Da hatte ich ja noch einen Gut!*«

Natürlich steht in solchen Situationen der arme Taxifahrer auch ganz allein da, die meisten Unternehmer haben nämlich oft keine fünf (angemeldeten) Mitarbeiter, sondern dann eher fünf angeschlossene Kleinunternehmer. Denn sonst würde es in jedem Betrieb Betriebsräte geben, *DANN* würde der Arbeitsplatz Taxi aber ganz anders rollen. Weil genau das aber die meisten Unternehmer nicht wollen, gibt es keine

Betriebsräte. Das nennt man auch »Die-Katze-in-den-eigenen-Schwanz-beißen-Prinzip«.

Wutentbrannt fuhr ich also vor die Schranke. Natürlich hatte ich im Laufe meiner »Karriere« auch mal irgendwo den Deeskalationskurs gelernt, aber wenn man wütend ist, ist dieses Wissen gerade gar nicht abrufbar. Und ich war jetzt weit von Deeskalation entfernt! Das Taxi habe ich vor der offenen Schranke stehen lassen, mitten in der Einfahrt! Wieder einmal dankte ich meinem Chef, dass ich so einen breiten Wagen fuhr! Dann bin ich in die jetzt offene Rezeption gegangen. Hochrot im Gesicht! Meine Kinder wissen, dass das *KEIN* gutes Zeichen ist *FÜR* Deeskalation! Sie haben sich dann eher Türen klappend in ihre Kinderzimmer verzogen, wenn ich so ein Gesicht hatte. Pech, die Rezeption hatte die Tür sperrangelweit offen. Ich klopfte an und fragte in Gedanken, ob ich wohl durch die offene Tür kommen kann. Hätte ich an den Sketch mit Dieter Hallervorden gedacht, hätte ich beim Eintreten: »Pallim, Pallim!« gerufen. Mir war aber im Moment nicht nach Scherzen, weil mein Kopf immer noch hochrot war.

Ein typisches Büro-Blondchen steht im Büro *(mir blieb auch wirklich nichts erspart an dem Tag!)*. Leider habe ich immer keine feste Stimme, wenn ich wütend bin, gern würde ich dann eine tiefe, bellende Stimme haben. Meine Stimme zittert, so sauer bin ich. Ich knalle die Gutscheine auf den Tresen und sage nur, dass ich die abgeben soll, weil ich gestern durch die offene Schranke gefahren bin und sich irgendjemand über mich beschwert hat. Jetzt macht Blondchen einen folgenschweren Fehler, ich nehme an, sie ist die Schwester oder die Frau dieses Hausranchers oder hat ein Verhältnis mit dem Sheriff vom Wallraffplatz. Sie ranzt mich mit ihrem Stimmchen an:

»Sie hätten gar nicht durch die Schranke fahren dürfen!« Auch mit fehlendem Gruß! *JETZT PLATZE ICH*!

»Dann macht die Schranke doch nicht auf, wenn Ihr keine Menschen hier haben wollt, ist doch ganz einfach!«

Tränen schossen dem Blondchen in die Augen, wahrscheinlich hatte noch nie jemand so mit ihr gesprochen *(plötzlich war meine Stimme auch ganz fest und tief: Gut!)*. Sie würde sich wieder über mich beschweren, wisperte sie mit ihrem Stimmchen! *Ach, Du warst das! Du warst doch gar nicht im Sender gestern!* Dachte ich. *PENG*! Jetzt war was explodiert, ich brüllte sie an:

»Ja, wie viel Gutscheine wollen Sie denn noch schnorren, um umsonst mit dem Taxi durch Bremen zu fahren?!? Blondchen, mach' bloß die Schranke zu!«

Dann staubte ich nach draußen, »blies noch mal den Lauf meines Colts« bevor ich zu meinem Taxi ging. *Make my day!* Der Zentrale habe ich dann gesagt, dass sie bitte in Zukunft diese Adresse nicht mehr an mich vergeben sollten, dort hole ich Niemanden mehr ab! Und durch Schranken, die sich öffnen, fahre ich immer noch durch! Aber Hallo! Gelernt, ist gelernt! Mein Chef hat dann auch nur noch lakonisch gemeint, dass mit der Entschuldigung hätte wohl eher nicht geklappt! Ein Lachen musste er sich aber doch verkneifen! Er kennt mich! *Warum schickt er mich dahin*, dachte ich schulterzuckend.

Taxifahrers Traumtag

Natürlich hat ein Taxifahrer nicht immer solch ein Pech, es gibt durchaus auch Tage, an denen alles aufeinander abgestimmt scheint. So ein Tag fängt meistens früh an für ihn. Ein guter Taxifahrer fängt den frühen Vogel also schon um sechs Uhr morgens. Das Taxi steht da, gewaschen, innen sauber, riecht nicht nach billigem Deo, sondern nach frischer Meeresbrise oder wie frisch im Wind getrocknete Wäsche. Wenn es nach Deo riecht, wurde darin geraucht *(Geheimtipp!).* Der Wagen ist vollgetankt, der Reifendruck stimmt, der Wagen springt ohne Verzögerung an, und es gibt keine Fehlermeldungen im Display. Man meldet sich in der Zentrale an, die Fahrernummer und eine PIN geben sich quasi von selber ein. Mit einem fröhlichen »Kling« ist man nun auch für die Zentrale sichtbar: Taxi 4077 ist dienstbereit *(diese Taxi-Nr. wurde von mir ausgedacht, bzw. ist sie der Titel einer meiner Lieblingsserien im TV).* Bevor man seinen ersten Halteplatz des Tages anfährt, klopft eine junge Dame an der Ampel an die Scheibe, ob sie einsteigen dürfte, sie muss ganz schnell nach Bremen-Nord, sie hat verschlafen. Super! Das ist ungefähr eine 35-Euro-Tour und das gleich am Beginn des Tages! Unterwegs unterhält man sich nett; die junge Dame hat ihren ersten Arbeitstag im Krankenhaus. Ein wenig nervös ist sie schon aber voller Zuversicht, dass sie einmal eine gute Krankenschwester wird. Der Taxifahrer gibt ein wenig Erfahrung aus seinem ersten Ausbildungstag preis, das ist zwar schon dreißig Jahre her, aber Lehrjahre sind immer noch keine Herrenjahre und einige Dinge vergisst man nicht im Leben! Vor allem die Angst etwas falsch zu machen!

Und schon sind sie angekommen. Der Taxifahrer lässt ein bisschen vom Preis als Rabatt, ein kleiner Glücksbringer für die Kleine und weil sie ja erst ein Ausbildungsgehalt hat, dann wünscht er ihr:

»Toi, Toi, Toi!«

Die Fahrt wird im Fahrbericht aufgeschrieben, kaum ist das Buch zugeklappt und noch nicht verstaut, fragt ein ehemaliger Krankenhauspatient, ob man ihn nach Hause fahren kann:

»Es ist ein wenig weiter weg, auf Beförderungsschein?«

»Selbstverständlich, wo geht denn die Reise hin?«

»Nach Kassel!«

Innerlich macht der Taxifahrer Luftsprünge, obwohl er eigentlich »Rücken« hat, das kommt vom vielen schwere Rollstühle oder Koffer verstauen. Dieser Fahrgast hat nur einen kleinen Koffer dabei. Man fragt höflich, ob noch Kaffee oder anderes in der Cafeteria gekauft werden möchte, dann geht es los. Glücklicherweise eine Strecke, die der Fahrer kennt, so braucht er sich nicht mit Navi vor dem Fahrgast blamieren. Kurz informiert er die Zentrale, das sein Wagen heute nicht mehr planbar für andere Touren ist, schließlich gibt es auch genügend andere »Kollegen«, die fahren können.

Schnell findet man ein Gespräch unter Männern, die werten Leser werden es sofort erraten: Fußball. Man stellt sich vor, ob es wohl einmal ein Fußballspiel zwischen Werder Bremen und »1. FC Herkules-Kassel« geben wird! Bei diesem Thema schwindet die Zeit wie in Fluge dahin. Schnell ist die Schnellstraße in die Autobahn übergewechselt, vorbei an Bremen, Hannover, Harz, Göttingen, und schon sieht man den Habichtswald und die ersten Konturen von Wilhelmshöhe, das sichere Zeichen, dass das Ziel nicht mehr weit ist. Unterwegs wurde natürlich eine Pause gemacht, mit Bratwurst, Kaffee, Eis. Den Tipp der Einheimischen, dass bei Eddigehausen eine prima Würstchenbude ist, wurde natürlich in die Tat umgesetzt! Der Patient konnte noch einmal richtig Wurst und Pommes genießen, bevor es zu Hause bei seiner Frau wieder gesundes »Pferdefutter« gab. Sie war auch auf das »Vegane-Pferd« mit aufgesprungen. Seitdem musste er ab und zu auf

»richtiges« Essen ausweichen. Das Geheimnis teilten sich die beiden nun auch.

Beim Fahren hörten sie die Sportnachrichten und wurden Zeuge, wie der »1 FC Herkules-Kassel« gewann. Zur Feier des Tages hat der Fahrer seinen Fahrgast zum Imbiss eingeladen. Jetzt sind sie in Gedanken bereits bei der Fußball-Weltmeisterschaft angelangt. Man braucht nicht zu raten, wer die gewinnt!

Am Ziel lädt der Fahrgast den netten Taxifahrer noch zu einer Tasse Kaffee ein, seine Frau hat frischen Butterkuchen gebacken, so etwas wird immer gerne angenommen

Dann macht sich der Fahrer auf den Rückweg, nicht ohne einmal einen Blick auf die Wasserspiele in Wilhelmshöhe zu werfen. Kurz spielt er mit dem Gedanken die »paar Stufen« zum Herkules hinaufzulaufen. Der Ausgleich für seine sitzende Tätigkeit täte gut, dann kann er fit wieder nach Hause fahren. Es sind ja »nur« auf der rechten Seite zum Denkmal fünfhundertneununddreißig Stufen hochzusteigen, dann kann er links ein paar Stufen weniger, wieder herunterlaufen. Das geht bekanntlich schneller! Er sieht kurz auf die Uhr, leider reicht die Zeit nicht, die Nachtschicht wartet auf das Auto. So entschließt er sich nur zu einem kurzen Spaziergang in den Goethe-Anlagen. Dann fährt er wieder zurück. Ein kleiner Stau in Hannover auf der Autobahn gibt ihm Zeit, die Abrechnung fertig zu rechnen. Er tankt noch, als er wieder zu Hause angekommen ist. Wischt kurz über die Armaturen, lüftet das Auto, als Nichtraucher hat er keine Probleme und braucht nicht mit Deo sprühen. Nach der Scheibenreinigung erwartet die Nachtschicht ihn schon, die heute später anfangen durfte und somit auch das Fußballspiel zu Ende sehen konnte. Er grüßt kurz und fährt pfeifend nach Hause. Dieser Tag war besonders gut, denn er hatte freundliche Fahrgäste, gute Fahrten, keine Ausfälle und Unfälle, genügend Pausen und die Kasse stimmte auch.

Taxifahrers Albtraumtag

Wie gesagt, ein guter Taxifahrer fängt den frühen Vogel, also wird der Tag wieder um sechs Uhr begonnen. Das Taxi ist *NICHT* da, was man dem Fahrer für die Tagschicht zugeteilt hatte. Wahrscheinlich dreht der Nachtfahrer wohl noch ein- oder zwei Runden extra. Er geht auch nicht ans Handy. »*Mist!*«, denkt der Fahrer.

Jetzt muss man die Zentrale nerven. Vielleicht hatte der Wagen auch einen Unfall und es wurde vergessen Bescheid zu sagen, dass man nun den Ersatzwagen nehmen müsste. Leider klappt die Kommunikation zwischen »Tower« und Bordpersonal oft nicht so, wie es sein sollte. Oft wird das Bordpersonal vergessen, wenn es zu Zwischenfällen kommt. Obwohl der Fahrer eigentlich die wichtigere Rolle spielt, denkt man. So früh morgens ist die Zentrale besonders gut gelaunt, wohl, weil da auch der frühe Vogel … einen mal kann! Nach etlichem Klingeln meldet sich endlich jemand.

»Nein, es ist nichts bekannt, der Fahrer muss wohl bald kommen, da er auch abgemeldet fährt, und gar nicht mehr zu sehen ist, auf dem Bildschirm für die Zentrale!«

Aha, dann fährt der Nachtvogel jetzt für sein Taschengeld, das Trinkgeld hat wohl nicht gereicht von der Nacht! Wie die Tagschicht dann mit den Weniger-Stunden klarkommt, ist dem Nachtfahrer auch so ziemlich wurscht. Jetzt verstehen die Leser, warum ich das Wort »Kollegen« in Anführungsstriche setze! Dann steht man alleine da und wartet und wartet. Es vergeht eine halbe Stunde, eine Stunde. Na, Super! Nach fast einer weiteren Stunde Wartezeit hat dann auch endlich der Nachtfahrer ein Ende gefunden und vor allem, den Weg zum Ablöseplatz!

Der Wagen riecht nicht so, wie man ihn abgegeben hat. Unmengen Deo wurden versprüht, das Lenkrad stinkt als fasst man in einen vollen Aschenbecher. Der Rückspiegel ist voller Fingertappsen, den macht man dann zuerst sauber. Die Fahrertür klebt von innen, man will lieber nicht wissen, was das ist, und macht das auch gleich mit einem Desinfektionstuch sauber. Nachdem man das Taxameter angestellt hat und feststellt, dass wohl in der Nacht nicht viel los gewesen sein kann, weil der Fahrer die Zeit hatte, sämtliche Werte wegzudrücken, bringt man das auch wieder auf Normalbetrieb. Der Taxameterstand wurde auch nicht abgeschrieben, das ist aber nur Sekundenaufwand. Dann sieht man den Zettel am Armaturenbrett: *»Der vordere Reifen ist platt, muss wohl mal gewechselt werden!«* Gesagt hat er nichts bei der Übergabe! *Na Klasse, du Ar … , warum hast du den nicht gleich gewechselt, genügend Zeit hattest du doch! Und du bist noch in meiner Schicht damit herumgefahren! Upps, laut gedacht?!*

Das Reifenwechseln ist weniger zeitaufwändig, als nach jeder Tour an die Tanke zu fahren und neu zu pumpen. Also, Kofferraum auf. Natürlich! Der Reservereifen ist auch platt: *»Danke, KOLLEGE!«, denke ich (und noch Schlimmeres).* Nun musste ich nochmal die Zentrale nerven oder, nein, rüber zur Tankstelle, die unsere Taxischlüssel aufbewahrt, um einen anderen Taxischlüssel zu holen, damit ich den Reservereifen tausche. *Sollen sich doch andere damit rumärgern*, man will schließlich Taxi fahren! Außerdem hatte ich vor drei Tagen noch ein komplettes Reserverad! Das hat sich wohl schon ein anderer »Kollege« *geliehen*. So macht ein platter Reifen meistens die Runde im Fahrzeugpark eines Taxi-Unternehmers. Früher oder später ist er dann sowieso wieder bei mir im Kofferraum. Nach dem Reifenwechsel sieht man erst mal aus wie Schwein, der Dreck geht mit dem kalten Wasser aus dem Wasserhahn der Tanke auch nicht ab. So kann man kein Taxi fahren, die Fahrgäste denken bestimmt, bei *den* Fingernägeln, man hätte noch einen Nebenjob als Friedhofsgärtner.

Also, nach Hause fahren, saubere Hose anziehen, Hände schrubben. So, jetzt kann man los – drei Stunden, nachdem man eigentlich angefangen hatte – steht man dann glücklich am Halteplatz, ohne einen Cent verdient zu haben! Und steht und steht und steht. Nach einer Stunde Wartezeit hat man dann endlich eine Tour. Im Display steht »behilflich sein!«

Diese »Untertitel« bei den Aufträgen ärgern mich, denn als Taxifahrer ist man sowieso behilflich, wenn man den Begriff Dienstleistung verstanden hat. Meine Laune wird nicht besser! Es regnet in Strömen als ich aussteige und zur bestellten Adresse vor die Haustür gehe. Ein Vordach gibt es nicht. Ich klingle. Nichts. Ich klingle nochmal. Wieder nichts. Inzwischen bin ich pitschnass! Dann halte ich den Daumen auf der Klingel, bis sich was tut. Jetzt werde ich von einem hexenähnlichen Wesen angemault, warum ich so unanständig klingle und warum ich so nass bin?!? Bis *Madam Mim* offensichtlich das erste Mal am Tag die Nase vor die Tür steckt:

»Ach, es regnet ja!«

Im Schneckentempo schiebt sie mit ihrem völlig verdreckten Rollator zum Taxi, mault rum, dass es ja so ein unbequemes Auto ist, bringt den halben Erdboden ihres Gartens mit rein ins Auto, müffelt selber ein wenig wie frisch-gepflügter, nasser Erdboden und weiß erst einmal gar nicht, wo sie denn nun hinwill. Nach einigem Gestammel bringt sie dann doch ihre 4,90-Euro-Tour raus. Ich sag jetzt nichts. Als *die böse Hexe* wieder aus meiner *unbequemen* Karre ausgestiegen ist, ohne Trinkgeld zu geben natürlich, rieche ich, dass sie etwas vergessen hat. Zumindest ihr Hund, der doch eigentlich gar nicht mit im Taxi war. Dafür aber seine Hinterlassenschaft, die die Hexe mitgebracht hatte, vermutlich unter dem Schuh. Nur, das wieder mitzunehmen hat sie vergessen. Bei Hundescheiße im Auto hilft es alles nichts, man muss die Matten mit Wasser abspülen, da hilft kein Wischen, Bürsten, Übersprühen. Ich schmeiß die Matten alle raus in den strömenden Regen. Dabei werde ich von drei bis vier Autos angehupt, weil ich die Tür aufhabe. Dafür zeige ich denen innerlich den Stinkefinger. Es gibt nichts Unsinnigeres als das Anhupen von Krankenwagen, TAXIS, DHL-Post-Hermes-UPS-Wagen und Notärzten! Die sind gerade im Dienst!

Dann lass ich einige Minuten die Matten im Regen liegen, schüttele sie aus und gehe an den Kofferraum, wo immer eine Rolle Haushaltspapier ist. *WAR*, ist besser ausgedrückt! Jetzt bin ich stinksauer! Der Nachtfahreridiot hat nicht mal Material nachgefüllt aber alles verbraucht, als er seine fettigen Döner-Finger abgeputzt hat! Wenigstens hat er das Lenkrad nicht mit den Fettfingern angefasst. Sollte ich dafür jetzt etwa dankbar sein?! Andererseits hätte ich dann wohl noch länger auf den Wagen gewartet, wenn der erst alle anderen Taxis nachgesehen hätte, um Tücher zu finden. Nun stehe ich da, mit meinen nassen Matten. Ich raffe meinen Vorrat an Taschentüchern zusammen, so geht es aber. Und wieder geht es nach Hause, nochmal umziehen, ich habe keinen trockenen Faden mehr am Leib

So, zu Hause stärke ich mich mit einer Scheibe Käse aus dem Kühlschrank und einem Glas Milch, dann geht es weiter, denn es wurde heute schon genug Zeit verplempert. Und meine Einnahme-Quote stimmt ganz und gar nicht. Jetzt stelle ich mich an einem Halteplatz auf, der mehr Glück bringt, hoffe ich. Und stehe und stehe und stehe. Wenn Aufträge rausgehen, dann alles, was nicht mein Auto erfüllt, vom hohen Einstieg, nur VW, kräftiger Fahrer, bis kein Mercedes. Innerlich schreibe ich schon eine Bewerbung, oder ich gebe heute Abend ein Stellengesuch im Internet raus. Da! Ein Auftrag, eine Einkaufstour! Na ja, sowas geht, es wird von anderen Fahrern gern abgelehnt. Ich fahre zu der Adresse hin, um das Geld und den Auftrag abzuholen, besorge den Alkohol und die Zigaretten, *was kauft man sonst an einem Sonntag an Tankstellen*?!? Bringe es dann dem Kunden. Der Kerl wiederum gibt mir ein viel zu hohes Trinkgeld! Zuerst lehne ich ab, ich möchte seine geistig-benebelte Situation nicht ausnutzen. Er besteht aber fest darauf! Ich nehme das Geld und gehe. Wenigstens das Trinkgeld stimmt heute! Einigermaßen beruhigt stelle ich mich wieder auf. Und warte, warte, warte.

Dann nehme ich einen Auftrag an und fahre hin. Schon bei der Auffahrt fällt mir auf, dass kein Licht mehr im Gebäude ist. Außerdem steht im Garten ein »zu Verkaufen« Schild. Hier *KANN* ich wohl niemanden abholen, weil hier keiner mehr wohnt! Ich warte die »Zehn-Minuten-Pflicht« ab. Dann rufe ich die Zentrale an, die auch nur eine schnöselige Antwort hat: »Dann müssen Sie wohl noch mal eben zehn Minuten warten!«, also warte ich insgesamt zwanzig Minuten. Es kann ja ein Versehen sein. Sicherlich ruft gleich die Zentrale an, nach einem kurzen Blick in den Computer, und bestätigt meine Vermutung, dass hier keiner abgeholt werden *KANN*. Für mich sieht es eher so aus, wie ein Anruf eines anderen Taxifahrers, der mich vom Taxiplatz weghaben wollte. Wahrscheinlich, weil dort eine gute Tour als Vorbestellung rausging und ich blöderweise auf dem ersten Platz stand, wo der »Kollege« doch hinwollte! Nachdem ich dann meine nächste halbe Stunde verplempert habe, fahre ich das Auto durch die Waschanlage, sauge durch und stelle es hin, zwei Stunden vor erlaubtem Feierabend: »*Fahrt Euren Scheiß doch selber!*«, denke ich missmutig.

In Gedanken sitze ich in einem hellen, freundlichen Büro. Gut gelaunte Menschen um mich herum, es riecht herrlich frisch, alle haben Lust zum Arbeiten, so geht die Arbeit auch flott von der Hand. Jemand macht einen Scherz, alles lacht. Ein Kollege geht mit der Kaffeekanne herum. Der Kunde am Telefon bestellt gerade eine große Menge, der Umsatz stimmt auch! Die Kollegin erklärt dem Praktikanten gerade das neue Computerprogramm. Gleich nach Feierabend treffen sich alle nochmal in der kleinen Kneipe zum Feierabendbier. Warum nochmal bin ich eigentlich Taxifahrerin geworden???

Die Taxizentrale

Das ist das Herz des Taxiunternehmens. Alle Fäden laufen hier auseinander und zusammen. Hier müssen alle Geräte laufen, die Telefone dürfen nicht abgestellt sein, die Computer laufen durch, das Personal auch, die meisten halten den Stress nicht lange aus. Das ist der »Tower« für die Fahrer *(sollte es zumindest sein!)*. Hier kann der Fahrer Material auffüllen und zur Toilette gehen *(wenn man den ganzen Tag mit dem Auto unterwegs ist, ist das manchmal ein schwieriges Thema!)*. Vor allem für Fahrer, die sich vor schwierigen oder unangenehmen Aufträgen drücken wollen. Denn die gehen gerade dann immer gern zum Klo! Wie früher in der Schule vor schwierigen Arbeiten, wenn nochmal der Spickzettel richtig platziert werden musste, oder man nicht vom Lehrer aufgerufen werden wollte, weil man die Aufgabe nicht konnte. Es gibt wirklich Fahrer, die gern einen Auftrag annehmen, der von der Zeit her schon ganz eng ist und gehen dann in aller Ruhe erst einmal aufs Klo! Damit kann man nämlich die eigenen Kollegen in der Zentrale schön ärgern, denn der Auftrag wurde angenommen vom Fahrer, wird aber nicht abgearbeitet. Der Fahrgast wartet. Der ruft aber ja nicht den Fahrer an *(der immer noch auf dem Klo sitzt).* Nein, das muss dann die Zentrale ausbaden, logisch! Bis dann die Zentrale einen anderen freien, geeigneten Wagen gefunden hat, geht wertvolle Zeit verloren. Dass der Fahrgast sauer wird, ist klar! Wären Sie auch, war ich inzwischen auch! Denn meistens steht ja ein Termin beim Arzt, Zahnarzt, Krankenhaus, Bestrahlung, Chemo, Friseur, Bewerbung, Tisch im Restaurant, Anwalt, oder Bestatter, hinter einer Vorbestellung. Der Fahrer auf dem Klo geht immer noch nicht ans Telefon, wahrscheinlich hat er das Handy auch ausgemacht. Wenigstens auf der Toilette will man seine Ruhe haben! Auf dem stillen Örtchen muss man ja nun auch wirklich nicht auch noch telefonieren! Dann ist endlich ein Wagen frei, der aber noch mindestens eine Viertelstunde entfernt ist. Mit Engelszungen bringt man den neuen Fahrer auf die Route:

»Bloß freundlich sein, sich entschuldigen, ein Auto hatte eine Panne!« Die Ausrede mit Stau klingt sonntags meistens unglaubwürdig, selbst in Bremen. »Zusammenstoß mit Fahrradfahrer«, klingt glaubwürdiger und kann auch zu jeder Tag- und Nachtzeit wahr werden! Gut, dass man noch einen einigermaßen guten, freundlichen, sauberen Fahrer erwischt hat! Der rettet die Situation. Dann noch den Fahrgast informiert, der vor Wut natürlich alle Flüche auf die Zentrale loslässt. Von Firmenwechsel ist die Rede, verständlich! Man bittet mit Engelszungen um Verzeihung, man ist ja auch nur Mensch! Was sich gleich bei dem Gespräch mit dem Fahrer, der das verschuldet hat, ändert. Dann wird man gerne auch mal zu einer

Ausgeburt der Hölle. Dann läuft man zu Höchstformen auf, und holt den großen Wortschatz der bösen Wörter vor! Die Kinder wären stolz auf einen, wenn sie das hören könnten. Die würden grinsend mit dem »Böse-Wörter-Sparschwein« hinter einem stehen und dicke Kasse machen. Was dem Fahrer wohl einfällt auf Klo zu gehen, und *VORHER* einen Auftrag anzunehmen. Da verlangt der *Scheißer* auch noch einen anderen Ton! Schade, dass der Chef nicht selber am Funk ist, dann wäre der Ton gleich ganz anders! Der kann mit Worten töten, wie gut aufgesetzter Blattschuss! Warum in aller Herr-Gott-Namen war *DIESER* Fahrer jetzt nochmal Taxifahrer geworden?! Wer hat *DEN* eingestellt?! Ach ja, seine Frau hält ihn zu Hause nicht aus! Dann kommt sie einfach nicht dazu das Klo sauber zu machen!

Wer in der Zentrale sitzt muss Nerven wie Stahlseile haben, *IMMER* freundlich sein, auch nach dem hundertsten Anruf und der zweihundertundzweiten Frage:

»Wo bleibt denn das Taxi, ich habe vor *SIEBEN* Minuten bestellt!«

Oder dem unzähligen Mal:

»Ich brauche jetzt doch kein Taxi mehr!«,

dem zwanzigsten Mal *(lallend):*

»Ssss' Taxi wasssssssss isch ebend b'stellt hab' kann sisch noch Zeit lassen, Schlennerschluck b'stellllt, willllse auch ein'n?!«

Dann zeigt man lächelnd die Zähne:

»Ja! Wie? Wollen Sie das Taxi jetzt doch abbestellen?«

»Neee, Püppi, sss soll so in 12¾ Minuten hier sein, da, isch hab' noch ein Bier b'schellt!«

Ja, ne, is' klar! Der Fahrer kommt dann auch rein und wartet geduldig in der Kneipe bis die 6,80-Euro-Tour starten kann. Macht ja auch keinen Aufwand! Auto steht ja sowieso da!

Und das am Wochenende, wo eine Veranstaltung die nächste jagt und jeder ein Taxi haben will. Wenn man *DEN* Fahrgast dann abholt, und *DER* nicht mehr weiß, dass er ein Taxi bestellt hat. Lächeln! Immer lächeln! Man kann auch lächelnd böse Dinge denken!

Oder wenn ein Fahrgast ein Taxi schon Tage vorher bestellt, damit auch alles reibungslos abläuft, denn er muss zum Flughafen, wichtige Geschäftsreise! Die Zentrale verbürgt sich dafür. Mir persönlich geht das immer so, dass ich den Auftrag dann am liebsten allein fahren will, obwohl ich doch eigentlich Bürodienst habe. Dann würde ich am liebsten den Fahrgast persönlich abholen, dann weiß ich auch, dass der Fahrgast wirklich pünktlich dort ankommt! Risiken gehe ich nicht gern ein, das kann ins Auge gehen!

Der Tag X ist da! Nervös beobachte ich die Uhr. Der Auftrag geht raus. Er wird von einem neuen Fahrer angenommen. Der Auftrag kommt erst in der dritten Schleife zurück, das sehe ich aber nicht auf dem PC. Alles gut! Ich widme mich anderen Dingen. Fünf Minuten später ruft *DER* Fahrgast an, wo sein Taxi bleibt, er *MUSS* jetzt zum Flughafen! Ich schwitze *(was selten vorkommt)*, suche den Fahrer auf dem Bildschirm, der den Auftrag angenommen hat, jetzt aber plötzlich am Bahnhof auftaucht, ohne den Auftrag abgearbeitet zu haben. Mist! Da hat der Spitzbube doch einen Einsteiger angenommen und arbeitet in seine Tasche, denn sein Taxameter ist nicht an, aber der Wagen ist besetzt, das Geld wandert in seine Tasche! Wie blöd muss man sein! Jeder Kilometer, der gefahren wird, ist nachzuprüfen! Das Problem ist nur, dass kein Taxi in der Nähe ist! Aber unsere Telefon-Zentrale ist ganz in der Nähe des Fahrgasts. Ich springe in den Ersatzwagen, der immer vor dem Büro steht. Super, dann kann ich den Fahrgast wenigstens retten! Ich hole den Fahrgast ab, der natürlich gar nicht mehr freundlich war, obwohl er pünktlich am Flughafen ankam. Er würde das Unternehmen nicht mehr nehmen *(hat er dann aber doch! Nett!!!).*

Tja, die Abrechnung dafür habe ich auch nicht gekriegt, denn wer Telefondienst hat, kann nur für einen Job Geld verdienen, nicht für zwei! Angeblich macht da das Finanzamt nicht mit! So ein böses Finanzamt! Oder muss ein anderer Fahrer noch Touren auf seinem Fahrbericht haben?! Der Neue zum Beispiel, der die Tour zwar angenommen hat, aber nicht abrechnen kann?!

Die Zentrale sollte uns Fahrern so viel wie möglich helfen. Das fängt mit der richtigen Adresse des abzuholenden Fahrgastes an. Es nützt nichts, dass die Zentrale die Gegend wie die Westentasche kennt. Denn wir sind ja, und das ist gut so, nicht alle an einem Fleck geboren! Dann wäre die Welt in ihrer Umlaufbahn noch viel mehr am eiern! Natürlich sollte der Fahrer den Weg kennen, wobei man nicht unbedingt immer gleich das Navi anmachen muss, wir haben alle noch das Kartenlesen gelernt, und mit Hilfe der meisten Schilder kann der Taxifahrer den Weg finden. Eine Kunst ist es, an bestimmten Tagen der Müllabfuhr noch aus dem Weg zu fahren. Dafür muss man aber nicht unbedingt sämtliche Müllabfuhrtermine der Gegenden kennen, das wäre übertrieben!

Wenn aber mal ein Fahrer tatsächlich an einem Ort ist, an dem er sich gar nicht auskennt, das Navi keinen Satelliten zum Anpeilen findet, irgendein Kollege den Stadtplan aus dem Taxi genommen hat, dann muss die Zentrale dem Kollegen helfen:

»Kollege an Tower, wo bin ich?« Oder auf Englisch:

»Major Tom to Grand-Control!«

Das kennt, denke ich, jeder! In einer fremden Stadt, den Überblick verlieren und keine Brotbröckchen ausgelegt. Dann hilft es nichts, dann muss man die Zentrale anrufen, die muss Einem da wieder heraushelfen. Natürlich gibt es erst einmal dumme Sprüche, aber im Ernstfall werden dann doch Spürhunde losgeschickt! Früher waren in der Zentrale wenigstens oft ehemalige Taxifahrer beschäftigt. Heutzutage arbeiten dort alle »Fachkräfte«, aus allen Branchen und Heimatsprachen, Hauptsache der Funk ist besetzt. Da ist das Angebot groß und reicht von: Ehemaliger Fensterputzer bis zur Bankangestellten. Leider findet man gelegentlich dann auch kaum Vorkenntnisse in Sachen Ortskenntnisse. Dafür gibt es genug Antworten, auch von dumm bis unverschämt! Auch in allen Sprachen!

Im Folgenden können Sie selber eine kleine Abstimmung machen, welche Zentrale gut ist und welche nicht (es werden jetzt Beispiele von irgendwelchen Taxizentralen genannt: Egal ob auf dem Land oder in einer beliebigen Stadt): Ein Nachtfahrer wird zu Familie Müller (Name geändert) zur Adresse »Im Bruch« geschickt, der Fahrer ist neu, es gibt noch Funk im Fahrzeug:

»Hallo, hier ist Norbert, kannst du mir mal helfen? Du hast mich hier zu Müllers geschickt, in dem Haus gibt es drei Müllers!«

Zentrale 1: »Klingel wo Licht ist!«

Zentrale 2: »Kenn ich nicht!«

Zentrale 3: »Du hast letzte Woche eine Dame mit Handtasche am Bahnhof abgesetzt, hast du ein besticktes Taschentuch gefunden?«

Zentrale 4: Meldet sich nicht! Sitzt entweder auf dem Klo, steht in der Kaffeeküche oder telefoniert mit den Kindern, die gerade nicht das neueste Spielprogramm auf den Computer kriegen!

Ihre Abstimmzettel für die beste Zentrale können Sie gern in die grünen Behälter an den Halteplätzen abgeben.

Hier noch ein weiteres Beispiel, was gute Zusammenarbeit bedeutet, was gleichzeitig guten Dienst am Kunden heißt: Ein Mitarbeiter der Zentrale soll zum ersten Mal eine Reisegruppe von hundert Leuten am Busbahnhof in Empfang nehmen, und den entsprechenden Taxis zuordnen. Der Mitarbeiter hat eine Namensliste der Fahrgäste und die Adressen. Natürlich bereitet sich der Mitarbeiter auf die Aufgabe vor und arbeitet die Liste nach Straßennamen ab und teilt die Fahrzeuge ein. Es ist das erste Mal, dass er so eine Aufgabe mit so vielen Fahrgästen macht. Der Chef selbst, der das schon oft gemacht hat, sagt dem Neuen aber, er solle *NICHT* nach Adressen einteilen, nur nach Stadtteilen, für die Fahrgäste nach Außerhalb nur nach Ortschaften. Keine Namen, das ist zu umfangreich, er hätte die meiste Erfahrung, das klappt so immer! Und man könnte jederzeit noch Taxis von der großen Zentrale anfordern, die stehen einem gern zur Seite! *Bitte diesen Satz im Gedächtnis behalten*!

Die Busse fahren am Busbahnhof ein, der Mitarbeiter steht mit seiner 7-seitigen, eng beschriebenen Liste da, die meisten angeforderten Taxis nicht, denn Werder (der Bremer Fußballverein) hat ein Heimspiel. Das ist für die meisten Taxifahrer lukrativer, weil die meist angetrunkenen Fahrgäste mehr Trinkgeld geben als Reisende, die nun ihr Urlaubsgeld in anderen Ländern ausgegeben haben.

Die ersten Fahrgäste steigen aus, nehmen ihr Gepäck in Empfang und dann bricht das Chaos los. Der Mitarbeiter ruft Stadtteile auf, in der Hoffnung, die Fahrgäste melden sich, wenn sie ihren Wohnort hören. *NICHTS*. Keiner der in Bremen-Nord, Oslebshausen, Gröpelingen, Walle, Utbremen, Stadtmitte, Schwachhausen, Östliche Vorstadt, Peterswerder, Hastedt, usw., usw., usw., wohnt.

Stattdessen rufen die Fahrgäste wild Straßennamen durcheinander, während die Taxifahrer dem einteilenden Mitarbeiter ins Ohr schreien, dass sie ihren Bus, Taxi, Mietwagen noch nicht voll haben. Der Mitarbeiter teilt einfach nur noch ein, Hauptsache jeder Fahrgast sitzt nach kürzester Zeit in einem Taxi. Nach einer Viertelstunde sind bis auf acht Personen, die nach Osterholz-Scharmbeck müssen, alle Leute untergebracht. Der Mitarbeiter ruft in der großen Zentrale an, in der man ja »jederzeit Taxis anfordern kann«:

»Hallo, hier der Mitarbeiter am Busbahnhof, ich brauche noch ein Großraum-Taxi nach Osterholz-Scharmbeck!«

»Wohin?«, fragt eine ziemlich genervte Stimme.

»Nach Osterholz-Scharmbeck!«

»Nein, wo das Taxi hinkommen soll?«

»Na, zum Busbahnhof!«, antwortet er jetzt auch ziemlich genervt.

»Ach, Du hast doch vorhin ein Großraumtaxi mit vier Fahrgästen losgeschickt, der Fahrer hat sich beschwert!«

»Hä, wah? Können wir das nachher bereden? Ich brauche *JETZT* ein Taxi zum Busbahnhof, die Fahrgäste frieren, sie warten seit einer halben Stunde, es geht nach Osterholz-Scharmbeck!«

»Ja, warum hast du denn den Fahrer mit nur vier Fahrgästen weggeschickt?«

»Können wir das später besprechen?????? Ich brauche *JETZT* ein Großraumtaxi zum Busbahnhof!!!!!!!«

»Du musst aber keinen Fahrer mit nur vier ... «, der Mitarbeiter am Busbahnhof hat dann einfach den Hörer aufgelegt und einen Großraumtaxifahrer, den er noch kannte, und dessen Telefonnummer er zufällig im Handy hatte, angerufen. Weil der ohne »Wenn und Aber« arbeitet, ist der natürlich gern und schnell zum Busbahnhof gekommen. Welchen Fehler hat der Mitarbeiter hier gemacht? Richtig, verehrte Fahrgäste, er hat auf andere gehört, anstatt sein Ding durchzuziehen! Daran sehen Sie, dass der Beruf des Taxifahrers ziemlich einsam ist, ähnlich einem Bergsteiger, der allein am Seil hängt, wenn ein Haken in der Wand reißt, der wird auch nicht aufgefangen! Übrigens kommentierte der Chef später im Büro (der mit dem guten Tipp: »Keine Straßennamen nennen!«) jetzt plötzlich: »Das habe ich vorher gewusst, dass das in die Hose geht!«

Danke, voll auflaufen lassen! »Die Rache ist mein«, sprach Zaratustra? Oder wer das auch immer war! Ich weiß nur, dass man sich immer zweimal sieht im Leben!

Hier noch ein Beispiel für gern überforderte Mitarbeiter oder solche, die sich für Feiertagsdienst melden, aber auch nur, weil es dafür Feiertagszuschlag gibt:

Es ist Karfreitag. Für den Taxifahrer heißt das, es wird ein eher ruhiger Tag werden. Endlich einmal Zeit das Taxi von innen richtig zu reinigen *(war nur ein Scherz!).* Die Wenigsten machen das. Die Meisten erholen sich im Kurzschlaf an den Halteplätzen. Lesen oder sitzen einfach da und warten auf den nächsten Auftrag. Auch wenn sie einfach nur Stunden absitzen. Hauptsache sitzen! Kurz gesagt, eine ruhige Zeit. Frühmorgens sind die Straßen, bis auf einige wenige Leute, verlassen. Sie kennen diese gewöhnliche Feiertagsruhe?! Dann kommt eine »Raumanfrage« herein. Das heißt, in einem anderen Stadtteil ist kein Taxi zur Verfügung. Darum wird von der großen Zentrale angefragt, wer die Fahrt machen möchte, auch wenn die Anfahrt etwas weiter ist. Ich habe mich gemeldet. Mein Taxi war innen schon sauber! Also fuhr ich los. Ich habe auch nach kurzer Zeit mein Ziel erreicht und konnte die Fahrgäste sehen.

Da in Bremen das Linksabbiegen kaum, bis gar nicht möglich ist, musste ich erst noch circa 250 Meter fahren, an der Ampel warten, dann wenden, dann hatte ich auch schon die Fahrgäste erreicht. Gerade wollte ich aus dem Taxi aussteigen, um den Koffer einzuladen, da hält die große Zentrale mich mit einem Telefonpläuschchen von der Arbeit ab!

»Wie weit es denn wohl noch ist, bis zum Fahrgast?«

»Ähhh, die stehen vor mir!«

»Sind das auch die Fahrgäste, die angerufen haben?«

Ich schaue erst mein Handy an, weil ich nicht glauben konnte, dass am Karfreitag morgens um halb sieben so eine Frage gestellt wird. Ich stand im Stadtteil Bremen-Horn, nicht am Bahnhof in der Rush-Hour! *»Das weiß ich nicht, von den fünfhundert Leuten, die hier sind, habe ich mir die einzigen mit dem Koffer rausgesucht!«,* wollte ich sagen, habe es aber runtergeschluckt.

»Fragen Sie doch die Fahrgäste, ob die das auch sind, die angerufen haben!«

Wieder schaute ich mein Handy an, als hätte ich eine Störung.

»Sag mal, Püppi, hast du das schon länger? Da gibt's bestimmt auch Ärzte gegen!« Dachte ich wieder. Höflich fragte ich die Gäste, ob sie denn auch angerufen haben. Ja, hatten sie, alles war gut! Andere Leute waren ja auch nicht da!

Es gibt noch ein besseres Beispiel wie gute Zusammenarbeit klappt, das Ganze spielte sich aber auf dem Lande ab, nicht in Bremen: Eine Nachtfahrerin hat einen jungen Mann aus der Diskothek abgeholt. Der junge Mann lallt eine

Adresse, kippt zur Seite und schläft ein. Alles, was die Fahrerin verstanden hat, ist:

»Ritterhude«. Sie fährt erst einmal los, denn nach Hause muss der Mann auf alle Fälle! In Ritterhude angekommen, versucht sie ihn zu wecken, zwecklos! Sein »fröhliches Schnarchen« sagt ihr aber, dass er wenigstens noch atmet! Tja, nun ist guter Rat teuer, denn einfach aussetzen ist unterlassene Hilfeleistung. Den armen Kerl bei sich behalten, ist Freiheitsberaubung, außerdem hat sie selber einen Sohn zu Hause, noch einer sprengt den Rahmen! Sie ruft in der Zentrale um Hilfe:

»Hallo, hier ist Bianca, (Name geändert), ich habe hier einen jungen Mann, den kriege ich nicht mehr wach, kenne aber seine Adresse nicht!«

»Hallo, hier Miffi (Name auch geändert ... *wer heißt auch schon so*), guck mal nach, ob er einen Ausweis in der Jacke hat!«

Ja, liebe Sicherheitsfachkräfte, wir Taxifahrer wissen auch, dass man eine Taschenkontrolle nur mit der Polizei machen darf! Die waren aber sehr beschäftigt, samstagnachts und es war »Gefahr im Verzug!« Sie guckt nach: Glückspilz, der Ausweis lautet aber auf eine Adresse, die ihr total unbekannt ist, es ist ein ganz frisches Neubaugebiet. Jetzt zeigt sich die gute Zentrale, denn sie lotst die Fahrerin, mit der teuren Fracht an Bord, bis vor die Haustür, wo die Eltern das Kerlchen schon in Empfang nehmen. Denn die Zentrale hat außerdem noch die Telefonnummer herausbekommen und die Eltern vorsorglich benachrichtigt. Nachdem der junge Mann seinen Rausch ausgeschlafen hat, hat er sich herzlich bei dem Unternehmen bedankt, das nun neue Stammkunden hat! Gutes Zusammenspiel muss auch unbedingt in Stressmomenten funktionieren, gerade dann ist es lebenswichtig. Gut, wenn es dann Fahrer gibt, die sämtliche, oben erwähnte Voraussetzungen erfüllen.

Es ist Samstag, ich habe die Vertretung in der Zentrale für einen Kollegen übernommen. Anders als angenommen, ist an dem Samstag viel zu erledigen. Auch das ist typisch für Taxifahren, denn man kann keinen Tag voraussagen. Das heißt ich kann morgens ruhig mit dem Vorsatz beginnen: »Heute will ich zweihundert Euro *einfahren!*« Das ist eher wie eine Wundertüte, man weiß nie was »drin« ist. So kann man auch beruhigt denken: *»Der Tag wird ruhig in der Zentrale werden, keine Vorbestellungen, kein Werder-Spiel, kein Feiertag.«* Und schon hört das Telefon nicht auf zu klingeln. Da kommen die Vorbestellungen für die nächste Woche rein, als hätten die Fahrgäste sich abgesprochen. Natürlich haben auch sie jetzt am meisten Zeit, um die nächste Woche zu planen. Die Blutbank meldet sich auch recht früh, das ist ein Zeichen, dass auch diese Mitarbeiter keinen ruhigen Samstag erleben, ebenso nicht das Krankenhauspersonal und die Ärzte. Dann denke ich nur kurz an die DSO (Deutsche Organspende) und schon klingelt das Telefon. Die DSO! Material muss von einem Krankenhaus im Landkreis Cuxhaven abgeholt werden und zur Uni-Klinik nach Göttingen gebracht werden. Ein kurzer Blick auf den Bildschirm zeigt, dass kein Taxi zur Verfügung steht, was zumindest in den nächsten zwanzig Minuten frei wird. Mein Taxi steht vor der Tür, ich stelle das Telefon vom Büro auf mein Handy um und fahre los. Da mein Benz Bluetooth hat, ist das stressfrei und gut zu bewältigen. Nun kann ich zwar nicht sehen, welche Kollegen frei sind, wenn ein Auftrag hereinkommt, aber dafür fahre ich einen Auftrag ab, der sehr wichtig ist und absolute Priorität hat!

Kaum auf der A27 Richtung Bremerhaven, auf der Überholspur *(wo sonst, ist ja ein Benz!)*, fährt mein Benz plötzlich gar nicht mehr Mercedes-like. Ich trete zwar das Gaspedal, nur, der Wagen wird immer langsamer. *Mist, was ist nun?* Langsam rolle ich auf die Standspur, mit weiß-qualmendem Auspuff. Weißen Rauch kannte ich bisher nur von der Papstwahl in Rom: Wenn weißer Rauch aus dem Schornstein kommt, dann ist ein Papst gewählt: »Habemus Papam!« Bei schwarzem Rauch, muss weitergewählt werden. Da die Papstwahl noch nie auf einer Autobahn war und schon gar nicht mit einer Frau, geht der Fachmann jetzt erst einmal von einem Turboschaden aus. Der ADAC auch, der dann gerufen wurde. Nun galt es den Auftrag trotzdem zu erfüllen, und zwar zeitnah!

Nachdem ich alle dienstbereiten Fahrer angerufen habe, von denen keiner frei war, musste ich einem Fahrer das Wochenende verkürzen. War auch gar nicht schwer, an der Supermarkt-Kasse, ganz in der Nähe zu seinem Taxi, konnte ich einen Kollegen gewinnen. Nachdem ich ihm die Lage geschildert hatte, war der auch schon unterwegs. Gerade als mein Benz auf den Abschleppwagen geladen wurde, rauschte der Kollege an mir vorbei. Kurze Zeit später war ich auf dem Rückweg nach Bremen. Im Büro wieder angekommen, und sieben weiteren Telefonanrufen, meldet sich der »Roadrunner«, dass er jetzt auf dem Weg nach Göttingen ist, mit der Ladung an Bord. Na Klasse, wenigstens das klappt ja! Aber, man soll ja den Tag nicht vor dem Abend loben! Drei Anrufe und eine Stunde weiter ruft Kollege *Roadrunner* an, dass er in Hannover im Stau steht. Ich rufe die Göttinger Klinik an, alles ist gut, das ist mit einkalkuliert! Ein anderer Kollege meldet einen platten Reifen und er weiß nicht, was man da macht *(Ja, sowas gibt es, die Zeiten, dass nur Mechaniker eingestellt werden, ist vorbei. Gut so, sonst wäre ich jetzt keine Taxifahrerin!)*. Da schicke ich dann einen Kollegen zur Reifenpanne, der früher mal Mechaniker war. Für einen Moment steht das Telefon still, jetzt kann ich mir erst mal einen Kaffee holen und Brötchen, es läuft ja im Moment ruhiger, denke ich. Da klingelt das Telefon erneut, der Kollege *Roadrunner*. Er steht kurz vor der Ausfahrt Göttingen-Nord ... und ... sein Auto ist verreckt und gibt keinen Ton mehr von sich. Ich rolle mit den Augen *(das sieht der Kollege ja nicht)* und denke, dass ich wohl nie wieder *VOR* einer Schicht an eine gute Schicht denken werde, immer erst *HINTERHER*. Dann rufe ich eine Taxi-Zentrale in Göttingen an, bestelle ein Taxi zur Abfahrt-Nord, schildere die Lage und das Ziel und rufe nochmal den ADAC.

An dieser Stelle nochmal ein *DANKE* aus vollem Herzen, wer Euch ins Leben gerufen hat, muss ein Gelber Engel gewesen sein! *Übrigens, dass zweite Panne-Fahrzeug war ein VW! So steht es Unentschieden für Mercedes!* Dem Kollegen konnte aber noch an Ort und Stelle geholfen werden, mit seinem Taxi ist er wieder nach Hause gefahren.

Aber es gibt in Bremen auch Taxi-Büros, die auch mal etwas richtig gut machen können! Es kommt immer darauf an, wie gut der entsprechende Mitarbeiter eingearbeitet ist:

Der Flughafen ruft an einem total vereisten Wintertag in der Zentrale an und bittet um einen wirklich guten Fahrer, der in kürzester Zeit einen vergessenen Koffer zu einem Professor in ein Hotel in Hude bringen kann. Der Herr Professor kann sein Seminar nicht halten, denn in dem Koffer sind die Unterlagen und der Anzug! Da es Sonntag ist, die meisten Taxifahrer frei haben und die wenigen, die draußen sind, gerade besetzt sind, fährt die Zentrale-Vertretung selber. Eine halbe Stunde später hatte der Professor seine Unterlagen, der Fahrer ein nettes »Danke schön!« bekommen, mit einem guten Trinkgeld vom Professor, und das gute Gefühl, alles richtig gemacht zu haben, *bis auf die Abrechnung, in der man ihm die Fahrt auch wieder abgezogen hat, denn er hatte ja Telefondienst, dann kriegt man nichts für gute Taxidienste! Sagt angeblich das Finanzamt!*

Welche Voraussetzungen braucht ein Taxifahrer

Abgesehen davon, dass man Führerschein und Fahrpraxis haben muss, wie schon weiter oben im Buch erwähnt, haben die meisten Taxifahrer alle einmal etwas anderes gelernt. Es gibt natürlich auch einige wenige Fahrer, die einfach nur einen Führerschein besitzen. Und natürlich die Taxiprüfung bestanden haben. Wir erinnern uns, dass sechzig Prozent der Prüfung bestanden sein müssen. Um den Beruf aber ernsthaft betreiben zu können, muss man schon etwas mehr Voraussetzung mitbringen. Im Folgenden nenne ich Stichwörter für die entsprechenden Berufe in alphabetischer Reihenfolge und auch gleich die passenden Beispiele, welche Kenntnisse ein Taxifahrer haben sollte, falls Sie sich einmal bewerben möchten. Denn es ist, wie in allen Branchen: Gutes Personal wird immer gebraucht!

Arzt: »Ich habe immer so ein ziehen, von da, nach da. Wenn ich so mache, dann wird es immer schlimmer. Und dann dieses Gegurgel dabei! Sie wissen auch nicht, was das ist?«

Ein Fahrgast, den man gerade zum Arzt fährt und der die Diagnose gar nicht früh genug erwarten kann.

Arzthelferin: Ein blutender Mann lässt sich auf die Sitze fallen und will ins Krankenhaus. Bevor er die Sitze weiter einsaut, geht man zum Verbandskasten, verbindet die Spuren der Schlägerei und fährt ihn ins nächste Krankenhaus. Vor lauter Aufregung hat der Fahrgast das Trinkgeld vergessen. Die Reinigung vom Sitz dauert ewig. Ist mit kaltem Wasser aber zu beseitigen (Omas gute alte, aber wirksame Mittelchen sollte man auch beherrschen!).

Bäcker: Ein Fahrer hat einmal einen Kuchen für einen Fahrgast gebacken, dem die Frau gestorben war. Sie hatte ihm immer sonntags diesen Rührkuchen gebacken, hat der Witwer einmal erzählt und dabei geweint. Um dem Mann zu zeigen, dass es immer irgendwie weitergeht, hat der Fahrer ihm dann genauso einen Kuchen gebracht. Der Mann hat sich sehr gefreut.

Anmerkung: Natürlich, sollte man, wie in fast allen Berufen, Empathie mitbringen!

Bote: Der Taxifahrer fährt alles Botengut von Apothekenware bis Zigaretten, außer Drogen (hier werden nur die ernsthaften Taxifahrer beschrieben, schwarze Schafe gibt es überall). Alles, was ein üblicher Botendienst nicht fahren kann oder will, aufgrund von fehlenden Ortskenntnissen oder schwer erreichbaren Zielorten, oder nicht geeigneten Fahrzeugen, kann dann ein Taxi fahren (z. B. auch mit Bootsanhänger).

Chirurg: »Sie können auch keine Krampfadern entfernen?«

Clown: Ständig Fahrgästen gute Laune vorgaukeln, auch wenn dem Fahrer manchmal eigentlich zum Weinen ist.

Dolmetscher: Es wird erwartet, dass der Taxifahrer mit *JEDEM* Fahrgast ein Gespräch führen kann, egal aus welchem Land er kommt! Aufgrund der politischen Lage in Deutschland wird das immer schwieriger, oder sprechen Sie Kisuaheli?! Zur Not helfen auch Hände und Füße, um sich verständlich zu machen! Oder kleine Kritzeleien auf dem Notizblock.

Dompteur: »Kann der Hund mit nach vorne, er hat solche Angst im Kofferraum! Ich habe aber seinen Maulkorb vergessen, sie dürfen nur nicht singen, oder niesen, dann wird er zu einem reißenden Tier!«

Elektriker: »Gut, dass Sie endlich kommen, ich wollte gerade den Mantel anziehen, da ist auf einmal die Sicherung rausgesprungen. Können Sie mal gucken?«

Ein Fahrgast wird zu Hause abgeholt, der älteren Dame konnte geholfen werden.

Fischer: Um fallengelassenes Kleingeld unter den Führungsschienen der Autositze wieder herauszuangeln, braucht man schon einiges »Anglerglück«.

Fotograf: Für die Fotos, die während der Fahrt mit der Webcam gemacht werden, als Beweis für das Verkehrsvergehen anderer, braucht man schon fotografisches Geschick.

Gärtner: Wenn ein Botenauftrag von einem Kunden lautet: »Können Sie mir einen Bodendecker, ganzjährig blühend, frostunempfindlich, der auch halbschattig blüht, besorgen?« Dann kann der gute Taxifahrer das.

Gesellschafter: Das ist der gute Taxifahrer sowieso, ob die Fahrt lang oder kurz ist, er muss verstehen, die Fahrgäste zu unterhalten, dabei das richtige Thema finden, um auch Humor mit beizumischen. Und jedem Fahrgast das Gefühl geben, dass er etwas Besonderes ist. Steigt der Fahrgast lächelnd aus, hat der Fahrer seinen Job gut gemacht.

Handelsfachpacker: »Meinen Sie, Sie kriegen die vierundzwanzig Taschen und den Koffer in den Kofferraum? Der Kinderwagen muss auch noch mit!«

Handelsreisender: Hat der Taxifahrer seine Dienstleistung gut verkauft, kommt der Fahrgast wieder.

Imker: Da besonders an Wochenenden flotte Bienen als Fracht mitfahren, muss der Taxifahrer auch hier wissen, wie er die »kleinen stacheligen« Biester zu handhaben hat. Das ist manchmal kein Honigschlecken. Wer Töchter zu Hause hat, weiß was ich meine!

Ingenieur: »Dem Ingenieur ist nichts zu schwer!« Genau nach dem Motto sollte jeder Taxifahrer seinen Beruf ausüben!

IT-Fachkraft: Aufgrund immer umfangreicherer Technik, allein um Fahraufträge zu bekommen, ist es gut, wenn der Taxifahrer wenigstens einen Grundkurs in EDV hatte. Denn wenn ein Fehler bei den Geräten auftritt, hat zwar jeder einen Tipp, nur funktionieren die Geräte hinterher auch nicht besser. Und somit kommen dann keine Aufträge an.

Jongleur: Ein Taxifahrer steuert schwer beladen mit Taschen und Koffer sein Taxi an, da wirft der Fahrgast ihm von der Haustür aus noch ein Geschenkpäckcken zu: »Achtung, nicht fallenlassen! Das muss auch noch mit! Teures Parfüm für meine Frau! Ha, ha, habe ich fast vergessen!«

Journalist: Stets gut informiert über die neuesten Nachrichten und den Fahrgast geschickt ausfragen können, vor allem, wenn Banker oder Rechtsanwälte im Taxi sind, das kann der gute Taxifahrer. Das nennt man, glaube ich: Win-Win-Situation.

Kaplan: *DAS* sollte der Taxifahrer tunlichst vermeiden: Themen religiöser Art zu erwähnen. Das hat, wie die Geschichte zeigt, schon viel zu Krieg und Elend geführt! Außerdem sind die Taxis für Kriege zu klein!

Kellner: Gespräch an einer Ampel: »Da drüben gibt es Wasser, könnten Sie mir eines bringen, ich verdurste!« Der Taxifahrer kann, trotz Hupkonzert hinter seinem Taxi.

Kindergärtner: Da oft Kinder aller Altersklassen, manchmal auch ohne Begleitung Erwachsener, mit dem Taxi gefahren werden, ist es gut, wenn der Taxifahrer mit Kindern umgehen kann. Am besten, er hat eigene!

Kindermädchen: »Mein Junior ist es gewohnt, vorne zu sitzen! Bitte die Klimaanlage nicht zu kalt einstellen, dann kriegt er Bindehautentzündung! Und lassen Sie ihn das Radioprogramm auswählen, sonst kriegt er Schnappatmung und muss sein Asthma-Spray haben, das in dem kleinen Rucksack, hinten in der Reißverschluss Tasche ist! Wenn er sich langweilt, spielen Sie auf keinen Fall ›Ich sehe was, was Du nicht siehst!‹ mit ihm, dann regt er sich auf, das erhöht seinen Blutdruck. Es geht dann der Pieper in seiner Armbanduhr los, die er umhat. Sofort anhalten, und ihm die Tropfen geben, die vorne in seinem Rucksack sind.«

Eine besorgte Mutter, deren Kind zum Kindergarten abgeholt wird, der ungefähr dreihundert Meter vom Elternhaus entfernt ist!

Landvermesser: Gut, wenn der Taxifahrer weiß, wie weit er fahren muss, wenn er zum Beispiel von Bremen nach Bremerhaven fährt (das macht den Verdienst aus!). Aber meistens ist das Land bis dort schon vermessen, zu sehen an den vielen kleinen, eckigen Steinen mit Zahlen drauf, die überall herumstehen.

Laufbursche: Das ist die Übersetzung aus dem gotisch-lateinischen rückwärts, für Taxifahrer.

Maler: Wenn man sich so manches Taxi ansieht, das nach einem Lackschaden bereits notdürftig repariert wurde, dann weiß man: Der Fahrer war mal Maler!

Maurer: Wenn Sie eine Klingel kaum erreichen können, weil die Treppe so ist, dass Sie sich die Beine brechen, wenn Sie die betreten, weil einige Steine lose sind oder fehlen, dann wünschen Sie sich, Sie hätten Maurer gelernt.

Nautiker: Siehe unter Landesvermesser: Gut, wenn der Taxifahrer die Richtung kennt, in die er fährt!

Nonne: Da die Ordenskleidung für ein Taxi nicht geschaffen ist (die Soutane hängt ständig in der Fahrertür), wird dieser Berufsstand ausgeklammert. Aber als Fahrgast gern mitgenommen!

Organist: Gut, wenn einer die Pfeifen nach seiner Musik spielen lässt!

Pflegedienst: Das ist leider ein trauriges Kapitel, dem wir uns auch noch zuwenden. Aber so mancher Taxifahrer ist schon für einen Pflegedienst eingesprungen, wenn die anderen, zuständigen Dienste überfordert waren, oder das Budget einfach überzogen war.

Rundfunksprecher: Natürlich sollte ein Taxifahrer ständig über die neuesten Nachrichten informiert sein, so wie das Wetter, welches Buch gerade der Bestseller ist, wo Staus und Blitzer sind, und wie die aktuellen Quizfragen auf NDR waren. Politik und Religion, sind tunlichst zu vermeiden, denn für Kriege ist ein Taxi einfach zu klein.

Schneider: Natürlich sollte man Nadel und Faden als guter Taxifahrer dabeihaben, denn egal … ob jemand in eine Schlägerei geraten ist, wobei ihm ein Ärmel abgerissen wurde, was man natürlich mit ein paar Stichen schnell mal annäht, damit die Frau zu Hause nicht schimpft. Oder gerade im Taxi ein Knopf abgerissen ist, der Taxifahrer sollte auch das reparieren können!

Taxifahrer: *DAS* ist natürlich die Hauptrolle in diesem »Figurentheater«. Was aber immer seltener wird heutzutage: Die Fahrgäste rufen ein Taxi, steigen ein, die Unterhaltung ist nett, die Fahrgäste steigen aus. Dabei hat der Taxifahrer vorher schon eine Reihe anderer Aufgaben erfüllt. Siehe oben.

Unterhaltungsanimateur: Ein guter Taxifahrer bringt seine Fahrgäste auch zum Lachen. Oder anders gesagt: Das Ziel ist erreicht, wenn die Fahrgäste lachend aussteigen.

Verwaltungssachbearbeiter: Diese Aufgabe ist der zweite Beruf des Taxifahrers. Da die Krankenkassen selber immer mehr an Verwaltungskosten einsparen *(warum die Beiträge dann noch steigen, ist eine gute Frage)* und ein Drittel der Verwaltungsarbeit uns Taxifahrern überlassen wird, obwohl wir immer mehr für die Beförderung von Kranken- und Hilfsbedürftigen zuständig sind. Dafür gibt es dann vom Arzt oder Krankenhaus extra einen Beförderungsschein. Das rote Tuch des Taxifahrers, und auch der armen Arzthelferinnen, oder Krankenschwestern, die diese korrekt ausfüllen müssen! Wehe, ein Kreuz wurde nicht richtig gesetzt, oder die Unterschrift vom Arzt vergessen, oder das Datum. Dann setzt sich ein enormer Verwaltungsaufwand in Gang! Wir fahren mal so eine »Krankenfahrt« mit:

Der Taxifahrer holt in Bremen-Nord im Krankenhaus einen Fahrgast ab. Der wohnt in Delmenhorst. Die Fahrt ist mit einem anregenden Gespräch bald auch schon vorbei. Der Taxifahrer füllt die entsprechenden Zeilen auf dem »Taxischein« aus und der Fahrgast unterschreibt. Dann fährt der Taxifahrer weiter.

Der Taxifahrer macht abends seine Abrechnung, rechnet seinen Lohn von der Krankenfahrt ab und reicht die Abrechnung mit dem Beförderungsschein im Büro ein. Und jetzt beginnt der wahnsinnige Zeit- und Kostenaufwand: Denn die Unterschrift vom Arzt wurde vergessen und der Taxifahrer hat nicht nach der »Befreiung« für den Fahrgast gefragt. Erst einmal wird ihm diese »Eigenbeteiligung«, die der Fahrgast hätte zahlen müssen, vom Lohn abgezogen, zusammen mit den Fahrkosten, und jetzt kostet es sein Geld! Hat er einen Unternehmer erwischt, der das Arbeitsschutzgesetz, besonders den Absatz mit Abzügen beim Krankengeld oder Zuwendungen, nicht lesen kann, dann hat er auch da die A … Karte, denn selbst im Krankheitsfall werden dem Fahrer diese Rücklaufsummen vom Lohn abgezogen!

Richtig, verehrte Fahrgäste, mein Blindenhund knurrt und fletscht die Zähne! Zurück zu unserem Unglückswurm. Der fährt nämlich wieder nach Bremen-Nord hoch und lässt den Arzt unterschreiben.

Anschließend fährt er zu dem Fahrgast nach Delmenhorst runter, lässt sich den Befreiungsausweis zeigen und kassiert den Selbstbeteiligungsbeitrag, nachdem er die Quittung ausgestellt hat. Dann rechnet er das wieder mit dem Büro ab, reicht den Taxischein erneut ein, der wird wieder zur Krankenkasse geschickt. Aufwand: Die Fahrt nach Bremen-Nord, die Fahrt nach Delmenhorst, ungefähr achtzig Euro, der Zeitaufwand drei Stunden. Wert der Fahrt, einschließlich Eigenbeteiligung liegt ungefähr bei sechzig Euro, nach Taxameter. Hätte der Krankenkassen-Angestellte zwei Briefe geschrieben, mit Rückumschlag, der zeitliche Aufwand wäre zehn Minuten gewesen *(wenn er langsam ist)*, Kosten fünfundzwanzig Euro, ungefähr, wenn der Angestellte keine Aushilfe von einem Personaldienstleister war. Und die Krankenkassen ziehen gern Aufwandszahlungen in Höhen bis zu zehn Euro ab, wenn sie eine Abrechnung zurückschicken, weil ein Kreuz auf dem Beförderungsschein fehlt. Mal unter uns: Wer hatte denn jetzt den Aufwand?!

Wagenmeister: Da der Taxifahrer oft die Fahrzeuge wechseln muss, sollte er sie schon pfleglich behandeln oder in der Lage sein, mit *JEDEM* Taxi in eine Werkstatt zu fahren, wenn Fehlermeldungen im Display erscheinen oder zum TÜV oder zum Eichamt.

Zugführer: Ist fast dasselbe, unsere Fahrzeuge sind nicht so groß, kommen selten zu spät und es gibt weniger Pannen bei der Personenbeförderung.

Sie sehen, verehrte Fahrgäste, ein Taxifahrer muss außer, dass er pünktlich und gewitzt ist, auch noch flexibel, loyal, gewandt, witzig, freundlich, und … und … und sein!

Wenn der Taxifahrer einspringt

Leider kommen wir jetzt zu einem ernsten Kapitel in unserem »Betriebshandbuch«. Das »leider« steht für: »Das kann doch heutzutage nicht wahr sein!« Oder: »Die meisten von uns werden doch auch mal alt!« Mancher würde denken: »Bin ich dafür überhaupt zuständig?« Das hat der Taxifahrer dieser Geschichte sich bestimmt auch gefragt, aber er hat seine Aufgabe bis zum Ende erfüllt. Obwohl man diesen Fahrer einfach ins kalte Wasser geschmissen hat! Die meisten Taxifahrer können aber schwimmen! Die Personen in dieser Geschichte wurden so geändert, dass es keine Ähnlichkeiten mit ihnen gibt, diese Geschichte ist genauso abgelaufen, wie aufgeschrieben:

Ein Taxi wartet am Taxihalteplatz »Wachmannstraße« auf eine Fahrt. Es kommt eine Raumanfrage herein, Sie erinnern sich?! In einem anderen Stadtteil wird ein Taxi gesucht, was dort nicht so vor Ort ist, wie der Auftrag es möchte. Zum Beispiel ein Kombi, oder kein hoher Einstieg, oder weiblicher Fahrer, eben mit ganz bestimmten Voraussetzungen. Da der Taxifahrer im Westen dafür mindestens zwanzig Minuten Anfahrtsweg hat, meldet er sich zunächst nicht auf die Anfrage von diesem Taxiplatz aus. Erst als die Anfrage immer noch nach fünfzehn Minuten im Angebot steht, er selber steht an dritter Stelle am Halteplatz, meldet er sich und nimmt den Auftrag an. Bei allen Aufträgen ist es so, dass der Fahrer von Annahme des Auftrags, bis zum Ziel des Fahrgastes, verantwortlich ist für den Fahrauftrag. Der Fahrer fährt nun los zum Abholort der im Auftrag genannt ist: Es ist ein Krankenhaus! Ein wenig grummeliges Gefühl hat er schon, denn unterwegs sind ihm Taxis entgegengekommen, die auch die Voraussetzungen – wie in der Raumanfrage gefordert – erfüllt hätten.

Warum haben die Kollegen sich darauf nicht gemeldet?! Das bedeutet meistens nichts Gutes! Er geht auf die Station. Dort empfängt ihn eine sichtlich überforderte Krankenschwester *(was kein Vorwurf sein soll, ich habe sehr viel Respekt vor diesem anstrengenden Beruf, zumal dieser auch weit unterbezahlt ist!).* Mit den Worten:

»Spielen Sie einmal den *Werner*, sonst kriegen wir den Patienten hier nie raus!«, geht sie im Flur voraus zum Zimmer des Patienten. Ein wenig wundert sich der Fahrer und folgt der Schwester in das Zimmer, um das Gepäck und den Patienten abzuholen.

Ach du je, dachte er. Der Patient dort fragte auch sofort nach »Werner«, als er eintrat. Beide, die Schwester und er, beruhigen den Patienten, dass »Werner« jetzt da ist und ihn nach Hause fährt. Die Schwester geht mit hinunter zum Taxi:

»Sonst kommt er mit Ihnen nie mit!«

Im Taxi erzählt der offensichtlich verwirrte Patient, ein älterer Herr, immer wieder die gleiche Geschichte, wo er lange gewohnt hat und das »Werner« ihn abholt. Seine Adresse kannte er noch, aber vor dem Haus angekommen, wusste er nicht mehr, wo seine Klingel ist. Der Taxifahrer suchte alle sechzig Klingeln ab, fand den Namen des Fahrgastes und klingelte. Klingelte wieder und wieder, in der Hoffnung, dass es wirklich einen »Werner« dort gibt, der auf den Patienten wartet. *NICHTS*.

»Ist denn niemand zu Hause? Haben Sie keinen Pflegedienst, der Sie erwartet?« Der alte Herr wusste das nicht und zuckt hilflos mit der Schulter.

»Wo ist denn Ihr Hausschlüssel?«

Außer einer Plastiktüte mit dreckiger Wäsche hatte der Mann nichts dabei.

»Den hat die Nachbarin! Und Werner!« *Na, das ist ja schon mal etwas*, dachte der Fahrer.

»Wie heißt die Nachbarin denn?«

Der alte Mann wusste es nicht und klingelte irgendwo, aber es kam keine Antwort, man wartete vergeblich auf den Türsummer.

Zufällig kam eine Dame aus der Haustür des Gebäudes, damit waren die beiden dann schon mal im Haus. Ein hohes Haus, mit vielen Fluren und noch mehr Türen. Keine Menschenseele weit und breit. Der Fahrgast geht in den Fahrstuhl und drückt wie selbstverständlich auf den Knopf für den ersten Stock. Sie fahren hoch und steigen aus.

»Wo ist denn Ihre Haustür?«, fragt der Taxifahrer, obwohl er schon im Voraus die Antwort wusste. Der alte Mann zuckte nämlich wieder nur mit den Schultern und erzählt erneut seine Geschichte von »Werner«, und dass er lange dort gewohnt hat. Die beiden gehen einen Flur entlang. Der Fahrer liest sämtliche Namensschilder. Das von dem Mann ist nicht dabei. Der Mann schlurft langsam hinterher, seine viel zu große Hose rutscht ständig. Einen Gürtel hat er nicht. Dann klingelt der alte Mann irgendwo. Die Tür geht auf, ein älterer Herr öffnet, neben ihm ein freundlicher Junge, sagen wir vierzehn Jahre alt, mit Down-Syndrom und sehr aufgeweckt, klärt den Taxifahrer über den alten Mann und seine Nachbarin auf: Die wohnen nämlich einen Stock tiefer. Der Fahrer war heilfroh und dankbar, dass er diesem Jungen begegnet war, denn der war der Einzige, der ihm wirklich weitergeholfen hatte. Er bedankte sich herzlich bei dem Jungen und geht zurück zum Fahrstuhl. Im Schlepptau den alten Mann, der dauernd seine Hose festhalten muss, weil diese viel zu groß ist. Und dauernd wiederholt er seine »Werner-Geschichte«.

Im Erdgeschoss angekommen sind wieder viele Flure, viele Türen. Der Fahrer arbeitet sich wieder von Tür zu Tür durch, bis der alte Mann wieder auf irgendeine Klingel drückt. Die Tür wird aufgerissen und eine ältere Dame tritt in den Flur heraus und schreit los:

»Ich warte schon seit zwei Stunden! Immer wieder gehe ich raus, gucke und gehe wieder rein!«

Der Fahrer denkt wieder: *Ach du je, noch jemand, mit dem man kein Wort geradeaus reden kann!*

In einem kurzen Gespräch klärt die Nachbarin den Fahrer über die Familienverhältnisse auf *(sowas wissen Nachbarn immer am besten!)* und öffnet die Wohnung des Herrn. Der erinnert sich nun wieder, dass das seine Wohnung ist. Er erkennt die Bilder an der Wand und seine Möbel. Der Mann freut sich sehr, endlich sein Zuhause wiedergefunden zu haben! Der Fahrer macht die Nachbarin darauf aufmerksam, dass der Herr auf keinen Fall alleine bleiben darf, da er ja offensichtlich verwirrt ist. Nicht auszudenken, wenn der den Herd aufdreht oder wieder einfach auf die Straße läuft! Die Nachbarin schimpft über alles und jeden, weil man diesen Herrn alleine gelassen hat. Der Fahrer stimmte ihr das erste Mal zu. Dann hatte die Nachbarin die glorreiche Idee seinen Pflegedienst anzurufen, und der Fahrer sollte doch mit der Pflegedienst-Leitung sprechen. Was jetzt der Fahrer damit zu tun hatte, fragen Sie sich, verehrte Leser?! *DAS* fragte sich der Fahrer auch, er ging aber mit in die Wohnung der Nachbarin, nachdem sie den alten Herrn »geimpft« hatten, nichts anzufassen und einfach sitzen zu bleiben. Der fragte wieder nach »Werner«!

Beim Pflegedienst war bekannt, dass der Herr verwirrt ist, normalerweise hätte er auch eine Begleitperson, die aber momentan nicht erreichbar ist. »Und eine Ersatz-Betreuung ist telefonisch auch nicht erreichbar!« Der Fahrer kriegt so langsam eine innere Wut auf das Krankenhaus, dass die einen Patienten als »Gesund« entlassen, obwohl der offensichtlich alles andere ist, aber eben nicht gesund!

Der Pflegedienst rät dem Taxifahrer den alten Mann einfach ins benachbarte Pflegeheim, in die Tagespflege zu geben, dann würde der auch noch was zu essen bekommen! Jetzt kriegt der Taxifahrer auch eine Wut auf den Pflegedienst, dass die ihre Organisation, was deren Patienten betrifft, offensichtlich überhaupt nicht im Griff haben aber wahrscheinlich diesen Tag auch abrechnen würden, für ihre »Dienste«?!

Der Fahrer latscht wieder los, mit dem alten Mann im Schlepptau, rüber zum Pflegeheim. Im Heim angekommen laufen erst einmal viele alte Leute herum. Der Fahrer sieht niemanden der zuständig ist, oder sich auskennt oder den man ansprechen könnte. Nur viele ältere Menschen, die zum Teil auch geistig verwirrt sind. Einige schauen die Hereinkommenden an, wie Besuch aus dem Weltall, so erstaunt schienen sie über den Besuch zu sein. In vielen Blicken der alten Leute sieht man Hoffnungslosigkeit und Trauer. Wahrscheinlich darüber, dass man sie in diesem Heim einfach abgesetzt hatte, und sich jetzt kein Verwandter mehr um sie kümmert.

Am Speisesaal angekommen fragt der Fahrer das Küchenpersonal, wo denn der alte Herr bleiben kann. Eine resolute Dame erklärt dem Fahrer, er solle doch einfach ein Tablett nehmen und dem Herrn das Essen auftun und mal mitkommen *(die resolute Dame hatte sich beim Erklären allerdings schon ein Tablett genommen und den Teller schon aufgefüllt)*, damit huschte sie um die Ecke und war verschwunden. Warum gehen Leute eigentlich immer davon aus, dass Fremde sich in deren heimischen Gebäuden genauso gut auskennen?! Der Fahrer hastet *(so gut es geht, mit einem älteren, verwirrten Herrn, mit rutschender Hose, im Schlepptau)* hinter der »Essensausgabe« hinterher.

In einem anderen Speisesaal nimmt der Fahrer das Tablett entgegen, bedankt sich ganz herzlich bei der »Küchenmamsell«, geht an einen Tisch, setzt den Herrn dort ab *(bis dahin ist immer noch niemand vom Personal zu sehen, den man ansprechen kann)*, verabschiedet sich von dem alten Herrn, der das sehr bedauert:

»Sie wollen mich doch wohl nicht auch noch allein lassen?«

Seltsamerweise schien der Herr jetzt ganz klar bei Verstand zu sein. Der Fahrer erklärte ihm, dass er noch arbeiten müsste aber bestimmt »Werner« gleich zu ihm kommt, der sich dann um ihn kümmert! Der Fahrer atmete auf, den Auftrag nach zwei Stunden nun beenden zu können. Beim Hinausgehen aus dem Heim kommen ihm zwei Frauen im maßgeschneiderten Kostüm, mit Namensschildern am Revers, entgegen und fragen, wer er denn wohl sei? Der Taxifahrer zuckt mit den Schultern:

»Ich bin hier nur der Taxifahrer!«

Wobei Taxifahrer auch gebraucht werden

Wie schon vorher erwähnt, fahren wir Taxifahrer auch Botentouren. Gern werden wir auch, besonders zu Weihnachten und Ostern, von Paketdiensten ausgeliehen. Das hat auch etwas mit Ortskenntnissen zu tun. Sie glauben gar nicht, wie sich der Kunde freut, wenn sein Weihnachtsgeschenk, pünktlich, sauber, akkurat von einem freundlichen Taxifahrer abgegeben wird!

Dank der steigenden Zahlen der Online-Bestellungen dürfte in den nächsten Jahren dieser Dienst auch nicht weniger werden. Darum nenne ich auch keine Namen, ich denke, in der Branche sind alle gleich und es tut sich nichts, ob man sein Paket mit dem Lieferdienst sendet, was den gleichen Namen hat wie der griechische Götterbote, oder den gelben Autos mit Posthorn darauf. Neuerdings sieht man auch immer häufiger Leihtransporter mit Paketen beladen. Hauptsache ist doch, Ihr Paket kommt bei Ihnen wunschgemäß an! Jetzt schildere ich Ihnen einfach mal so eine Pakettour. Das Einfachste ist, Sie steigen gedanklich ein und fahren mit, das Taxi wird hierzu nicht gewechselt, es wird nur die »Hungerleuchte« abgeschraubt. Ein Fachbegriff aus der Taxiwelt, manche Fahrer nennen es auch: »Geier«, das Taxischild. Meine Gedanken schreibe ich der Einfachheit halber weiter in Kursiv.

Zuerst einmal fahre ich das Gelände an, auf dem sich eine große Halle befindet, mit vielen Toren und noch mehr Fahrzeugen davor. Auf dem Auftrag steht, dass ich für Ostfriesland eingeteilt bin, was mich freut. Denn wo sonst gibt es schönere, lange, weite Strecken, grüne Wiesen, goldene Felder, Raps, Wasser, Kühe, Schafe und Menschen, die mit einem knappen, aber herzlichen »Moin« alle wichtigen Segenswünsche des Tages gesagt haben?!

Das Taxi parke ich an Tor zehn, wie es im Auftrag steht. Als ich aus dem Taxi steigen will, habe ich Schwierigkeiten auszusteigen. Denn in Sekundenschnelle ist ein »richtiger« Paketfahrer mit seinem großen Paketwagen gekommen und hat meine Fahrertür dicht geparkt, damit wenigstens er bequem aussteigen kann, und außerdem parkt er da immer! Einige feste Paketfahrer können uns Taxifahrer nämlich nicht leiden, *weil wir denen die Arbeit wegnehmen*! Das genug Arbeit für alle da ist, und noch viel mehr, sie nicht allein dagegen ankommen und es immer mehr wird an Arbeit, statt weniger, besonders zu den Feiertagen, merken die festen Fahrer anscheinend nicht. Wie schon oft erwähnt: Wenn Du solche nicht als Nachbarn hast, hast Du sie als Kollegen!

Also, ich versuche immer noch aus meinem Taxi zu steigen. »*Super, welcher Intelligenz-Bolzen das wohl war?! Herr, lass' Hirn fallen*«*!* Ich steige über die Lehne auf den Rücksitz und steige durch den Kofferraum aus, so spare ich mir das Fitnessstudio heute Abend. Dann gehe ich in die Halle und sehe auf dem Boden vor mir ein großes Durcheinander an Paketen, Päckchen, großen Umschlägen, Kisten, Kästen und, und, und. Zuerst einmal spreche ich den Mann an, der dabei ist, mit einem Scanner die Pakete einzuscannen. Später erfahre ich, dass er seine »Rollkarte« (Adressenliste) fertigt. Den frage ich, ob das meine Fracht ist. Der guckt, scannt weiter, packt um, guckt wieder und fängt an lauthals in mein Ohr zu brüllen:

»Ey, Georg, soll die Tussi hier die Pakete nehmen?«

Alles klar, ich hätte ihm auch gern meinen Namen genannt, aber »Tussi« fand ich jetzt auch nicht sooo schlimm. Da war ich schon Schlimmeres gewohnt. Von Taxifahrern (»Kollegen«!) am Flughafen, (Fot … e), vielleicht die orientalische Übersetzung von Tussi?!

Vom anderen Ende der Halle (Sie müssen sich das wie zwei große Fußballfelder vorstellen) blökt einer zurück, dass er gleich herkommt. Derweil sortiere ich schon mal die Pakete nach Postleitzahlen und Straßennamen. Das kann ich ohne Einweisung. Die gibt es hier auch eigentlich nicht. Das kenne ich aber auch aus der eigenen Branche, man kann schon das Glück haben und kriegt den Schlüssel des Fahrzeugs zugeschmissen, dass man fahren soll, obwohl man gerade neu anfängt! Oder abends darf man sein Handy nicht ausschalten, es könnte noch ein Foto als Notiz vom Chef geschickt werden, darauf ist dann irgendein Schlüsselbrett zu sehen, an dem eine Reihe Schlüssel hängen, das soll dann der Hinweis sein, dass man ein anderes Fahrzeug bekommt. Welches Kennzeichen? Wo steht das Fahrzeug? Ab wann steht das Fahrzeug da? Ist der Schichtfahrer pünktlich? Ist das Fahrzeug gleich betankt, sauber, fahrbereit? Und wo, in Gottes Namen wurde das Schlüsselbrett fotografiert? Das muss man alles aus diesem Foto herauslesen können! Soweit zum Thema: Einweisung! Also will ich mal nicht kleinlich sein und mich auch nicht zickig anstellen! Außerdem sind die meisten Adressen selbsterklärend: Wenn man davon ausgeht, dass besonders in Industriegebieten, Straßen wie: Rudolf-Diesel-Straße, Carl-Benz-Straße, Zeppelinstraße oder Wankelstraße, ziemlich zusammenliegen.

Doch nun taucht der andere Marktschreier auf, begrüßt mich freundlich und wirft meine heilige Ordnung dabei wieder völlig durcheinander, weil er ebenfalls meine Pakete scannt und nach dem Scannen durch die Halle wirft. Dann schickt er mich in ein Büro, da bekomme ich meine »Rollkarte«, man kann auch Adressliste dazu sagen, aber andere Branchen, das bedeutet dann auch gleich neue Begriffe, das klingt dann schlauer! So trolle ich mich dann wieder zu meinem Taxi.

Da ich meine Ausbildung auch im Bürobereich gemacht habe, kann ich einigermaßen gut abschätzen, ob ich in einem Büro gerne arbeiten würde oder nicht. In diesem Büro eher nicht! Was die Mädels und Jungs da täglich leisten und auszuhalten haben, lässt mich tief verneigen, vor allem vor denen, die trotzdem nicht den Humor verlieren. Ohne dem gäbe es wohl mehr Amokläufer! Respekt! Während der Paket-Lieferdienst-Mitarbeiter eigentlich mit einem Kunden telefoniert, telefoniert er auch noch mit ein- oder zwei Paketfahrern und erklärt den Fahrern vor dem Tresen, wieso sie denn zuerst *das* Paket abgeben müssen und dann erst das andere. Gleichzeitig ruft er einen anderen Fahrer zurück: Der hatte die falschen Pakete geladen und seine Frau kann ihn nicht erreichen!

Ich bin nun wieder in meinem Taxi und baue das erst einmal um, auf Frachtschiff, sozusagen. Jetzt ist es von Vorteil, wenn man im früheren Leben einmal mit mehreren Menschen in zu wenig Räumen gewohnt hat, dann kann man nämlich gut verstauen. Das erste Paket, was ich hochheben will, sind Hanteln! Hundert Kilogramm steht auf dem Paket. *Na super, gibt's in Ostfriesland keine Muckibuden? Wenn man die Gewerkschaft braucht, ist sie nicht da! Ich selber wiege knapp die Hälfte davon!* Also versuche ich das Paket ins Auto zu hieven, die größte Anstrengung nützt nischt, da kann ich mich noch so sehr anstrengen, dass mir die Augen fast aus dem Kopf quellen, keine Chance! Das Ding bewegt sich kein Stück. Dabei muss ich am Rande erwähnen, dass ich eher die Sprinterin, nicht die Werferin bin! Nach einer Schulter-OP und einer ausgekugelten Schulter auf der anderen Seite, wundert mich das auch nicht! Ich guck mich nach einem Kran um, nichts. *Na gut! Wenn das Paket nicht zuerst ins Auto will, ich habe noch genug andere!* Und siehe da, ziemlich am Ende meiner Packerei kommt eine andere Paketfahrerin an meinem Wagen vorbei. Mit einem kurzen Anheben und etwas rotem Kopf hat sie mir das Ding ins Auto gestellt, als würde ich zu Hause meine Kissen ausschütteln. Mein kurzes, aber fröhliches Danke beantwortet sie mit einem genauso fröhlichen:

»Dafür nicht!«

Als ich die ganzen Pakete, Päckchen und Briefe verstaut habe, ziehe ich los. Aber noch nicht Richtung Autobahn, nein! Erst einmal Richtung nächste Tankstelle. Denn jetzt brauche ich einen anderen Reifendruck und Kaffee. Denn eines kann ein Paketfahrer nicht machen: Lange Pausen! Darum ist die Hinfahrt nach Ostfriesland meine Pause, danach geht die Arbeit erst richtig los. Unterwegs lasse ich die Adressen optimieren (was das ist, bleibt Berufsgeheimnis!). Bei Oldenburg habe ich noch einen kleinen Stau, dann bin ich auch schon am ersten Zielort angelangt.

Gut, wenn man die Gegend ein wenig kennt, dann geht alles etwas schneller. Die ersten Pakete gehen weg, wie »geschnitten Brot«. In ländlichen Gegenden ist es immer gut, dass man sich kennt, und der Nachbar meistens das Paket annimmt. Kennt man eine Straße nicht oder wohnt jemand am Feldweg, das weiß meistens die Tankstelle oder der Kaufmann, und wenn der nicht, dann weiß es aber der Bäcker, die kennen alle ihre Pappenheimer. Dann fahre ich zum nächsten Halt. Eine große Firma, mit Riesengelände, vielen Gebäuden und noch mehr LKW, die da herumkreuzen. Nun suche ich erst einmal das Hauptgebäude, gar nicht so einfach, denn alle Gebäude sehen aus wie Hauptgebäude, dank ihrer Glasfronten. Also frage ich einen LKW-Fahrer, der gerade an meinem Taxi vorbeikommt. Der lächelt freundlich und sagt: »Spaziba!« *Ja, nee, is klar! Nur keine Vertraulichkeiten, und Spaß hab' ich hierbei! Wünsch ich Dir auch! Nee aber auch!* Jetzt steuere ich einfach einen Glaskasten an, packe die Pakete und Briefe aus und watschle in das Gebäude. Leer. Still. Nicht einmal ein Computersummen. Hinten am Ende des Ganges (nicht in Indien, sondern in dem Gebäude!), höre ich Geräusche. Darauf laufe ich zu, will die Tür öffnen, kommt ein LKW-Fahrer mit Handtuch um die Hüfte aus der Tür und grinst. *Upps, der kann jetzt keine Pakete halten! Falsch!* Kehrtwendung Marsch, wieder raus.

Nächstes Gebäude. Immer noch mit den Paketen im Anschlag. Da sitzen jede Menge Leute an Telefonen und Computern. Die Pakete stelle ich am Tresen ab und guck erst mal, ob mich einer bemerkt. Fehlanzeige! Die dürfen wahrscheinlich erst wieder in einer halben Stunde hochgucken, dann ist es zehn Uhr. *Morgens zehn Uhr in Deutschland,* denke ich grinsend. Mein Handy klingelt: Die Paketstation. Warum ich jetzt erst diese Firma angefahren habe, die andere Firma wartet auf die Post?! Oh, das hatte ich in der Liste übersehen, *wer lesen kann ist klar im Vorteil,* da stehen bei einigen Adressen auch Lieferzeiten vor den Namen, die sind einzuhalten!

Dass mir das nach *DER* »perfekten und gründlichen Einweisung« passieren konnte! Blöd nur, dass dann mein Streckenoptimierer im Büro umsonst tätig war. Denn nun musste ich kreuz und quer durch Ostfriesland kurven, egal wieviel Zeit und Sprit das kostete. Logistisch *(kommt von Logik!),* hatte ich einmal etwas anderes gelernt!

Nun kommt auch ein junger, freundlicher Mann auf mich zu, mit einer Leidensmiene:

»Die Briefe nehme ich«, er nimmt sie und verweist mich weiter:

»Aber leider müssen die zwei Pakete zu Tor fünf und das andere an Tor zwei!«

»Aha, vielen Dank, wo finde ich das?«

»Also, Tor zwei ist hier wieder raus, linksherum, über den Gang mit den Containern, da kommt ein kleines grünes Wartehäuschen, da rechts, neben dem Trafo steht ein Trecker, den umkreisen, weiter immer geradeaus, bei dem Bäcker, das ist Tor zwei! Tor fünf, da musst Du wieder zurück, bis zu dem Trafo, da den Trecker nur halb umkreisen, durch die Schranken, gleich rechts halten, bei der Telefonzelle links, dann sieht man das schon!«

»Vielen Dank, auch! Das werde ich schon finden!«

»Dafür nicht! Auf alle Fälle, hier ist noch keiner verloren gegangen!« Meinen ungläubigen Blick sieht er nicht, denn ich bin schon wieder auf dem Weg zum Taxi! *War er wirklich sicher, dass auf dem kilometerweiten Gelände nicht doch einer herumkreiste, den keiner Zuhause vermisste?!*

Hilfe! Wie war das jetzt noch? Am Gang beim Wartehäuschen links, wenn die Container kommen um die Telefonzelle, mit dem Trecker die Schranken aufmachen und zum Bäcker! Seufz! Wegeerklärungen habe ich früher schon nicht kapiert! Beim dritten links höre ich schon nicht mehr zu!

Fragt man vier Leute nach dem Weg, hat man vier verschiedene Wegerklärungen! Nachdem ich dann etwas gesucht habe, durchgefragt, gewendet, wieder zurück an den Anfangsort, nochmal von vorne, habe ich dann doch noch alles gefunden. Auch den Bäcker, und den nächsten Kaffee, bevor ich die Firma, die ich um zehn Uhr beliefern sollte, anfahre (es ist jetzt elf Uhr: Mea culpa!). Denn die Paketstelle hat schon wiederholt angerufen, *haben die heute keinen anderen Gesprächspartner außer mir, mit dem sie telefonieren können? Heute Morgen wuselten doch so viele da rum!*

Wie schon erwähnt, habe ich vor einem Vierteljahrhundert auch mal im Büro gelernt. Dabei bin ich auch alle Abteilungen durchlaufen, das gehörte zu meinem Berufsbild. Besonders viel Spaß hat mir immer die Zentrale gemacht, weil es, meiner Meinung nach, dort am abwechslungsreichsten ist! Man hat den ganzen Tag zu tun, mit interessanten und weniger interessanten Menschen. Ich habe in einem großen Konzern gelernt. Die Aufgaben waren vielfältig. Man hat sämtliche Post des Hauses in Empfang genommen, gelistet, geöffnet, gestempelt, verteilt. Dabei die Telefonzentrale geleitet, ausgehende Post weitergeleitet, nachdem man sie gewogen und frankiert hat. Mails (früher hieß es Telexe) geschrieben und, und, und … Man hatte also richtig viel zu tun und war natürlich auch für das alles verantwortlich.

Jetzt verteile ich Post und Pakete mit dem Taxi. Gerade fahre ich eine nigelnagelneue Telefongesellschaft an. Erst einmal fahre ich gefühlt kilometerweit an einem hohen Zaun entlang und frage mich dabei, wieviel Gärtner die wohl beschäftigen?! Dann sehe ich ein riesiges Glasgebäude. Das soll wohl Eindruck machen! *Wer wohl da die Fenster putzt? Wahrscheinlich hat die Telefongesellschaft noch nebenbei eine Reinigungsfirma!* Dann finde ich ein verschlossenes Tor. Ich klingle. Nichts. Ich klingle nochmal. Eine ziemlich junge Mädchenstimme meldet sich ... *Aha, die Praktikantin,* ich sage, woher ich komme und was ich will. Stille! Dann piepst sie los:

»Sie sind aber doch ein Taxi, hier wurde kein Taxi bestellt!«
Ja, eindeutig die Praktikantin!

»Nein, heute bin ich kein Taxi, weil Sie ja keines bestellt haben! Aber ich bringe heute die Post!«, und rolle mit den Augen, hoffentlich ist die Kamera nicht so scharf, dass sie das sehen konnte! Nein ... ein: »Das habe ich genau gesehen!«, höre ich nicht.

Das Tor geht auf, ich fahre durch. Nach *einigen* Kilometern graugepflasterter Allee, fahre ich um die Ecke und sehe den Haupteingang. Hier denke ich auch wieder an die Gärtner, denn das Pflaster ist voller Unkraut. Kurz sehe ich nochmals auf die Liste und habe schnell die Pakete gefunden, die zu dieser Firma gehören. Eine Glastür geht auf, ich schreite in eine große, helle, kalte, Halle, wie es heute ja modern ist. An der Wand hängt ein Bild, was anscheinend ein Affe gemalt hat, besser gesagt: Nur bunte Farbtuben auf der Leinwand ausgedrückt hat. Meine Kinder waren wirklich talentierter, egal, in welchem Alter! Während ich mich umsehe, gehe ich auf einen Tresen zu, mit der Aufschrift: Empfang. Dabei erinnere ich mich wieder an »meinen« Tresen, als ich Auszubildende war, und unter dem Empfangsschild mein Name stand, damit der Besucher gleich weiß, mit wem er es zu tun hat. Vor dem Tresen stehen zwei Frauen, dahinter sitzen drei Frauen. Ganz junge Frauen. Die eine sortiert ihre langen Haare. Die andere schaut in ihr Handy, der Rest schnattert durcheinander. Ich räuspere mich. Stille. Dann sage ich meinen Text herunter, was ich will und woher ich komme. *Ich will die Pakete möglichst zügig abgeben, weil ich das Auto voll habe davon und heute ein Paketdienst bin, und kein Taxi, eigentlich ganz einfach,* denke ich.

Eine der Uniformträgerinnen guckt mich von oben bis unten an, lässt ihre Kaugummiblase im Mund platzen, wobei der Lippenstift verschmiert, und schnarrt:

»Da sind Sie hier falsch! Sie müssen wieder zurück, durch das Tor, rechts auf die Straße, geradeaus bis zur Kreuzung, auf die Hauptstraße, zweite Straße links, da kommt eine Holzpalisade, da geben Sie die Pakete ab!« Sprach sie und schnattert weiter. Für den Rest der »Hühner« war ich sowieso Luft. *Aha, DAS ist also der »Empfang« heutzutage! Na, danke schön, ich wechsle den Anbieter! Dermaßen ungeschultes Personal bezahle ich mit meinen Gebühren bestimmt nicht mit! Aber am Gärtner sparen!*

Nun trolle ich zurück. Sitze wieder im Taxi und fahre zu der Holzpalisade mit der Aufschrift: »Raucher«. Ein Schild mit der Aufschrift: »Postannahme« suche ich vergebens. Also steige ich aus, frage die Teilnehmer der Raucherecke, ob ich irgendwo die Pakete loswerden kann?

»Juup, stell man da hin, die nehmen wir gleich mit rein!«, meldet sich ein unrasierter Mensch mit gelbem Bart. Wieso ich jetzt an einen Jeti denke, weiß ich auch nicht! Das ist offensichtlich der Raucher mit den meisten »Raucherpausen«!

»Dann bekomme ich hier noch eine Unterschrift, dass ich die Pakete auch abgegeben habe!«, erkläre ich der »wandelnden Zigarettenwerbung«.

»Oh, nö, die Unterschrift kriegst du vorne im Empfang!«

Ach du je, hoffentlich können die jetzt schon unterschreiben, was wenn deren Nagellack noch nicht trocken ist! Denke ich, (hoffentlich nicht laut)!

Freundlich bedanke ich mich und fahre wieder zurück. Da geht am Tor wieder die gleiche Story los, dass doch gar kein Taxi bestellt wurde, ich aber ja auch Pakete gebracht habe und nun eine Unterschrift brauche. Schließlich habe ich meine Unterschrift und verlasse fluchtartig das Gelände um zur nächsten Adresse zu fahren.

Das wiederum war genau das Gegenteil zu der Telefonfirma. Zwar war es auch eine große, aber alteingesessene Firma, die traditionell ein friesisches Heiß-Getränk herstellt. Da konnte ich die Pakete am Empfang abgegeben. Auf dem Schild: »Empfang« stand der Name der Dame, die ohne viel Getue unterschrieben hat, dabei sehr freundlich war, sodass für ein wenig Unterhaltung auch noch Zeit war. Die Dame wunderte sich, dass die Post jetzt mit Taxi kommt. Und fand das gut, dass wir Taxis da mal einspringen. Gelernt, ist eben gelernt! *Geht doch! Vielleicht sollte man in einigen Büros einfach das Althergebrachte beibehalten! Wie sagte mein Opa immer: »Nicht alles, was alt ist, ist auch schlecht!«, recht hat er!*

Jetzt fahre ich die nächste größere Stadt an, jetzt wird es anstrengend, weil die Pakete in einer Fußgängerzone ausgeliefert werden müssen. Das heißt, erst mal findet man dort keine, bis wenig Parkplätze. Denn in fremden Städten dürfen wir Taxis nicht einfach so auf den Taxihalteplätzen halten, das wäre »Wilderei«, auch ein Fachausdruck, abgeguckt von den Jägern. Wenn ein Taxi in einem fremden Fahrgebiet ist und dort Fahrgäste aufnimmt, ohne Auftrag, dann ist das »Wilderei«. Zum Parken darf man auf Taxi-Halteplätzen sowieso nicht parken! Obwohl, wenn ein »Boten-Taxi« das hier in Bremen (mit Bremer Kennzeichen), schon mal macht, sagt auch keiner was, aber in einer fremden Stadt ist der Ärger dann schon vorprogrammiert. Und dann muss man die Firma, welche die Post haben soll, auch erst einmal finden. Aber da die meisten Lieferungen sowieso an Telefonläden gehen, wovon in einer Fußgängerzone immer mindestens drei sind, hat man auch diese Hürde bald geschafft. Der Rest mit der Unterschrift ist dann ein Klacks. Meistens kriegt man dann auch noch Pakete für den Rückversand mit.

Da ruft auch schon wieder die Paketstelle an, ob ich noch da und da, das eine oder andere Paket mitnehmen kann. Ich sehe auf die Uhr, weil ich auch an meinen Nachtfahrer denken muss, der zur Ablöse das Taxi haben will, darum wird es langsam eng mit der Paketfahrerei. Aber das kriege ich schon irgendwie hin. Auf dem Weg zur Abholung fahre ich noch einen Bäcker an und hole mir einen Kuchen, lecker vom Landbäcker: Nichts mit Fabrikware! Denn jetzt kommt eine Strecke, die kilometerweit am Deich entlangführt. Keine Menschenseele, nur das Taxi und ich. Und der Kuchen. Unglaublich schön! Ein kleiner Trost gegen den Stress und diesen nervigen Nicht-Zuständigkeiten. Denn eines können Sie mir glauben, verehrte Fahrgäste, Pakete ausfahren ist ein Knochenjob oder sind Sie schon mal am Tag dreißig Mal aus dem Auto aus- und wieder eingestiegen?! Oder haben Sie schon einmal in einer Wohnhaussiedlung, ohne Fahrstuhl, und dann natürlich immer in den obersten Stockwerken, Pakete ausgeliefert?!

Nachdem ich die Pakete abgeholt habe, fahre ich zurück. Es war so klar, dass ich jetzt in einen Verkehrsstau komme. Jetzt ist es ganz eng. Ich rufe den Nachtfahrer an und bitte um Nachsicht. Der versteht das, weil er selber auch schon solche Touren gefahren hat. *Ist er darum Nachtfahrer geworden?!* Wieder in der Paketstation angekommen fahre ich diesmal ein anderes Tor an, was für die wieder mitgebrachten Pakete zuständig ist. Ein fester Paketfahrer mault mich an, weil wir Taxifahrer zuerst abgefertigt werden. Er hat nicht verstanden, dass das Taxi jetzt noch gebraucht wird, in der Nachtschicht, während sein Job zu Ende ist, bis morgen früh. Dann fahre ich das Tor für die Retouren-Pakete an. Kein Mensch da. Ich klingle. Wieder und wieder. Mir sitzt die Zeit im Nacken. Ich muss den Wagen noch sauber machen, bei meiner Tour durch die Felder, war ich doch tatsächlich kurz beim »Military-Racing« dabei! Aber nicht weitersagen, das mag der Boss gar nicht, wir sollen diszipliniert fahren! *Jawoll! Hat ja auch keiner gesehen, das geht in Ostfriesland!* Tanken muss ich außerdem auch noch. Jetzt kann ich nicht weiter warten, ich lege die nicht ausgelieferten Pakete vor das Tor und gehe ins Büro, gebe die Liste ab, hake die wieder mitgebrachten Pakete an und sage Bescheid, dass keiner bei der Rücknahme ist. Sie würden sich sofort kümmern!

Am nächsten Tag hieß es, dass angeblich ein Paket von meiner Lieferung fehlt! Ausgerechnet ein Paket mit einem teuren Handy als Inhalt. *War so klar! Schade!* Für mich war das, das Ende vom Pakete fahren wollen! *Ich bin die Kollegin, welche ständig Kugelschreiber auffüllt im Taxi, samt Glasreiniger, Papierrollen und Quittungsblöcke. Auch sonntags, wenn das Büro geschlossen ist und wir nicht nachfüllen können, dann greife ich auf meine privaten Vorräte an Haushaltsrollen und Kugelschreiber von zu Hause zurück! Und ICH vergreife mich an Paketen mit Handys?! Das ist nicht Euer Ernst! So ein Verdacht gegen mich, von einer Branche, die täglichen Personalwechsel hat und alles an Personal nimmt, was laufen kann, auch ohne Einstellungstests, wobei sogar nicht einmal die Orts- und Sprachkenntnisse beherrscht werden müssen, die hier üblich sind?! Dann haben die auch wirklich genug Fahrer!*

Taxifahrers größte Herausforderung

Auch für uns Taxifahrer gibt es Fahrten, bei denen wir psychisch manchmal an unsere Grenzen kommen. Denn für den Taxifahrer muss es immer heißen: »The Show must go on!« Und solche Fahrten haben einige von uns mehrmals am Tag. Sie ahnen es, verehrte Leser, da wir gerade in der Abteilung Krankenfahrten sind, schreibe ich von den Fahrten mit Krebspatienten. Jeder der selber betroffen ist oder war, oder momentan selber im Verwandten-, Freundes- oder Bekanntenkreis jemanden hat, der betroffen ist, weiß, welche Herausforderung ich meine. Meistens haben wir den Fahrgast vom Beginn der Krankheit an, wenn der Fahrgast sich meistens mit: »Ich habe Krebs!« outet, oder auch gar nichts zu sagen braucht, weil man den Fahrgast von einem Onkologen abholt, bis zur Heilung oder auch nicht. Für uns Taxifahrer ist es zuerst einmal schwierig überhaupt ein Gesprächsthema anzufangen. Möchte der Fahrgast von seiner Krankheit erzählen, oder ist gerade das kein Thema? Kann man den Fahrgast nach Kindern fragen, oder ist das jetzt gerade schwierig, weil er gerade die Diagnose gekriegt hat und im tiefen Loch sitzt? Vielleicht auch ein schwieriges Thema, weil er das seinen Kindern und Angehörigen noch beibringen muss? Denn dass diese Diagnose nicht einfach so wegzustecken ist, kann sich jeder denken. Es dauert ein paar Tage, bis sich das gesetzt hat und man sich einfach mit der Diagnose auseinandersetzen muss. Sie sollte nicht das Tagesgeschehen beeinflussen aber ab dem Zeitpunkt gehört sie zum Leben. Man sollte nicht *FÜR* den Krebs leben, aber *DAMIT*! Im Laufe der Jahre habe ich bei mir die Erfahrung gemacht, dass man die Krankheit sogar zeitweilig vergessen kann, man muss sich das Leben und seine Freunde, die Menschen, mit denen man lebt und die um einen herum sind, unbedingt aussortieren. Denn es gibt Menschen, die einem nur Energie rauben und vielleicht sogar mit dafür verantwortlich sind, dass man den Krebs bekommen hat! Dann gibt es auch wieder schöne Momente! Man muss sich das Leben neu zurechtrücken! Und das Wichtigste ist, man darf einfach nicht die Hoffnung aufgeben! Es gibt eine Geschichte, die ich gern den Fahrgästen erzähle, die überhaupt keine gute Diagnose haben und weinend neben mir sitzen.

Das ist die Geschichte von Hilde. Bei ihr wurde mit fünfunddreißig Darm- und Blasenkrebs diagnostiziert. Man gab ihr die schlechte Diagnose, dass sie nur noch circa ein halbes Jahr lebt. Man entfernte mit den Tumoren auch einen Teil des Darms und die Blase. Von da an war sie also Stoma-Patientin. Was diese Frau durchgemacht hat, kann man sich kaum vorstellen. Sie hatte aber einen guten Ehemann an ihrer Seite und ihre Familie, die ihr Mut gemacht haben. Dazu kommt noch, dass Hilde eine Frau war, die sich nicht unterkriegen liess! Als das Buch geschrieben wurde (2017) war Hilde dreiundachtzig Jahre alt. Natürlich hat die Lebensqualität ein paar Abstriche machen müssen, aber sie ist mit ihrem Mann zusammen alt geworden und hat noch eine schöne Zeit gehabt!

Während meiner eigenen Reha habe ich einen Patienten kennengelernt, dem es ähnlich, wie Hilde ergangen ist. Der hat mit fünfunddreißig eine verdammt schlechte Diagnose gehört! Auch er würde nur noch ein halbes Jahr leben. Als er mir Mut zugesprochen hat, war er zweiundsiebzig, hatte dreimal Chemo überstanden und zeigt dem Krebs jetzt den Stinkefinger. Diese Geschichte ist meine Mut-mach-Geschichte für alle Krebspatienten: Es wird nichts so heiß gegessen, wie es gekocht wird!

Jeder Krebs hat seine Geschichte und seinen Fortlauf, genauso wie jeder Mensch andere Gene hat. Darum, und das ist jetzt meine Theorie, bekommen auch nur die Sensiblen unter uns diese Krankheit, denn A … löcher kriegen offenbar keinen Krebs! Meistens hat dieses Biest, ich nenne es Alien, einen Grund sich festzusetzen. Nämlich, wenn ein Mensch gerade eine schwere Krise, Verlust eines geliebten Menschen, Veränderung in Beziehungen, Scheidung, Verlust vom geliebten Arbeitsplatz oder Ähnliches durchgemacht hat. Meistens nach dem Burn-Out oder der Depression kommt diese Diagnose, die eigentlich jeder fürchtet! Gerade bei einem nervlichen Tief hatte das Biest Chancen zuzuschlagen. Natürlich spielen die Gene auch eine Rolle. Und selbst wenn die Ärzte jemandem nach der Behandlung wieder eine gute Diagnose stellen, die Angst, dass das Alien ein Komma gesetzt hat, bleibt! Natürlich denkt man da auch nicht den ganzen Tag drüber nach, das wäre das Verkehrteste, was man machen kann. Man muss versuchen dieses Biest zu ignorieren, vielleicht ignoriert es denjenigen dann auch?!

Und seien Sie sicher, verehrter Fahrgast, Sie dürfen ruhig im Taxi weinen oder den Taxifahrer bitten, dass er Ihre Hand hält, das tut gut und sowas kann das Biest nicht leiden! Es muss Ihnen auch nicht peinlich sein, dass Ihnen nach einer Chemo schlecht ist, denn diese Tortur, die eine Vergiftung des Körpers ist, ob in großer Dosis oder kleinen, täglichen Tablettengaben, muss der Körper kompensieren können. Wenn das gerade im Taxi auf dem Nachhauseweg passiert, ist das kein Bein ab, wir Taxifahrer haben alles an Bord *(meistens)*, um ihnen helfen zu können. Da diese Krankheit eigentlich zur Volkskrankheit geworden ist, so traurig wie das auch ist, so hat der ein- oder andere Taxifahrer bestimmt Ahnung vom Umgang mit Krebspatienten. Nur die Fahrgäste, die danach einsteigen, bitten wir um Verständnis, wenn sie einen schweigsamen Taxifahrer neben sich haben! Wahrscheinlich schweigt er, weil er den Mut des letzten Fahrgastes respektiert und den Hut zieht, vor so viel Haltung, die Last dieser Krankheit tragen zu können und sich, in den meisten Fällen, doch noch nett mit dem Fahrer unterhalten zu können! Oder der Fahrer hat von Kollegen gerade gehört, dass »sein« Fahrgast, den er schon Monate, oder sogar Jahre fährt, verstorben ist. Vielleicht hat es sogar einen von »uns« getroffen, und wir kommen gerade von der Beerdigung eines Kollegen, der dieses Alien nicht besiegen konnte. Das ist der Moment, wenn der Taxifahrer eine längere Pause braucht, zum Durchatmen und um Mut zu fassen, um weiterzumachen in seinem Job. Und vielleicht erst mal nur zwei bis drei Botentouren fährt. Botengut hat keine schlechten Diagnosen!

Wenn »Columbo« Taxi fährt …

… und »Miss Marple« Telefondienst macht

Wie im richtigen Leben haben wir Taxifahrer bestimmt auch täglich mit »Tagedieben« zu tun oder zumindest mit Leuten, die es mit dem Gesetz nicht so genau nehmen. Ohne Statistiken zu trauen oder das Thema genau zu kennen, also mit Halbwissen glänzen, denke ich, dass es wohl häufig vorkommt, dass ein Gesetzesloser in ein Taxi steigt. Bestimmt häufiger, als wenn jemand einsteigt und sagt: »Folgen Sie dem Fahrzeug, ich bin Polizist!« Was sich bestimmt so mancher Fahrer heimlich wünscht!

Ob das nun der junge Mann ist, der nach einer Sause mit Freunden jetzt gar kein Geld mehr hat. Sein Heimweg dagegen ist noch weit, und an seinem Zielort springt er dann aus dem Taxi, gibt Fersengeld, bevor der Fahrer richtig angehalten hat. Dieser kann dann nur noch das Taxameter ausstellen, mit dem Vermerk im Fahrbericht: Fehlfahrt!

Oder der Fahrgast, der für zwanzig Euro zum Flughafen fährt und mit Hongkong-Dollar bezahlt. Der Geldschein sieht aus wie ein Zwanzig-Euro-Schein. Der Wert dafür steht – glaube ich – bei 2,40 Euro momentan. Das Verbrechen lauert überall! Und so geschieht es immer wieder einmal, dass ein Kollege nur zur Toilette geht, wiederkommt, und die Seitenscheibe des Taxis ist eingeschlagen. Das Portemonnaie trägt der aufmerksame Fahrer aber bei sich! Die Täter sind längst über alle Berge. Da wir aufgefordert wurden nur das nötige Wechselgeld mit uns zu führen, ist der Schaden am Taxi größer als die Beute, die der Täter einstreicht! Schlimmer ist aber, wenn man von Kollegen hört, die mit einer Schlinge um den Hals oder einer Pistole am Kopf, genötigt wurden, das Geld rauszurücken. Ein Kollege musste sogar einmal mit der Pistole am Kopf, drei Straftäter bis nach Holland fahren. Ein anderer Kollege hat als »Bezahlung«, anstatt Fahrgeld, eine Spritze von einem Drogenjunkie in den Oberschenkel gerammt bekommen.

Verständlich wenn diese Kollegen sich andere Berufe suchen, weil sie nicht mehr in der Lage sind in ein Taxi zu steigen. So haben die Kriminellen, die mit ihrem eigenen Leben offensichtlich nicht viel Sinnvolles anfangen können, dann gleich auch noch ein weiteres Leben oder das einer ganzen Familie kaputt gemacht.

Manchmal geht aber auch einfach die Fantasie mit einem, oder gleich mehreren Taxifahrern durch, wohl auch, weil man in flauen Zeiten am Halteplatz zu viel liest. Und die meisten Taxifahrer lesen gerne Krimis. Oder sind mindestens aktiv beim sonntäglichen »Tatort« abends beim Fernsehen dabei.

Bestimmt wünschen sie sich, bei ihnen würde auch mal einer ins Taxi hüpfen und sagen: »Fahren Sie los! Ich werde verfolgt!«, oder auch: »Verfolgen Sie das Auto!« Das ist, glaube ich, im Taxifahrer-Alltag, so noch nie vorgekommen! Dann eher schon, das aus der Fernseh-Serie »Derrick« bekannte: »Hol' schon mal den Wagen, Harry!«

Der nachfolgende »Krimi« spielte sich an einem ganz *normalen* Samstag ab. Das heißt für die Bremer Werder-Fans, dass ihr Fußballverein nicht spielt. Für die Taxifahrer heißt das, es wird ein ganz ruhiger Tag werden, abgesehen von ein paar Blutbankfahrten, und den normalen Vorbestellungen, wird es ruhig bleiben. Ich selbst mache mal wieder Vertretung im Büro für einen Kollegen. Das Telefon klingelt, ein Kollege meldet sich *(auch in dieser Story wurden Personen und Orte nicht verändert):*

»Hallo, Du ich habe hier einen ganz seltsamen Fahrgast! Der ist beim *»Grünen Jäger«*, bei der Haltestelle eingestiegen und will, dass ich so lange für ihn fahre, bis er keine Lust mehr hat. Mir kommt das komisch vor, weil in der Nähe der Haltestelle ja auch das Gefängnis ist!«

Solche Fahrten kommen nicht oft vor und meistens sind das solche Betrugsfahrten, bei denen sich der Fahrgast zu einigen Adressen fahren lässt, um dann letztendlich irgendwo in einem Hauseingang zu verschwinden, der taucht dann auch nicht wieder auf. Einen Augenblick muss ich nachdenken, wie jetzt am besten damit umzugehen ist. Dann frage ich, ob der Fahrgast denn schon Geld bezahlt hat, wenn nicht, soll er Vorkasse zahlen.

»Ja, der hat hundert Euro bezahlt!«, jetzt müsse er auflegen, der Fahrgast kommt wieder aus der Tankstelle. Und schon ist auch mein kriminalistischer Instinkt geweckt, hier knurrt wieder mein Blindenhund! Da stimmt was nicht! Die »Miss Marple« von Bremen wird wach in mir. Habe ich schon erwähnt, dass ich früher einmal Polizistin werden wollte?! Als man mich aber nur für die Notruf-Zentrale haben wollte und nicht direkt am »Tatort« dabeihaben, habe ich mir das noch einmal überlegt!

Zuerst einmal rufe ich im Gefängnis an, ob vielleicht jemand fehlt?! Das wüsste derjenige, den ich da am Telefon hatte auch nicht, die Anstalt hat auch Freigänger. *Das hat jetzt auch nicht wirklich geholfen,* aber so hatte man dazugelernt, und wusste, dass diese Anstalt nicht nur schwere Jungs hatte. Mein nächster Gedanke war, die Polizei anzurufen und einen Streifenwagen hinter das Taxi zu setzen. *Aber warum? Es war (noch) keine Gefahr in Verzug und bezahlt hat der Fahrgast ja auch schon!*

Doch nun ruft der Kollege wieder an, er wäre jetzt am nächsten Zielort von dem Fahrgast und solle warten, denn dieser wollte schnell etwas aus einer Wohnung holen. Jetzt wurde es spannend! Mein Kollege hatte die Idee, dass der ja auch eine Waffe aus der Wohnung holen könnte! Unverschämt! In dem Stadtteil ist doch Waffenverbotszone! Jetzt würde dem Kollegen doch mulmig werden! Nun wurde ich immer ratloser, wie sollte ich dem Kollegen von hier vom Büro aus, helfen?! Seine Ängste konnte ich gut verstehen! Die Sache mit dem Kollegen und der Pistolenfahrt am Kopf, in die Niederlande, war noch frisch! Ich fragte ihn kurz, ob er den Krimi auch kennt, den ich gerade lese: In dem Krimi ging es um einen Taximörder, der immer auf dieselbe Art die Fahrer freundlich einwickelt, dann aus der Stadt lockt und umbringt. Das letzte Opfer wurde erst nach Tagen im Kofferraum seines eigenen Taxis gefunden. Wir schluckten beide laut, jetzt wurde es aber wirklich gruselig! Vielleicht waren da neue *Clans* mit einer neuen Masche unterwegs?! Es gab so viele Möglichkeiten von Verbrechen! Aber wie wussten »*die neuen Clans*«, dass es dann nicht deren eigene Unternehmen treffen würde?! Man verliert ja gern einmal den Überblick, wenn man so viele Unternehmen hatte, ob das schon dem Finanzamt schwerfiel, dass große Ganze zu überblicken?! Das Telefonklingeln riss mich aus meinen Gedanken als Detektivin: Frau Schmidt wollte zum Einkaufen! *Das ist jetzt ganz schlecht, es ist gar kein Fahrzeug frei, und überhaupt …* denke ich.

»Wir kommen in einer Viertelstunde, dann ist es auch nicht mehr so voll in den Läden!«, vertröstete ich sie. Zuerst musste ich mich aber um *den* Kollegen kümmern! Den schickte ich zur Klingel, er solle die Namen abschreiben, ich würde dann nochmal in der Justiziaren-Aufbewahr-Anstalt anrufen, ob da jemand mit einem Namen bekannt ist, die auf der Klingel stehen. Kurze Zeit später klingelt wieder das Telefon, mein Kollege gibt die Namen durch. Kurz darauf bin ich wieder mit dem Gefängnis verbunden und frage, ob denen wohl einer mit den folgenden Namen bekannt ist? Der Mensch am Telefon kaute sein Brötchen ruhig weiter und verglich meine Namenliste mit seiner (offensichtlich war es auch für ihn ein ruhiger Samstag).

»Nö! Solche Leute gibt's da nicht«, antwortete er kauend, mit einem: »Guten Appetit«, überließ ich dem Frühstückenden wieder sein Brötchen. Das Telefon klingelt wieder. Der Kollege meldet sich jetzt vom ganz anderen Ende von Bremen. Nachdem der Fahrgast wieder im Taxi war, umgezogen *(mein Gott, hat der jetzt eine Leiche zerstückelt und musste sich deshalb umziehen?)*, ist er nun zu dieser neuen Adresse gefahren und will mit einer Frau wiederkommen. *Jetzt nimmt der eine Geisel*, denke ich. Dem Fahrer stand der pure Schweiß auf der Stirn, meine Stimme bebte vor Angst oder Aufregung, das wusste ich momentan auch nicht so genau, dafür war der Puls einfach zu schnell! Und machte sich unser Fahrer nicht eigentlich mit strafbar?! Man kannte doch diese Gesetzesdehnungen, die heutzutage möglich waren. Da hat Einer Stimmen gehört, und schon hat der nicht mehr lebenslänglich für heimtückischen Mord bekommen, sondern nur noch Therapiegefängnis, mit Sauna, täglich Steak und einem kühlen Getränk, ohne Freigang, für zwei Jahre. Mein Kollege konnte auch schlecht behaupten, dass er unter Drogen oder Alkohol Taxi fährt, dann wäre der Führerschein futsch! Nur die übliche Floskel, die hierbei sogar stimmte: »Ich habe von nichts gewusst!«, wäre noch übrig. Aber würde das dem Richter genügen, um den armen Kerl, der ja nur seine Arbeit machte, von allen Punkten zu befreien?! Fragen, über Fragen. Das Taxameter zeigte immer noch nicht den abgelaufenen Betrag an, den der Fahrgast im Voraus bezahlt hatte. Wenn der Fahrer jetzt einfach wegfuhr, dann wäre das ein Fall von Betrug! Was tun? Doch der Kollege musste wieder auflegen, der Fahrgast kommt jetzt mit einer Frau zurück.

Meine Gedanken überschlagen sich, wenn ich jetzt doch die Polizei rufe? Aber da geht wahrscheinlich doch wieder nur das »Band« ran! In meinem Kopfkino sehe ich den Kollegen schon mit Loch im Kopf im Wald liegen, was das Schlimmste dabei war, keine Spur von dem Taxi! Meine Gedanken waren gar nicht mehr einzukriegen, ich wusste nicht, wo ich zuerst hindenken sollte! Den Chef in seinem Urlaub anrufen nützte nichts, der kletterte irgendwo in den Bergen und konnte wahrscheinlich gerade kein Handy bedienen, und von da aus, wo er war, bestimmt keinen Kollegen aus dem Kofferraum befreien!

So schickte ich einen anderen Kollegen hinterher, und der sollte in genügendem Abstand die Verfolgung aufnehmen.

Unauffällig! Was als »Taxi getarnt« ja echt keine Schwierigkeit sein dürfte! Die Minuten zogen sich dahin wie dicker Honig. Das Telefon schwieg. Weder der verfolgende Kollege noch der mit dem zukünftigen Loch im Kopf meldeten sich. Männer! Die wussten doch ganz genau, dass ich jetzt hier im Büro wie auf Kohlen sitze und platze vor Sorge!

Plötzlich hupt es draußen. Eine Hochzeitsgesellschaft fährt vorbei, fröhlich hupend und Bonschen schmeißend. In dem Autokorso kann ich unsere zwei Taxis sehen. Auch fröhlich hupend! Ich bin erleichtert, dass ich die saubersten Taxis geschickt hatte, die wir an dem Tag hatten! Der »Mörder«, war jetzt Bräutigam, was wohl seine Hauptrolle ist und wohl auch zukünftig sein wird! Er hatte einfach Probleme mit dem Brautfahrzeug gehabt. Jetzt war guter Rat teuer, darum wurden verschiedene Adressen mit dem Taxi abgefahren: Die Blumen besorgen, den Anzug abholen und natürlich die Braut musste auch abgeholt werden. Und nun fahren sie zur Trauung!

Hinterher erklärte der Bräutigam, dass das Brautpaar sich auch im Taxi kennengelernt hatte und bedankte sich für den guten Fahrer *das ehemalige Opfer, was nun doch nicht im Kofferraum lag*, der dafür gesorgt hatte, dass alles so reibungslos abgelaufen ist!

»Dafür nicht! Keine Ursache!«, antwortete ich lächelnd: »Wir tun gerne, was wir können!«

Taxigeschichten von Kollegen

Nachfolgend lesen Sie wahre Taxigeschichten von meinen Kollegen *(nicht etwa dass meine Geschichten unwahr sind! Da wurde nur manchmal ein wenig dran getunt, dass es rund läuft!)*. Denn eines ist sicher, wer den Spruch: »Die besten Geschichten schreibt das Leben« gemacht hat, muss ein Taxifahrer gewesen sein! Die Geschichten wurden so übernommen, wie sie bei mir eingetroffen sind, meine Anmerkungen stehen in kursiv geschrieben:

Kollegenschnack »Am Kirchbach« … *(von Anne)*

Tom (Name geändert) ist ein netter Kollege. Den treffe ich morgens bei Schichtbeginn so gut wie immer an der »Halte Kirchbach«. Meistens winken wir uns nur einen freundlichen Morgengruß aus unseren Wagen zu. Heute Morgen gesellt er sich zu mir und Lydia, die neben mir mit ihrem Taxi steht, mit den Worten:

»Na, Ihr Zwei, wollt wohl nix verdienen, weil bei Euch beiden der Geier nicht weithin leuchtet!« *(Bezeichnung für das Taxischild auf dem Dach, das bei freiem Taxi immer leuchtet).*

Dann beschwert er sich noch, dass die »*Why-Not*-Nacht« nicht an diesem Samstag, sondern erst am kommenden Samstag ist. Als er weg ist, fragt mich Lydia, die ein bisschen schwerhörig ist, worüber er sich denn so aufgeregt hat.

»In den 70er und 80er Jahren hieß der *Moments-Club* mal *Why-Not*! Und jeden ersten Samstag im Monat war bis vor kurzem eine *Why-Not-Nacht* dort. Nun haben sie das wohl reduziert, das ärgert ihn. Tom liebt Hardrock, und ich war damals als junger Hüpfer auch mal ganz gern im *Why-Not*. Wir haben uns da schon öfter mal zum Tanzen getroffen«, erklärte ich ihr. Als Lydia das Wort »Tanzen« hört, fangen ihre Augen an zu funkeln.

»Oh Mann, tanzen! Was haben wir getanzt, damals in Lesum! Da war ja das Tanzlokal zwischen der Kirche und dem Polizeirevier. Und wie die Jungs sich da geprügelt haben! Weißt Du noch? Es war immer das Gleiche: Die Jungs von

Walle gegen die von Gröpelingen, dann war das ganz praktisch, weil die Polizeiwache gleich nebenan war!«, lacht Lydia.

»Warum haben die sich geprügelt, um euch Mädels? War'n da nicht genug für alle da?«, frage ich lachend.

»Doch, schon. Aber nicht alle waren gleichhübsch und konnten gleichgut Rock'n Roll tanzen!«

»Du bist ja ganz zierlich, Dich konnten die Jungs sicher gut durch die Luft schleudern. Da habt Ihr also richtig abgerockt damals, zu Bill Haley, Elvis Presley und Shake'n Stevens?«

»Ja, alles! Aber auch so ruhige Sachen von Vico Torriani und wie hieß denn der andere noch gleich?!«

»Tja, für den Schmusegang, da hatten wir zu meiner Zeit den Stehblues. Meinst Du Ralf Bendix?«

»Jau, getanzt wurde da auch wie verrückt. Das war ja auch die Zeit der Auswanderer und in Lesum-Friedehorst, da wo die Kaserne war, dort war das Zwischenlager für die Auswanderer, bevor die in Bremerhaven auf's Schiff gingen. Ach, was hatten wir da alles: Italiener, Schweizer, Franzosen.«

Ihre Augen blickten verträumt in die Ferne.

»Ich hatte so'n Stapel Adressen von den ganzen Jungs und mit einem hab' ich mich sogar per Brief verlobt, da war der schon über'n großen Teich, und er hat mir sogar einen Ring im Brief geschickt.«

»Du warst ja ein schlimmer Finger, damals, meine Herren!«, necke ich sie.

»Viel getrunken haben wir da gar nicht, höchstens mal ein paar Bier oder eine Bowle zwischendurch, das Wichtigste war das Tanzen! Und wenn wir dann ganz nassgeschwitzt waren, sind wir schnell nach Hause gegangen und haben uns umgezogen.«

Eh ich sie fragen kann, was denn aus ihrer Verlobung per Brief geworden ist, hat sie auch schon eine Tour und muss weiter!

Das, verehrte Leser, ist eines unserer kleineren Leiden: Ein vernünftiges Gespräch unter Kollegen am Halteplatz können wir nur selten zu Ende führen und wenn wir das könnten, stimmt die Kasse nicht! Aber irgendetwas ist ja immer!

Aus dem Tagebuch eines Taxifahrers ...
von Peer ... Taxifahren live, bitte einsteigen!

Oma hinfahren und abends wieder abholen – Heute ist der Taxifahrer als Beichtvater unterwegs *(was Fahrgäste einem so alles erzählen!)* – Sieben Euro Einnahmen – Fahrzeugbericht: Abgefahrene Reifen.

Einkaufstour eine Stunde vor Feierabend mit einer Frau, dauerte zwei Stunden *(mit Abholung von einer Armbanduhr, Sachen aus der Reinigung holen und eine Waschmaschine aussuchen)* – Fahrzeugbericht: Altes Auto ohne Heizung.

Drei Trinker, einer männlich, zwei weibliche, streiten, wer bezahlen darf. Der Kunde ist König! Aber wer ist Kaiser? – Mittags eine Frau *(ziemlich durcheinander)* nach Tenever gefahren – Abends wieder in Schwachhausen eingesammelt in einer Kneipe, sie hatte sich verlaufen! Und wieder zurück das Ganze in die Wohnung! – Krankenhaus: Bluttransport (das erste Mal). Man kommt nicht durch die verschlossene Tür auf die Station. Dann zufällig mit einem Arzt mit reingegangen, niemand da, gesucht und OP gefunden, offene Tür. Fast wieder auf dem Flur, werde ich angemault, dass ich da so rumlaufe! –

Wochen später das gleiche Krankenhaus, in der Urologie, das gleiche Theater!

Fahrgast verloren, der war so besoffen, dass er in die Büsche gekullert ist. Die gute Tour ist somit ausgefallen – Der Tag war ohnehin nicht so gut, wegen Tragehilfe. Ein Mann ist hingefallen, Krankenwagenfahrer muss beim Aufrichten helfen. Danach das Ganze auch noch die Treppe hoch. Kaum zu schaffen. Meistens ist dieser Mann zu Hause allein gelassen, kaum zu glauben! – Drei Fehltouren später – Ein kleiner Unfall. Kollege fährt auf dem Halteplatz schön langsam in mein Auto, und als es nicht mehr geht, gibt der noch etwas mehr Gas – Ein Fahrgast haut ab, ohne zu bezahlen – Trotzdem dann doch noch ganz gute Einnahmen gehabt!

Noch so ein Tag für die Tonne: Beim Beginn nicht einmal einen Kugelschreiber an Bord – Touren überwiegend für sechs bis acht Euro – Nagel im Reifen – Botentour: Niemanden angetroffen, diverse Telefongespräche, unnütze Wartezeit und immer kann keiner was dafür! – Verwirrte Oma: Sie sagt: »Erdbeerbrücke« als Adresse und meint aber *Berliner Freiheit*.

Und wieder ein Tag der schlecht anfängt: Taxi ist nicht da, angeblich wusste der Kollege gar nichts von der Ablösung – Fahrzeugbericht: Der Funk defekt! – Und schon wieder eine verwirrte Oma, kommt mit dem Rollator nicht mehr klar. Dann kein Geld für die Fahrt. Nicht mal in ihrem Altenheim, im Zimmer liegt ein müder Cent. Das Personal legt aus. Dreißig Minuten vertan für fünf Euro! – Dann der Farbige, der in die »Fortrisst-Straße« (?) will, das sollte *Föhrenstraße* heißen! – Frauen sind wirklich spitze! Alle intimen Erlebnisse werden untereinander bis ins Detail erzählt. Es wurde wohl vergessen, dass ich daneben sitze! Aber Männer sind auch nicht besser! Da erzählt mir ein Kollege, dass er noch gar nicht zum Schuss gekommen ist und ruft dann seine Frau an, weil er keinen Schlüssel hat. Und das alles um drei Uhr morgens!

Fahrrad aus Lilienthal geholt. Viel Arbeit! Überraschung dabei, dass auch noch drei Personen mitkommen werden (wurde bei Bestellung nicht angesagt!). Und dann noch geizig mit Trinkgeld! – Man hat auch mal Fahrgäste, die helfen! Zum Beispiel Schlosser, die einem erzählen, dass ein Radlager hinten kaputt ist.

Nachtschicht: Einer ist betrunken, kotzt aus der Tür – Zwei Rocker voll wie Kuddel-Daddel-Du, wissen aber immerhin welcher Tag ist! Festpreisvereinbarung für hin und zurück, Kumpel abholen. Der ist noch schlimmer, weil sehr aggressiv. Ich bin froh, dass ich das Geld habe und haue ab – Rückfahrt ohne Fahrgast – Orientalischer Fahrgast auf dem Weg zum Taxi verstorben. Wiederbelebung nach Anweisung vom Notarzt. Erfolg! Überlebt? – Türken mit viel Geschrei! – Ein Mädchen ist betrunken. Redet mit Leuten, die nicht da sind. *Hase Harvey* dabei?! Dann hat sie kein Geld. Weiter zur Bank. Karte geht nicht. Ihr Ausweis ist auch abgelaufen. Fragt nach den nicht vorhandenen Freunden. Ruft Freundin an, die sie tatsächlich abholt und für sie bezahlt – Die ganze Nacht läuft schlecht! Immer am falschen Halteplatz aufgestellt – Eine Straße nicht gefunden – Langes warten, dann nur 6,50-Euro-Tour, dann wieder warten – Fahrzeugbericht: Am Taxi sind Navigation und TV defekt.

Ein neuer Tag, Fahrzeugbericht: Das Taxi ist auch kaputt. Erst die Bremsen, dann läuft noch Öl raus. In der Werkstatt ist gerade Pause. Dauert noch mindestens eine Stunde. Völlig umsonst gewartet! – Eine Frau und ihr Fahrrad transportiert. Sie hat ein Kind. Nachdem ich das Alter wusste *(von der Frau)*, zum Spazierengehen eingeladen – Eheprobleme im Taxi diskutiert: »Essen gehen oder nicht?« Der Mann schläft auf dem Sofa, weil Frau morgens zur Arbeit muss. Die beiden kommen gerade von einer goldenen Hochzeit.

Manche Tage ... Eine Krankenfahrt, bei der die Frau das Geld für den Eigenanteil nicht dabeihat: *Wenn Fahrgäste einen Taxi-Beförderungsschein von ihrem Arzt oder Krankenhaus bekommen, zahlt die Krankenkasse die Fahrt. Manche Patienten müssen einen Eigenanteil bezahlen* – Fahrzeugbericht: Zuerst abgefahrenen Reifen, dann müssen die Bremsen erneuert werden. Danach Funk aufgehängt – Und jetzt auch noch einen platten Reifen – Und weiter geht's mit den Pannen: Das Taxi für die Nachtschicht wurde doppelt besetzt.

Ehrlich? Sinnvoll? 10,40 Euro, mit 50-Euro-Schein bezahlt: »Stimmt so!« Wirklich?! Antwort: »Nein!« – Das gleiche später nochmal mit 20-Euro-Schein! – Unglaublich: Fahrgast vom Roten-Kreuz-Krankenhaus abholen, der kann kaum stehen! Kommt alleine nicht ins Auto! Er ist zu Hause allein! Habe mich geweigert den mitzunehmen! Die wollten den aber unbedingt loswerden! Da stimmt was nicht! – Fahrzeugbericht: Service für Inspektion überzogen. Digitax *(Auftraggebegerät)* zweimal aufgehängt. Zum Chef damit. Der kann auch nichts machen. Das Digitax hängt sich immer wieder auf – Getriebewandler defekt – Über eine Stunde vertan – Dann nur Flaute – »Schöner Samstag!« *(Ironie-Modus aus!)* – Ich sauer: Chef auch! – Jetzt kotzt noch einer ins Auto und ich habe keine Papiertuchrolle an Bord!

Frau um zwanzig Uhr schon besoffen. Sie weiß nicht genau, wo die nächste Kneipe ist, und findet dann kein Geld in ihren Taschen. Klappt dann aber doch noch – Anders eine Lehrerin nach Rade, mit netter Unterhaltung – Zechpreller. Eigentlich schon vorher gewusst, durch dummes Gequatsche herausgehört. Nur sieben Euro eingenommen. Nur keinen Stress!

Manche Tage stimmen einfach! Nette Fahrgäste, gute Trinkgelder und Einnahmen! – Und dann gibt es noch »die Fahrgäste«, die einfach so an der Ampel in ein schon besetztes Taxi steigen. Dann tun sie so, als ob sie nichts verstehen, und wollen einfach mitfahren. Bloß dumm gelaufen, wenn einer der offiziellen Fahrgäste ein paar Brocken in deren Landessprache spricht! Also, schnell an der nächsten Ampel wieder raus, (das nennt man wohl Taxihiking!).

Vatertag: Bollerwagen wegbringen und zurück zum Saufen. Vierzig Euro Einnahme – Von »*Grothenn's*« zum Bayernzelt, nur um festzustellen, dass dort Feierabend ist. Dann will der Fahrgast nur noch ins Bett, weil einem doch schon schlecht ist – Mann und Frau können sich nicht einigen: Kneipe oder Bett? Also, doch erst Essen! Aber alles ist schon geschlossen. Dann, Mann in die Kneipe, Frau ins Bett.

Toller Tag: Drei Fehltouren – Zwei Adressen nicht auf Anhieb gefunden – Das Taxi wurde dann auch noch vollgekotzt – Dann kam Cindy (Name geändert), vollkommen betrunken und will nur zur nächsten Kneipe. Viel Verstand war da bei der nicht mehr! – Fahrzeugbericht: Das Taxi war bei Schichtbeginn total vermüllt – Nicht betankt. Jetzt zum wiederholten, vierten oder fünften Mal, war die Taxe nicht betankt – Es reicht!

Tagschicht in der Woche: Touren für 5,10 Euro und genau Wechselgeld rausgeben lassen – Fahrradklau(?), ich werde unsicher: Opa kann kaum laufen und kriegt das Schloss von seinem Fahrrad angeblich nicht auf. Fahrrad mit Kettenschaltung und zehn Gänge! Opa einladen, Fahrrad einladen. Wahrscheinlich habe ich jetzt irgendwem ein Fahrrad geklaut? – Frau mit einigen Defiziten meckert nur rum, ist unbeweglich, Wohnung nicht behindertengerecht, alles kostet so viel Geld … und … und … und … *Dumme Kuh*, denke ich, *dabei muss sie selbst am wenigsten zuzahlen.*

Das war sozusagen »Life« aus dem Fahrertagebuch einer Tag- und Nachtschicht geschaltet! Und, wie in allen Jobs, gibt es auch hier »Gute Zeiten/Schlechte Zeiten«!

Ein Aushilfsfahrer berichtet …

von Peter MC Guyver!«

(Es ist gut für jeden Betrieb mindestens einen »Mc Guyver« zu haben!)

Schichtbeginn: Die erste Abholung einer Dame von der Krankengymnastik. Sie kann sich kaum gerade halten und braucht sehr viel Unterstützung, um in das Taxi zu kommen, und zu Hause wieder heraus. Sie wohnt im ersten Stock, ich bringe sie hoch. *Altwerden ist kein Ponyhof.*

Abholung einer Dame von einer anderen Krankengymnastik. Diese Dame ist schon viel fitter und kann sich besser, dank Rollator, bewegen. Es werden noch weitere Einkaufsadressen angefahren. Letzte Tour dieser Dame vom Friseur, dann braucht sie erst mal kein Taxi mehr. Sie trägt eine helle Weste und poppige rote Schuhe. Sie kann jetzt wieder richtig gut gehen, dazu hat sie jetzt noch einen frechen Kurzhaarschnitt und ist geistig sehr fit! Gut, dass man solche Heilerfolge im Leben eines Menschen auch einmal miterleben kann!

Feierabend: Da ich immer an der gleichen Stelle mit meinem Privatwagen parke, ist er einem Geschäftsinhaber, in der Straße aufgefallen. *Der Wagen ist ein De Lorian: So ein Wagen spielt die Hauptrolle im Film »Zurück in die Zukunft«.* Der Geschäftsmann hatte früher ein großes Autohaus. Jetzt handelt er mit Oldtimern und Antiquitäten. So macht man interessante Bekanntschaften durch Zufall!

Es sind Expresspakete für ein Paketunternehmen auszuliefern, da helfen wir manchmal aus. Eines davon ist ein 50-Liter-Behälter mit einer Flüssigkeit, die in die Nähe von Papenburg geliefert werden muss. Schon werden die Straßen immer ländlicher. Irgendwann an einem Wäldchen stehen Fachwerkhäuser. Neben einem Eingang steht eine Figur, ein großer drei-dimensionaler Indianer mit Friedenspfeife. Der Chef kam aus dem Haus. Auf die Frage, was denn hier so hergestellt werden würde, mit der Flüssigkeit, die ich dort angeliefert habe, weil ich so nichts damit anfangen konnte, erklärte mir der Mann höflich, dass hier die berühmten E-Zigaretten herkommen. Okay! Immer wenn ich jetzt eine E-Zigarette in Gebrauch sehe, habe ich das Bild von dem einsamen Indianer im Wald vor mir.

Wieder in der Heimat angekommen, fahre ich zur Blutbank. Ein Mitarbeiter hat Pause und raucht diese E-Zigarette. Ich erzähle ihm von der Begegnung mit »dem Indianer«.

Jeden dritten Tag fahre ich an einem Geschäft vorbei, bei dem vor der Tür genauso ein Indianer mit anderen Figuren steht. Witzig, das ist mir früher nie aufgefallen!

Paketfahrt nach Oldenburg. Bei Auslieferung eines Paketes konnte ich kurz eine Fabrik inspizieren. Zufällig entdeckte ich hier zwei Stummelankerenden und mehrere gebrauchte Steckdosen zur Herstellung von Schnellspannverschlüssen. Diese Dinge brauche ich für meine Basteleien. In Bremen war ich nicht fündig geworden. Was für ein Zufall!

Geländefahrt von einem Krankenhaus, von der Blutbank aus. Die Konserve ist »Eilig!«, zur Notaufnahme ins Haupthaus. OK! Rote Weisungsleuchte eingeschaltet und gelbe Warnweste angezogen. Bei der Notaufnahme erlaube ich mir einen Scherz und frage:

»Wer hat den Helikopter bestellt?«

Zwei Schwestern bekommen einen Riesenschreck und wussten von nichts. Das klärte ich sofort auf, dass ich nur die Blutbank liefere, was große Erleichterung brachte. Beide lachten und meinten:

»Machen Sie doch nicht sowas!« Wir prusteten alle los.

Eine Essensauslieferung in Bremen. Es geht nach Oslebshausen. Als Trinkgeld gibt es immer eine Frikadelle zur Wegzehrung. Zuerst etwas skeptisch. Dann biss ich herzhaft hinein und war angenehm überrascht. Die Frikadelle war bissfest, nicht zu hart und für eine kalte Frikadelle angenehm würzig! Nicht schlecht! Werde ich mir wohl öfter holen!

Das sind die angenehmsten Seiten von Botenfahrten! Und bei so kargem Lohn nehmen wir gern auch Tauschware als Trinkgeld! Leider gibt es diese Frikadellen inzwischen nicht mehr: Der Laden wurde von jemand anderem übernommen. DER kann diese Frikadellen nicht so herstellen! Schade!

Manchmal fahre ich auch Kinder zum Hort oder zur Schule. Lissie (Name geändert), sechs Jahre alt, fragt, ob ich Schokolade liebe?! Ansonsten sagt sie im Allgemeinen nicht viel. Aber leider hatte ich keine Schokolade dabei.

Ein paar Tage später hatte ich Lissie wieder im Taxi. Sie fragte wieder nach Süßigkeiten. Und da begannen ihre Augen zu strahlen, als ich Schokolade und Gummibärchen dabeihatte und sie beherzt zugreifen konnte. Von da an redete sie wie ein Wasserfall … was Gummibärchen alles können …

Wieder fahre ich für den Paketdienst nach Papenburg. Straße suchen, Nummer finden, klingeln, keiner da. Auf der anderen Straßenseite mäht ein Gärtner die Wiese vor einem Fabrikgebäude. Zufällig ist das auch der Paketbesitzer! Wir unterhalten uns einen Moment. Es ist eine alte, stillgelegte Zündholzfabrik. Jetzt ist es eine Druckerei. Aber die Geräte und Hallen sind noch im Originalzustand erhalten geblieben. Falls ich einmal wiederkomme, mit mehr Zeit, dann will der ältere Herr mich gern durch die Fabrik führen. Nettes Angebot! Danke schön! Interessante Menschen kann man überall treffen …

Wieder bekomme ich eine Paketauslieferung nach Oldenburg, an eine Firma zur Herstellung technischer Artikel. Im Eingangsbereich steht eine lebensgroße Figur auf der sämtliche Lymphbahnen und Akkupunkturpunkte zu sehen sind. Auf meine Frage, warum diese Figur denn dort steht, wusste keiner eine Antwort. Der Chef war leider außer Haus. Das muss ich mit dem Chef irgendwann noch mal klären!

Auslieferung Botentour von einer wichtigen CD an eine Baufirma. Im Eingangsbereich steht diesmal eine große Vitrine mit zehn Sextanten. Wieder wusste keiner der Mitarbeiter, warum die Sextanten dort ausgestellt sind. *Bei* Sextanten *handelt es sich hier nicht um eine Modeschau mit Sex-Tanten, ein Sextant ist ein Navigiergerät für Seefahrer*, auch hier war der Chef außer Haus! Und auch das muss ich einmal bei Gelegenheit klären, sowas ist interessant!

Heute lautet mein Auftrag, eine Kiste auf einer Palette nach Cuxhaven zu einem Schiff zu bringen. Dafür musste ich zwei Sitze hinten aus dem Auto ausbauen. Schon passte die Kiste in den Kombi *(Benz natürlich!)*. Das Ziel programmiere ich auf zwei Navigationsgeräte, weil es unterschiedliche Fahranweisungen gibt. Beim Flugnavigator habe ich den kompletten Überblick der Fahrt und kann die beste Strecke beurteilen, was auch für einen eventuellen Backtrack (Problemlösung) wichtig ist.

Die Fahrt verläuft normal. Zwischendurch rufe ich den Techniker des Schiffes an, und gebe ihm die Mitteilung, wann meine ungefähre Ankunft zu erwarten ist. Ankunftsschwierigkeiten ergeben sich nur, weil es in Hafengebieten immer sehr schwierig ist, die Straßennamen und Hausnummern, beziehungsweise Gebäude zuzuordnen. Ich finde aber den richtigen Kai und komme am Marinehafen beim Schlagbaum an. Dort stand auch schon der Techniker, der auf das Ersatzteil wartete, um das sofort zu übernehmen. Meine Bitte, mit zum Schiff zu dürfen, weil dazu selten Gelegenheit ist, wurde bejaht. Vorschriftsmäßig wurde Personalausweis und Kennzeichen notiert und kontrolliert, dann hob sich der Schlagbaum, ich konnte durchfahren. Nachdem ich den Techniker mit an »mein Bord« (das Taxi) genommen habe, fahren wir zum Schiff.

Als wir am Schiff ankommen und die Palette ausgeladen haben, war endlich Zeit das Schiff anzusehen. Daneben kam ich mir vor, wie Däumling. Dieses riesige, graue Marineschiff, genau wie daneben das gleiche Schiff. Der Techniker und ich gehen die ellenlange Treppe zum Schiff hoch und kommen in den Funkraum, wo zwei Marineoffiziere in Uniform warten. Neugierig wie ich bin, frage ich, ob ein spontaner Funkverkehr mit mir und dem Funkraum möglich ist, was die netten Marinesoldaten freudig erlaubten. Nachdem die Frequenz abgesprochen ist, eile ich zurück zum Auto, mein Funker-Herz schlägt höher! Nachdem die Frequenz eingestellt ist, kann es losgehen:

»Skaggen-seven-nine Marineschiff 123* *(Namen/Zahlen geändert)*, moin, moin!«

Antwort vom Schiff:

»Skaggen-seven-nine von Marineschiff 123 moin, go ahead.«

»Skaggen 79, radio check, how do you read?«

»Marine 123, read you five, sehr gute Verständigung! Gute Heimreise!«

»Skaggen 79, danke, read you five, gute Reise auch Ihnen auf See und tschüss!«

Eine abenteuerliche Erfahrung mehr, wann kann man schon Arbeit mit Hobby verbinden? Das war sozusagen eine Unterhaltung zwischen einem kleinen Taxi und einem riesigen Schiff, hat man auch nicht jeden Tag! Wunschgemäß der Marine war die Heimreise in Ordnung und ich um eine glückliche Erfahrung reicher!

Epilog

So, verehrte Fahrgäste, hier ist unsere gemeinsame Taxifahrt beendet. Wir sind am Zielort angelangt *(hoffe ich)*. Jetzt wissen Sie, warum wir Taxifahrer manchmal schweigen, nicht aussteigen, kein Trinkgeld wollen oder erst recht auf das Trinkgeld nicht verzichten können, warum heute nicht das Taxi kommt, was Sie sonst immer abgeholt hat, oder der Fahrer einmal einen anderen Weg fährt als gewohnt, oder warum der Fahrer einen Fahrgast nicht mitnimmt. Sie wissen nun, dass man uns auch Fragen stellen kann, und der Fahrer normalerweise keiner Antwort schuldig bleibt. Wenn Sie Ihren Kollegen gegenüber am Schreibtisch angucken, dann sehen Sie vielleicht schon den Taxifahrer der Zukunft: Niemand weiß im Voraus, wo ihn das Meer des Lebens so hinspült und das ist auch gut so! Es gibt übrigens in Bremen Taxifahrer, die in ihrer Freizeit Beamte sind. *Oder war das jetzt andersrum?*

Aber Sie haben auch gelernt, dass Taxifahrer ein ganz normaler Beruf ist, wie Tausende andere Berufe in der Dienstleistung auch. Das gilt besonders für die Fahrgäste, die uns von oben herab behandeln und anscheinend nicht wissen, dass die Sklaverei Anfang des 18. Jahrhunderts aufgehoben wurde, zumindest in Europa. Wobei ich denke, dass diejenigen die uns so behandeln, zur damaligen Zeit unter uns gedient hätten. Es ist immer ein Geben und Nehmen! Aber erfreulicherweise sind die meisten Fahrgäste wirklich Könige *(der Kaisertitel ist schon an diejenigen vergeben, denen die Taxis gehören!).* Den Fahrgästen, Auftraggebern, Botenguten, Tieren und Gepäckstücken danken wir auf diesem Wege auch, denn sie alle haben dazu beigetragen, dass es schon ganz lange diesen ehrenwerten Beruf gibt.

Denn angefangen hat es wohl damit, dass ein Kasten erfunden wurde, den zwei Menschen getragen haben, mit meistens einer Person in dem Kasten (Sänfte), damit diese, trockenen Fußes von »A nach B« kommt. Findige Tüftler haben sich dann überlegt, dass man bestimmt auch mehrere Personen in diesem Kasten transportieren kann, wenn man Pferde davorsetzt und Räder an den Kasten baut.

Das englische Wort für Kutsche, ist übrigens »Cab«! Und wie der Mensch so ist, hat das dann sein Nachbar gesehen und wollte auch so eine »Cab« haben.

Weil Kutschen fast nur bei gutem Wetter fahren konnten, es gab derzeit nur wenige befestigte Straßen, und diese auch nicht wirklich schnell waren (höchstens sechs bis acht Pferde-Stärken), hat sich ein noch größerer Erfinder Gedanken gemacht, wie man wohl noch besser vom Fleck kommt. Weil mit dieser Erfindung am Anfang aber nur einer fahren konnte, war das immer noch nicht der Erfindung letzter Schluss. Also hat man weiter geforscht und getüftelt, wie man bequem, vorfahren könnte.

Es fanden sich auch gleich zwei Freunde, nennen wir sie Carl Friedrich Benz und Gottlieb Daimler, die ein Vehikel bauten, was schon ganz beachtlich für die Zwecke geeignet war. Nur, liebe Fahrgäste, wie es im Leben so ist, trauten diese beiden Tüftler dem eigenen Vehikel nicht. Sie waren skeptisch, dass dieses Fahrzeug überhaupt von den Leuten angenommen werden würde. Natürlich setzte sich die Frau des Hauses einfach auf den Sitz, war neugierig, was das wohl für Hebel und Knöpfe waren, was passiert, wenn man daran zieht, oder drückt und das Pedal tritt, und siehe da, sie fuhr das erste Auto! So hat sie einfach ihre erste Spritztour mit diesem neuerfundenen Vehikel gefahren.

Dank eines Freundes des Hauses, der Apotheker war und ihr den nötigen Sprit gebraut hat, war nun das erste Auto vollends erfunden! Danke nochmals, an Berta Bentz, dass sie so viel Mut bewiesen hat!

Weil auch schon damals die Menschen immer höher und schneller hinauswollten, probierte man zu fliegen, was aber auch noch ein paar Jahrzehnte dauerte, bis das einigermaßen unfallfrei klappte. Noch viel weiter voraus in der Zeit, konnten einige, wenige, noch »apparieren« (gemeint sind die Hexen und Zauberer, die mit einem »Husch« von einem Fleck zum anderen kamen), aber die wenigen, die das beherrschten, wurden auch nicht wirklich für voll genommen, bis endlich Carl Friedrich Benz geboren war und dazu auch noch erfinderisch begabt.

Berta Benz (natürlich eine Frau!) glaubte doch an ihren guten Gatten, den Erfinder Carli und hat damit der Welt gezeigt, dass man sich sehr wohl schneller fortbewegen kann. Und dann war der Fortschritt nicht mehr aufzuhalten und wir Taxifahrer mussten nicht mehr in Wind und Wetter, wie der Erlkönig seinen Sohn, durch die Lande bringen. Es wurde bequem für uns. Diese geniale Erfindung des Autos haben dann natürlich irgendwelche Neider kopiert und mit anderen Logos versehen, so sind dann die unterschiedlichsten Auto-Marken entstanden. Aber alles, verehrte Fahrgäste, mit dem einen Gedanken: Wir wollen Sie sicher und bequem an Ihr Ziel bringen! Danke für das Lesen bis zum Schluss, wir sehen uns bei der nächsten Fahrt, wenn es wieder heißt: »Darf ich vorne sitzen?!«

ENDE

Danksagungen

Großer Dank geht an die Menschen, die an mich geglaubt haben und das in mir gesehen haben, was ich bin. Die mir, egal ob mit Zuckerbrot oder Peitsche, oder beidem, den Weg geebnet haben, damit ich dieses Buch fertigstellen konnte. Auf dem Weg habe ich viele interessante, nette, gutartige und liebe Menschen kennengelernt. Aber auch böse Menschen, Zweifler, Neider und Pessimisten. Sie alle haben dazu beigetragen, dass diese Geschichten »rund« werden.

Ein ganz großer Dank gilt meiner neuen Familie! Besonders meinem Ehemann Reiner, der mir Mut gegeben hat weiterzumachen. Meinem Sohn, der Verständnis hatte, dass Mama auch mal Zeit für sich brauchte. An seine Freundinnen und Freunde: Wir freuen uns auf das nächste große Essen am gemeinsamen Tisch! An Marie und Lana: Wir sind stolz auf Euch: Weiter so! An meine Freundinnen und Freunde, die mit so manchem Kaffee, oder Rotwein, Selbstgebackenem oder leckeren Desserts, oder ihren selbstgemachten Snacks zur rechten Zeit neuen Antrieb geschaffen haben. Die Waldspaziergänge mit Hunden, zur Entspannung und zum Durchatmen bleiben unvergesslich! Danke, Sandra!

Danke, den Kollegen, durch die ich so manche Geschichte erst erleben durfte, auch mit ihnen gemeinsam, und die mir immer wieder Bestätigung zum Durchhalten gegeben haben. Danke, an die Kollegen, die sich mit ihren Geschichten an dem Buch beteiligt haben!

Danke, den Chefs, die auch zum Gelingen der Geschichten beigetragen haben, einfach durch deren Eigenarten, wie: Alles für Selbsterklärend zu halten, oder zu kündigen, *weil ER das so will!* Derlei Erfahrungen hatte ich noch nicht, haben aber dazu beigetragen, dass ich auf eigenen Rädern fahren konnte!

Ein »Danke« geht auch an die Taxizentrale, die mehr durch Unterlassen als helfen, mir völlig neue Erfahrungen gegeben hat, so hatte ich ein gutes Training, dass man auch allein zum Ziel kommt.

Zu guter Letzt danke ich den Menschen, die hauptsächlich dazu beigetragen haben, dass ich das bin, was ich bin: Meine Mutter, die mir außer Liebe und Wissen deren Schreibtalent mitgegeben hat! Und meinen Großeltern, die mir durch ihre weitsichtige und ruhige Art den richtigen Schliff im Umgang mit Menschen gegeben haben! »Dat schüttelt sich allens trecht, min Deern!« »Wees nisch muksch' des trefft's sisch zweeehmal, un' denn machst ne' fertisch! Nu!« Danke Euch: Wir sehen uns irgendwann wieder!

Noch ein E N D E !

Natürlich sind Ähnlichkeiten oder lebende Orte mit toten Personen oder geizigen Apothekern gewollt (oder doch nicht?!?), damit Nebenwirkungen keine rechtlichen Konsequenzen gegen mitwirkende Personen haben und Rechte von kopierten oder Originellen, nicht mit anerkannten Gesetzen in Konfliktlösungen enden … oder wie war das jetzt genau?! Kann mir da mal Einer helfen!!!

Eine kurze Anmerkung zum Gendern: Entschuldigung, falls das alles nicht Gender-Formal geschrieben wurde! Aber als das Buch entstand, ahnte noch keiner, dass es so eine Reform überhaupt einmal geben wird: Die Menschen haben bis dahin ganz einfach die Grammatik und das (gute) Deutsch fleißig gelernt, wie schon deren Vorfahren, und die von deren Vorfahren, so geht das nun schon seit Entdeckung der Lautäußerungen weiter. Zu der Zeit hat auch noch jeder, Jeden verstanden und ist auch mit dem Text irgendwann einmal zum Punkt gekommen! Sorry, so much! Vielmals Entschuldigung! *Das Denglisch ist auch so eine Sache!*

E N D E ... Wirklich!

Vita

Christiane Bode wurde 1963 als Tochter einer Sekretärin geboren. Die Begabung der Mutter hat sie schon früh lesen und schreiben lernen lassen. In der Schule, die sie mit mittlerer Reife abgeschlossen hat, war sie immer in Schreib- und Vorlesewettbewerben in den vorderen Rängen dabei. Ihre Ausbildung als erfolgreiche Kauffrau haben ihr weitere Geschichten und Ideen gebracht. Ihre zwei Kinder (31 + 34 Jahre alt) hatten in der Schule den Vorteil, dass Mama immer deren Referate und Aufsätze »durchgesehen« hat. Nach einer geschiedenen Ehe, in der außer vielen Leserbriefen auch Kurzgeschichten veröffentlicht wurden, begann sie einen Neuanfang in Bremen, zuerst als Taxifahrerin, dann machte sie sich Selbstständig in der Begleitung für Senioren und Menschen mit Defiziten. Leider hat eine verpatzte OP sie beruflich »ausgebremst«, sodass sie die Selbstständigkeit aufgeben musste. Jetzt nimmt sie sich mehr Zeit zum Schreiben und hat ihr zweites Buch fertig. Weitere Kurzgeschichten wurden veröffentlicht, unter anderem von der Frankfurter Bibliothek, und dem August von Goethe Literaturverlag. An weiteren Texten, auch für Kinder und in Plattdeutsch wird gearbeitet.

Folgende Texte wurden bisher veröffentlicht:

Frankf. Bibliothek: Jahrbuch für neue Gedichte, 2024: »Weihnachten Digital«, ISBN: 1613-8386

August von Goethe Literaturverlag: Geschichten unterm Weihnachtsbaum 2024: »Der Osterhase, der ein Weihnachtshase sein wollte«, ISBN: 978-3-8372-2890-8

Kulturforum Borgfeld: Tatort Borgfeld (Borgfeld Krimis): »Salzgebäck«, ISBN: 978-3-949116-02-5

Geest-Verlag: Sei Mensch, hab Herz: »Die alte Uhr in der Diele«, oder »5 vor 12«, ISBN: 978-3-86685-864-0

Geest-Verlag: Ein Lesebuch f. d. Wesermarsch: »Tarak, eine Hundeliebe«, ISBN: 978-3-86685-573-3

BoD-Verlag: Ein Familienkrimi: »Rache ist logisch, es liegt in den Genen«, ISBN: 978-3-7693-2352-8

Wie dieses Buch entstanden ist

Irgendwann, während eines kalten Wintertages, als ich mit dem Taxi auf dem Weg nach Hause war, gleich würde ich in meine Wohnung kommen, wo mich niemand mehr erwartete, hatte ich vor, die im Taxi erlebten Geschichten aufzuschreiben.

Meine Scheidung war seit einem Jahr durch. Einen Freund hatte ich nicht, wollte ich auch nicht! Nach zwanzig Jahren erfolgloser Ehe und verlorener großer Liebe, was zwei verschiedene Kapitel sind, hatte ich die Nase gestrichen voll von Männern: Die sollten doch bleiben, wo der Pfeffer wächst! Ich hatte meine Kinder und mein Taxi, was wollte ich mehr! Und wo sollte ich denn jemand kennenlernen?! Die Fahrgäste stiegen doch immer wieder aus. Die Kollegen?! Na ja, sind auch nette drunter, aber das bringt immer Unruhe in den Betrieb, weil andere Kollegen dann neidisch sind und denken, da werden Fahrten untereinander getauscht. Ein Freund von diesen Zappelbuden (Discos) bin ich schon lange nicht mehr! Dort trifft man sich am Wochenende, meistens unter Alkohol und oder Drogeneinfluss, zeigt sowieso nur sein Sonntagsgesicht, daher waren meine Erfahrungen auch hier nicht die besten! Also blieb ich lieber allein!

Davon abgesehen gingen meine Beziehungen sowieso immer schief, da brauchte ich gar nicht weiter herumprobieren, das spart Energie und weitere Enttäuschungen!

Außerdem war nach meiner Krebserkrankung ohnehin klar, dass niemand mehr eine Frau nimmt, die so eine arge Krankenvorgeschichte hinter sich hat und Narben bei sich! Gerade an den für einen Mann oft so wichtigen Stellen! Und so hatte ich mich auf ein Leben mit dem Taxi und mir arrangiert.

Im Laufe des Buches werden Sie lesen, dass die meisten Taxifahrer geschieden sind. Entweder sind sie es schon, wenn sie mit dem Taxifahren anfangen, oder sie lassen sich gerade scheiden, weil sie schon viel zu lange Taxi fahren. Denn eigentlich kann man neben dem Taxifahren keine andere Liebe haben! Der Beruf nimmt die ganze Aufmerksamkeit in Anspruch. Sei es, weil man doch noch die ein- oder andere Tour fährt, obwohl man schon längst Feierabend hätte, oder weil die Quote einmal wieder nicht stimmte. Vielleicht ist man wieder einmal eben eingesprungen für einen Kollegen, obwohl eigentlich der freie Tag war. Oder man hat sich gerade mit seinem Partner gestritten und lässt sich jetzt aus Trotz für die nächsten Tage, auch noch für weitere Schichten eintragen, um einen freien Kopf zu kriegen und Abstand zu dem Problem – oder besser gesagt – zu dem Partner zu haben.

Wenn man doch tatsächlich einmal Urlaub hat und verreist, guckt man natürlich auch nach anderen Taxis. Man kommt immer ins Gespräch mit anderen Taxifahrern aus anderen Städten und Ländern. Und gerade, wenn *alte* Taxler zusammenkommen, dann ist der Tag, den man eigentlich am Strand verbringen wollte, schnell vergessen, beim Fachsimpeln und Taxigeschichten erzählen. Das Taxifahren ist eine Art Hassliebe: Man liebt den Beruf, wenn nicht, sollte man kein Taxi fahren! Was aber ja eigentlich für viele Berufe gilt!

Gleichzeitig hasst man genau das, was das Taxifahren ausmacht: Man kann oft nicht pünktlich Feierabend machen, weil eben noch die ein- oder andere Tour gefahren werden muss. Weil *JETZT* der Fahrgast am Bahnhof steht und zu wenig Taxis draußen sind. Weil *JETZT* die Blutbank am Krankenhaus dringende Fahraufträge zu vergeben hat, auch wenn es dabei nicht immer um ein Menschenleben geht, trotzdem sind diese Fahrten wichtig! Und weil diese Fahrten, oft wegen

Unkenntnis vom Ablauf her, nicht von allen Taxifahrern angenommen werden *(diese Fahrten sind Rechnungsfahrten und man kann nicht sofort Geld kassieren, erst nach einem hohen Verwaltungsaufwand und oft Wochen später, bekommt man sein Geld vom Zahlungsträger. Aber das steht alles in dem Buch).* Oder weil man *JETZT* noch eine wichtige Botentour angenommen hat, die weiter raus aus Bremen ist und natürlich steht man im Stau! Wenn so etwas der Partner nicht versteht, dann ist die Scheidung vorprogrammiert, ähnlich wie in vielen anderen Berufen, mit Schichtdiensten, langen Trennungen oder anstrengenden Arbeitszeiten.

Gerade heute hatte ich ein interessantes Gespräch mit einer Dame gehabt, die einmal Deutschlehrerin war. Sie meinte, dass wir Taxifahrer doch sicher viele Geschichte erleben. Geantwortet habe ich ihr:

»Wir könnten alle ein Buch schreiben!«

Wir scherzten noch darüber. Und die Dame fragte, ob Bremen wohl schon ein Buch über das Taxifahren hat? Jetzt war meine Neugierde geweckt. Ich kam also nach Hause und googelte erst einmal unter *Taxibücher*. Ach du je, so viele Bücher über Taxis gab es doch schon! Da würde meines bestimmt nicht nötig sein. Die Idee ließ mich aber nicht mehr los. Schließlich hatte ich schon immer gern geschrieben! In der Schule hatte ich immer Einsen in Schulaufsätzen. Während die meisten Mitschüler mit *einer* DIN-A4-Seite auskamen, egal über welches Thema, hatte ich mitunter auch schon fünf Seiten vollgeschrieben.

Wenn ich die Referate für meine Kinder für deren Schule geschrieben habe, *»kommen mir die Buchstaben einfach so aus den Fingern auf die Tastatur«*, wie mein Sohn einmal bemerkte, als ich ihm zwei Tage vor Abgabetermin ein Referat über die

Römer auf das Papier zauberte und damit seine Geschichtszensur rettete. Der Lehrer hat natürlich *das Schummeln* bemerkt und unter die Zensur den Kommentar geschrieben: »Die 2 in der Arbeit hat Deine Mutter verdient, Du solltest am Satzbau arbeiten, keine Schachtelsätze!« Meine Gene!

Warum also nicht?! Also setzte ich mich hin und begann dieses Buch zu schreiben. Hunderte Male habe ich es wieder und wieder gelesen, korrigiert, geändert, neu zugefügt, wieder umgeschrieben. So langsam nahm es Gestalt an. Die ersten fünfzig Seiten waren schnell zusammen. Aber irgendwie war ich noch nicht zufrieden. Also fragte ich meine Kollegen, *jetzt sind die Kollegen aus dem gleichen Taxibetrieb gemeint,* ob sie Interesse hätten, an der Gestaltung eines Buches mitzuwirken. Schließlich waren da erfahrenere Kollegen darunter, die schon einige Kilometer und Fahrgäste mehr gefahren hatten als ich. Es meldeten sich einige wenige. Damit konnte man aber durchaus schon etwas anfangen. Am Ende meines Buches lesen Sie deren Geschichten.

Inzwischen sind auch schon mehr als drei Jahre vergangen. Leider hat mich meine Krankheit doch etwas zurückgeworfen. Am Anfang dachte ich, diese Krankheit ist schneller als ich, das Buch würde ich wohl nicht mehr zu Ende schreiben können! Denn während ich krankgeschrieben war, war es mir manchmal unmöglich über das Taxifahren zu schreiben: Es war wie Heimweh, ich wurde traurig, dass ich nicht mehr dabei sein konnte in dieser Zeit. Genau *DAS* hat mir aber auch den Mut gegeben zu kämpfen, und nicht den Kopf in den Sand zu stecken, denn eines Tages wollte ich wieder Taxi fahren! Und außerdem war mein Buch noch nicht fertig, also ein Grund mehr dieses *Alien* endlich als geheilt anzuerkennen! So verging noch fast ein Jahr.

Nun war ich fertig geworden mit meinem Buch und versuchte den richtigen Verlag zu finden. Gar nicht so einfach! Bei einigen Verlagen sollte man erst einmal viel Geld auf den Tisch legen, damit die überhaupt anfangen zu drucken. Da ich auch keine Großverdienerin bin, kam das nicht in Frage! So legte ich das ganze Vorhaben erst einmal auf Eis.

Wenn ich ganz schlecht drauf war, wollte ich das Ganze auch einfach löschen! Was sollte das?! Wer würde sich denn für so etwas interessieren?! Nicht einmal die eigenen Kollegen hatten sich interessiert, abgesehen von einigen wenigen. Außerdem hatte ich immer noch keinen Verlag gefunden! Und meine Mutter, die eigentlich meine Korrekturleserin sein sollte, war gerade an Krebs gestorben. Die Hoffnung, dass dieses Buch einmal im Laden auf dem Tisch liegen würde, war dahin, mein Mut auch!

Dann bekam ich eines schönen Sommertages eine überraschende SMS von einem Kollegen, den ich allerdings kaum kannte, weil er nur in der Nachtschicht am Wochenende fuhr:

»Wer hat Taxigeschichten erlebt, und Interesse diese in einem Buch zu veröffentlichen? Bitte melden bei … «

Geantwortet habe ich ihm *(weil ich es hasste, wenn man Nachrichten unbeantwortet lässt):*

»Geschichten habe ich schon, die kann ich Dir aber nicht geben, weil sie in meinem Buch stecken! Ich suche aber jemanden, der mein Buch Korrektur liest. Gruß … «

Und da war wieder das Schicksal im Spiel, was Menschen zusammenführt. Nebenbei bemerkt, bin ich überzeugte Atheistin, besonders seit dem Tod meiner Mutter, die nun wirklich den Tod nicht verdient hatte! Dafür glaube ich daran, dass es für Menschen einen vorherbestimmten Weg gibt, von Geburt an, den man nicht ändern kann, den man gehen muss.

Natürlich sind solche Themen im Taxi absolute Tabus: Religion, Politik, Sex und über gemeinsame Bekannte, besonders, wenn diejenigen nicht anwesend sind!

Aber wir sind abgeschweift, zurück zu meinem Kollegen, der noch Taxigeschichten sucht. Dass ich mich gemeldet habe, fand der Kollege sehr gut. War ich doch auch fast nur die Einzige, die ihm geantwortet hat. Jetzt hatte er die Idee, dass wir uns einmal zu einem Erfahrungsaustausch treffen, wobei ich dann auch gleich einen Teil von seinem Buch mitnehmen könnte, wenn ich das gern Korrekturlesen möchte. Sogar Verlage hatten schon Interesse bekundet, sein Buch zu drucken!

Dann schlug er eine Reihe von Cafés vor, wir haben uns für eines in der Innenstadt entschieden, weil es mittig zu unseren Wohnungen lag. Auch dieses Café würde noch eine Rolle in meinem weiteren Leben als Taxifahrerin spielen. War das also auch der Weg, den ich gehen musste? Wer weiß!

Bevor wir uns trafen, dachte ich: »*Mist, jetzt kommt mir tatsächlich einer zuvor.*« Dabei wollte ich doch die Erste in Bremen sein, die ein Buch über das Taxifahren schreibt. »*Na ja, du hast ein bisschen Zeit! Anhören kann man sich das ja mal!*«, dachte ich weiter. Dass inzwischen schon mehrere Bücher von Taxifahrern veröffentlich waren, hatte ich doch glatt einfach ignoriert. *Vielleicht verschwinden die auch wie durch einen Zaube*r. Das kann ich übrigens gut, etwas total ignorieren, wenn es mir so gar nicht in den Kram passt oder meine Energie raubt. »Nu, isse muksch«, würde Oma dann sagen!

So kam der Tag der Verabredung. Eigentlich hatte ich an dem Tag keine Lust mehr auf Treffen und wollte schon absagen, da ich momentan beruflich sehr angespannt war. Nach meiner Genesung machte ich ein Praktikum in einem Anwaltsbüro. Dabei wusste ich gar nicht richtig, ob ich wirklich wieder in eine andere berufliche Richtung umsteigen wollte, nämlich zurück ins Büro. Denn Taxifahren ist ein anstrengender Beruf! Manche denken vielleicht, man sitzt nur in einem Auto und wartet, dass man einen Fahrgast von »A nach B« fährt, und kassiert dann Geld. Oh nein! Zu den echten Taxifahrern gehört viel mehr, wie man nachlesen kann.

Das Wetter war sonnig, also stieg ich nun doch auf mein Fahrrad und fuhr zu der Verabredung ins Café. Der Kollege war noch nicht da. Zumindest keiner der ein blaues T-Shirt anhatte, wie er sich auf meinem Handy ankündigte. Wir kannten uns nur durch den Handykontakt und einem ganz kurzen Gespräch am Taxihalteplatz, was Wochen her war. Inzwischen waren hunderte Menschen durch mein Leben gelaufen. Jetzt erkannte ich niemanden, der aussah wie ein Taxifahrer. Oder anders gesagt: Es lief jeder zweite Mann an diesem sonnigen Tag mit türkisblauem T-Shirt herum, das war wohl bei Männern im Moment eine beliebte Farbe! Nun fragt man sich, wie denn Taxifahrer aussehen?! Also auf alle Fälle ganz anders als Busfahrer. Die erkennt man oft an den dunkelblauen Hosen und hellblauen Hemden. So unterscheiden sie sich auch von LKW-Fahrern. Denn die tragen im Sommer meistens Flip-Flops, Bermuda-Shorts und T-Shirts mit Werbeaufdrucken, meistens von amerikanischen Football-Vereinen. Damit unterscheiden sie sich wiederum von den Pizza-Fahrern. Die tragen unverkennbar Bomber-Jacken, mit dem Firmen-Logo auf dem Rücken gedruckt! Und Jogging-Hosen. Das steht fest! Und Taxifahrer sehen eben aus wie der Nachbar von uns, oder der Physik-Lehrer.

Also setzte ich mich hin und bestellte erst einmal einen Kaffee. Vielleicht war er noch aufgehalten worden. Unpünktlichkeit hasse ich, aber einem Taxifahrer war das Verziehen: Im Berufsleben *MUSSTE* man stets pünktlich sein, dann kann man die Zügel im Privatleben ruhig einmal ein wenig schleifen lassen. Irgendwie fand ich das Ganze jetzt auch lustig, es war fast wie ein Date. Wie viele Jahre war das denn her?! Ich grinste vor mich hin, über den völlig verrückten Gedanken. Ein blaues T-Shirt kam auf mich zu:

»Entschuldige die Verspätung! Aber ich habe mein Fahrrad dahinten abgeschlossen und am falschen Tisch gewartet!«

Ich schaute hoch, stand auf, begrüßte ihn und dachte: *»Dich kenn ich aber schon lange!«* Im Film würden jetzt rote Signalleuchten blinken, die Schotten und Gitter überall heruntergelassen werden und laute Alarmanlagen schrillen. Bei mir machte sich aber eine Ruhe breit, die ich schon so lange nicht mehr kannte. Denn immer, wenn ich diesen Satz dachte: *»Dich kenne ich schon lange!«*, dann war Gefahr in Verzug, weil ich auf dem besten Weg war, mich zu verlieben! *Ach du je! Das jetzt, mitten im Chaos meines neuen Lebens, wo ich noch gar nicht meine berufliche Situation geklärt hatte. Mit der geschiedenen Familie auch noch Gesprächsbedarf war und ich völlig unvorbereitet in diese Situation kam. Jetzt bloß aufpassen!*

Wir sprachen fast drei Stunden über Bücher, Menschen, Taxifahren, unsere Kinder, Gott und die Welt. Wir fühlten uns beide sauwohl! Dabei stellten wir fest, dass wir unendlich viel gemeinsam hatten, wobei die *Ungemeinsamkeiten* kaum auffielen. Das war in meiner vergangenen Ehe eher umgekehrt. Und heute kam er das erste Mal im Leben zu spät zur Taxischicht. Da war er penibel! Hoffentlich war das nicht mein Einfluss!

Lange Rede kurzer Unsinn: Nach ein paar Tagen, ein paar mehr Treffen und endlosen Dialogen stellten wir fest, dass wir unsere Bücher zusammenschreiben. Zusammendrucken. Zusammenverkaufen. Und zusammengezogen sind wir nach nur zehn Tagen Kennenlernzeit. Da war er fünfundsechzig Jahre alt und ich sechsundfünfzig. Wenn nicht jetzt wann dann?! Wir waren nicht mehr die Jüngsten, wer weiß, wieviel Zeit uns noch bleibt! Also hat er seine Sachen gepackt und ist zu mir gezogen.

Ihnen liebe Leser, wünschen wir viel Spaß und Kurzweil bei der Lektüre, genau so viel, wie wir beim Schreiben und Diskutieren hatten: Ob man dieses oder jenes ins Buch bringen sollte oder lieber weglassen, beim Löschen, wieder anfügen, neu löschen, doch schreiben und nochmaligem Korrekturlesen! Das Buch können Sie drehen, wie Sie wollen, es wird immer richtig sein! Für das Korrekturlesen haben wir uns extra eine Woche Urlaub genommen, in einer malerischen Kulisse, mit Blick auf eine traumhafte Bucht im hohen Norden, kleinen Segelbooten auf dem Wasser, einer erholsamen Ruhe und einer fantastischen Natur, wie sie eigentlich Maler als Kulisse haben sollten. Und das nach Jahren, nachdem das Buch begonnen wurde.

Sie fragen sich noch, ob ich wieder Taxi fahre oder in der Anwaltskanzlei geblieben bin? Sie dürfen jetzt gern bei meinen »Kollegen« vorne sitzen! Dafür freue ich mich, wenn Sie weiter meine Geschichten lesen!

ENDE

Warum hat dieses Buch 2 Titelseiten?

Dies' erklärt sich durch den großen Zufall unserer tatsächlichen Kennenlerngeschichte als Taxifahrer und Taxifahrerin… bis hin zu unserer Hochzeit 4 Jahre später 2021.

Reiner Bode: Als lebenslanger Druckereifacharbeiter waren Buchstaben immer um mich herum. Und in meiner späteren Nebentätigkeit als Taxifahrer hatte ich dann doch viele Erlebnisse, welche mir die Idee gaben, diese als Storys aufzuschreiben und ein Buch zu drucken.

Reiner Bode

Erlebte Taxi-Storys

TAXI NACH PARIS
und zurück

Paramon Verlag

Inhalt

Vorwort …

Taxifahren ist ein ganz besonderer Beruf. Meistens sogar leicht. Einfach nur Fahrgäste von »A nach B« bringen. Aber wiederum auch Sondersituationen meistern, die ihn zur »Krankenschwester auf 4 Rollen« machen. Eine Dame zum Beispiel zum Krankenhaus fahren, deren Ehemann im Sterben liegt. Also »Galoppi«! Es ist Mitternacht, kein Verkehr weit und breit, und wegen der Baustellenabsperrung in dieser Woche nutze ich dann, statt des Riesenumweges, die für uns unerlaubte Trasse der Stadtbusse. Auch einige Rotampeln behandel ich wie Stoppschilder und fahre als einziger Wagen an diesen Stellen weiter zum eiligen Ziel der Dame!
Die Not der Einen (der Fahrgäste), weil Verschlafen, Kündigung steht an, der Zug fährt gleich, oder eilig zum Krankenhaus, ergeben die Aufträge für die anderen (den Taxifahrern). Doch der Regelfall sind ja, Gott sei Dank, die normalen und geplanten Touren, nach Hause von der Feier, Kneipe, vom Flughafen, oder auch dort hin!
Aber noch eins macht den Beruf interessant! Man ist ganz allein mit seinen Fahrgästen, hört und erlebt ihre Sorgen, Ansichten, aber auch ihr Gehabe und ist somit Insider des Zeitgeistes von heute: »Herr Taxifahrer, können Sie mal eben hinten die Fenster runterlassen, ich will mal eben die Pizza-Packung rauswerfen.«
Außerdem wird man als Nachtfahrer Zeuge von: »Schaufenster einschlagen«, »Brennendem Pkw in lodernden Flammen«, »Messerstiche in Brust« (Nähe Disco), und so weiter! Alles immer mit Polizei herbeiholen durch Notruf wählen.
Das verwüstete Nachtleben, hinsichtlich des vielen Straßenmülls, wird frühmorgens vom Reinigungsdienst beseitigt, und die Welt scheint wieder in Ordnung, wenn die Daheimgebliebenen aus ihren Betten steigen.

Auch Prominente sind mitunter mal zu fahren. Zwei Bundesligaspieler (Bayern München) vom Stadion eilig zum Flughafen, Moderatoren vom Radio (so sieht man auch mal, wer da spricht), ein Herr Senator, oder auch Werder-Bremen-Prominenz, Tanzweltmeister, und so weiter!

P.S. … Manche Storys scheinen anfangs vielleicht zu detailliert, doch ist dies aber wichtig für die unerwartete Erklärung am Ende der Geschichte, oft erst im letzten Schlusssatz.
P.S. … Bei einigen Storys stehen am Story-Ende tatsächliche »Suchmeldungen der Taxizentrale«!

Bitte einmal nach Polen … (von Kollege Lothar)

Es ist Weihnachten, genauer gesagt Heiligabend. Als Tagfahrer stehe ich als einzige Taxe am Halteplatz Walle. Es ist noch Vormittag. Ein torkelnder Mann kommt auf mich zu und sagt: »Bitte, einmal nach Polen!« Wie Polen? Hat er sich jetzt versprochen? Weiß er seine Adresse, die Straße nicht mehr richtig? Ich glaub' es ihm nicht. Bestimmt wird dies jetzt eine »Irrfahrt durch Bremen«, wegen nicht genauem Erinnern können, und habe arge Bedenken. Also antworte ich ihm: »Ich fahre heute nicht nach Polen.« Er setzt nach: »Können Sie mir dann eine andere Taxe bestellen?«
Ich schrecke auf: »Sie wollen wirklich nach Polen? Wohin denn da genau?« »Nach Wielkopolski«, seine Antwort! Ich gebe nun im Navi diesen Ort ein um die Kilometer-Entfernung zu erfahren, und diese dann hochzurechnen mit unserem Taxitarif, und nenne ihm dann die Summe: »Das macht siebenhundert Euro!« Er zückt sofort sein Portemonnaie und reicht mir die Summe prompt als Bargeld. »Okay, dann fahren wir!«
Bei zu viel Bargeld schützen wir Taxifahrer uns immer, dieses vorab noch mal zu Hause, oder im Taxibüro abzulegen, aber dann ging's los. Nach mehreren Zwischenstopps an Raststätten, tanke ich dann auch noch ein letztes Mal direkt vor der Grenze, wegen der anderen Währung und des besseren Bauchgefühls.
In Wielkopolski angekommen, wird er von seiner Familie sehnsüchtig und freudig empfangen, und auch ich werde überschwänglich hoch gelobt! Es war Heiligabend, und die Familie wollte diesen Abend unbedingt gemeinsam verbringen. Noch nie hatte einer in der Familie an so einem hochheiligen Tag gefehlt. Und dies hatte nun geklappt! Deshalb die Riesenfreude. Und deshalb war ihm diese teure Fahrt auch das Geld wert! Die Familie übergab mir noch überschwänglich besondere Schnittchen für

die Rückreise, welche ich wegen der Leckerness schon bis zur Grenze aufgegessen hatte! … Die größte Taxifahrt meines Lebens!

Welches Taxi hatte …

am gestrigen Samstag eine Fahrt vom Maritim-Hotel zum Hotel Munte? Der Kunde vermisst seine EC-Karte. Bitte sofort melden.

Frau auf Händen getragen …

Zwei nette Damen aus Uphusen habe ich regelmäßig am Wochenende ins Spiel-Casino nach Bremen gefahren. Immer spätabends abholen aus ihrem sichtschutzverdecktem Bungalow, und frühmorgens wieder nach Hause bringen. Mit der Zeit wurden die Besuche seltener, nur noch einmal am Wochenende, und dann nur noch unregelmäßig selten. Aber man kannte sich gut, und somit waren auch die Unterhaltungen leicht persönlicher Natur. Die seltenen Casino-Besuche wurden zuletzt dann auch fast nur noch von einer der Damen getätigt. Mit Alkohol hatten beide immer nichts zu tun, aber hin und wieder wechselten sie auch mal vom nahegelegenen Casino, für eine Stunde zur Disco-Meile, bevor ich sie dann dort später abholen sollte.
Am Tag dieser Story hatte ich die Dame wieder vom Casino abgeholt und nachts um drei Uhr zur Disco gebracht. Eine begleitende neue Freundin, die ich aus all den neueren Treffs inzwischen kannte, bat mich zufällig an diesem Abend um meine Handynummer, um mich in Zukunft auch anrufen zu können. Und dieser Anruf erfolgte heute schon überraschend schnell, schon nach vierzig

Minuten, und sie sagte: »Meiner Freundin geht's nicht gut!« Ich fuhr sofort hin. Die Betreffende war voll betrunken, »und man müsse ihr wohl was ins Getränk getan haben«, so beide in ihrer Aussage. Immer wieder bat sie ihre neue Freundin mitzukommen, da sie unbedingt Beistand brauche, weil sie morgen früh auf jeden Fall zur Arbeit müsse. Doch diese wollte weiterhin noch in der Disco-Szene verweilen. Also fuhren wir nur zu zweit los. Auf der ganzen Fahrt mussten wir drei Mal stoppen, da sich die Dame immer heftig übergeben musste. Sie meldete sich aber immer rechtzeitig. Ich stieg dabei immer hastig aus, rannte um die Taxe, riss die Beifahrertür auf und hielt ihre langen Haare hoch. Da ich meine sortierten Taxi-Quittungsblöcke mit Gummibändern umwickle, entnahm ich hiervon welche um ihre Haare hochzustecken. Die Taxe blieb immer sauber!
Während der Weiterfahrt betonte sie immer wieder, dass es sehr unaufgeräumt im Hause aussehe, und flehte mich immer wieder sehr an, sie nicht alleine zu lassen, ihr Mann wäre nicht da um ihr zu helfen. Sie dürfe morgen nicht verschlafen und auf der Arbeit fehlen. Sie müsse um neun Uhr aufstehen! Ich selber fühlte mich hierzu völlig hilflos, sagte zunächst aber erst mal zu, um Ruhe in die Situation zu bringen. Zu Hause angelangt – die Dame immer noch voll bewegungsunfähig – fragte ich sie nach ihrem Hausschlüssel. Aber leider keine Antwort, sie schlief, und ich griff nun selbst vorsichtig in ihre Jackentasche, mit dem Erfolg, ein kleines Schlüsselbund gefunden zu haben. Ich entnahm dieses aus der Jackentasche und ging allein zum Haus. Zunächst aufschließen der Sichtschutzwand, dann den Bungalow, dann alles beleuchten und zurück zur Taxe. Ich öffnete die Beifahrertür und hob die zierliche Dame wie ein Kind vom Sitz und trug sie in den Armen haltend ins Haus. Ich hatte Glück, denn sie war klein und leicht. Im Flur legte ich sie vorsichtig auf dem Teppichboden ab. Die offenstehende Toilettentür brachte mir in diesem fremden Haus sofort

Entspannung, falls gleich noch einmal »schneller Spuckebedarf« aufkommen sollte! Da das Schlafzimmer im ersten Stock lag, zeigte die Dame auf ein ebenerdiges Nebenzimmer, was mir wegen der WC-Nähe auch besser zusagte. Hier lehnte auch eine Matratze an der Wand, und ich begann ebenerdig auf dem Teppich das Bett aufzubauen! Nun bemerkte ich auch – wie angekündigt – das völlig unaufgeräumte Zimmer und den vollgestellten Tisch! Ich ging zurück zum Flur und hob die Dame wieder in meinen Armen hoch, und legte sie sanft auf die Matratze. Nun eilte ich in die Küche, um eine Schüssel zu suchen, die ich ans Bett stellte, falls noch einmal hochwürgende »Magenwut« aufkäme! Die Dame verhielt sich aber ruhig und schlief sofort ein.

Nun kam auch ich zur Ruhe, ich ließ ihr das kleine Zimmerlicht an und begab mich in die Küche um die gesamte Situation zu überdenken! Soll ich wirklich hier bleiben? Ich will ja arbeiten und Geld verdienen, und mein Chef will auch Quote sehen! Ich entschied mich nun, die Freundin anzurufen. Gott sei Dank hatte ich ja heute gerade ihre Nummer gespeichert, und schlug dieser vor, Sie kostenfrei aus der Disco abzuholen und hierher nach Uphusen zu fahren! Leider war diese schon zu Hause und lehnte ab. Ich entschied nun, weiterhin erst mal hier zu bleiben, um jederzeit immer wieder zur Dame zu gucken hinsichtlich ihres Zustandes, und wollte solange erst mal die Zeit nutzen, um mein Handy zu überarbeiten, löschen, speichern und aktualisieren.

Nach einer Stunde war immer noch alles sehr ruhig und stabil, sodass ich mich entschied, doch wegzufahren! Hierzu legte ich einen großen Zettel ans Bett, dass ich das Haus verlassen habe, den Schlüssel bei mir trage, und um neun Uhr wiederkomme zum Aufwecken! Und somit fuhr ich zurück nach Bremen. Meinem Ablöse-Kollegen für die Tagschicht schrieb ich eine SMS, dass ich heute in einer festgefahrenen Situation stecke, und zur Ablösung zwei Stunden später komme! Zu der verabredeten Weckzeit kehrte ich

zurück zum Haus und weckte die Dame, welche natürlich noch immer angeschlagen war, und noch eine Stunde weiterschlafen wolle. Ich erklärte, dass ich nun zur Ablösung muss, und von zu Hause aus nochmal anrufen werde, mehr könnte ich nicht tun. Sie nickte mit den Kopf und ich zog los! Zuvor stellten wir allerdings noch ihren Wecker und den Alarm im Handy. Wie verabredet, meldete ich mich dann wieder von zu Hause aus, und die Dame versprach aufzustehen und ihren Start zu finden! Erleichtert ging ich nun zu Bett …!

Auf allen Vieren wie ein Hund …

Mein Fahrauftrag führt mich zu einer Gaststätte. Hier soll ich einen Herrn abholen. Ich melde mich am Tresen, und der Barkeeper verweist auf den stark angetrunkenen, älteren Herrn am Tisch gegenüber. Ich wende mich diesem freundlich zu und hake ihn stabil unter, um ihn gesichert zu meiner Taxe zu geleiten.
Nun öffne ich die Beifahrertür, und lasse ihn seicht auf den Sitz gleiten, beuge mich vor zum Anschnallgurt, und schnalle ihn an, wie bei einem Kind. Aber nun »Los die Fahrt«!
Aus meinen Erfahrungen mit Angetrunkenen, wähle ich für diese immer den Beifahrersitz – vorne neben mir – da diese hier bei einem »Spuckebedarf« eine viel größere Bewegungsfreiheit zum schnelleren Türöffnen und Herauslehnen haben, als bei einem engeren hinten sitzen auf der Rückbank!
Zu Hause angekommen entriegel ich wieder seinen Gurt, gehe um die Taxe herum um ihm rauszuhelfen, und nehme ihn wieder stabil untergehakt bis hin zur Haustür, um für ihn aufzuschließen. Nun noch gemeinsam eine Etage die Treppen hoch und die Wohnungstür aufschließen. Und nun? Die Fahrt war zu Ende, der Herr in seiner Wohnung – noch aufrecht – gestützt an der Wand. Ich

schlage ihm vor, auf »alle Viere« in die Knie zu gehen, damit bei einem Sturz die Falltiefe nicht gegeben ist! Er guckt erstaunt. Was meint der Taxifahrer? Ich merke sein Unverständnis und glaube, es fehle ihm hauptsächlich noch der Mut zu dieser Idee. Deshalb gehe ich nun selbst in die Knie und laufe wie ein Hund auf allen Vieren den Flur einmal auf und ab. Er lächelt. Nun richte ich mich wieder auf. Ich reiche ihm die Hand und verabschiede mich, mit der Genugtuung mein Möglichstes getan zu haben.

Ein Koffer zu viel …

In unserem Taxen-Display werden für den ZOB am Hauptbahnhof mehrere Taxen angefordert. Ich bin die erste dort in der Reihe beim Eintreffen, und eine größere Reisegruppe steht dort bereits schon wartend neben dem Bus. Ein älterer Herr kommt auf mich zu mit einem Koffer, lädt diesen hinten in meinen Kombi und sagt: »Bitte noch nicht wegfahren, ich hole noch mehr«, und verschwindet in der Menge. Wieder kommt ein Herr mit Koffer gezielt auf mich zu. War der das, denk' ich so? Er stellt den Koffer neben den anderen und sagt: »Bitte noch warten, ich hole noch meine Frau.« Beide erscheinen nun mit einem weiteren Koffer, steigen ein, und wir fahren los. Die Fahrt ist nicht weit, und am Ziel steigen beide in Walle aus. Sie nehmen ihre beiden Koffer und verabschieden sich von mir. »Und Ihr dritter Koffer hier?«, frage ich verdutzt. »Das ist nicht unserer!« Au Backe … mein erster Schreckgedanke. Ich rufe sofort die Taxizentrale an, und melde den Vorgang, dass ich in fünf Minuten wieder zurück bin, und der Betreffende ja dort immer noch am ZOB stehen müsse. Aber Nein! Beim Eintreffen kein Bus, keine Leute, nichts, alles leer auf dem Platz. Ich melde dies wieder der Zentrale, mit dem Hinweis, dass der Betreffende ja spätestens beim Aussteigen seiner falschen Taxe den Verlust bemer-

ken müsse. Nichts! Den ganzen Abend keine Rückfragen der Zentrale an mich. Morgens – bei Schichtende – frage ich erneut bei meiner Taxizentrale nach. »Nein, keine Meldung zum Kofferverlust, und auch keine Kontaktmöglichkeit zum Reiseunternehmer, da der Busfahrer mit ›unterdrückter‹ Ruf-Nummer bestellt hatte.« Ich fahre nun nach Hause und gehe erst mal schlafen, und setze mich danach – am Nachmittag – an meinen Computer. Die einzige Halteleine zu diesem ganzen Ablauf waren meine Fahrgäste in Walle, welche mir sicherlich einen Kontakt zum Reiseunternehmer benennen könnten, da im und am Koffer keinerlei Hinweise sind.

Da wir Taxifahrer nicht immer genau verfolgen, in welches Haus sich die Fahrgäste begeben, und meine Fahrgäste ja auch schon am Straßeneck ausgestiegen waren, hatte ich keinerlei Anhaltspunkte, wo genau diese wohl wohnen. Somit wollte ich dies nun durch eigene Recherche-Bemühungen herausfinden! Hier, am Computer, formuliere ich nun einen Suchtext für die ganze Nachbarschaft (»Koffer zu viel«, usw.), welchen ich in wiederholte Textstreifen auf dem Papierbogen ausdrucke, und dann in einzelne Streifen zerschneide.

Meine etwa hundert ausgedruckten Suchzettel verteilte ich dann in der ganzen Straße. Da manche Häuser zwei bis drei Briefkästen haben, verteile ich meine Suchmeldung dort in etwa jedem zweiten Haus-Briefkasten, mit der Hoffnung auf Rückmeldung. Am Folgetag hatte ich Glück! Meine Reisegäste meldeten sich. Ich erfuhr den Namen und die Telefonnummer des Reiseunternehmers in Ostfriesland und war darüber riesig erfreut!

Aber leider wurde mein sofortiger Anruf dort mit: »Nein, keine Meldung zu einem Kofferverlust« beantwortet, »aber man wolle sich darum kümmern und recherchieren!« Und tatsächlich, am nächsten Tag meldete sich nun endlich der Besitzer für meinen Koffer, bewiesen durch die genaue Benennung des detaillierten Ausse-

hens. Ich bin nun riesig erleichtert und glücklich für meine lohnenden Bemühungen, und bringe den Koffer nach Hemelingen zu dem Besitzer. Auch dieser freut sich sehr und bedankt sich herzlich mit einem Trinkgeld.
Doch nun kommt's: Hier erfahre ich, dass er diesen Koffer nicht in mein Auto geladen hatte. Er hatte sich mit seiner Frau zunächst weiterhin im Bus zurückgehalten, wegen des vollen Trubels draußen am Gepäckfach. Beim rechtzeitigen Nachdraußengehen war der Koffer weg. Zusammen mit dem Busfahrer wurden alle Fächer durchsucht. Keiner hatte eine Erklärung, warum der Koffer fehlte. Eventuell im Urlaubsort übersehen und nicht mitgenommen? Nein, hier musste wohl eine Verwechselung am ZOB vorliegen, so mein Gedanke. Der erste Herr, der mir den Koffer brachte, muss wohl beim Zurückgehen bemerkt haben, dass sein Gepäck noch vollständig am Bus bereit lag und hatte wohl eine neue Taxe beladen, ohne sich um die Vorgeschichte verantwortlich zu fühlen. Unglaublich! Aber vielleicht auch durch vielerlei Ablenkungen bedingt?

Welches Taxi hatte …
gerade eine Tour vom Brill zur Lahnstraße? Der Herr vermisst seine Geldbörse mit Karten und Handy. Er hatte hinten gesessen.

Um eine Minute …

Ich stehe am Hauptbahnhof als erste Taxe in »pole position«. Eine junge Dame hatte ihren Zug verpasst und eilt zu mir, und fragt: »Schaffen wir's nach Hannover-Hauptbahnhof in einer Stunde und fünfzehn Minuten? Und was kostet das? Und Geld habe ich auch

nicht dabei, ich habe ja eine Fahrkarte!« Ich komme ins Stöhnen, Zögern, und überlege! Es geht hier um *JEDE MINUTE*.
Alles muss jetzt schnell gehen! Den Preis nenne ich mit hundertfünfzig Euro als sehr günstigen »Knallerpreis«, damit es dazu keine lange Diskussion gibt, und sie ihre Situation von mir auch nicht als ausgenutzt empfinden soll! Das mit dem fehlenden Geld ist für mich gar kein Problem, man kann sich dies mit Personalausweis und Unterschrift als rechtskräftige Rechnung ausstellen lassen. Aber das Zeitfenster macht mir große Sorge! Deshalb mein Stöhnen, Zögern und Überlegen!
Es ist aus meiner Samstag-Nachtschicht der Sonntagmorgen, fünf Uhr, mit wenig Verkehr auf der Straße, also eigentlich keine Verkehrsprobleme zu erwarten? Trotzdem, das genannte Zeitfenster ist knapp, man müsse wohl deutlich schneller fahren. Die Dame hatte den ICE am Bahnsteig fast noch von hinten »Abgeklatscht«, als dieser losgefahren ist. Nun wolle sie in Hannover den Anschluss nach München erreichen, und dort den Zug nach Österreich zu ihrem Freund!
Meine noch größere Sorge ist aber die angegebene Restbenzin-km-Reichweite in der Armatur meiner Taxe. Mit solch einer Ferntour zum nahen Schichtende hatte ich nicht gerechnet, und somit ist mein Tank auch nicht mehr voll, weil ich dies immer erst zum Schichtende erledige.
Die Armatur zeigt zehn Kilometer mehr, als die errechnete Streckenlänge meines Navi. Wie genau kann man sich auf diese Berechnung verlassen? Wie peinlich wäre es denn, man hätte es geschafft, aber rollt fünfhundert Meter vor dem Bahnhof aus. Und ich will ja auch schneller fahren und verbrauche dann ja auch mehr Benzin. Genauer gesagt: Gas! Ich fahre einen gasgetankten Wagen, und Gas gibt's nicht an jeder Tankstelle. Der Tank muss also reichen bis Hannover, auch Zeit zum Tanken ist sowieso nicht drin,

auch nicht für den kleinen Benzin-Reservetank! Es geht um *JEDE MINUTE.*
Ich überlege deshalb, die Tour an andere Kollegen abzugeben. Allerdings würde wieder neue Zeit verloren gehen mit dem Preisaushandeln, und weil »kein Bargeld auf dem Tisch liegt«, sind viele Kollegen sowieso abgeneigt solche Touren zu fahren. Also weitere Zeitverluste. Was soll ich tun? Es geht um *JEDE MINUTE.*
Ich entscheide mich, doch selbst zu fahren. Wegen der verkehrsleeren Straßen in dieser Sonntagsfrühe will ich erst mal schneller fahren bis zum Autobahn-Zubringer, und diese Zeit – mit der mitlaufenden, sich reduzierenden Navi-Berechnung – hochrechnen auf die Gesamtstrecke! Sollte sich dies an diesem Schnittpunkt chancenlos zeigen, will ich auf jegliche Kosten verzichten und die Dame kostenfrei zum Startpunkt zurückbringen.
Die Berechnung scheint aufzugehen, wenn ich das gesteigerte Tempo beibehalte. Ich bringe nun den letzten Joker ins Spiel. Für meine Fahrgäste hatte ich für Notfälle schon immer mal alle wichtigen Telefonnummern notiert (Flughafen, Deutsche Bahn, Bremen-Hbf., usw.). Ich reiche der Dame mein Handy, und sie möge dort die gespeicherte Nummer der Deutschen Bahn anrufen: »Wir kommen mit Taxi aus Bremen, und ob der ICE in Hannover zwei bis drei Minuten später starten könne?« Die Bahn verneint, aber ich wollte jede Chance genutzt wissen! Ich wollte *JEDE MINUTE.*
Nun erledigen wir im Auto die Personalien-Geschichte, mit Preis, Unterschrift und Handynummern-Austausch, damit wir bei Ankunft sofort aus dem Auto losstürzen können zum Bahnsteig. Mein letzter Tipp noch einmal zu der Dame: »Bitte erneut die Deutsche Bahn anrufen, auf welchem Gleis der Hannover-Zug nach München startet?« »Gleis zwölf«, dort die Antwort. Alles klar, die Fakten stehen!
Wir erreichen die Stadt Hannover, und hoffen sehr, dass unser Zug noch etwas Verspätung haben wird! Aber wenn man sich so was

wünscht, sind die Züge natürlich pünktlich! Wir brauchen *JEDE MINUTE*.
Ich richte mich jetzt nur noch nach den Bahnhofs-Straßenschildern. Wir sind nah dran, die Zeit ist äußerst knapp, und ein Bahnhofsschild zeigt rechtsrum in eine kleine Seitenstraße. Diese führt zunächst augenscheinlich auf einen großen Parkplatz eines Supermarktes. Ich werde unsicher, zögere, und glaube, irgendwas falsch gedeutet zu haben und will umdrehen. Doch nun rettet mich die Dame: »Alles richtig, ich kenne das hier, weiterfahren!«
Hinter der Kurve erscheint dann auch der Bahnhofs-Hintereingang. Wir sind da! Der Minuten- und Sekundenzeiger laufen! »Nehmen Sie nur Ihre Tasche und rennen los! Ich nehme den Koffer und folge!« Wir rennen durch die fast leere Halle, ich jetzt vor ihr. Doch plötzlich muss ich innehalten wegen Passanten. Nun schlägt mir, die dicht hinter mir rennende Dame, die Füße weg. Ich rutsche auf Knien über den glatten Marmor, aber tue mir nichts weh! Sie erschrickt zutiefst und entschuldigt sich unentwegt. Ich antworte: »Alles gut, es tut nichts weh, es sah nur schlimm aus … schnell weiter!« Wir erreichen die Rolltreppe und ich rufe laut in die Halle: »Bitte Platz machen, bitte Platz machen!«, und wir schlängeln uns eiligst auf der Rolltreppe durch die leicht gefüllte Passantenmenge. Jetzt stehen wir auf dem Bahnsteig, und tatsächlich: Unser Zug steht da! Die Bahnsteig-Uhr zeigt: *NOCH 1 MINUTE* bis Abfahrt! Vorne beim Lokführer steht die Zugbegleiterin, und ich frage wegen der ganzen Hektik schnell noch: »Ist dies wirklich der ICE nach München?« »Jawohl!«, die Antwort. Große Erleichterung kommt auf. Man fühlt sich als Sieger für die Dame, so erfolgreich ihren großen Reiseanschluss ermöglicht zu haben, und dies in letzter Minute!
Wie einst Sebastian Vettel bei seinem Formel-1-Sieg kommen mir jetzt die Tränen, wegen des geschafften Erfolgs, aber vor allem wegen der erlösten Anspannung, dass der Tank nicht reichen

könne! Am Bahnhofs-Ausgang frage ich einen dortigen Taxifahrer nach einer Tankstelle: »Gleich dahinten, nur 500 Meter!« Wieder bin ich erleichtert. Beim Starten sehe ich nun in meiner Armatur-Anzeige immer noch die »10-km-Restanzeige«! Super!
Nach dem Tanken starte ich meine Rückfahrt, und die Dame bedankt sich vor lauter Freude immer wieder mal mit einer SMS! Auch die vereinbarte Bezahlung in den nächsten Tagen hatte wunderbar geklappt! ... Vielen Dank!
Aber ... dass alles bis in letzter Minute so geklappt hatte, war ja auch ihr Verdienst! Denn ohne ihrem: »Alles richtig, ich kenne das hier, weiterfahren«, hätte ich vielleicht doch noch unser Taxi gewendet und somit alles versemmelt?!

Welches Taxi hatte ...
eine Fahrt gegen 18 Uhr zur Millstädter Straße und hat ein Handy, Kosmetikkoffer und Blumenstrauß als Fundsache? Bitte melden.

Auf den Rücken wie ein Käfer ...

Ein ganz normaler Fall. Einen Mann aus der Kneipe abholen. Dieser ist sehr stark angetrunken, aber sehr gepflegt, aber auch sehr auffällig groß. Ich fasse ihn fest unter die Schulter und begleite ihn so zu meiner Taxe. Ich schnalle ihn an, steige nun selbst ein, und wir fahren los. Nach kurzer Fahrt sind wir schon am Ziel. Ich gehe zu ihm rum, öffne die Beifahrertür, und helfe ihm raus, und er steht nun schwankend angelehnt am Auto um zu bezahlen. Da dies so schwerfällig geht, reduziere ich die 6,90 Euro auf runde fünf Euro, damit das Bezahlen mit seinem gezückten Fünfer erledigt ist. Da der Weg zu seinem Häuserblock etwas weiter von der Straße zurückliegt, fasse ich den großen »Zwei-Meter-Mann« nun

noch fester unter. Alles klappt gut. An der Haustür lasse ich mir seinen Schlüssel geben und schließe auf. Dabei kann ich ihn nur mit einer Hand stützen. Nun sinkt er in die Knie und fällt dann in ganzer Länge »auf den Rücken wie ein Käfer«! Ohne Verletzung! Er hatte beim Sturz den Buckel krumm gemacht und dadurch gut den Kopf geschützt! Mein erster Schreck war riesengroß! Aber er hatte sich nirgends verletzt. Wie ein Krankenpfleger umarme ich ihn nun von hinten und richte ihn wieder auf. Dann begleite ich ihn ins Haus und in die Wohnung, wo er im Sessel Platz findet und ich mich verabschiede.

Welches Taxi hatte ...
gerade eine Tour vom Marktplatz nach Grolland? Es wurde eine Kamera im Kofferraum vergessen. Bei Auffinden bitte melden!

3-facher Zufall zum Glück ...

Diese Geschichte hat eine Besonderheit. Erst wenn sie zu Ende ist, kommt im letzten Schluss-Satz der eigentliche Hype.
Ja ... unser aller Freund ... *der ZUFALL*. Wer kennt ihn nicht. Wem hat er nicht auch schon geholfen, wenn er denn von der guten Seite kommt. So, wie bei einem Kollegen, der mir erzählte, wie er beim Start zu einem Waldspaziergang mit geplantem Café-Besuch bemerkt, dass er sein Portemonnaie gar nicht dabei hat. Er geht zurück zum Auto und schaut nach. Nichts ... nicht da! Kann doch gar nicht sein, er hatte es doch eingesteckt. Er ärgert sich. Wütend schießt er mit dem Fuß ins hohe Gras und »bowlt« dadurch sein Portemonnaie im hohen Bogenschuss hervor. Danke, Monsieur Zufall – gerade hier an diesem Grasbüschel den »Ritter« gespielt zu

haben – Danke! So oder ähnlich, hat jeder mal sein Zufalls-Glück erlebt!
Und so hat auch der Zufall in dieser Story drei Mal dafür gesorgt, dass diese Geschichte ein glückliches Ende finden konnte. Nur ein Zufall weniger, und es hätte nicht funktioniert!
Es ist Feiertag, genauer gesagt Himmelfahrt. Die Männer feiern dies als Vatertag, und treffen sich mit Fahrrädern bei ausgelassener Laune zum Geratewohl in der Natur. Am späten Abend und erschöpfter Trinklage lassen sie sich dann vom Ausflugslokal mit Taxe abholen, natürlich auch das Rad. Ich selbst, als Taxifahrer, bin Radfahrer mein Leben lang, und klicke diese Aufträge »Fahrrad-Mitnahme« immer an!
Bei meinem Eintreffen beim Lokal steht dort ein freundlicher Herr mit großem, sperrigen Rad, weil dies einen festen Korb am Lenker hat. Aber es geht. Auffällig war hier seine eckige, kofferartige Tasche (erster Hingucker und erster Zufall).
Während der Fahrt erzählt er mir, dass auch er gelegentlich Taxi fährt. Ein ganz wichtiger Anhaltspunkt! Treffender gesagt (mein zweiter Zufall) für die Folgegeschichte, wie ich später merkte! Wir erreichen seine Wohnstraße, laden das Fahrrad aus und verabschieden uns.
Ich fahre nun noch einmal zum gleichen Taxiplatz von eben zurück und logge mich ein. Abermals bekomme ich einen Fahrauftrag zum gleichen Lokal. Jetzt sind es aber zwei Männer mit zwei Fahrrädern, die dort stehen. Beide sind die letzten Besucher dort. Die Fahrräder sind zusammengekettet, und dem Besitzer fehlen sämtliche Schlüssel hierzu um diese zu trennen. Also versuchen wir zu Dritt das Fahrrad-Doppel in mein Taxi zu verladen. Hat geklappt!
Außerdem fehlte dem Herrn auch seine eckige Tasche mit allem Drum und Dran (Wohnungsschlüssel, Geld, einfach alles)! Ich erzähle ihm, gerade jemanden mit solch einer Tasche nach Hause gefahren zu haben. Da ich nicht genau weiß, in welches Haus er

verschwunden ist, hätte ich da aber eine Idee. Er hatte ja beiläufig erwähnt, auch Taxi zu fahren, somit hätte ich ja einen wichtigen Anhaltspunkt für die Nachbarn. Ich müsste dann dort überall klingeln und fragen, ob hier ein Taxifahrer wohnt?
Die beiden Männer willigen ein, zumal deren Wohnadresse in Nähe des von mir genannten Stadtteils lag. Auf der Fahrt bietet der eine dem Freund noch zum Trost an, bei ihm notfalls übernachten zu können, falls die Sache nicht gut ausgehen sollte heute Abend. Bei Ankunft meiner Zieladresse – es ist Mitternacht – steige ich aus und gehe zum ersten Hauseingang. Schon beim dritten Haus habe ich Glück, der dort öffnende Herr bejaht, einen Taxifahrer hier im Hause wohnen zu haben. Wir klingeln dort und dieser kommt auch freudestrahlend die Treppe herunter und überreicht uns die Tasche. Er hatte diese an der Garderobe als zurückgelassen geglaubt, und weil auch niemand mehr von den Vereinskollegen zu sehen war, diese sicherheitshalber für heute Abend an sich genommen! Nun war also alles glücklich aufgeklärt, aber … dass ich diese Tour mit den beiden Herren als Taxi bekommen hatte, war ein riesiger Zufall (Zufall drei). Denn die beiden hatten bereits schon eine Taxe, aber nach deren Einstieg sprang der Motor einfach nicht mehr an, und somit mussten sie eine neue bestellen … und das war dann *ICH*.

Voll wie 'ne Schüssel …

Es ist Spätsommer. Als Fahrer eines Großraumtaxis (VW-Bus, 9-Sitzer) bekomme ich einen ganz normalen Fahrauftrag nach außerhalb von Bremen, nach Ritterhude.
Hier hole ich ein nettes Ehepaar von einer Geburtstagsfeier ab, die wieder zurück nach Bremen wollen. Die Dame hat zwar immer mal leichte »Hickser«, aber ansonsten ging es ihr wohl offensichtlich

gut. Sie steigen beide auf der Sitzbank hinter mir ein, und wir fahren über die Autobahn gen Bremen.
Während der Fahrt nehme ich immer wieder diese leisen »Hickser« war. Aber es konnte ja keine Bedeutung haben, man würde mich ja ansprechen zum »Stopp auf den Randstreifen«, falls ein »Spuckerrisiko« aufkäme. Doch jetzt – jetzt spürte ich auch einen leichten, sauren Geruch im Taxi. Also doch: Halt! Stopp! Rauf auf den Randstreifen!
Ich steige aus, renne ums Auto, öffne die Schiebetür, und …? Da sitzen sie! Beide dicht nebeneinander. Er, sein Sweatshirt vor'm Bauch … mit beiden Händen wie eine Schüssel aufhaltend … und »vollgekotzt« wie ein 2-Liter-Eimer. Aber nichts schmutzig in meiner Taxe! Tadellos sauber! Super! Die konzentrierte Haltungsstarre des »Herrn mit der Schüssel«, wirkte fast ein bisschen wie eine eingeübte Zirkusclownerie. Aber mir war jetzt nicht zum Lachen. Ich hole meinen Tritthocker aus dem Kofferraum und stelle diesen auf den Randstreifen der Autobahn als Sitzhocker für die Dame, und bitte beide erst einmal auszusteigen. Das Taxameter schaltete ich »Aus«. Dies erwähne ich auch kurz, damit für uns alle Ruhe in die Situation kommen kann! Und ich ergänze weiter, dass mir eine »Pausenzeit des Abwartens« egal ist, Hauptsache das Taxi bleibt sauber!
Die Dame sollte völlig frei ihre »innere Ruhe« im Körper finden, ohne dem Zeitdruck eines laufenden Preiszählers zu erliegen, mit der dann verfrühten Aussage: »Es geht schon wieder«, und dann passiert's doch noch mal im Auto!
Auch der Herr mit seiner »baumwoll-gestrickten Kotztüte« konnte sich am Randstreifen der Autobahn befreien von seiner spuckereibestückten Garderobe.
Die Beruhigung in die »Stabile« dauerte auch gar nicht so lange, und die Fahrt konnte ohne Probleme bis nach Hause reibungs-

los fortgesetzt werden! Auch der Restpreis wurde einvernehmlich geregelt. Vielen Dank nochmal!
Auch Danke für meinen »kostenfreien Eintritt« in die Zirkusgala: »Kotztüte mal anders«! Und in meinem Großraumtaxi war hierzu wohl auch mehr Bewegungsfreiheit auf der 3er-Sitzbank, als in einem engen Limousinen-Taxi?

Welches Taxi hatte
vom Hauptbahnhof eine Tour zur Kirchhuchtinger Landstraße? Der Herr hat seinen Rucksack und seine Gitarre vergessen.

Das Knie hat Schuld …

In der Warte-Reihe der Taxen stehe ich nachts am Marktplatz ganz vorne auf Platz eins, und eine Dame kommt auf mich zu. Doch plötzlich – ganz nah schon am Auto – stolpert sie und stürzt. Ich steige hastig aus um zu helfen, aber sie hat sich, Gott sei Dank, nichts weh getan, und kommt auch ohne meine Hilfe sofort wieder auf die Beine!
Nun steigt sie ein und erklärt ein Knieleiden zu haben, was zu dem Sturz führte. Da sie während der Fahrt keinerlei Anzeichen auf einen nennenswerten Alkoholpegel macht, glaube ich ihr dies, und die gesamte Fahrt hatte auch eine sehr angenehme Unterhaltung.
Die Fahrt war auch gar nicht so weit, und in ihrem genannten Stadtteil angekommen, zeigt sie auch gleich auf eine Straße: »Hier rein bitte, diese Straße, und gleich vorne halten!« Sie bezahlt, steigt aus, und geht zur Tür eines 2-Familienhauses.
Bei Damen verweil' ich mit Taxi immer, bis diese im Haus verschwunden sind, bevor ich weiterfahre! Bei größerer Entfernung

zum Taxi, schalte ich auch den Motor aus und mach die Fenster runter, um auf »Rufweite« nah zu sein. Auf Wunsch steige ich natürlich auch aus und begleite diese bis zur Tür aus Sicherheitsgründen.
Diese Dame kam aber an ihrer Haustür überhaupt nicht voran, und ich steige aus um zu helfen. Ich nahm ihren Hausschlüssel, aber ... auch ich ... kann diesen nicht ins Schloss bekommen. Also klingeln wir! Immer wieder! Es war ja schon Mitternacht. Jetzt Sturmklingeln!
Nun öffnet sich die Tür. Ein junger Mann stellt sich als Babysitter vor, und jetzt wurde auch der Dame alles klar. Falsches Haus und falsche Straße! Sie wohnt eine Straße weiter. War dieses Versehen auch wieder eine Einwirkung des Knieleidens, oder doch eher der Alkohol?
Ich an ihrer Seite konnte nun die Sache rund machen. Ich biete ihr kostenfreie Weiterfahrt im Taxi an, worüber sie sich sehr freut. Es war ja auch nicht weit, und so waren wir auch schnell da, und sie steigt aus und geht zur Haustür. Dieser Schlüssel passte, die Tür ging auf, und die Dame verschwand, Ich war erleichtert!
Ohne viel Zeit und Mühe habe ich durch mein Service-Denken hier eine Geschichte glücklich beenden können und kann nach Schichtende »Gut Schlafen«!

Welches Taxi hatte ...
eine ältere Dame zur Kattenturmer Heerstraße gefahren und hat noch einen Rollator im Kofferraum? Bitte sofort melden.

Oh weh, falsche Jacke an …

Von einer Disco hole ich nachts drei Männer ab, welche nach Bremen-Borgfeld wollen. Einer muss sogar noch weiter weg bis nach Worphausen. Ich freue mich sehr über diese weite Tour und wir starten durch. Die Fahrt ist sehr angenehm mit diesem so gut gelauntem Trio, und wir haben alle viel Spaß miteinander. Es wird viel gelacht, und die Fahrt verläuft locker wie im Flug. Fast unbemerkt erreichen wir somit unseren ersten Zwischenstopp in Borgfeld. Hier verabschieden sich alle drei herzlich voneinander vor dem Taxi, und mein Worphausener steigt wieder ein und wir fahren weiter.

An nächster, einsamer Landstraße bittet er mich um einen Zwischenstopp, er müsse mal eben einmal kurz »hinter die Büsche« für Männer! Ich halte an, und er rückt nur wenige Meter vom Taxi in die Dunkelheit und verrichtet »sein Geschäft«. Aber: »Oh Schreck … oh je« … nun bemerkte er, dass er eine völlig falsche Lederjacke anhat. Keine Autoschlüssel, keinen Haustürschlüssel, und sogar sein Firmenschlüssel fehlt ihm! Also die ganze Strecke noch einmal zurück zur Disco. Aber leider ohne Erfolg. An der fast leeren Disco-Garderobe ist seine Jacke leider nicht mehr dabei! Er kommt zurück zu meinem Taxi – jetzt ohne Jacke – und erzählt mir von seinem Misserfolg, und auch »seine falsche Jacke« hatte man zu recht dort einbehalten. Allerdings mit dem Hinweis seiner Telefonkontakt-Nummer, falls auch der andere »Falschträger« sich heute noch meldet.

Also fahren wir nun los nach Worphausen, seinem Zuhause, wo er dann wohl – wie er sagt – reingelassen wird von seinen Eltern oder Geschwistern. Bei Ankunft steigt er schon an seiner Wegekreuzung aus, und ich wünsche ihm zum Abschied: »Viel, viel Glück und Erfolg für die Rückkehr seiner wertvollen Jacke!«

Im Nachklang kommen mir auf meiner Rückfahrt aber doch die fragenden Gedanken, wie solch intelligenter Mensch – diesen Eindruck hatte ich von ihm – so Wichtiges, wie die vielen Schlüssel in seiner Jacke, bei der Garderoben-Abgabe zurücklassen konnte? Schlimmer noch, spätestens beim Empfang der Jacke, nicht mal sofort nachkontrollierte, ob noch alles vorhanden? Vielleicht wäre dann ja noch alles umtauschbar vor Ort gewesen?
Wie fatal war dieses Missgeschick für den nächsten Morgen: Kein Reinkommen ins Auto zur Arbeit, und kein Zugang morgens in die Firma! Noch schlimmer, wenn er heute Nacht nicht ins Haus kommt, weil Eltern fest schlafen, Geschwister weg oder Klingel versehentlich abgestellt? Die Rückfahrt hatte ich diesem netten Herrn bei all seinem Pech aus Mitgefühl umsonst erlassen.

Welches Taxi hatte …
gegen Mitternacht, als VW-Touran, eine Tour vom Steintor zur Parkallee? Vermisst wird ein Ohrring hinter dem Beifahrersitz.

Ich, der dümmste Taxifahrer …

In später Samstagnacht – das Highlight-Nachtleben der Discos – stehe ich vor Bremens Haupt-Disco direkt als erste Taxe vor der Tür, und es ist ausklingender Sonntagmorgen.
Ein junger Mann kommt fragend auf mich zu, ob ich ihn zum Steintorviertel fahre? »Na klar, kein Problem«, meine Antwort! Diese Touren sind oft von hier, da das Bremer Steintor den zentralen Treff des jungen Zeitgeistes darstellt, und das bunte Nachtleben weiterführt neben vieler Gastronomica und Disco, und auch die »Bordellmeile-Nr.-1« dort beheimatet ist.

Er lobt mich für mein entspanntes Losfahren zu dieser Kurzstrecke und beteuert immer wieder, wie nett er dies von mir findet, da er hier schon oft Ablehnung oder zumindest Gestöhne der Fahrer erlebt habe.
Er erzählt aber auch – nach einer Viertelstunde weiterfahren zu müssen nach Findorff – und ob ich dazu auf ihn warten wolle? Diese Idee kommt mir sehr gelegen, und passt sehr gut als Lückenfüller zu meiner späteren Abschlusstour, einer Reisebusvorbestellung. Ich nenne ihm einen abgerundeten Gesamtbetrag von zwanzig Euro, der auch sehr realistisch ist, und dem er auch sofort zustimmt. Ich erkläre ihm aber zum Verständnis auch, dass ich unseren jetzigen Taxameterzählerstart weiterlaufen lasse – auch während der Wartezeit – und dann beim verabredeten Festpreis stoppe, um ihn komplett verbucht zu haben.
Die Unterhaltung während der kurzen Fahrt verläuft weiter sehr freundschaftlich, und auch er betont sein sehr servicefreundliches Ausliefern seines Paketversandes, und lobt auch mich nochmals. Nun bringt er auch sein fehlendes Bargeld ins Spiel. Er habe aber Geld zu Hause, und ich solle mir keine Sorgen machen, so betont er immer wieder! »Mach Dir keine Sorgen!«
Ich glaube ihm! Dieses Handikap kennt man, und klappte bisher auch immer. Aber wie hätte er jetzt diese Kurzstrecke bezahlt, wenn wir einer Fahrtverlängerung nicht einig geworden wären – zum Beispiel aus Preisgründen oder einem Schichtwechsel: »Mein Kollege wartet schon« – und er doch beim Einsteig hierzu noch gar nichts erwähnt hatte, fragte ich mich?
Beim Erreichen seiner Kreuzung möchte er noch zweihundert Meter weiter links. Also doch zum Bordell – wie es so oft – beim Einstieg zunächst nicht angegeben wird. Aber alles okay, noch zweihundert Meter weiter ... Taxi stopp ... Zähler läuft ... er steigt aus! Nun mein Schreck! Er dreht sich um zu mir und sagt: »Leih' mir mal dreißig Euro!« »Das geht nicht«, antworte ich ihm! »Aber ich habe

doch kein Geld! Habe ich Dir doch gesagt!« Ich überlege schnell. Je mehr Zeitverzögerung ich wegen »Hin-und-Her-Gestreite« verliere, desto mehr komme ich mit meiner anschließenden Reisetour in Bedrängnis. Und ob er mir zwanzig Euro für die Tour von Zuhause gibt, oder mit den geliehenen dreißig, dann fünfzig Euro überreicht, ist ja eigentlich egal. Aber ein komisches Gefühl habe ich dabei schon, als ich ihm die verlangten dreißig Euro überreiche. »Ich mach auch ganz schnell, nur fünfzehn Minuten«, ruft er noch beim Weggehen. Na ja … in Gedanken glaube ich eher an zwanzig Minuten Wartedauer, aber das wäre dann immer noch okay für mein Zeitfenster.

Aber er überschreitet weit mehr, es sind schon knapp dreißig Minuten und ich werde unruhig. Da die »Bordellmeile« aber eine Sackgasse ist, kann er mir nicht entlaufen, denn vorne stehe ich ja. Aber er könnte arg verzögern, und ich müsste losfahren zu meiner 45-Euro-Reisetour, die ich nun schon gar nicht verlieren möchte.

Aber da … nun kommt er, öffnet die Beifahrertür und sagt: »Ooohhh, war die schlecht gelaunt! Gib mir noch mal dreißig Euro!« »Nein! Auf keinen Fall, wir müssen los! Meine Reisetour wird gefährdet!« »Bitte schnell, dreißig Euro! Je mehr wir hier streiten, desto mehr verlieren wir Zeit«, so seine letzten Worte.

Ich merke, dass ich feststecke. Ich überschlage noch mal schnell alle Koordinaten: fünfzehn Minuten warten – seine Heimfahrt – Geld holen aus dem Haus – und durchstarten zu meiner Reisetour. Na ja – ganz, ganz knapp – aber ich sehe hier auch große Widerwehr, und ich habe nichts in der Hand. Also schnell! Ich überreiche ihm dreißig Euro und bitte sehr um Eile. Er verspricht es und verschwindet! Also jetzt auch mein Zähler »Stopp« – zwanzig Euro erreicht – plus dreißig, und dreißig Euro, ist achtzig Euro Gesamtsumme!

Tatsächlich kommt er – wie versprochen – pünktlich zurück und wir starten durch. Er nennt mir schnell noch eine bekannte Tank-

stelle als Zielort und schläft danach sofort ein in der Taxe. Bei Ankunft am Ziel ist mein Zeitfenster arg in Bedrängnis! Ich wecke ihn auf um die genaue Straße zu erfragen, die dann auch ganz in der Nähe ist. Aber nun gesteht er, auch kein Geld zu Hause zu haben! Aber ich solle mir keine Sorgen machen, übermorgen ist sein Geld auf dem Konto und er bringt mir dies dann sofort vorbei! Wo ich denn wohne? Und bitte keine Sorgen machen, er kommt auf jeden Fall!

Jetzt werde ich misstrauisch, habe aber keine Zeit mehr auf gesicherte Formalitäten und bitte ihn um seine Handy-Nummer. Eine letzte Chance, Kontakt zum Schuldner zu haben. Also Nummer sagen lassen, abspeichern, sofort anwählen, Verbindung kontrollieren. Aber «*NEIN*« – er zeigt sein Handy – Akku leer!

Ich verlasse ihn nun, blicke aber noch zurück in welches Haus er geht, und fahre jetzt zu meiner eilig gewordenen Reisetour, die auch klappte.

Nach Schichtende … Ausschlafen … Aufstehen … greife ich zu meinem Handytelefon und wähle die eingespeicherte Nummer an. »Bitte Wiederholen«, so immer wieder der Info-Text.

Nun scheint klar, dass alles erlogen. Aber kann ein Mensch alles so genau timen und dopen? Nun, ich hoffe noch bis übermorgen »Auf sein Bringen«, ansonsten habe ich dann wieder Dienst und werde zu seinem Haus fahren.

Gesagt, getan, er kam nicht, und ich fahre Mittwoch wieder zur gleichen Adresse. Das Haus ist ein 6-Familienhaus, und ich hoffe sehr, unter den Klingelschildern mindestens einen orientalischen Namen zu erkennen, mein einziger Anhaltspunkt. Ich habe Glück, ein Name passt! Ich klingel an der Tür und ein sehr sympathischer, älterer Herr macht auf. Ich erkläre kurz, dass ich Taxifahrer bin, vor Tagen eine Tour hierher hatte – ein junger Mann mein Fahrgast war – und ob so ein Herr bei ihm wohne? Er verneint, fragt aber immer weiter nach. Ich erzähle etwas genauer. Immer wieder folgt

von ihm ein neugieriges: »Und dann?« Ich gewinne immer mehr die Überzeugung, dass der Herr sich hierzu verantwortlich fühlt. Ja, mehr noch. Ich habe so ein Gefühl, er würde mir gleich das geschuldete Geld herbeiholen und bezahlen, da sein immer wieder genaues Nachfragen, ihm eine glaubhafte Geschichte erklärte, die wohl doch zu einem Herrn passt – seinem Sohn oder einem Mitbewohner – den er zunächst ja verleugnet hatte. Aber leider, er sagt nochmals: »Nein«, und ich gehe enttäuscht zu meiner Taxe. »Ich, der dümmste Taxifahrer«!

P.S.: Zu meiner Dümmlichkeit: Ohne den Zeitdruck meiner wichtigen, teuren Folgetour, wäre dies alles so nicht passiert! Denn dann hätte ich mit – Ausweis – Unterschrift – Formular – alles rechtlich abgesichert vorliegen bis hin zu einer gültigen Rechtsklage. Auch bis zum Haus hätte ich ihn dann begleitet – ja in diesem Fall sogar bis zur Tür – um vielleicht Ehefrau oder Mitbewohner hierzu mit einzubeziehen.
Wie konnte er also, in so betrügerischer Absicht von Anfang an sein? Einsteigen »ohne Bargeld« zu nennen – Weiterfahren mit Hinweis »Geld daheim« – eine Erwartungshaltung zu haben »sich Geld zu leihen für's Bordell« – Handy-Nummer falsch nennen können, weil »Akku leer« – und Taxe verlassen, »ohne zu ahnen, dass ich ihn hierzu nicht vielleicht sogar bis zur Tür begleite«? So viele geplante Fortsetzungen in Folge aufbauend, welche nur klappen konnten, weil ich so sehr unter Zeitdruck stand – für mich unglaublich!
Unglaublich auch dann, wenn er mit diesem ewigen Trick »des immer wieder Lobens und Einlullens«, vielleicht erfolgreiche Lebenserfahrungen bei all' seinen Betrügereien gemacht hatte?

Welches Taxi hatte …
eben vor 30 Minuten eine Tour vom Hauptbahnhof zur Arster Landstraße? Der Fahrgast hat seinen Hausschlüssel verloren.

Taxifahrt mit viel Mühen …

Sonntagmorgens acht Uhr. Der erhaltene Fahrauftrag im Taxi-Display führt mich zu einem Schnellrestaurant am Hauptbahnhof. Der erweiterte Text weist auf: »Dame mit Rollstuhl und behilflich sein« hin! Bei Ankunft entdecke ich eine ältere Dame im Rollstuhl, die sich nun zu ihrem gerade frisch bestellten Kaffee »To-go« sehr gedrängt fühlt, durch mein so frühes Erscheinen. Ich beruhige sie aber. Bei behinderten Personen nehme ich mir immer eine »Auszeit«. Gehe in mich. Nehme mir Ruhe und Zeit für ihre spezielle Situation. Bin froh selbst keine Handikaps zu haben, und dadurch sehr gewillt, helfend zur Seite zu stehen!
Zunächst drücke ich dies damit aus, dass mein Zähler noch nicht läuft, und Sie ganz in Ruhe ihren Kaffee trinken kann. Was bedeutet schon eine Viertelstunde verlorene Arbeitszeit, gegenüber der Gesamtmenge aller Monatsstunden? Gar nichts! Aber auch die Dame hat auffällige, nette Aufmerksamkeiten, wie sie es bis zur Heimfahrt immer wieder beweist.
Aber zunächst sind wir ja noch beim »Kaffee trinken«. Da ihr dieser zu heiß ist, bittet sie mich, Milch einzufüllen. Ich greife eine Milchkapsel vom nahe gelegenen Tresen und fülle ein. Sie nimmt ein Schluck und bittet erneut um Milch. Obwohl sie Kaffee sonst nur »schwarz« trinkt, will sie hier für mich die Wartezeit einlenken. Aber es ist ihr immer noch zu heiß, zu unruhig, und sie gibt Kommando: »Loszugehen«!

Ich schiebe sie mit dem Rollstuhl zum Ausgang, der aber mit seiner Treppenstufe ein Hindernis darstellt. Ich spreche deshalb einen Passanten an, ob er mit mir gemeinsam den extrabreiten Rollstuhl mit der gewichtigen Dame herausheben kann auf den Gehweg. Hat geklappt und ich bedanke mich!
Nun schiebe ich sie zur Taxe, öffne die Beifahrertür, und sie erhebt sich vom Rollstuhl. Hier entdecke ich nun eine leichte Pfütze auf ihrem Sitz und halte inne. Auch die Dame bemerkt sofort diese peinliche Situation und fragt, ob ich vielleicht eine Plane zum Abdecken des Autositzes hätte? »In der Tat, hab ich«! Ich transportiere oft Fahrräder und habe mir hierzu mal einen stabilen, großen Plastiksack gekauft, welchen ich an einer Seite aufgeschlitzt habe, um diesen wie ein Cover über den hinteren Rahmenteil schieben zu können zum Schutz des Kombi-Laderaumes. Diese doppelt dicke Folie lege ich nun als Sitzschutz samt Lehne auf den Beifahrersitz. Die schwer bewegliche Dame hievt sich auf den Autositz, streckt aber sofort ihre Hüften hoch mit dem Hinweis: »Bitte nochmal kontrollieren, dass auch ja nichts verrutscht ist!« Ich bin beeindruckt von ihrer großen Aufmerksamkeit und es ist auch wirklich alles okay! Nun zerlege ich, den für mich ungewohnt großen Rollstuhl – wo man erst einmal die Lehne aushaken muss – um ihn dann klappen zu können.
Die Fahrt beginnt. Auf der Fahrt erzählt sie von ihren regelmäßigen Arztspritzen, wo sie eher kritischen Blick zu gewonnen hat – im Sinne des aktuellen Zeitungsreports über einen »Krankenpfleger, welcher mehrere Patienten zu Tode spritzte«.
Des Weiteren habe sie keinen Strom in der Wohnung, da ihr Sohn diesen bei den Stadtwerken abgemeldet habe. All' diese Erzählungen erschrecken mich – will man abtun als Spinnerei – aber andererseits beweist sie immer wieder ihre »geistige Helle« und Aufmerksamkeit, dass man ihr doch alles glauben will. Den Arzt hatte sie schon mal wechseln wollen, aber das wurde energisch

vom jetzt behandelnden Arzt verhindert. Aber sie betonte umso mehr, mutig zu sein, durchzuhalten und jetzt neuen Lebensmut zu haben.
Bei Ankunft habe ich enorme Probleme beim Zusammenbau ihres speziellen Rollstuhls, aber dann schob ich sie zu ihrem Haus. Sie übergibt mir ihren riesigen Schlüsselbund – mit weit über zehn Schlüsseln – und zeigt mir sofort den richtigen. »Passt!« Ich schließe auf und bin auch hierdurch wieder sehr beeindruckt von dem vollen »Dasein« der etwa 70-jährigen Dame! Nun schieb' ich sie mit dem extrabreiten Rollstuhl durch die Haustür des Mehrfamilienhauses und dann weiter zu ihrer Wohnungstür. Auch hier zeigt sie sofort wieder den richtigen Schlüssel, und ich schiebe sie in die Wohnung. Allerdings unter viel Mühsal. Ihr oberes Regal der Hutablage zur Garderobe versperrt ein weites Öffnen der Tür, und ich habe Mühe – in dieser Verwinkelung – den Rollstuhl durch den etwa nur einen Zentimeter großen Freiraum des Türrahmens zu zwängen. Angstgedanken kommen in mir hoch. Wie kann ich sie so eingeengt alleine lassen? Wie kann man so leben? Was wäre bei Brandgefahr?
Nun fordert sie mich auf, mit einem anderen Schlüssel aus ihrem Riesenschlüsselbund die Rollläden halb hochzufahren, damit sie Tageslicht in der Wohnung habe. Licht »An« im Zimmer geht ja nicht, weil ja der Strom abgestellt ist. Kein Radio, kein TV, kein Kochen möglich! Nun verabschieden wir uns, aber mir war klar, dass ich »diesen Fall nicht so stehen lassen würde«. Morgen schon werde ich wiederkommen. Aber nun muss ich erst mal dringend los zur Schicht-Ablösung meines Kollegen.
Da ich am Folgetag – Montag – Arzttermine habe, entscheide ich mich für Dienstag, die Dame wieder aufzusuchen, und kaufte jetzt schon mal eine Thermoskanne, die ich dann mit gekochtem Kaffee von mir mitnehmen wolle. Gesagt, getan! Dienstagvormittag –

Kaffee kochen – und los zur Straßenbahn, zum fast eine Stunde Fahrt entfernten Bremen-Gramke.
Wie befürchtet, wurde nach meinem Klingeln die Tür nicht geöffnet, und somit klingelte ich jetzt bei den Nachbarn des 6-Familienhauses. Dort machte auch ein Ehepaar auf, gab aber vor, mit der Rollstuhldame keinen Kontakt mehr zu haben, da ja wohl auch ich beim Heimbringen der Dame, eventuell einen leichten Geruch in der Wohnung wahrgenommen habe. Nun frage ich diese nach weiteren Kontaktpersonen, die tatsächlich auch nur zwei Straßen weiter wohnen. Leider war dort niemand zuhause und ich entschied – auf meinem Rückweg – nun zur Polizeiwache zu gehen.
Da das Polizeirevier, beim Umsteigen am Hauptbahnhof – nur Bundespolizei war – wie man mir dort erklärte, musste ich nun um ein Weiteres mit der Straßenbahn zum Polizeipräsidium »Am Wall« weiterfahren. Dort erklärte ich meine Taxifahrt vom Sonntag, die Enge der Wohnung, kein Strom, meine Sorge der Angst, und erzählte weiter: »Entweder ist gar nichts passiert, oder die Dame liegt – übertrieben gesagt – tot in der Wohnung!«
Der Polizeibeamte recherchierte in seinem PC (laut meiner Adressangaben) und stellte fest, dass die Dame schon öfter Einsätze ausgelöst hatte. Dadurch waren auch Kontakt-Telefonnummern vorhanden. So erfuhr er, dass die Dame wieder aus der Wohnung raus ist, wieder in ihrem Krankenhaus zurück ist, und nächste Woche entlassen werden soll. Der Beamte gab mir völlig recht, dass hierzu der Sozialdienst eingeschaltet werden muss, da die Wohnung zur Zeit so nicht bewohnbar ist für die Dame! Erleichtert fuhr ich nun wieder nach Hause.

Welches Taxi hatte …
um 15 Uhr vom Bahnhof-Nord einen Fahrgast zum Parkhotel gebracht und hat eventuell noch einen Koffer im Kofferraum?

Wie ein »toter Soldat« ...

Es ist dreiundzwanzig Uhr abends. Ich stehe an einem Taxi-Halteplatz, und mein Kollege vor mir – als erster in der Taxireihe – bekommt nun gerade einen Fahrauftrag. Diese Info funkt die Zentrale sofort immer automatisiert an alle Taxen ihres Halteplatzes, da ja nun alle in ihrer Platzierung um ein Feld aufrücken, und dieses immer in jedem Taxi-Display aktualisiert dargestellt werden muss!

Auch ich bekomme – fast gleichzeitig – einen Fahrauftrag und fahre los. Die Adresse ist im Gewerbegebiet des Güterverkehrszentrums, und ich fahre zur betreffenden Senator-Apelt-Straße, wo sich große Hallen mit ihrem Betriebsgelände aneinanderreihen. In der Ferne sehe ich im Scheinwerferlicht einen winkenden Arm, und ich freue mich, somit nicht im dunklen Gelände nach meinem Fahrgast suchen zu müssen.

Aber bei meinem »Stopp« bei dem winkenden Herrn, stellt sich die Situation ganz anders dar. Es ist eine Firmenfeier und der Winker ist gar nicht der Fahrgast, sondern zeigt weit hinter sich zu seinen drei Kollegen am Festzelt. Hierbei handelt es sich um zwei Träger, welche einen jungen Mann am Boden liegend, an Armen und Füßen packen, und baumelnd – wie einen »toten Soldaten« – zu mir schleppen.

Ich schrecke auf! Ein Volltrunkener, der vielleicht mein Taxi vollspuckt? Ich habe Angst. Beim Erreichen des Trios bei meinem Taxi, wollen mir diese den »toten Soldaten« auf die Rückbank legen. Ich steige aus und sage: »Stopp bitte, so geht das nicht!« Man tröstet mich mit der Aussage, dass ein Begleiter mitfahren würde, man überlege aber noch, welcher Kollege sich hierzu bereit erklärt. Wegen meines »Stopps« richtet man den »Volltrunkenen« aber zunächst erst mal aufrecht stehend neben mein Taxi, und – leicht gestützt von seinen Kollegen – kann dieser sich auch sogar selbst

aufrechthalten. Sein Gesichtsausdruck hierbei zeigt sich in einem leichten, sympathischen Lächeln, was mir erst mal die ganz große Angst abmildert. Leicht schwankend zwischen seinen zwei Kollegen, welche ihn immer noch stabil stützen, befragen ihn diese nun nach seiner Adresse. Da die Firmenfeier aus Festangestellten und Leiharbeitern besteht, kennt man sich untereinander natürlich nicht so gut, und weiß auch nichts von der Wohnadresse des jeweiligen Mitarbeiters.
Und so befragt man ihn nun genau nach Straße und Ort, aber dabei muss man jetzt ganz genau hinhören, wenn man das Gestammel unseres »Pflegefalls« wirklich verstehen und zuordnen will. Der Name Delmenhorst für unsere nahgelegene Nachbarstadt von Bremen ist noch einvernehmlich von uns allen zu verstehen, was in mir allerdings sofort einen Schrecken auslöst! Solch »Volltrunkenen« auch noch als leichte Ferntour länger bei mir zu haben, mit dem ständigen Angstgedanken »des sich Übergebenmüssens« in meinem Taxi? Aber ich bleibe schockgestarrt bei der Gruppe, und wir fragen weiter nach seiner Straße.
Und jetzt werden wir alle unsicher. Wir fragen ihn immer wieder und wieder, aber das Klangbild dieses Namens kann jeder deuten wie er will, man bleibt unsicher. Ich verstehe sein Genuschel als »Annenheider Straße«, welche es in Delmenhorst auch wirklich gibt – eine Hauptstraße sogar! Aber wehe, wenn das genuschelte Klangbild eine ganz andere Straße meint. Oder statt Annenheider Straße, die Adelheider Straße – die gibt es nämlich auch in Delmenhorst – aber an ganz anderer Stelle. Einen Volltrunkenen kann man – und darf man – nie für bare Münze nehmen. Seine »Gehirnverwehungen« in diesem Zustand können gedankenverloren auch Straßen nennen, wo man mal früher wohnte, oder die »erste« Freundin, oder ... oder ... oder! Deshalb äußere ich die Idee, ob unser »Pflegefall« vielleicht ein Handy bei sich trägt, wo man neue Anhaltspunkte finden könnte. Zum Beispiel aus der

Anrufliste des Handys eine Nummer anwählen, wo der Empfänger erkennt, wer hier eigentlich am Apparat wäre, und uns dann vielleicht die Wohnadresse benennen kann. Aber unsere Lösung entwickelt sich ganz neu und anders!

Aber zunächst unterbricht uns eine Kollegin vom Festzelt kommend in unserem weiteren Ablauf. Sie hält winkend einen leeren To-go-Becher in der Hand, mit dem mitfühlend geäußerten Zuruf: »Falls er mal spucken muss!« Ich freu' mich zwar immer um so viel Mitdenken für den Betroffenen, wie auch meinem sauber zu schützenden Taxi, aber ich merke genauso, wie oberflächlich – fast nutzlos – diese angebotenen Hilfsideen solcher »helfenden Hände« sind, die ja selbst auch nur ihren angezwitscherten Gehirnströmen folgen. Wie soll ein stark Angetrunkener seinen völlig überraschenden Magendruck – der eilig hochwärts zur Mundhöhle drängt – gezielt in solch kleinen To-go-Becher platzieren? Die Trefferquote der acht Zentimeter Becherbreite ist äußerst gering und auch vom Füllvolumen viel zu klein. Deshalb habe ich für solche Situationen immer eine neue, große Plastiktüte im Taxi, wo beim Aufhalten der Tüte der ganze Kopf rein passt. Aber selbst das allein schützt nicht immer, wenn der »Spuckeschwall« zu spontan rauswürgt, und der Volltrunkene oder sein Aufpasser zu überrascht – also nicht zeitgleich zum Überraschungsmoment – die Tüte aufhalten kann, wie bereits schon erlebt.

Aber bis jetzt steht unser »Pflegefall« immer noch – ruhig und gestützt von seinen zwei Kollegen – neben meinem Taxi und wir warten ab. Und tatsächlich, jetzt geht's los! Ein bereitwilliger Kollege kommt auf uns zu, der erklärt hat, diesen fremden »Volltrunkenen« bei sich daheim in Bremen aufzunehmen für eine Nacht. Genauer gesagt, er will im Taxi mitfahren als Begleitung, und am Zielende will er mit meiner Hilfe (als Taxifahrer) den »Schwerfälligen« zu sich in die Wohnung tragen, und dann wieder mit mir zurück zur Firmenfeier! Ich freue mich für seine Lösung. Endlich hat

der Stillstand hier sein »Stopp«, und ich kann wieder Taxi fahren; ich will ja Geld verdienen. Und wir verabreden einen abgerundeten Festpreis für die Hin- und Rückfahrt, und somit ist alles geklärt. Der volltrunkene, »tote Soldat«, lehnt immer noch aufrechtstehend neben meiner Fahrertür, und wird nun von seinen Kollegen auf dem kürzesten Weg hinter meinem Fahrersitz auf die Rückbank platziert, jetzt aber in aufrecht sitzender Position. Auch ein fürsorgliches Anschnallen mit dem Sicherheitsgurt – wie bei Kleinkindern – führen sie gewissenhaft aus. Nun schließen sie die Tür, und unser »Pflegefall« fällt sofort angelehnt, in die für ihn erleichterte Schräglage zum Seitenfenster der Innentür und schläft ein, was mir leichte Entspannung bringt. Auch sein mitfahrender Kollege steigt nun ein und setzt sich schützend neben ihn, und wir fahren los. Zuvor reiche ich ihm noch meine bereits erwähnte große Plastiktüte für diese Fälle, und meine Ängste können beginnen hinsichtlich eines Spuckebedarfs. Somit bleibe ich natürlich hoch wachsam, und fahre auch etwas schneller als erlaubt, um mein Zeitfenster des Angstinfernos – wegen eventueller Spuckerei – zu verkürzen durch schnellere Ankunft zum Ziel.
Die Fahrt verläuft aber weiterhin ruhig, unser »Volltrunkener« schläft immer noch, und so kommen mir nun bewundernde Gedanken zu unserem Helfer. Ich staune über dessen Mut, unseren »Fremden« in seiner Wohnung allein zurücklassen zu wollen, da er ja nach dem Zubettbringen unseres »Pflegefalls«, wieder mit mir im Taxi zurückgebracht im Festzelt weiterfeiern will. In der Wohnung allein gelassen, könnte ja unser »volltrunkener Soldat« in der Wohnung umherirren und verunsichert sein Delmenhorst suchen wollen, und dabei – hier und da – mit offenen Mund staunend, die Tapeten »Anstrahlen«, die Sessel »Verfeuchten«, oder »Ausrutschen« auf seiner »markierten Hinterlassenschaft«. Aber mehr Gedanken des Szenarios will ich mir hier nicht ausdenken.

Unser »Sonderfall« lehnt immer noch schlafend an der Autoinnentür, und sein Kollege neben ihn sitzend, versucht immer wieder mal ihn anzusprechen, je mehr wir uns dem Ziel nähern. Er spricht zu ihm ganze Sätze, doch der »Schläfer« ist nur schwer wach zu kriegen und antwortet so gut wie gar nicht! Ich selber bitte den Kollegen, lieber Ruhe zu halten bis zum Schluss, da mir der Ruhestand hier so im Taxi am besten gefällt.
Aber nun sind wir endlich da, meine Ängste waren umsonst, es war alles gut verlaufen. Doch erschrecke ich jetzt erneut auf, wegen des steilen, hohen Treppenaufstiegs zum Hauseingang. Hier sind also wirklich zwei Männer gefordert, den Aufstieg unseres »dritten Mannes« fest untergehakt, Schulter-an-Schulter, zu sichern. Wir wecken unseren »Delmenhorster« auf, lösen den Gurt, sichern seinen Ausstieg aus dem Auto, und gehen langsam Schritt-für-Schritt im »Triotritt« die Treppe »bergauf«. Nach dem Aufschließen der Haustür erfolgt die Fortsetzung meines Aufschreckens, weil hier nun eine noch steiler wirkende Holztreppe zum ersten Stockwerk führt. Wegen der Enge zu dritt nebeneinander, wäre hier ein »Auf-den-Arm-nehmen« wie bei Kleinkindern die geschmeidigere Lösung. Aber wegen der Erwachsenengröße und des Gewichtes natürlich nur ein Wunschdenken. Und so müssen wir uns nun in der gesamten Enge des Treppenaufstiegs mit hoher Aufmerksamkeit und festem Halt mit unserem »Schützling« hinauf zwängen. Aber nun sind wir oben angelangt, die Wohnungstür wird aufgeschlossen, und der Kollege will nun alleine mit dem »Volltrunkenen« die Wohnung betreten. Er bittet mich loszulassen – er schaffe das schon – und ich solle im Taxi warten. Ich habe hierzu Verständnis und verlasse das Haus.
Erleichtert steige ich in mein Taxi. Alles war gut verlaufen, und so kommen mir noch einmal ein paar Gedanken zum Alleingelassensein unseres »Treppenkünstlers«. Hat der freundliche Kollege eine Schüssel oder Eimer ans Bett gestellt? Die Badezimmertür offen

gelassen mit eingeschalteter Beleuchtung? Somit wäre bei einem überraschten Aufwachen unseres »toten Soldaten« eine leichte Orientierung für diesen gegeben, in diesem fremden und ansonsten dunklen Nirwana Halt zu finden. Aber nun endlich genug meiner Gedanken zu all diesen Ängsten. Umso mehr gilt meine hohe Anerkennung dieses Kollegen, diesen »Pflegefall« in seine Wohnung geholt und sich seiner angenommen zu haben!
Nach gar nicht so langer Wartezeit kommt der Kollege aus dem Haus, steigt zu mir ins Taxi und es geht zurück zur Firmenfeier.

Welches Taxi hatte …
eine Fahrt vor 30 Minuten vom Utbremer Ring nach Bremen-Vegesack? Es wird ein schwarzer Rucksack mit Helm vermisst.

Verpennt, verpeilt, gerettet …

Urlaubsreisende mit Buchung über ein Reisebüro, werden an ihrem Reisetag oft mit Zubringer-Taxen von zu Hause abgeholt. Meist in den frühen Morgenstunden. Entweder müssen diese zum ZOB oder Flughafen gefahren werden. Da hier oft mehrere Sammeladressen als Route festgelegt werden, sind hierzu besonders Großraumtaxen im Einsatz.
Und so war auch in diesem Fall eine Großraumtaxe gestartet, die bei Ankunft ihrer ersten Adresse ein »Schläferchen« geweckt hatte. Die Dame hatte voll verpennt, und der Taxifahrer hatte zu recht ein Abwarten abgelehnt, um die pünktliche Abreise der anderen nicht zu gefährden. Aber er hatte dies auch unserer Zentrale gemeldet, die sofort eine Taxe zu dieser »Fehladresse« losschickte. Und das war ich. »Sofort dahin, abholen und nachrüsten zum ZOB am

Bahnhofsplatz«, so die Zentrale. Eine tolle Tour über die Dörfer, und ich freute mich.
Beim Eintreffen dort, kam aber schon eine neue Info: »Der Busfahrer wolle nicht am ZOB warten, und mein neuer Treffpunkt wäre an der Autobahn-Raststätte in Oyten«, was auch gesamt gesehen näher lag und somit das Zeitfenster für mich deutlich entspannte!
Beim Klingeln an der Haustür wirkte die Dame gar nicht so aufgeregt wie erwartet. Ich schilderte ihr unseren neuen Bustreff in der Nähe, was sie mit einem: »Da kann ich ja noch eine rauchen!« beantwortete. Im Vertrauen, dass sie diese Situation in ihrer Umgebung voll beherrscht, gewährte ich ihr diese Zigarettenpause und besprach aber auch die Situation der Fahrstrecke, da ich sonst den Navi einschalten müsste. »Nein, sie zeigt mir den Weg.« Ich war erleichtert, und wir starteten bald.
Beim Erreichen der Landstraße wollte ich nach einiger Fahrt den dortigen Schildern folgen und abbiegen, was sie mit einem: »Weiter geradeaus«, quittierte. Unser Zeitfenster wurde eng und nach kurzer Zeit merkte ich, dass wir es »verpeilt« hatten. Der Weg war falsch! Ich machte Meldung zur Zentrale und diese wolle nun den Busfahrer kontakten. Nach wenigen Minuten kam die erschreckende Antwort: »Der Bus kann nicht länger warten. Neuer und letzter Treff ist das ›Horster Dreieck‹ vor Hamburg!«
»Schluck!« Was jetzt? Was jetzt tun? Achtzig Kilometer weit weg. Wer bezahlt jetzt diese »Taxi-Fernreise«? Ist diese vielleicht sogar teurer als die heutzutage oft günstigen Bus- oder Flugreisen?
Ich ging in mich: Reiner, was verlierst Du, wenn Du trotzdem fährst und der Dame somit ihre Urlaubsreise ermöglichst? Eigentlich nur Freizeit! Irgendwie so etwa zwei Stunden. Und wie oft stehst Du auch anderswo umsonst ein bis zwei Stunden, am Taxiplatz, am Bahnhof oder auch am Flughafen. Also könntest Du auch hier, einfach »Augen zu und los«. Es sind ja nur zwei Stunden. Wo ist da das Problem?

Also gib Gas, Reiner! Wenn Du fährst, hast du auf jeden Fall nichts falsch gemacht. Na ja, und die vielleicht nicht bezahlten Benzinkosten halten sich im Rahmen. Also … Los! Und wieder ein »Gut« für mich!

Als älterer Herr und Taxifahrer denk ich mitunter auch schon mal an mein Himmelbett »hoch über den Wolken«. Für ein »Gut«, stell ich mir dabei immer einen neuen, gemalten Marienkäfer auf meiner weißen Bettwäsche vor. Das Kopfkissen habe ich schon fast voll! Wir fahren also.

Es gab nun nichts mehr Nennenswertes. Wir rauschten geradewegs ins Ziel. Und auch der Bus folgte schon bald zu unserem Treff, und alles war gerettet!

Am Tag danach meldete sich die Zentrale nochmal bei mir, und ließ sich die gesamte Situation schildern. Danach gewährte man mir und meinem Chef eine gerechte Ausgleichszahlung dieser »Irrfahrt«, und damit war nun wirklich alles glücklich geendet!

Taxi nach Paris und zurück … (von Kollege Rolf)

Auch wenn diese Geschichte für mich schon lange her ist, ich vergess' sie nie! Es sind noch DM-Zeiten, das Jahr 2000, also noch keine Euro-Währung. Ein Tag wie alle anderen, denk' ich noch so. Man steht und wartet am Halteplatz. Doch heut' und jetzt, meldet sich die Zentrale, direkt über Funkgerät: »Wir haben hier vier Fahrgäste nach Paris! Hin und zurück! Willst Du – kannst Du – diesen Fahrauftrag übernehmen?« Huiiih … ein angenehmer Schreck weckt in mir hoch, und ich antworte: »Ja … aber … ?« Die Zentrale unterbricht mich sofort: »Schon alles geklärt – wegen Grenzübertritt, Schengenabkommen, Vorfinanzierung – es ist alles geklärt«, so die Zentrale, meinen wohl staunend, offenstehenden Mund ahnend? »Ja, dann … gerne, gerne!«, antworte ich begeistert!

Fahrgäste ins Ausland sind natürlich oft national dem dortigen Land zugehörig, und es kann Sprachschwierigkeiten mit der Deutschverständigung geben. Aber ich habe Glück! Es ist ein Deutscher unter den Malaysiern, sodass hierzu alles »rund« war. Und somit konnte ich nun endlich meiner Neugier freien Lauf lassen: »Wieso Taxi nach Paris?«, und der Deutsche erklärte, mit der malaysischen Chefin hier im Auto verheiratet zu sein, und zusammen mit ihren zwei Kollegen, wollen sie ein gebrauchtes Karussell für ihr Heimatland kaufen. Da in Europa nur drei Karussellfirmen hierzu existieren (Deutschland, Italien, Frankreich), und es im Bremer Werk nicht zu einer Einigung kam – wollte man, und musste man – nun den zugesagten 10-Uhr-Termin in Frankreich unbedingt einhalten! Der Preis ist in jeweiliger Landeswährung, da es die Euro-Währung noch nicht gab.
Das vorgesehene Karussell war eine gebrauchte Autoskooterbahn, und die einzelnen Skooter sollten dort, gegenüber einer Neuanschaffung, umgerechnet nur tausend, statt viertausend Deutsche Mark kosten. Des Weiteren liegt der eigentliche Ort siebzig Kilometer von Paris entfernt, und man hätte dort dann sowieso ein Taxi nehmen müssen. Und alle vier Flugtickets zusammengezählt dazugerechnet, wären noch teurer, als hier das Taxi von Anfang an, mit dem Komfort sogar von »Tür-zu-Tür« zu fahren. Und da der Taxifahrer ja sowieso wieder zurück muss, konnte man ihnen einen günstigen Rundumpreis berechnen!
Die Fahrt verlief planmäßig und reibungslos durch die Nacht, sodass die Fahrgäste ihre geplante Route mit einer Stadtfahrt durch Paris, »Eiffelturm bei Nacht«, verbinden konnten. Faszinierend große Eindrücke auch für mich als Taxifahrer in solch einer großen Weltstadt zu sein!
Auf einem abgesprochenen Parkplatz ihres Zielortes wurden sie dann alle abgeholt. Hier legte ich mich zur Ruhe und schlief ein. Wegen der erfolgten Vorfinanzierung in der Zentrale musste ich

mir ja um die Bezahlung – hinsichtlich eines Weglaufens, beziehungsweise nicht Wiederkommens der Fahrgäste – keine Sorgen machen!
Gegen mittags trafen sie dann wieder auf dem Parkplatz zu mir ein, und wir starteten los nach Bremen. Nachts erreichten wir dann unser Ziel. Gute Nacht! Bonne nuit!

Welches Taxi hatte …
ein älteres Ehepaar von der Sebaldsbrücker Heerstraße zum Flughafen gefahren und hat noch die Koffer bei sich?

Dame stürzt …

Hurra! Unsere Taxizentrale hat einen Fahrauftrag für uns. Weil am zuständigen Halteplatz der Zieladresse keine Taxe steht, funkt die Zentrale nun ein sogenanntes »Raumangebot« automatisiert an alle Taxen in Bremen. Jeder Fahrer kann diesen Text in seinem Funk-Display lesen, und bei Interesse anklicken, und sich somit für den genannten Stadtteil bewerben. Das automatisierte GPS-System der Zentrale entscheidet dann unter allen Bewerbern, welcher am nächst näheren zur Zieladresse steht.
Da ich in relativ naher Entfernung bin, bekomme ich diesen Funkauftrag, mit der nun ausführlich genannten Zieladresse und fahre los.
Da jetzt aber weit vor mir, zufällig auch ein Taxi in meine Hauptstraße einbiegt, werde ich ängstlich, falls diese zufällig auch in meine Wohnsiedlungsstraße abbiegen sollte, und mir somit eventuell meinen Fahrgast »wegschnappt«. Deshalb durchfahre ich bei völlig freiem Straßenumfeld meine Ampelkreuzung bei »Gelb-Rot«, um nicht noch mehr Abstand zu meinem weit entfernten

Vordermann zu verlieren. Und tatsächlich, er biegt rechts ab in die Straße meiner Bestelladresse, und würde, wenn meine Fahrgäste bereits schon vor der Tür stehen und winken, mir diese eventuell »wegschnappen«. Ein häufiges Dilemma für uns Taxifahrer, insbesondere an Hauptstraßen, wo ja immer mal Taxen vorbeigefahren kommen. Ich gebe also Gas, um flott mein Ziel zu erreichen und meinem Vordermann näher zu rücken, und sehe in der Ferne auch zwei alte Damen am Straßenrand stehen, welche verwundert dem vorbeifahrenden Taxi hinterherschauen.
Aber nun bin auch ich in ihrem Blickfeld, und ich halte an, und bin froh meine Fahrgäste zu haben. Während sich die beiden Damen neben meinem Taxi verabschieden, steige ich aus und öffne der älteren Dame die Beifahrertür, und die sehr große Dame steigt ein. Die Fahrt ist gar nicht so weit, und beim Eintreffen in ihrer Wohnstraße, halte ich an, sie bezahlt, und ich steige aus, um ihr wieder die Tür zu öffnen. Sie beugt sich auch vorgebeugt raus, aber beim Aufrichten ihres Körpers sinkt sie – völlig überraschend für mich – kraftlos in sich zusammen und fällt in Sitzstellung auf den Bürgersteig.
Ich bin erschreckt, und will sie aufrichten. Aber wie? Sie ist eine Dame. Einfach mal so wie bei Männern mit beiden Armen den Brustkorb umklammern und aufrichten, ist hier nicht angebracht. Aber ach du Schreck! Nun sehe ich auch, dass sie bei ihrem Sturz einen Schuh verloren hat, und sehe gleichzeitig, dass genau dieser Fuß einen Verband trägt, welcher den Fuß sehr verdickt. Wie soll da der Schuh wieder drüber passen?
Aber dies muss ja möglich sein, denn die Dame hatte ja beide Schuhe an beim Einstieg. Ich frage also nun die sitzende Dame am Straßenrand, ob ich ihr den Schuh wieder anziehen solle, und hierzu auch den Fuß anfassen dürfe wegen des Verbandes, falls hier mit Schmerzen zu rechnen wäre?

Sie bejaht meine Hilfe, und ich versuche nun ganz vorsichtig den Schuh auf den viel zu dicken Fußverband seicht drüberzuschieben. Aber keine Chance. Schon mathematisch im Anblick zeigt mir die Situation, dass dieser »Klumpfuß« nicht in solch zierlichen Schuh passt.
Gerne wäre ich hier jetzt ein Prinz gewesen, der kniend vor seiner »königlichen Hoheit«, den auserwählten Schuh angezogen hätte. Aber – auch nach mehreren Versuchen meiner seichten Art – sehe ich keinerlei Chancen auf Erfolg.
Es wäre ein Weltwunder, wenn dies jemals jemand schaffen würde, denke ich unentwegt in meiner hilflosen Art. Und andererseits musste es klappen können, die Dame war ja nicht barfuß eingestiegen.
Ich frage deshalb nun die Dame, ob sie es selbst mal versuchen möchte? Und tatsächlich, »ohne viel Rucken und Racken«, stülpt sie sich den Schuh über! Ich bin erstaunt, erfreut und erleichtert – aber – wie geht es nun weiter? Problemfall »Nummer 2« ist jetzt, die große Dame aufzurichten?
Ich spreche sie erneut an, ob sie sich aufrichten könne, wenn ich sie unterstützend am Oberarm halte und hochziehe. Sie nickt! Aber leider kommt sie aus der Sitzhaltung nicht hochgestreckt heraus, und fällt immer wieder zurück in ihre Sitzstellung. Und auch ich traue mir nicht, sie »volle Pulle« hochzuziehen, falls sie dann doch wieder in der hochgestreckten Haltung in sich zusammensinkt, und dadurch noch tiefer zurückstürzen würde. Ich brauche also einen zweiten Helfer.
Gar nicht weit entfernt sehe ich nun einen jungen Mann mit seinem Hund »Gassi gehen«. Ich gehe auf ihn zu, und bitte ihn, mir zu helfen. Er sagt sofort zu, bindet den Hund an einen Vorgartenzaun, und geht mit mir zu der Dame. Gemeinsam fassen wir nun die Dame – links und rechts – unter dem Oberarm und richten sie auf – mit Erfolg! Und tatsächlich, jetzt wieder richtig aufrecht ste-

hend, stabilisiert sie sich und wirkt gar nicht mehr so sturzgefährdet. Auch sie selbst empfindet dieses so, und möchte nun den kurzen Rest des Weges zum Haus alleine gehen.
Ich willige ein, sage ihr aber, dass ich noch solange hier verweile, bis sie im Eingang verschwunden ist. Und so endet diese Geschichte doch noch glücklich, denn alles lief glatt!

Koste es, was es wolle …

Es ist Mitte Januar, und wir Taxifahrer wissen, dass dieser Monat immer eine ruhigere Auftragslage mit sich bringt. Man hatte Weihnachtsfeiern, Betriebsfeiern und Silvesterfahrten! Und auch wegen der ausklingenden, weltweiten Corona-Pandemie, ist ja wegen Ansteckungsgefahr immer noch überall ein reduziertes Miteinander in der Öffentlichkeit, und deshalb auch für uns Taxen weniger zu tun.
Somit ist auch heute wieder so ein langweiliger Tag, nichts los. Es ist fast Mitternacht, und ich denke als Nachtfahrer, auch bald Schluss zu machen. Aber meine letzte Taxi-Tour hatte mich zufällig in ein Stadtteil gebracht, wo gerade eine »Vorbestellung« im Taxi-Display angezeigt wird, die ich dort am Taxiplatz noch abwarten will. Vorbestellungen sind für uns Taxen meist gute Touren zur Pünktlichkeit zum Bahnhof, Flughafen, und so weiter, und somit eigentlich keine Kurztouren.
Ich habe Glück, es ist kein anderes Taxi da, ich bin die einzige Taxe, und so wäre ich in fünfzehn Minuten dran, falls nicht zuvor ein anderer Anrufer ein Taxi bestellt. Aber es ist ja sowieso nichts los, und meine Chance damit sehr groß, diese Tour auch zu gewinnen!
Und tatsächlich – die Zeit ist herum – das Display macht »Ding-Dong« und meldet mir die Bestelladresse. Da die Adresse sehr in Nähe des Taxiplatzes liegt, sind die zehn Minuten Anfahrtzeit, die

ja jeder Vorbestellung zugeteilt ist zum pünktlichen Erreichen der Zieladresse, viel zu großzügig.
Aber das ist nicht schlimm. Bei leeren Straßen in der Nacht fahre ich dann etwas langsamer zum Ziel, und nenne beim Klingeln an der Haustür auch den Hinweis: »Ich will mich nur anmelden, ich bin noch zu früh, machen Sie ganz in Ruhe, der Zähler ist nicht eingeschaltet!«
Und so auch hier diese Prozedur. Der geschätzte 50-jährige, schlanke Herr an der Tür, wirkt auf mich auffällig sympathisch in seiner Ausstrahlung, bedankt sich für meine entspannten Worte und will auch gleich kommen. Gleichzeitig fragt er, ob ich ein EC-Kartenlesegerät habe, was ich bejahe!
Dann kehrt er noch mal in sein Haus zurück und ruft noch: »Es ist eine 2-Stunden-Fahrt, hin und zurück!« Häh … wie … was meint er, habe ich richtig gehört – eine 2-Stunden-Fahrt? Ich denke eher an einen Hörfehler.
Aber tatsächlich, er kommt, steigt hinten ein, schenkt mir zehn Euro und nennt mir sein Ziel, das 180 Kilometer entfernte Münster. Ich bin platt und angenehm überrascht, solch eine gute Abschlussfahrt an einem doch so langweilig geglaubten Tag als Belohnung gewonnen zu haben!
Noch schöner sein ganzes Ziel, sein genauer Grund, ich bin hoch begeistert, von so etwas Schönem hatte ich noch nie gehört in meinem Leben!
Er will seine neue Freundin aus Münster abholen zu sich nach Hause, also Hinfahrt dort zum Abholen, und eine Rückfahrt zu sich nach Hause. Dies wären für mich also zwei Ferntouren sogar.
Aber dazu gebe ich ihm auch gleich sofort eine schöne Antwort: Da die Rückfahrt für uns Taxis ja sowieso immer eine unbezahlte Leerfahrt ist, will ich in seinem Fall auch nur die Hinfahrt zur Abholung bezahlt wissen, und die Rückfahrt nicht berechnen, zumal

ich gar nicht weit entfernt von ihm wohne! Er freut sich sehr über meine Fairness!
Beim Einsteigen hat er auch danach gefragt, ob er seine Gesichtsmaske weglassen dürfe, da er große Probleme auf solch langer Fahrt damit habe. Ich willige ein, da ich drei Mal geimpft bin und im Erwachsenenalter lebenslang immer gesund war, und zusätzlich ja auch eine Trennfolie zur Rückbank im Taxi habe.
Somit konnte er mir – hinten auf der Rückbank sitzend – auch seine besondere Lovestory erzählen, so dass ich ihn akustisch gut verstehen konnte.
Er hatte die Dame drei Tage vor Silvester im Internet kennengelernt, und sie waren beide sofort sehr angetan voneinander! Er war somit auch schon mal bei ihr, und sie danach bei ihm, und er erzählte weiter: »Eigentlich glaubte sie, ihre Internetanzeige gelöscht zu haben, weil ihr alle Internetkontakte zu blöd waren. Somit war sie völlig überrascht, dass er nun ganz überraschend auftauchte, und sie beide so begeistert zusammenpassten!«
Am heutigen Abend hatten beide so viel telefoniert und Spaß gehabt, und am Telefon miteinander zugeprostet, dass er ihr die Idee geäußerte habe, sie heute noch unbedingt sehen zu wollen, »koste es, was es wolle«! Er sagte ihr also: »Ich komme Dich abholen, jetzt, in zwei Stunden bin ich da!«, was sie nicht für möglich halten wollte. Aber er hatte ihr dies immer wieder betont.
Bei Ankunft stieg die etwa gleichaltrige Dame ein, und nahm neben ihm Platz hinten im Taxi, hinter der Trennfolie. Ich selbst schaltete meine Ohren ab, und wollte ihre so bewundernswerte Liebe nicht belauschen. Bei Ankunft war alles noch in bester Laune, er bezahlte, sie stiegen aus, und ich bewunderte die Zufälle dieser Welt!

Mein größter Pechtag …

Es ist Donnerstag. Meine Nachtschicht starte ich heute wieder um achtzehn Uhr am Betriebshof und nehme dort die mir zugeteilte Taxe. Ich übernehme alle Zählerstände des elektronischen Displays (für Tourenzahl, Km-Stand, Fahrpreis, usw.) und notiere diese in meinem Fahrbericht, und fahre zur nahgelegenen Tankstelle für Erdgas. Hier steht leider eine Taxe sehr rücksichtslos »schräg« zwischen zwei Säulen-Zufahrten und blockiert dadurch die einzige Gassäule für mich, so dass ich hier erst mal abwarten muss, bis der Fahrer von seinem Zahlungsvorgang in der leichten Kassenschlange zurückkehrt. Mein Ansprechen zuvor als Zuruf, hatte ihn nicht mehr zurückkommen lassen. Auf seine Rücksichtslosigkeit von mir freundlich angesprochen bei seiner Wiederkehr, kommt von ihm kein »Sorry«, sondern: Ich müsse mich wohl mehr in Geduld üben! Ich tröste mich mit dem Gedanken, »andere Länder, andere Sitten«, mache mir aber auch bewusst, dass meine Erziehung solch grobes Fehlverhalten – zumal noch hingewiesen – nicht zuließe!
Aber nun kann ich tanken und nehme jetzt über mein Funk-Display ein Raumangebot der Taxi-Zentrale an. Eine Botentour, also Ware abholen und ausliefern. Es ist 18.30 Uhr und ich bin auch ganz in der Nähe der Zieladresse. Aber beim Erscheinen am Pförtnertor sagt man mir, dass dieser Warentransport schon längst abgeholt wurde. »Unerklärlich eigentlich«, wie mir die Zentrale zu meiner Rückfrage hierzu erklärte. Der Auftrag wäre mehrmals wiederholt worden, weil kein Fahrer mit einem Interesse bestätigt hatte. Wahrscheinlich waren zu dieser Uhrzeit – wegen Schichtwechsel – keine freien Taxen in der Nähe. Ich selbst mit meinem »Neustart-Beginn« hatte von der vorhergegangenen »Wiederholungsschleife« noch nichts mitbekommen können.

Ich melde also »Fehlfahrt«, und bekomme zwanzig Minuten später einen Fahrauftrag zum Parkhochhaus in der City, in die sechste Etage. Das klingt merkwürdig, so etwas hatte ich noch nie! Ich glaubte an jemanden, dessen Auto nicht ansprang, und der nun seinen Neueinkauf zusammen mit einer Taxe heimbringen wolle. Aber nein, die sechste Etage war fast leer. Nur drei Autos stehen geparkt da, keine Passanten in Sicht. Auch hier melde ich der Zentrale »Fehlfahrt«.

Der neue Ersatz-Auftrag führt zu einem Hotel ganz in der Nähe. In drei Minuten bin ich schon da. Ich melde mich an der Rezeption, und dort verweist man darauf – wie so oft – die Fahrgäste müssten bereits draußen stehen! Die Einzigen dort, verneinen mein Ansprechen auf Taxibestellung, und so mache ich erneut »Fehlfahrtmeldung« (Nummer 3).

Aber nun kommt Fahrt auf! Die nächste Tour ist 14,80 Euro, und endlich »klingelts in der Kasse«! Aber schon um einundzwanzig Uhr die nächste »Fehltour« (Nummer 4). Eine Abholung in der Kneipe. Die Wirtin weist auf die dicke Dame am Tisch, die ich auch von mehreren Fahrten kenne, und ich quittiere beim Zurückgehen zur Taxe schon mal meine »Einstiegsmeldung« an die Zentrale. Falsch gedacht! Die angetrunkene Dame kommt zum Taxi und nuschelt in ihren undeutlichen Deutschkenntnissen irgendwas wie: »Ich will noch nicht fahren!« Also wieder »Fehlfahrt«? Leider nicht! Ich hatte ja schon den Einstieg über Funk gemeldet. Ein Schusselfehler! Also nun wieder ganz normal hinten anstellen am Taxiplatz – keine Bevorzugung mehr für die nächste, erste Funk-Ersatztour!

Der gesamte Abend verlief schleppend, kaum Touren über zehn Euro, sogar neun Touren unter acht Euro. Die kürzeste Tour war mit 4,10 Euro sogar die kürzeste meines Lebens vom nahgelegenen Hotel zum Hauptbahnhof. Man bedenke dabei, dass sich allein schon 3,30 Euro aus dem Festpreis der Startgebühr ergeben,

sodass die Fahrt selbst allein nur achtzig Cent weit war, was etwa einer 400-Meter-Entfernung entspricht!

Deshalb sind aber Kurzstrecken kein Groll. Sie gehören genauso in den Gesamtservice der Personenbeförderung, wie alle anderen Touren. Wie hätten die Hotelgäste sonst ihre schweren Koffer zum Bahnhof geschafft (oder bei Regen), oder der Kollege hatte dadurch das Glück, ohne Warten am Taxiplatz, schon eine – wenn auch kurze – Anschlussfahrt, oder dadurch noch eine kurze Abschlussfahrt zu seinem Schichtwechsel, erhalten zu haben.
Auch eine »Fehltour« gab's noch einmal bei Schichtende. Meine Nummer 5 also! Jemand wollte an einer Haltestelle der Bremer Straßenbahn abgeholt werden, ganz in Nähe des Hauptbahnhofs. Auch hier war ich in direkter Nähe – etwa nur zwei Minuten entfernt – aber der Fahrgast wieder weg, Haltestelle leer! Na ja, und dann war auch endlich Feierabend ... »Puuuh«!

P.S.: Als größtes Pech vorausgegangen war aber an diesem Tag (vor meiner Taxi-Nachtschicht), das Begleiten meiner Ehefrau frühmorgens zum Hauptbahnhof. Sie musste weit weg zur Reha. Die zwei Koffer hatten wir tags zuvor von einer Transportfirma abholen lassen, aber die Reisetasche wollte ich ihr selbst im Zug ins Gepäckfach heben. Wir waren früh am Bahnsteig – zunächst noch allein – aber die wartende Menschenmenge wurde immer größer.
Beim Eintreffen des Zuges, und dem Aussteigen der vielen Fahrgäste, zwischen der jetzt großen Menge von uns Bahnsteigwartenden, war alles eng und kein Platz mehr, seinen direkten Waggon zu erreichen. Auch die kleinen Waggonnummern für die Reservierung (in nur 5 cm großer Schrift an den Türen) waren kaum zu erkennen. Zu niedrig angebracht und durch die Reisenden weitestgehend verdeckt. Somit entstand ein enormes Gedrängel in den Waggon-Gängen, so dass ich nicht rechtzeitig durch diesen

Stau im Waggon rauskommen konnte, und der Zug fuhr ab nach Hamburg.
Um nicht als »Schwarzfahrer« zu gelten, suchte ich sofort den Zugbegleiter auf und schilderte mit Vorlage des Reha-Reisetickets meiner Frau den Vorgang. Hier gewährte man Kulanz, aber für die Rückreise musste ich bei meinem nächstmöglichen Ausstieg, leider erst im weitentfernten Hamburg-Harburg, eine Fahrkarte kaufen für meine Rückreise nach Bremen!

Fazit meines Pechs:
Versperren der Tanksäule bei Schichtbeginn, fünf Taxi-Fehlfahrten, kürzeste Taxi-Tour aller Zeiten (4,10 Euro), neun Touren unter acht Euro, und die ungewollte Zugreise nach Hamburg mit teurer Rückfahrkarte!

Falls Glück, kehrt Schlüssel zurück …

Ich stehe ganz allein als einzige Taxe am Taxiplatz eines Bremer Krankenhauses, und hoffe auf die gute Botentour, die um diese Zeit öfter mal rausgegeben wird. Ich stehe noch reichlich zu früh, aber so genau kann man die Tourenfolge am Taxiplatz ja nie planen – man muss eben einfach immer bemüht sein.
Nach einigem Warten kommt ein Ehepaar aus dem Krankenhaus auf mich zu, und steigt in mein Taxi. Auch sie sind mit ihrer weiten Zieladresse eine gute Tour für mich. Wie sich im weiteren Gespräch herausstellt, sind beide Bruder und Schwester zueinander – also nicht Ehepaar – und hatten soeben die Ehefrau des Mannes ins Krankenhaus begleitet.
Der Anlass dorthin war aber nicht wegen Krankheit, sondern ein sehr freudiger Grund. Man erwartet ein Kind, also Nachwuchs ist angesagt! Somit ist auch die Stimmung im Taxi in besonderer

Weise frohgelaunt, und auch ich erzähle vom Begleiten meiner Ehefrau bei der Geburt unseres gemeinsamen Sohnes, und wie es nach dem »Einsetzen der Wehen« dann doch noch viele Stunden der Spannung andauerte.
Aber alles war prima gelaufen! Das Baby war gesund, niedlich und groß! Ob Junge oder Mädchen war uns immer egal gewesen, sodass wir eine neugierige Labor-Voruntersuchung hierzu für uns immer verneint hatten, um die naturgegebene Überraschung und Spannung zu diesem schönen Ereignis bis zum Schluss hochzuhalten! Somit waren natürlich auch Namen für Junge und Mädchen einstimmig ausgesucht und vorgeplant: Bastian und Mareike!
Aber nun sind wir mit unserem Taxi auch alle am Ziel, und der Herr bemerkt jetzt, seinen Hausschlüssel im Krankenzimmer seiner Frau liegen gelassen zu haben bei all dem Gesamtgepäck. Seine erste »Ablenkung wohl heute« weil Klein-Baby kommt?
Er wohnt zwar hier in der selben Straße wie seine Schwester, und hätte somit zunächst erst mal eine »Bleibe«, aber für all seine weiteren Vorbereitungen und Planungen an diesem wichtigen Tag wäre er wohl sehr viel lieber in seiner eigenen Wohnung, denke ich so. Und unsere 30-Euro-Tour wäre nun ja auch üppig teuer für ein Hin und Zurück, nur um den Schlüssel zu holen.
Ich überlege schnell. Mit viel Glück könnte ich es vielleicht noch pünktlich zurück schaffen zum Krankenhaus, um meine eigentlich geplante Botentour zu erwischen. Das Glück hierzu ist hauptsächlich davon abhängig, ob bereits ein anderer Kollege schon neu nachgerückt steht am Taxiplatz.
Aber auf jeden Fall könnte ich bei meiner Ankunft dort am Taxiplatz – im Krankenzimmer seiner Frau – den Schlüssel rausholen. Er müsste mir dazu aber die Station und seine Handynummer nennen um Kontakt miteinander halten zu können. Er freut sich sehr über diese Idee, und gibt mir die Daten.

Ich fahre los – und tatsächlich – bei meiner Ankunft steht bereits schon eine Taxe am Halteplatz des Krankenhauses. Ich logge mich trotzdem ein, und gehe zur Station. Hier spreche ich eine Krankenschwester an, welche mich in das betreffende Zimmer der Ehefrau führt. Diese ist vorinformiert durch ihren Ehemann und übergibt mir vertrauensvoll den Schlüssel.
Bei meiner Wiederkehr zum Taxi sehe ich zwei Männer, welche gerade in das erste Taxi einsteigen. Somit bin ich nun doch erster und einziger am Platz, und bekomme zehn Minuten später auch die Botentour. Glück gehabt! Die Zieladresse hierfür liegt in grober Richtung des »Schlüsselverlierers«, sodass ich ohne große Umwege den Schlüssel als kostenlose Serviceleistung bei ihm abgeben kann. Er bedankt sich sehr und wir verabschieden uns, und auch ich freue mich, zu meiner anfangs erhofften Botenfahrt noch zusätzlich diese gute Krankenhaustour dieses Herren gehabt zu haben!

Unglaublich als Notfall …

Ich starte wieder pünktlich meine Nachtschicht und befinde mich gerade auf der Hauptstraße zu meinem Lieblings-Taxiplatz, als ein Raumangebot im Display aufleuchtet. Ich »klicke An«, und nach wenigen Sekunden erhalte ich nun die genaue Adresse. Es ist die Weizenkampstraße in Bremen »mit Tiertransport und EC-Kartenzahlung«. Ich bin in fünf Minuten da, klingele an der Haustür, und eine junge Dame kommt heraus mit einem Kaninchenkäfig mit Tragegriff und einem Rucksack in der Hand. Ich steige aus und biete ihr die Ladefläche des Kofferraums an, aber sie will lieber alles bei sich im Beifahrersitz haben. Den Kaninchenkäfig stützt sie auf ihrem Schoß, den Rucksack legt sie ab im Fußraum. In ihrer engen, eingepferchten Sitzhaltung würde ich nun an mein

EC-Kartengerät – direkt eingebaut im Handschuhfach vor ihr – nun gar nicht mehr rankommen. Aber das ist zunächst unwichtig! Erstmal los, das Tier muss zur Notklinik!
Die Tiernotklinik – ein 24-Stunden-Dienst – kennt jeder hier in Bremen, und ich fand diese in ihrer neuen Örtlichkeit vor vielen Jahren – so weit ausgelagert am Rande der Stadt – eine grobe Unüberlegtheit der verantwortlichen Planer. Zum einen wegen der weiten Fahrt solcher verletzten Tiere und zum anderen der teuren Taxi-Hin-und-Rückfahrt für die Tierhalter, wenn sie denn kein eigenes Auto haben. Auch Buslinien bedienen diese Richtung nur im 30-Minuten-Takt.
Als wir eintreffen, sehen wir die Tiernotklinik hell erleuchtet vor uns, und ich rücke vor, auf die fast ganz leere Parkplatzfläche, ganz nah zur Eingangstür. Das Taxameter zeigt fünfundzwanzig Euro, und ich spreche die Dame an, ob ich hier auf Sie warten solle, da ich auch anderswo am Taxiplatz mitunter eine Stunde warten müsse, bis zu einem nächsten Folgeauftrag. Außerdem käme ich jetzt nur umständlich an mein EC-Kartengerät – im Handschuhfach vor ihr – und wir könnten somit nach der Behandlung die Hin- und Rückfahrt mit einer Buchung abschließen. Die Dame freut sich sehr, und wir steigen beide aus, da ich ihr helfend zur Seite stehen will, zum Türöffnen und Sichern. Des Weiteren erfahre ich im Vorflur vielleicht auch schon eine ungefähre Wartezeiteinschätzung des ärztlichen Personals. Aber es kommt ganz anders.
Die großen Glastüren des Haupteingangs sind verschlossen. Die sichtbare Klingel dahinter im Vorflur ist somit nicht zu erreichen. Wir stehen nun beide ein wenig hilflos vor der verschlossenen Tür, zumal es auch etwas leicht regnet. Ich freue mich für die Dame noch in ihrer Nähe zu sein. Wie ärgerlich wäre es jetzt für sie, hier allein im Regen zurückgelassen zu stehen mit Käfig an der Hand, ohne jeglich geschützte Unterstellmöglichkeit, wie jetzt hier bei mir im Taxi.

Dazu noch so einsam und allein des Nachts, so abseits gelegen von der Stadt, und wieder auf ein neues Taxi warten müssen. Aber vor allem ihr Kaninchen – es sollte ja schnell zum Tierarzt. Aber wir sind nicht allein. Gleichzeitig fährt nun ein weiterer Pkw auf das Parkplatzgelände. Zwei ältere Damen steigen aus und halten einen kleinen Hund auf dem Arm, welcher in die Schnauze gebissen wurde von einem größeren Hund beim Gassi gehen. Ich gehe nun die gesamten, großen Fensterfronten neben dem Eingang links und rechts entlang, aber trotz des großen und hell ausgeleuchteten Empfangsportals, ist niemand zu sehen. Ich gehe deshalb um die Gebäudeecke herum, und sehe hier nun eine Dame im Warteraum sitzen, der ich durch Klopfen und Zeigen am Fenster zur Eingangstür deute. Sie reagiert sofort, kommt zur Tür und diese öffnet sich – vom ausgelösten Innenkontakt – nun endlich zum Hereinkommen. Gemeinsam betreten wir Vier nun das völlig leere Anmeldeportal. Der kleine Hund der Damen blutet vom Gebissensein ein wenig an der Schnauze. Nun kommt auch die Tierarzthelferin aus einem Laborzimmer hervor und ist erstaunt über unsere Anwesenheit, da die Tiernotklinik seit drei Monaten keinen 24-Stunden-Dienst mehr hat, sondern immer um 20 Uhr schließt. Deshalb waren auch die Eingangstüren verschlossen, denn es ist bereits 20.30 Uhr. Sie verweist dabei auch auf das Internet, wo man diesen Hinweis hätte lesen können. Erschreckt, enttäuscht und hilflos fragen wir nun die Arzthelferin wie es weiter geht? Sie bittet uns an den Tresen zu folgen und zeigt uns ein Notdienst-Schild mit der neuen Dienstzeit der Tiernotklinik (jetzt nur noch von 10-20 Uhr) und einem Telefon-Notruf für die Zeit danach. Hier sind mehrere Tierärzte als Ringverbund im Wechsel dienstbereit. Meine »Taxi-Dame« ruft nun diese Nummer an, und erfährt eine zuständige Tiernotklinik in Posthausen, welche etwa dreißig Kilometer entfernt ist. Ich bin erneut erschreckt, wie wir Großstadtbremer mit unseren Tiernotfällen bundesweit über die Dörfer vermit-

telt, verwiesen und verteilt werden. Als Großstadt haben wir nicht einmal eine eigene, zentrumsnahe Tiernotklinik in der Stadt. Ich bin tief enttäuscht! Meiner Taxi-Dame will ich nun aber »Ruhe-ins-Spiel« bringen und erkläre ihr, dass ich bei all diesem Chaos, die Taxifahrt zurück nach Bremen kostenfrei für sie fahren werde! Die Arzthelferin vermittelt und telefoniert noch einmal weiter für uns Vier, und findet aus dem Notrufring eine zuständige Tierarztpraxis in Bremen-Huchting. Diese Praxis bestätigt uns eine Behandlung für das kranke Kaninchen, wie auch den verletzten Hund. Das klingt schon deutlich besser! Wir fahren los. Im Taxi erkläre ich der Dame, dass ich natürlich auch hier auf sie warten werde, und ihr nach der Tierarzt-Behandlung nur noch die kurze Fahrt bis nach Hause zu unserem Gesamtbetrag hinzuzähle. Bei Ankunft geht alles sehr schnell. Die Praxis ist frei, das Kaninchen wird behandelt und in einer halben Stunde fahren wir heim. Die Ironie dabei: Die Tierarztpraxis ist der Nachbarstadtteil von der Kaninchen-Dame. Die weite »Weltumsegelung« zur Notklinik hätte man sich sparen können – zeitlich wie geldlich – wenn der reduzierte 24-Stunden-Dienst bekannter im Umlauf wäre. Auch die Damen mit dem kleinen Hund waren kurze Zeit später nach uns dort eingetroffen.

Schlussgedanke zu unserer Tiernotklinik:
Die letzte Dame dort im Wartezimmer, wartete auf die Fertigbehandlung ihres Tieres (unserer Rettung), und die Ärztin war deshalb auch während unseres Aufenthalts noch mal kurz im Flur zu sehen, aber hatte längst Feierabend und verließ dann auch die Klinik.

Dreimal kurz und bündig …

Nach langweiligem Warten am Taxiplatz im Steintor, erhalte ich nun endlich einen Fahrauftrag von meiner Zentrale. Ich freue mich, und die Adresse ist auch gar nicht weit. Sie ist nur fünfzig Meter weit entfernt, gleich schräg gegenüber vom Taxiplatz, zur Gaststätte »Zum Schwan«.
Bei meinem Aussteigen am dortigen Straßenrand kommt ein Herr auf mich zu und will einsteigen. Ich erkläre ihm aber, hier jemanden aus der Kneipe abholen zu müssen. Der Herr geht also weiter. Mein Fahrgast kommt mir an der Tür auch schon entgegen, wir steigen beide ein und fahren los. »Halt, Stopp«, ruft dieser jetzt schon nach nur wenigen Metern der Fahrt. Die Zählerstandanzeige steht fast noch im Startgebühr-Modus! Er zückt sein Portemonnaie, bezahlt seine 3,50 Euro und steigt aus. Dies bemerkt auch der erstere Herr, noch ganz in unserer Nähe, und steigt jetzt ein: »Einmal zum Hauptbahnhof bitte!«
Also ein kurzer »Hattrick«: Kurz zur Abhol-Adresse … kurz die Fahrt … kurz die Bahnhofstour!

In Nachgedanken versuche ich mir den hastigen Ausstieg des »Kneipenwillis« zu erklären. Vielleicht wollte er mich ja auch nur retten und schützen, wegen seines plötzlichen Toilettendrangs, Spuckebedarfs, und so weiter?

Welches Taxi hatte …
auf der Oldenburger Straße sein Taxischild (seinen Geier) verloren. Ein Kollege hat diesen an sich genommen. Bitte melden.

Ich komme gleich …

Es ist noch früh am Abend und noch nicht viel los für uns Taxen. Und so nehme ich freudig ein Raumangebot meiner Funkzentrale in einem Nachbarstadtteil an. Ich muss aber schon noch ein ganzes Stückchen bis dahin fahren bis ich endlich da bin. Ich steige aus und klingel in dem 3-stöckigen Familienhaus. Eine Stimme meldet sich, und sagt so etwas ähnliches wie: »Es dauert noch einen Moment«. Wegen der gestörten Verständigung des Lautsprechers antworte ich einfach nur: »Ja, gut«, und gehe zu meinem Taxi zurück, ohne genau zu wissen, was denn wirklich gemeint war. Ich warte und warte, aber keinerlei Anzeichen im Haus, dass jemand kommen würde. Ich dürfte zwar bei Ankunft schon den Fahrpreiszähler einschalten (laut unserer Taxi-Satzung), aber ich bin da immer ein bisschen verhalten. Vielleicht wird solch eine Fahrt auch noch mal ganz abgesagt, weil sich der Betreffende in seinem Überfluss-Alkohol, sich eine Zwangspause gönnen muss, und beidhändig und breitgestützt am WC-Becken hockt, tief runtergebückt natürlich. Wer will dann den begonnenen Zählerstand des Taxifahrers bezahlen? »Aber, huch« … jetzt geht im Treppenhaus das Licht an. Nun wird jemand kommen. Aber durch die stark geriffelte Struktur der Scheiben des Treppenhauses kann man allerdings nichts erkennen, nur die Helle des Lichts. Das Licht geht aus, das Haus bleibt dunkel. Aha … denke ich, ein anderer Bewohner, der in seinen Keller wollte. Aber »Peng«, das Licht geht wieder an, nun kommt er also endlich – mein Fahrgast! Aber nein, wieder keine Bewegung eines Schattens durch das Riffelglas zu erkennen, und … das Licht geht wieder aus. Wieder Dunkelheit, kein sofortiges Neueinschalten. Merkwürdig dies alles. Aber nun wieder »Peng«, Licht an. Und nun erkenne ich auch im untersten Stockwerk, durch die hier glasklaren Scheiben der Eingangstüren, einen älteren Herren, der sich im Treppenhaus mühsam festhal-

tend am Treppengeländer – Stufe für Stufe – »herunterhangelt«. Ich springe auf, verlasse mein Taxi, und eile zum Eingang, um meinem Fahrgast helfend zur Seite zu stehen. Sicherlich steht hinter den Türen des Eingangs ein Rollator, und ich könnte ihm diesen hilfsunterstützend im Treppenhaus entgegenbringen!

Aber nein, die Tür ist von außen verschlossen, und meinen Fahrgast sehe ich drinnen nun ausruhend auf den untersten Treppenstufen sitzen, und winkt mir »Abwartend« zu! Doch dann erhebt er sich, kommt in schwankenden, kleinen Schritten zur Haustür und wir begrüßen uns! Also »Nix mit Rollator«, einfach nur »zu viel intus«!

Ein direktes »Unterm-Arm-stützen«, wünschte er nicht, und so bleibe ich dicht neben ihm, für die wenigen Schritte bis zum Taxi. Dort öffne ich die Beifahrertür, und er lässt sich langsam in rückwärtiger Stellung auf den Sitz gleiten, und dann in voller Rückenlage gestreckt, quer über die gesamte Mittelkonsole bis zum Fahrersitz fallen, allerdings mit erhobenen Kopf, um sich diesen nirgends anzustoßen. »Halleluja«, ein wirklich dauerhafter Fahrgast, mit »Warte-Momenten«. Weiß der Teufel, wann ich mit diesem Herrn daheim ankommen werde?

Aber nun richtet er sich auf, ich schnalle ihn an, und wir fahren los. Weit ist die Fahrt nicht zu ihm nach Haus, und somit hat ja alles auch bald ein Ende, denke ich. Ich freue mich somit über diese kleine Kurztour, wie wohl alle meine Taxikollegen auch, wenn »Kotzerei im Taxi« zur Beängstigung führt!

Am Ziel angekommen stoppe ich das Taxameter, und nenne ihm die angezeigten 7,40 Euro zu einem abgerundeten Preis von fünf Euro, damit der Zahlungsvorgang für meinen Fahrgast einfach und schnell – »ohne-viel-Kleingeld-zählen-zu-müssen« – erledigt werden kann, bevor sich sein Kleingeldsuchen in ein Puzzle-Spiel dahinzieht. Nun öffne ich seine Tür, löse den Anschnallgurt wie bei einem Schulkind, und langsam dreht er sich nun seitlich aus der

Tür. Beim Aufrichten stehe ich dicht neben ihn – immer auf »Hab-Acht« – er käme ins Schwanken.
Aber es hat geklappt, er steht aufrecht neben mir. Ich frage ihn nun, zu welchem Eingang des Wohnblocks wir hin müssen, da durch die Parkreihen der Autos ein genaues Davorfahren nicht geklappt hatte. Er zeigt zum dritten Eingang, steht dabei immer noch stramm aufrecht und nun … folgt eine Überraschung!
Seine gesamte Jeanshose rutscht die Beine entlang auf den Boden. Ich bin erschreckt, er steht nun da in Unterhose. Nun ja … denke ich … ich werd ihm helfen können! Ich bücke mich runter um die Jeans hochzuziehen, aber der zugezogene Gürtel erlaubt mir nicht die Hose über die Hüfte zu ziehen, und mit Gewalt will ich es ihm auch nicht antun. Ich bemühe mich also, die Gürtelschnalle der Hose zu öffnen. Aber sie sitzt fest, beziehungsweise, ich erkenne nicht an diesem Metallschloss, die Technik des Öffnens, oder das Gürtelschloss ist wirklich verklemmt. Da auch der »Besitzer-des-Hosengürtels-und-der-Schnalle« mir bei all seinen Schwankungen nicht helfen kann, halte ich seine Hose mit beiden Händen hoch, und wir beide gehen dicht nebeneinander – wie Freunde – in mühsamen, kleinen Schritten zum Eingang seines Wohnblocks. Die Hose halte ich dabei die ganze Zeit mit beiden Händen am Hosenbund fest, da bei seinem Zustand – ein »Selbst-hoch-halten« und dabei ein »Hose-aus-der-Hand-verlieren« – einen gefährlichen Sturz bedeuten könnte. Auch hier wäre ein näheres Heranfahren und Parken unserer Taxe möglich gewesen, wenn er mehr Übersicht beim Eintreffen gezeigt hätte. Beim gemeinsamen Erreichen des Haupteinganges besteht er darauf, seinen weiteren Weg nun alleine zu gehen und wir verabschieden uns. Ich bin sehr besorgt um ihn, aber er besteht darauf!
Soll seine Frau vielleicht nicht erfahren, dass er wieder mit »einem Taxi« nach Hause gekommen ist? Oder war ihm diese kurze Kurztour peinlich: Viele Mühen des Taxifahrers für nur fünf bezahlte

Euros? Und meine Anfahrt zum Nachbarstadtteil war ja auch dafür ein bisschen weit. Also nichts verdient?

Welches Taxi hatte …
eine Tour mit einer Dame vom Marktplatz zur August-Bebel-Allee? Und hat noch einen Mantel, Geldbörse und Handy im Wagen?

Ein ganz normaler Tag …

Mein Taxi-Kollege meldet mir mit einer Handy-SMS, dass er pünktlich in dreißig Minuten seine Tagschicht beendet. Ich freue mich, bin auch fertig vorbereitet, habe Brote geschmiert, Mineralwasser aufgefüllt und meine Taxitasche gepackt. Ich hole mein Fahrrad aus dem Keller und fahre los.
Bei Ankunft meiner Kollegen-Zieladresse schließe ich unser Taxi auf, verlade meine mitgebrachten Sachen, schließe dann noch mein Fahrrad gesichert ab, und steige ein: Meine Nachtschicht beginnt!
Als erstes nun schnell im Taxi-Display einloggen und anmelden bei der Taxi-Zentrale, und danach schnell die Taste drücken für »Aktualisieren«, damit man sich sofort eine aktuelle Tabellenübersicht der näheren Halteplätze im Umfeld verschafft. Wie viele Taxen stehen da eventuell schon, wie viele Aufträge waren dort in der letzten Stunde, ist da viel los, und sind vielleicht auch hier Vorbestellungen angezeigt?
Und tatsächlich, ich habe Glück. Auf dem nah gelegenen Taxiplatz in meiner Nähe ist hier eine Vorbestellung angezeigt, aber leider auch schon ein Taxikollege angemeldet dort stehend. Ich entscheide mich trotzdem sofort dorthin zu fahren, und mich als zweite Taxe schnellstens dort einzuloggen und alle weiteren

Schritte dort zu überlegen, wie ich den Schichtbeginn gestalten will!
Bei Ankunft lese ich noch einmal genauer die Details im Display, und sehe, dass der Kollege vor mir, hier schon über eine Stunde angemeldet steht, und die Vorbestellung schon in sieben Minuten fällig wird. Ich beginne meine Utensilien einzusortieren um alles griffbereit zu haben (Stadtplan, Kuli, usw.)!
Völlig überraschend für mich, startet mein Kollege plötzlich sein Taxi und fährt los, vier Minuten vor der Vorbestellungszeit. Da er auch keinen anderen Funkauftrag erhalten hat, was immer allen Taxen am selben Platz mit angezeigt wird, muss ihn wohl ein privater Fahrgast angerufen haben.
Somit bin ich überglücklich, so schnell schon einen ersten Fahrauftrag zu haben! Die Abhol-Adresse ist nah gelegen und leicht zu finden, aber der Fahrgast hat ein besonderes Ziel. Er wohnt in Lilienthal – einem Nachbarort von Bremen – und muss dringend bis achtzehn Uhr bei seiner Apotheke sein, da man ihm ein dringendes Medikament bis kurz vor Ladenschluss zur Abholung zugesagt hat. Also »Gib Gas«, lieber Taxifahrer, es sind nur noch fünfunddreißig Minuten Zeit.
Da die gesamte Hauptstraße im Berufsverkehrs-Modus gefüllt ist, empfinden wir beide Unsicherheit in unserem Tun zur Pünktlichkeit, denn eine parallele Ausweichstrecke gibt es nur ein kurzes Stück am Anfang.
Als Taxifahrer kommen mir bei solchen Zeitzwängen immer die Ängste, wie ich solche Touren berechnen soll, wenn mein Fahrgast sein wichtiges Ziel nicht pünktlich erreicht, und er alles verloren hat: Die jetzt unnütz teure Taxifahrt, die nicht erreichten Medikamente, das Nichteinnehmen können in seiner wichtigen Heilungssituation, und so weiter!
Aber nun rollt der Verkehr ein wenig, aber genauso stoppt es auch immer wieder. Ich strenge mich also an, bin hochkonzentriert um

jede Situation zu nutzen, welche uns gefahrlos einen Vorsprung verschafft. So bietet mir das »Große-Abstand-belassen« einiger »verträumter Autofahrer« die Chance, im 2-Spur-Verkehr, den Lkw vor mir zu überholen, auf der »leeren Träumerlücke« neben mir! Auch einer »giftig-gelben« Ampelphase gebe ich noch ein »Ja, ich will«, und fahre bei völlig freier Übersicht über ihren freien »Hemdkragen«! Weit zuvor – am Anfang – hatte ich noch die zwei Kilometer lange parallele Ausweichstrecke durch eine Wohnsiedlung genutzt, aber unser Zeitfenster sah weiterhin eng aus! Aus diesem Grund hatte ich im Taxi auch die Idee geäußert, die Apotheke anzurufen, ob wir als Sondersituation auch zehn Minuten später noch Zutritt haben könnten. Aber mein Fahrgast und ich einigten uns, die Situation noch etwas abzuwarten, bevor wir diese »Notanfrage« wirklich äußern wollen!
Also weiter im Schlangenverkehr, der aber wenigstens leicht rollte, und immer beweglicher wurde, so dass unsere Hoffnung immer mehr anstieg. Beim Erreichen des Lilienthaler Ortsanfang lösten sich meine Ängste, und wir folgten nur noch geradeaus der Hauptstraße, wo am Ende auch unsere Apotheke war.
Wegen unseres so knappen Eintreffens vor Ladenschluss, riet ich meinem Fahrgast, erst mal schnell in die Apotheke zu stürmen, und erst nach seiner Wiederkehr meine Taxifahrt zu bezahlen, ich würde hier solange im Taxi warten. Alles klappte, Medikamente erhalten, Taxifahrt bezahlt, und er wohnt dort in der Nähe. Er bedankt sich für den »aufmerksamen Sprint« und verabschiedet sich.
Die Taxifahrt war also zu Ende, aber wohin jetzt und wie weitermachen? Da wir Taxen uns alle nicht auf Halteplätzen in Fremdregionen aufstellen dürfen, müssen wir zurück zu unserer »Heimatstadt«. Da in dieser frühen Abendzeit noch nicht viel los ist für uns Taxen, mach ich mir am meisten Hoffnung in der City am

Marktplatz. Andere Kollegen bevorzugen gerne Bahnhof, Flughafen, Krankenhäuser oder andere Lieblingsplätze.
Ich habe Glück, es stehen nur zwei Taxen vor mir am Markt. Unser Display zeigt beim Aktualisieren zwar alle Halteplätze an, wie viele Taxen dort stehen, aber für die Taxen auf großen Einsteigerplätzen, wie hier am Markt, Bahnhof oder Flughafen, nutzen die Kollegen es nur freiwillig, ob sie sich einloggen, da hier ja sowieso die meisten Fahrgäste – zum Beispiel Touristen – direkt selbst zum Taxi kommen. Somit sind diese »Einsteiger-Fahrten« sicherer, als das Anfahren zu Funk-Adressen. Am späten Abend sind diese Plätze dann von allen Taxen besonders begehrt und beim Eintreffen als Taxi ist man dann eben nicht nur hinten die zwölfte Taxe in der langen Warteschlange – sondern, wer will – auch die funkangemeldete dritte Taxe zum Beispiel.

Aber nun genug von unserem Taxler-Deutsch. Ich bin jetzt die erste funkangemeldete Taxe am Markt, es ist noch frühabends und die zwei Taxen vor mir sind bereits schon weggefahren, in einem gefühlten 10-Minuten-Takt.
Auch ich habe nach weiteren zehn Minuten später Glück. Ein Ehepaar steigt bei mir ein und möchte nach Delmenhorst, unserer Nachbarstadt. Ich freue mich erneut über so viel Glück, und auch die Fahrt war sehr nett. Bei Ankunft, Bezahlen und Aussteigen, folgt wieder das Zurückkehren in meine »Heimatstadt«. Aus dieser Richtung kommend bin ich in Nähe meines Lieblingsplatzes und fahre dort hin. Aber leider ist hier heute nicht viel los und ich warte, warte und warte, hinter meinem Kollegen an zweiter Stelle. Als dieser nun endlich weg ist, freue ich mich über die angezeigte Vorbestellung im Display, welche dienstags fast regelmäßig um diese Zeit ist und eine sehr gute Tour ist. Leider erhalte ich jetzt aber einen anderen Auftrag zuvor. Da dies nur eine sehr kurze Tour im selben Stadtteil ist, eile ich danach schnellstens zum

Halteplatz zurück. Laut Display ist der Halteplatz immer noch leer, und noch kein neuer Kollege wegen der angezeigten Vorbestellung nachgerückt. Der Halteplatz liegt gleich vorne vor mir an der Kreuzung links am Eck. Als ich aber links einbiege, kommt mir sekundengleich ein Taxi entgegen, dass auch schon in richtiger Fahrtrichtung einparkt, während ich hierzu noch einen U-Turn machen muss, und somit zweiter bin!
Schade, nach zweimal Glück, nun zweimal Pech! Hätte ich vielleicht bei meiner Kurzstrecke auf den Abschiedsgruß verzichten sollen, um diese eine Sekunde dann eher vor meinen Kollegen am Halteplatz einzutreffen?
Geduldig warte ich nun die restlichen zehn Minuten bis zur Vorbestellung ab, aber mein Kollege bekommt die Tour, und ich verlasse nun leer diesen Platz und es ist auch schon dreiundzwanzig Uhr.

Ich fahre nun in Richtung City, wo das dortige »Nachtleben« seinen Aufbruch beginnt – nach-und-nach – nach Hause zu müssen, da ja morgen früh wieder die »Arbeit ruft«! Es ist fast Mitternacht, und für uns Taxen sind dies hier die »zwei hocherhobenen Zeigefinger« der Dom-Uhr, die uns täglich den deutlichen Aufruf zum Arbeiten *»JETZT«* anzeigen! Ich habe Glück, da die Taxen ja hier am City-Halteplatz oft nur auf Einsteiger warten, und sich deshalb nicht einloggen! Und so erhalte ich jetzt als einzige funkangemeldete Taxe einen Funkauftrag in der langen Wartereihe. Es ist ein Moderator unseres Senders von Radio Bremen! Prima! Die Stimme kenn' ich! Nun sehe ich auch mal, wer da spricht. Ich fahre vor den Sendesaal, er steigt ein, und ich oute mich mit meiner Begeisterung des täglichen Radiohörens.
Seinen Bremen-1-Sender höre ich oft und am meisten, aber auch mal NDR, Radio Antenne, und so weiter! Aber auf keinen Fall die modernen Sender mit den ordinärsten Worten aller Hässlichkeiten im Songtext. Diese finde ich widerlich!

Und ich erzähle weiter von mir, wie ich als Nachkriegsjugend kein Taschengeld hatte, und mir somit nicht die »Bravo« kaufen konnte, die damalige moderne Musik- und Jugendzeitschrift meiner Zeit. Somit habe ich in jungen Jahren in der elterlichen Stube bauchlings auf dem Teppich gelegen, ganz nah mit dem Ohr an der leisen Musikbox meiner Eltern, da mein Vater in der Stube Kriminalromane las, und nicht gestört sein wollte. Ich wiederum wollte immer gerne die Texte der »Schlagerparade« mitschreiben. Dass ich nicht so schnell mitschreiben konnte, wie gesungen wurde, war nicht schlimm – der Song von Platz drei, war ja nächsten Sonntag wieder dabei – leicht abgesunken auf Platz vier zum weiterschreiben!
Des Weiteren habe ich heutzutage als lebenslanger Radfahrer, mein kleines Fahrradradio auch immer in der Wohnung bei mir und nehme es morgens mit ins Bad. Aber immer nur leise am Waschbecken, aber auch im Keller beim Wäsche aufhängen! Der Moderator schmunzelt.
Da die Fahrt nicht so weit ist, sind wir auch schon da, und er steigt aus. Ich fahre wieder zurück zur City und erhalte dort erneut einen Funkauftrag und fahre los. Dieser Herr wirkt beim Draufzukommen zum Taxi sehr angetrunken und ich bekomme die gewohnten Ängste hierzu. Aber die Fahrt ist nicht weit und alles hatte gut geklappt! Somit freut sich der Taxifahrer dann auch mal lieber über eine Kurztour!
Da es ja nun schon weit nach Mitternacht ist, fahre ich nun zu einem Lieblings-Taxiplatz, wo oft einige Vorbestellungen anzeigt sind. Nach vierzig Minuten Warten, erhalte ich auch einen guten Fahrauftrag, der sehr weit durch die Stadt führt.
Es ist eine Firmen-Rechnungsfahrt, und der Fahrgast braucht am Zielende nur mein Rechnungsformular unterschreiben, und den Fahrpreis meines Taxameters eintragen. Dann steigt er aus. Ich selbst muss der Zentrale hierzu meine Preismeldung im Display

weiterleiten, was dann abgespeichert und bestätigt wird, und somit keine Verfälschungen der weiterzuleitenden Abrechnungen möglich sind! Nach der Preismeldung zu diesem Auftrag, bin ich dann auch wieder freigeschaltet und eingeloggt als freie, leere Taxe.

Und so erhalte ich an einem Halteplatz nach weiteren dreißig Minuten des Wartens einen neuen Fahrauftrag in der City, und nach erneutem Warten eine weitere, dringende Fahrt zum Krankenhaus.

Bei meiner Rückkehr wieder in Richtung City, sehe ich in der Ferne einen winkenden Herrn an der Hauptstraße, und abermals kommt in mir Freude auf. Aber leider biegt zeitgleich ein anderes Taxi – dort in der Nähe – aus einer Seitenstraße ein, und erkennt selbige Situation als Glückstreffer.

Oder war er vielleicht sogar ein bestelltes Taxi von der Zentrale zu dieser Adresse? Ich weiß es nicht! Und werde es auch nie erfahren! Und ich beende nun auch meine Nachtschicht.

Welches Taxi hatte …
eben gerade eine Fahrt vom Bahnhof-Nord zur Mackenstedter Straße und hat noch den Hund in der Taxe?

Nur 5 Touren in einer Nacht …

Taxifahren ist ein Beruf des Herumstehens, des Wartens, des Abwartens bis der nächste Fahrauftrag kommt. Dies kann sogar auch Stunden dauern, ein bis zwei Stunden, oder auch drei bis vier Stunden! So gibt es Zeitzonen, wo erfahrungsgemäß viel oder gar nichts los ist, und man wartet … wartet … wartet, in der Tagschicht, wie auch in der Nachtschicht. Natürlich hat jeder Taxifah-

rer seine Erfahrungen und seine Lieblings-Taxiplätze »wo es sich wann, am besten lohnt«, aber eine Garantie sind diese Erfahrungen nie! Und so sind es mitunter auch überraschend die Einsteiger, welche plötzlich am Taxiplatz erscheinen, ihr Fahrziel nennen, und die Fahrt kann endlich losgehen.
Die genannten langen Wartezeiten, und die sich daraus weniger ergebenden Fahraufträge pro Schicht, waren besonders extrem im Corona-Jahr 2020. Hier wurden – wegen der weltweit verbreiteten Ansteckungsgefahr der Corona-Pandemie – die Kontakte untereinander in der Öffentlichkeit stark eingeschränkt. Viele Kaufhäuser mussten schließen – über viele Monate – wie auch Restaurants, Kneipen, Discos, Theater, Kinos, Fußballstadien, und so weiter! Somit war auch der Taxibedarf stark eingeschränkt. Mitunter nur vier Touren in acht Stunden als Bilanz einer Taxischicht, wo man früher eher zehn Touren oder mehr hatte. Deswegen war es gerade in dieser Coronazeit wichtig, dass die wenigen Touren, die man hatte, wenigstens reibungslos verlaufen, damit man zügig zurück zum Halteplatz kam, um sich neu anzumelden für eine eventuelle nächste Tour.

Und so hatte ich in meiner Nachtschicht nach einer Stunde des Wartens am Halteplatz meine erste Tour. Die Zieladresse ist gar nicht weit vom Taxiplatz und liegt nah am abgelegenen Westerdeich. Beim Eintreffen erklärt mir der betreffende, ältere Herr zum Krankenhaus zu müssen, da ihm sein Arzt hierzu eine dringende Behandlung – noch heute – zugewiesen hat. Beim Einsteigen wollen auf die Rückbank des Taxis, fragt er mich, ob auch sein »Schatzi« mitfahren könne? »Natürlich, na klar«, antworte ich, und verstehe hierzu gar nicht, warum dies fraglich sein könne. Er freut sich sehr und ruft seinem »Schatzi« zu, herzukommen, und beide setzen sich hinten mit Mund-und-Nasen-Schutzmaske auf die Rückbank. Auch die Taxe ist mit einer durchsichtigen Trenn-

folie zu den hinteren Rücksitzen abgetrennt zum weiteren Schutz gegen Corona-Ansteckung, und auch wir Fahrer müssen eine Mundschutzmaske tragen bei anwesenden Fahrgästen im Auto. Dadurch ist auch die Unterhaltung untereinander ein wenig eingeschränkt, aber in Gedanken bin ich doch sehr nah beim Thema meiner Fahrgäste, denn ich höre in ihrer Unterhaltung mit, dass »Schatzi« nachher mit Straßenbahn zurückfahren will. Nachher? Nach der Ankunft am Krankenhaus, oder nach Begleitung bis zum Krankenzimmer oder Warteraum? Sicherlich will »Schatzi« den Herrn begleiten bis zur Behandlung um danach zu erfahren, wie die Heilungs-Chancen stehen? Aber wie auch immer, ich äußere nun meine hilfsbereiten Gedanken zu dieser Situation. Mein Taxi-Lieblingsplatz ist nämlich in der Region, wo wir gemeinsam starteten, und ich wollte nach unserer Ankunft beim Krankenhaus wieder leer dorthin zurückkehren. Deshalb erkläre ich dies auch so meinen Fahrgästen, und biete seinem »Schatzi« an, kostenlos auf meiner »Leerfahrt zurück«, mitfahren zu können. Man freut sich riesig über solch überraschendes Angebot, bittet mich aber um Geduld für eine Zigarettenpause zum Abschied, der ich gerne zustimme. Ich stehe doch sowieso stundenlang an Halteplätzen herum, da macht mir doch solch kurze Pause-Wartezeit gar nichts aus. Sie treten einige Meter zurück vom Taxi, um sich ganz ungestört und allein ihrer Pause zu widmen. Nun kommt eine Dame aus dem Krankenhaus auf mich zu, und fragt: »Sind Sie frei?« Ich antworte zögerlich: »Mmmh … Ähm … Nein, ich habe gerade jemanden eine Zusage gemacht! Bitte bestellen Sie sich ein neues Taxi, die Telefonnummer kann ich Ihnen aber gerne sagen.« Sie erklärt, diese zu wissen und geht weiter ihres Weges. Schade, nun habe ich sogar eine Tour verschenkt – aber egal – versprochen ist versprochen! Nun kommen auch die beiden Raucher wieder zurück zu meinem Taxi, und der Herr erklärt mir eindringlich, dass sein Sohn ein Autist ist. Au Backe … ich schrecke auf … was will er mir

damit sagen? Hinter Gesichtsmaske, der Winterdunkelheit und der kleineren Körpergröße hatte ich unter »Schatzi« immer die Ehefrau des älteren Herrn gedeutet. Es war also sein Sohn, okay! Und der Herr erklärt weiter, sollte sein Sohn: »Halt ... Stopp ... ich will aussteigen« rufen, solle ich unbedingt diesen Anweisungen folgen! Keine Diskussionen beginnen, einfach anhalten, und wo auch immer aussteigen lassen. Ich bejahe, seinen Anweisungen zu folgen, aber innerlich bin ich nun »Angstgebadet«!
Über Autisten habe ich keinerlei Ahnung, keine Erfahrungen, ich weiß nur, dass diese Personen schizophrene Persönlichkeitsstörungen haben können, und ich bin nun hoch wachsam. Da der Sohn wieder hinten im Taxi Platz nimmt, und wegen der durchsichtigen Trennwand um ein Weiteres abgerückt von mir sitzt, fühle ich mich für's erste, erst mal gesichert, und wir starten los. Viele Gedanken gehen mir durch den Kopf. Sollte man ihn kurz mal ansprechen, oder lieber Stille bewahren? Ich folge aber meinem mitmenschlich denkenden Charakter, und suche ein leichtes Gespräch zu beginnen. Mein erster Satz sollte die ruhige, übersichtliche Fahrstrecke benennen. Und so erkläre ich: »Der Weg ist ja fast nur geradeaus und dann sind wir ja auch schon bald da!« Er reagiert völlig klar und aufgeweckt mit kurzen Worten, und ich gewinne Vertrauen zu meiner Situation. Nach kurzer Pause locke ich wieder eine kleine Unterhaltung hervor, und auch da wieder ein völlig klares Gespräch miteinander. Nun frage ich ihn, ob ich mal das Radio einschalten solle, und er bejaht dies begeistert mit: »Ja!« Ich schalte einen Jugendsender ein, und überlege nun, auch mal die »Klappe zu halten«, um die Situation nicht durch einen Überreiz doch noch zum Kippen zu bringen. So gesehen, bleibt für mich doch alles weiterhin mit hinterfragenden Angstgedanken. Und überhaupt – ein »Stopp« und Aussteigen lassen, okay – aber ich würde mit meinem Taxi in der Nähe bleiben! Gerade hier an dieser Stelle der Hafenrandstraße, wo die zweispurige Haupt-

straße in unserer Fahrtrichtung von einem Schutzdeich gesäumt ist, und man dahinter ein wenig Walachei vorfindet, bis man weitere Gebäude und das Hafenbecken erreicht.
Aber nun sind wir auch schon nah am Ziel, der Stadtteil meines Fahrgastes ist erreicht, die kurzen Gespräche immer in klarer Unterhaltung wie bei jedermann, und ich beginne langsam aufzuatmen. Und prima, wir sind da, er steigt aus und wir verabschieden uns. Einen Moment verweile ich noch vor dem Haus bis er seine Tür aufgeschlossen hat, und dann fahre ich – endlich frei von Sorgen – weiter zu meinem Taxiplatz.

Hier stehe ich nun als dritte Taxe, und muss erst einmal weitere eineinhalb Stunden warten, bis mich das akustische »Ging-Gong« des Taxi-Displays auf einen Fahrauftrag aufmerksam macht! Die Fahrgäste kenne ich von der Vorwoche. Es sind zwei Leiharbeiter des Güterverkehrszentrums, die zum Hotel in der City gefahren werden müssen. Da wir auch in der Vorwoche eine nette Unterhaltung miteinander hatten, berichte ich nun die gerade erlebten Ängste und Sorgen meiner ersten Taxifahrt. Mitfühlend und interessiert hören sie zu und wünschen mir beim Aussteigen »Viel Glück« zum weiteren Schichtverlauf!

Der nächste Auftrag dauert allerdings über mehrere Stunden. Zunächst fahre ich wieder zurück zu meinem Lieblingstaxiplatz. Als da aber jede gewohnte Auftragslage ausbleibt, wechsle ich rüber zum Bremer Hauptbahnhof. Hier sind immer Fahrgäste – aber wegen »Corona« ist es auch hier sehr karg und leer. Die vorderen Kollegen stehen eingebucht schon über zwei Stunden, und ich wechsle rüber zum Hintereingang des Bahnhofs. Als hier bereits schon nach fünfzehn Minuten kurz hintereinander zwei Taxen die Wartereihe aus der Mitte heraus verlassen – wohl wegen Privatan-

rufern – rücke ich jetzt somit schon auf Platz drei vor. Leider stehe ich hier nun aber auch still und fest und nichts bewegt sich!
Doch nun überrascht ein Raumangebot der Taxizentrale die Einöde, und ich »klicke An« im Display, und bekomme diesen Fahrauftrag. Da in der Coronazeit aber abends alle Halteplätze strategisch in neue Bezirke zusammengefasst wurden, wusste ich bei meinem »Klick« noch nicht, wohin die Reise geht. Ich habe zwar eine Liste vorliegen, aber auswendig gelernt habe ich diese vorübergehende Strategieliste nicht. Ich bekomme diesen Fahrauftrag zugeteilt und freue mich sehr – endlich geht's weiter! Mit Schrecken erkenne ich aber auch an der Zieladresse, dass diese zwanzig Kilometer entfernt gegenüber vom Bahnhof-Vegesack liegt. Da im Auftragstext auch eine Telefonnummer angegeben ist, melde ich mich dort bei meinem Fahrgast, um zu erklären, dass meine Anfahrt mindestens zwanzig Minuten dauern wird, damit dieser sich nicht wundert, wo bleibt mein Taxi. Ich will das Telefonat gerade beenden, und höre noch eine Reststimme mit: »Kollege kommt raus, ist etwas verwirrt.« Ich will aber gar nicht weiter nachfragen und endlich durchstarten.
Während der Autobahnfahrt zum Ziel, kommen mir natürlich doch schon die ersten Gedanken meiner Bedenken, hinsichtlich »verwirrt sein« und so weiter – aber vielleicht – hatte ich mich ja auch nur verhört. Bei meiner Ankunft steht tatsächlich ein Herr bereits vor der Tür und steigt ein. Er nennt auch, die Taxe in fünf Minuten erwartet zu haben, was ich wegen meiner Vorankündigung gar nicht verstehe, aber er nannte dies nur beiläufig ohne Verärgerung! Ich frage ihn nun neugierig nach seiner Zieladresse, denn wegen der extrem weiten Anfahrt hoffe ich sehr, dass es nun keine Kurzstrecke nur ums Eck ist. Er kann mir aber keine Straße nennen, da er sich hier noch nicht so gut auskenne – aber zeigt an – einfach nur geradeaus zu fahren! Er entschuldigt sich für sein »Deutsch«, was ich aber sehr gut verstehen kann. Aber vielleicht ist

dies doch eine Andeutung für spätere Verständigungsfehler und leichte Gedanken meiner Angst des »Wirrwarrs« kommen ins Rollen. Seine weitere, gut gelaunte Äußerung, ich solle mir keine Sorgen machen, er habe tausend Euro dabei, er könne alles bezahlen, machen mir nun richtig Angst! Ich habe außerdem auch keine Freude an einer Fahrt »in die Irre«, und dann dafür Geld abkassieren, ich will meinen Fahrgast einfach nur von »A nach B« fahren. Nun nennt er – es ist ja schon nach Mitternacht – unbedingt eine Tankstelle anfahren zu müssen, um sich Zigaretten zu kaufen. Seine genannte Richtung »Geradeaus« passt hierzu zwar, ist aber fünf Kilometer entfernt. Eine andere Tankstelle wäre beim Einstieg nur 500 Meter rückwärtig gelegen, aber nun will ich seinem Gedanken »Geradeaus« nicht weiter widersprechen, da ich das gesamte Ziel ja immer noch nicht kenne. Aber auch das verstärkt meine Ängste »zum Wirrwarr«!
Die halbe Strecke zur Tankstelle ist geschafft, und mein Fahrgast auf dem Rücksitz erwähnt nun, dass er seine Äußerung mit den tausend Euro wohl besser nicht so frei überall herumposaunen sollte? Spontan stimme ich ihm hierzu sofort zu, und unterstreiche noch mal, dies solle man wirklich »unbedingt unterlassen«, und frage ihn gleichzeitig noch mal nach seiner Zieladresse, aber er kann diese weiterhin nicht näher beschreiben. Wir erreichen nun ein Polizeirevier, was er wegen des auffälligen Gebäudes wiedererkennt, und wenig später erreichen wir jetzt seine Tankstelle für seinen Zigarettenkauf. Am Nachtschalter bestellt er draußen seine Zigarettensorte und bezahlt. Ich staune über solch große, quadratisch dickliche Zigarettenschachteln, welche ich so groß und dick noch nie gesehen hatte. Ich bitte nun die dortige Bedienstete am Schalter bei uns zu bleiben, um eine Zeugin zu haben, die nun bei meiner weiteren Frage zum Fahrziel, ein besseres Gehör zeigt, denn meine Ängste – der jetzt beginnenden Irrfahrt – steigen! Aber mein Fahrgast zeigt zum Taxi um den Fahrpreis abzu-

lesen, und fragt mich, was denn nun die Fahrt insgesamt zurück kostet? Die angezeigten siebzehn Euro erkläre ich abgerundet als 30-Euro-Fahrt, und winke der Dame am Schalter zu, dass alles erledigt wäre! Und auch ich falle in Erleichterung! Die Ängste schiebe ich weg, nun ist alles klar, aber ... »Denkste Puppe«! Der Herr gibt mir fünfzig Euro mit dem Beisatz: »Stimmt so!« Aber dies will ich so nicht ausnutzen, und auch nicht gelten lassen. Ich freue mich riesig – für die ängstlich begonnene, weite Taxianfahrt – doch eine gute 30-Euro-Tour gewonnen zu haben, und gebe ihm zwanzig Euro zurück, welche er nur zögerlich annimmt.
Nun starten wir seine besagte Rücktour, aber schon nach kurzer Fahrt zeigt er nach links, und ich biege in diesen nachtdunklen Feldweg, welcher mir wieder Ängste des »Wirrwarrs« auslöst, denn es ist hier einsam und menschenleer. Aber auch er sagt sofort »falsch zu sein«, und bittet umzukehren. Somit sind wir uns beide einig, und ich wende, und wir fahren weiter auf der soeben gefahrenen Hauptstraße. Er nennt nun über eine Brücke zu müssen, dann wären wir richtig, und betont immer wieder die Brücke ... eine Brücke! Und nun gewinne ich wieder Vertrauen, denn wir folgen jetzt immer noch der gleichen Route zurück, auf der wir herkamen. In der Nähe des Polizeigebäudes folgt auch bald eine kleine Brücke über die Bahngleise, meint er diese? Oder 500 Meter weiter die Brücke über die Schnellstraße? Aber er wird es wohl wiedererkennen, ich vertraue auf ihn. Und tatsächlich, wir sind an der kleinen Brücke angelangt, und er sagt auch: »Hier links rum und der Straße folgen.« Okay, klingt gut, klingt entspannend. Hiernach fahren wir gar nicht mehr weit, und er zeigt nach links in eine Wohnsiedlung und wieder nach rechts und »Stopp«! Wir sind am Ziel, alle Ängste vorbei, bezahlt ist ja schon, und ich fahre zurück nach Bremen-City.

Im Zentrum Bremens angekommen ruft mich ein Privatkunde an, welcher nur kurz zum Nachbarstadtteil rübergefahren werden will; und ich beschließe nach dieser Fahrt, nach all' der anstrengenden und schlechten Nachtschichtquote (von nur vier Touren in acht Stunden), jetzt Feierabend zu machen. Hierzu fahre ich zur Wohnstraße meines Tagkollegen, um dort die Taxe abzustellen, aber es kommt anders!
Kurz vorm Ziel steht mir ein Transporter im Wege samt Fahrer am Straßenrand, und ich fahre langsam an ihm vorbei. Und hiernach winkt eine Dame zu meinem Taxi. »Sind Sie frei?«, fragt sie. »Ja, gerne!«, und sie steigt ein. Sie hatte ihre Freundin besucht und beim Abschiedsplausch an der Haustür von weitem mein Taxi kommen sehen. Ein Glücksfall für mich, denn sie brachte mir mit ihrer Langstrecke nach Vegesack nun doch noch eine einigermaßen gute Abschlussquote meiner Nachtschicht. Die Dame war mittleren Alters, sehr sympathisch, jedoch etwas dicklich, und bat deshalb vorne einsteigen zu dürfen. Wegen der Enge des hinteren Einstiegs, und auch wegen der Trennwand, willigte ich ein. Gott sei Dank, wie sich später noch zeigte! Sie wirkte sehr gepflegt und klar im Kopf, als sie von ihrem Besuch bei ihrer Freundin erzählte. Dort habe man auch etwas getrunken, und nach einiger Wegstrecke bat sie mich, ob sie mal eine rauchen dürfe? Ich lehnte ab. Bei großen Fahrstrecken gewähre ich eine Raucherpause mit Aussteigen am Randstreifen, ohne das ich diese Wartezeit mitberechne beim Bezahlen. Aber ansonsten ist Rauchen im Taxi seit vielen Jahren verboten, für Fahrer wie auch Fahrgästen. Die nette Dame bedrängt mich aber immer wieder mit ihrer Bitte, und ich willige ein. Erfahrungsgemäß aus früheren Raucherjahren, raucht man in dieser fahrenden Position am geöffneten Beifahrerfenster eh' nur ein paar Züge, und während meiner Rückfahrt nachher werde ich alle Fenster runterstellen und zügig durchlüften. Wir stellen also ihr Fenster runter, ich fahre deutlich langsamer, und

tatsächlich – kaum ein paar Züge Rauch genossen – wirft sie ihre Zigarette auch schon weg, und wir haben wieder freie Fahrt – denken wir! Aber nun ruft sie: »Halt, Stopp, mir geht's nicht gut!« Da wir hier nachts ganz allein auf der Autobahn sind, kann ich sofort rechts ran auf die Standspur, sie kann – vorne sitzend – sofort die große Beifahrertür öffnen und hurtig aus der Taxe springen. Sie hält sich weit rübergebeugt an der Reling fest und wirft »ein Kessel Buntes«, akustisch wie optisch, weit von sich aus dem Rachen. »Hatte sie sich somit nochmal den Abend durch den Kopf gehen lassen?« Wie ich jetzt bemerke, hat auch ein Polizeiwagen mit Blaulicht zehn Meter hinter uns seinen Halt genommen, um mich vielleicht nicht allein zu lassen in dieser Situation. Oder war es die Verlockung zu diesem »Live-Mitschnitt«: «Laut, wuchtig, kurz ... weit über die Brüstung lehnen ohne Sturz?«
Die Wartezeit der Dame für ihren »Rauswurf« dauerte gar nicht so lange, und sie hatte sich schnell beruhigt! Sie kam wieder zum Taxi, wirkte völlig gepflegt und sauber und stieg wieder ein. Ich bot ihr noch ein Papiertaschentuch an, aber das war's dann auch, sie fühlte sich sauber und war es auch. Die restliche Wegstrecke auf der Autobahn blieb alles stabil mit ihr, und auch die Unterhaltung konnte ganz normal weitergehen. Die Polizei haben wir dabei nicht weiter beachtet, ob diese noch weiterhin zurückgeblieben sind, für Nahaufnahmen solcher »Panoramafotos«, oder doch weitergefahren sind für die nächste Alarmbereitschaft, wissen wir nicht.
Beim Eintreffen an unserem Ziel, stieg die Dame aus, wir verabschiedeten uns, und sie ging ganz ohne Schwanken zur Haustür. Ich verweilte in der Dunkelheit bis sie im Haus verschwunden war, und fuhr dann zurück zu meiner geplanten Ablösung.

Welches Taxi hatte …
bei der »Arztpraxis/Breitenweg« eine Dame mit Rollstuhl abgeholt, und dabei die Röntgenbilder auf's Dach gelegt und dann verloren?

Egal wie, ich will hier weg …

Ich stehe am »Halteplatz Markt« als zweite Taxe in der Reihe und es ist schon dreiundzwanzig Uhr. Eine ältere Dame geht zum ersten Taxi, öffnet die Beifahrertür und fragt irgendwas den Taxifahrer. Sie wird aber abgelehnt und kommt nun zu mir. Da sich heute meine Nachtschicht bisher sehr träge darstellte, überlegte ich die ganze Zeit schon, eher Feierabend zu machen, oder eventuell noch einmal einen anderen Halteplatz aufzusuchen. Aus diesem Grunde entschied ich beim Draufzukommen der Dame – egal welches Problem sie hat – ich will sie fahren, ich will hier weg!
Ihr Anliegen war die Bitte: »Können Sie mich bitte zur Landwehrstraße fahren, ich habe aber kein Geld, ich überweise Ihnen dies später, ich habe große Probleme mit meiner Bank und will diese Woche auch die Bank wechseln?«
Ich willige – wie geplant – ein, und da die Landwehrstraße sehr nahgelegen ist, schätze ich mein »Risiko« auch nur auf eine niedrige 10-Euro-Tour. Sie steigt ein. Sie ist eine ganz normal gepflegte Dame, nicht alkoholisiert, und auch keine mittellose Bettlerin, wie man wegen ihrer außergewöhnlichen Bitte eventuell denken könnte. Die Unterhaltung mit ihr ist völlig sympathisch, und sie erklärt auch immer wieder ihre verstrickte, finanzielle Situation. Auch wenn ich zu diesem Thema nicht alles verstehe, wirkt es von ihr aufrichtig dargestellt. So erzählt sie, dass sie bei ihrer immer wiederkehrenden Finanzlosigkeit, Gelegenheiten mitunter nutzt, wo sie wegen ihres fehlenden Bargelds, »mit Wertsachen bezahlt«,

also Pfandsachen hinterlegt! Das können Gegenstände sein, wie Ausweis, Handy, und so weiter!
Und so erklärt sie weiter: »Heute war sie wieder in einem Restaurant – wo man sie kennt – und man ihr immer Zutritt gewährt, da sie immer zuverlässig ihre wichtig abgegebenen Pfandstücke – Tage später – gegen Bargeld einlöst! Und so kommt sie auch heute wieder aus diesem Restaurant, ist mit der Straßenbahn bis hier zum Markt gefahren, aber möchte die lange Wartezeit der Anschlusslinie nicht abwarten müssen, und jetzt lieber mit einem Taxi nach Hause gefahren werden.«
Somit rettet sie mit dieser Idee zwei Menschen ... sich selbst ... und mich als Taxifahrer, der schon immer hier endlich wegfahren wollte!
Da die Fahrt ja nur kurz ist, sind wir auch schon bald da, und ich schalte den Zähler bei zehn Euro aus, damit diese Sondersituation einen runden Betrag bekommt für die Überweisung. Gleichzeitig notiere ich mir ihre Handy-Nummer zur weiteren Kontaktaufnahme, wie ich dieses ja immer so bei Fahrgästen mit Zahlungsproblemen mache!
Die Dame bedankt sich und steigt aus, zögert aber am Hauseingang. Da ich als Nachtfahrer immer beim Aussteigen meiner Fahrgäste warte, bis diese ins Haus gehen, bemerke ich ihr zögern und spreche sie an. Sie durchsucht ihre Jackentaschen und Handtasche, aber sie vermisst ihre Hausschlüssel.
Ihr erster ausgesprochener Gedanke war: »Habe ich diesen vielleicht auf dem Küchentisch liegen lassen?« Ich antworte mit der Idee: »Ob man dazu vielleicht bei Ihrem Nachbarn im ersten Stock klingeln könnte?« Aber hierzu äußert sie sich sehr erschreckt, denn dort wohnt ein Nachbar mit dem sie sehr verstritten ist, und auf keinen Fall dürfe sie dort jetzt, und schon gar nicht so spät, dort klingeln. Sie habe deswegen – in gleicher Situation – schon mal

einen Schlüssel-Notdienst angerufen um Zugang ins Haus zu bekommen.
Sie bittet mich deshalb ihren Schlüssel-Notdienst anzurufen, da sie selbst jetzt kein Handy hat. Und ich frage mich, weil sie dies auch wieder als Pfand abgeben musste? Gleichzeitig äußert sie nun aber auch die Idee, ob der Schlüssel vielleicht versehentlich bei ihrer heutigen Pfandabgabe im Restaurant mit beigelegt war?
Ich will Ruhe in die Situation bringen, und nenne Ihr meine Idee, zunächst erst einmal mit ihr zum Restaurant zurückzufahren, vielleicht haben wir ja Glück. Des Weiteren erkläre ich, dass die 10-Euro-Tour fest vereinbart als Überweisung gilt. Alle weiteren Wege mit Taxi – ab jetzt – für Sie aber völlig kostenlos bleiben bis zum Schluss – ich will ihr zur Seite stehen!
Sie bedankt sich, und wir starten los zum Restaurant in der City, aber leider hat dies schon geschlossen, alles dunkel, keine Möglichkeit am Fenster zu winken oder zu klopfen. Nun kommt doch wieder ihr Gedanke für den Schlüsselnotdienst.
Da ich nur ein kleines, altes Handy habe – also nicht so ein modernes I-Phone – hole ich mir Hilfe bei meiner Taxi-Zentrale im Sprechfunk. Ich bitte um die Telefonnummer des Schlüsselnotdienstes von der Dame, welcher nach ihrer Erfahrung der günstigste ist. Die Zentrale nennt mir die gewünschte Telefonnummer im Display (mit dem Hinweis eines 24-Stunden-Notdienstes) und fügt noch zwei weitere Telefonadressen anbei. Leider »Nein«, keiner meldet sich am Telefon, trotz genannten 24-Stunden-Dienstes.
Die Dame äußert nun, eventuell ein Hotelzimmer für eine Nacht aufzusuchen, da der ungefähre 100-Euro-Preis des Schlüsseldienstes, vielleicht auch ähnlich für eine Hotelnacht gelte?
Da wir ja sowieso in der City sind, ist eine Hotelaufsuche schnell gegeben. Bei Ankunft steige ich hastig alleine aus, um die kurze Frage nach einem »Zimmer frei« schnell allein zu erfragen. Aber leider ist alles ausgebucht. »Was … wie … ausgebucht? Heute am

Montag?« »Ja, es ist Messe in der Stadthalle«, so die Antwort der Rezeption.
Also weiter zum nächsten Hotel, gleich um die Ecke. Aber hier wirkt der Eingang dunkel und bei meinem Aussteigen und Hingehen zur Eingangstür liest man deutlich den Hinweis, dass hier ab zweiundzwanzig Uhr kein Zugang ist! Das überrascht mich!
Also wieder rein ins Taxi und zum nächsten Hotel in der City. Ich steige erneut alleine aus und eile zum Empfang. Und Prima, der Portier bestätigt, noch ein »Zimmer frei« zu haben!
Ich gehe zurück zum Eingang und winke der Dame zu heraufzukommen. Wir beide freuen uns über den Erfolg. Aber leider ... der Portier fragt die Dame nach ihrem Ausweis für die Zimmerbuchung. Nein ... leider, den hatte sie als Pfand im Restaurant abgegeben. Ja, dann dürfe er keine Zimmerbuchung vornehmen, so die Antwort!
In meinem Kopf steigern sich allmählich immer mehr Ängste, wie ich unser nächtliches Problem mit der Dame heute Nacht noch lösen kann?
Also weiter zum nächsten Hotel, auch hier wieder kein Zimmer frei. Ein letzter Versuch zu einer nächsten Hoteladresse, welche nun schon etwas weiter entfernt liegt, ergab wieder ein »Zimmer frei«! Aber auch hier – ohne Ausweis – keine Buchung möglich! Verständlich! Ja! Aber in unserer besonderen Notlage, hoffte ich doch auf eine Sonderhilfsbereitschaft und einem Einlenken der Rezeption. Aber leider »Nein«. Somit verließen wir beide mit gesenktem Kopf das Hotel, und ich überlegte neu. Sollte man vielleicht noch einmal einen letzten Versuch starten, und die in der Nähe gelegene Jugendherberge aufsuchen, ob diese vielleicht mitfühlender reagieren würde? Die Dame willigt mir zu und wir fahren hin. Aber leider war die gesamte Herberge als große Baustelle abgesperrt ohne jeglichen Zugang.

Nun äußere ich der Dame meinen letzten Gedanken zu unserer Situation! Ein Aufsuchen des Polizeihauptreviers hier in der City, und dass man ihr dort vielleicht eine Notübernachtung gewährt?

Sie ist gar nicht so erschreckt, wie ich die ganze Zeit in meinem »Gedankengeflimmer« hierzu befürchtete, und stimmt mir zu! Da der Weg dahin auch gar nicht so weit ist, sind wir auch schnell da, und ich steige wieder erst mal alleine aus, und klingele am Haupteingang. Man gewährt mir Zutritt und ich schildere meine Situation, dass ich als Taxifahrer eine Dame seit fast zwei Stunden durch Bremen »hin-und-her-fahre«, da diese keinen Schlüssel hat um in ihre Wohnung reinzukommen, dann ein Schlüsselnotdienst nicht zu erreichen war, die Dame ihren Ausweis als Pfandbeleg im Restaurant hinterlegt habe, und wir somit bei unserer Hotelsuche für eine Übernachtung nur Ablehnung erfuhren. Die Polizeiwache zeigt sich zuständig und bittet mich die Dame hereinzuholen. Ich bin endlich erleichtert und bedanke mich sehr, und frage gleichzeitig, ob ich danach gehen dürfe um weiter meine Taxischicht fahren zu können, da ich hier kostenfrei für die Dame zwei Stunden hilfesuchend alle Möglichkeiten ausprobiert hatte. Man willigt mir verständnisvoll zu, und ich hole die Dame vom Taxi ab. Bei Übergabe im Revier verabschiede ich mich und fahre los.
Da die 10-Euro-Taxifahrt über Wochen nie überwiesen wurde und jede Handy-SMS von mir hierzu unbeantwortet blieb, wurde ich immer neugieriger, wie die gesamte Geschichte wohl weitergegangen ist?
Somit fuhr ich eines Tages mit meinem Taxi mal zu ihr hin und hatte Glück, sie war daheim. Wir begrüßten uns freundlich und ich erklärte, dass die 10-Euro-Überweisung für mich »erledigt« wäre, ich aber gerne wissen würde, wie sich denn der weitere Verlauf Ihrer »Polizeiübernachtung« dargestellt habe?

Sie antwortet mir in aller Freundschaft und erklärt, dass der gesamte Ablauf im Revier recht freundlich geleitet war. Nach ihrer Personalienüberprüfung, überlegte man auch, Sie nicht in eine Haftzelle zu stecken, sondern den polizeilichen Schlüsseldienst einzusetzen, so dass Sie noch in selber Nacht Zugang in ihrem eigenen Haus hatte und übermüdet in Schlaf fiel! Den vermissten Schlüssel habe Sie dann am nächsten Morgen auf dem Küchentisch gefunden!
Ich war erleichtert, die Geschichte hatte somit doch noch einen friedlichen Ausklang gefunden, und die Polizei sich hier sehr als »Dein Freund und Helfer« bewiesen!

Wie doof muss man sein ...

Es ist nach Mitternacht – und ich überlege – meine Taxischicht vorzeitig zu beenden, da heute nicht viel los ist. Aber der Montag ist ja sowieso immer die ruhigere Nacht, nach all' den »Weekend-Dancern« auf Feiern und Discos!
Ich halte spontan mit meinem Taxi auf einem freien Parkplatzstreifen in Nähe des Marktplatzes, und will nur noch einige, schriftliche Eintragungen in meinem Fahrbericht ergänzen. Ich stehe erst wenige Minuten, als plötzlich die Beifahrertür aufgeht, und ein Herr mich fragt: »Sind Sie frei?« Ich antworte erfreut mit: »Ja«, denn wir Taxifahrer lieben ja das »Fahren«, nicht das »Stehen«! Und gerade heute – kommt mir diese spontane Überraschungstour gerade recht!
Da ich auf dem Beifahrersitz gerade all' meine Schreib-Utensilien ausgebreitet habe, steigt mein Fahrgast hinten ein. Er bittet mich zur Pappelstraße zu fahren, dort kurz zu warten, und wieder hierher zurückzubringen. Ich stimme zu, und räume nur noch kurz die Schreibsachen in meine Tasche, als er nun fragt, ob er lieber vorne

sitzen dürfe? Ich willige ein und erkenne nun – so dicht neben mir – diesen freundlichen, orientalischen Herrn, bereits schon einmal mit solch einer Hin-und-Her-Tour hier gefahren zu haben.
Auch er erkennt mich nun wieder und äußert dies auch! Gleichzeitig legt er seinen Personalausweis und den Autoschlüssel in meine Mittelkonsole – mit der Bitte – mir bei Ankunft 30 Euro zu leihen, welche er mir inklusive unserer 20-Euro-Tour am Schluss der Fahrt mit einem Fünfziger von seiner Frau bezahlen will. Ich willige ein und wir fahren los! Er findet dies sehr nett und lobt mich für das unkomplizierte Zuwilligen, wie er mich ja auch genauso an die gleiche Fahrt vor zwei Monaten erinnert. Aus diesem Grund fragt er mich nach meiner Telefonnummer und lobt mich nochmals als netten Fahrer, aber dazu antworte ich freundlich mit Ausreden der Ablehnung: »Ich bin Rentner und arbeite nur an unregelmäßigen Tagen« (da ich seine kuriosen Touren – vielleicht Drogendeal – nicht mit unterstützen möchte)!
Auf der kurzen Fahrt telefoniert er im Taxi auch mal kurz mit seiner Frau, deren Stimmung etwas streitig klingt in dem Telefongespräch. Ich messe dem Ganzen aber keinerlei Bedeutung zu, da die Fahrt damals ja auch reibungslos verlief bis zum Ende, mit ähnlicher Geldanleihe und gleichem Ziel!
Die kurze Fahrt zur Pappelstraße ist erreicht, ich übergebe ihm die vereinbarten 30 Euro und er steigt aus. Er lässt alle seine Sachen zurück im Auto, und verweist auf eine 5-Minuten-Wartezeitdauer. Ich stehe mit meinem Taxi nur wenige Meter von ihm entfernt, und erkenne nun sein Draufzugehen auf zwei Freunde. Und tatsächlich kommt er schon nach kurzem Moment des Wartens zum Taxi zurück. Er bittet mich aber erneut um Geld, 10 Euro bräuchte er noch mal, die ich ihm auch sofort überreiche, und er eilt zurück zu den beiden Männern, und ist danach auch schon gleich wieder bei mir am Taxi und wir fahren los.

Der genaue Zielpunkt ist ja gleicher Weg wieder zurück in Richtung Marktplatz – jetzt aber 300 Meter näher – als vor unserem Startbeginn, wie er mir erklärt. Während der Rückfahrt dorthin, telefoniert er kurz nochmal mit seiner Frau, um sich anzukündigen, und es ist immer noch leichte Unstimmung bei ihr rauszuhören!
Aber nun sind wir da, und er verweist mich auf den rechten Fahrbahnrand, auf den dortigen Parkstreifen, wo ich die Parklücke vor dem Großtransporter nutzen soll. Er steigt aus, entnimmt dabei seine Autoschlüssel und den Ausweis aus der Mittelkonsole und erklärt mir, sofort zurückzukehren. Ich bin überrascht, schrecke innerlich auf – diesem Fremden mit 60 Euro meiner Taxifahrt »unkontrolliert« von mir gehen zu lassen?
Aber ich tröste mich leicht mit der Fahrt von damals – wo ja auch eine Restgeld-Übergabe am Schluss stattfand – und mein betreffender Fahrgast bei unserer Ankunft am Ziel in einem Kiosk verschwand, und mit einem dort wartenden Freund zurückkehrte, der bezahlte!
Anders allerdings der heutige Fall: Mein Fahrgast verschwindet für mich verdeckt hinter dem hinter uns liegenden Großtransporter, wo ich – nach kurzer Zeit des Wartens im Taxi – aber glaube, Stimmen zu hören, die leicht streitig klingen. Wollte er vielleicht die Gegenüberstellung seiner streitigen Frau mit mir vermeiden, mir ersparen, mir nicht zumuten? Während ich noch immer einen kurzen Moment im Taxi verweile, kehrt er auch schon zurück zu mir. Ich bin hoch erleichtert, nun endlich geht doch alles gut aus? Aber er nennt ein neues Problem: »Seine verärgerte Frau hat nur zwei Fünfziger als Geldscheine, und er bittet mich um 40 Euro, damit dann die Gesamtsumme runde 100 Euro ergibt, und er mir dann die zwei Fünfziger der verärgerten Ehefrau bringen will.
Ich zögere – welcher Blödsinn ist das denn? Er hätte doch die beiden Fünfziger gleich mitbringen können und alles wäre fair und schnell beendet gewesen! Ich überreiche ihm aber die 40

Euro und tröste mich mit seiner Ehrlichkeit der damaligen ersten Fahrt, dem Ablegen seines Schlüssels mit Ausweis (in meiner Konsole), und der jetzt erfolgten Rückkehr zu mir, wegen des 40-Euro-Problems, statt mit den geschuldeten 60 Euro wegzulaufen. Ich warte also wieder kurz in meinem Taxi – jetzt mit runtergedrehter Autoscheibe – und nehme weiterhin zögerliche Stimmen hinter meinem Großtransporter war. Nach kurzem Warten, steige ich nun aber aus, und gehe hinter dem Transporter gucken, um mich zu vergewissern, ob »Mein 100er« dort noch steht? Leider nein … nichts … alles leer! Die Stimmen, die ich immer glaubte zu hören, waren wohl einige von dem Nachtkiosk in der Nähe gegenüber, wie ich jetzt bemerke.

Also Pech, Dummheit, und hoch peinlich für mich! Wie konnte man so blauäugig sein, und sich derartig betrügen lassen?
Und schon gar nicht – liebe Leser – sollte ich diese Geschichte an Sie weitererzählen? Nicht war?

Suche nach dem Glück …

Schichtende … Feierabend … Ende … Aus … ? Es ist drei Uhr nachts und ich freue mich, endlich Feierabend zu machen, da meine Taxischicht heute wieder etwas langweilig war, und ich nur wenig Einnahmen habe.
Ich fahre nun also nach Hause und parke mein Taxi in Nähe einer Kreuzung, weit abgerückt von meiner Wohnstraße, da hier, so spät nachts kein besserer Parkplatz für mich zu finden ist.
Beim Einparken bemerke ich gegenüber einen jungen Mann an der Kreuzung stehend, der leicht suchend umherblickt. Da hier auch ein Supermarkt »am Eck« ist, der nachts als Sammelstelle für die Zeitungszustellung dient, vermute ich ihn als wartenden

Zeitungszusteller. Aber nein, beim Aussteigen aus meinem Taxi, kommt er schräg zu mir über die Kreuzung herüber und fragt schon von weitem, wo hier wohl ein Kiosk in der Nähe ist? Ich antworte ihm, dass es sich hier um ein reines Wohngebiet handelt, und hier weit und breit kein Nachtleben stattfindet. Auch der einzige Kiosk in fünfhundert Meter Entfernung ist nachts geschlossen.
Er erklärt mir nun, dass er mit seinem Freund aus Hamburg hier ist. Das Auto steht dort beim Supermarkt-Parkplatz, ist aber abgeschlossen. Den Schlüssel hierzu hat sein Freund, der mal eben »hinter die Büsche« wollte, und in der Finsternis wohl nicht hierher zurückgefunden hat. Er selbst steht hier nun schon eine Stunde wartend, und kann nicht mehr stehen und möchte was trinken, deshalb seine Suche nach einem Kiosk. Er bittet mich nun, als Taxifahrer, ein Süßgetränk zu besorgen, die Fahrtkosten will er mir bezahlen. Ich beruhige ihn. Ich wohne nicht weit von hier und könnte ihm kostenfrei Mineralwasser besorgen. Er willigt ein und freut sich sehr. Ich fahre nun kurz zu meiner Wohnung und hole zwei kleine Flaschen Mineralwasser, und überlege dabei ängstlich, wie es für den jungen Mann jetzt weitergehen soll.
Soll ich ihn einfach allein zurücklassen nach meiner Getränkeübergabe? Die Taxe einfach wieder einparken und nach Hause gehen? Nein, so nicht! Meine Gedanken gehen in alle Richtungen. Die Polizei rufen, welche mit Megafon durch die Wohnsiedlung nach dem Vermissten ausruft? Aber nein, nicht nachts um drei Uhr, wo alle Anwohner aus dem Schlaf geschreckt würden. Auch wir beide sollten nicht umliegend nach seinem Freund herumschreien! Ich entschied mich deshalb – beim Überreichen der Getränke – ihm den Vorschlag zu machen, gemeinsam einmal um die Siedlung zu fahren. Natürlich kostenfrei, nur als Mithilfe gemeint. Er freut sich sehr, bedankt sich und zeigt auch gleich beim Start an der Kreuzung zu einem Stichweg, welcher ein wenig mit Büsche gesäumt ist, und

somit als passender Anziehungspunkt für das Bedürfnis des Freundes verlockt hatte. Wir fuhren dort hinein, aber der Freund ist nirgends zu sehen, wieso auch, hier so verlassen, wenn der ganze Beginn der Trennung schon eine Stunde zurückliegt, und er ja auch mit wenigen Schritten wieder zurück beim Auto angelangt wäre.

Die Rückwärtsfahrt an dieser Stelle ist sehr eng, aber es ist geschafft, und ich schlage nun vor, die Wohnstraße einen Kilometer geradeaus entlang zu fahren, und am Ende der dortigen Kreuzung einen U-Turn anzusteuern, um über eine andere, parallele Seitenstraße den Weg hierher zurück zu ihrem Auto zu fahren. Dabei werden wir in alle Seitenstraßen einmal einbiegen und diese mit Fernlicht ausleuchten – mit Lichthupe aufblitzen und auf uns aufmerksam machen – und dann wieder rückwärts raus und weiter entlang der Wohnstraße fahren. Auch hier fahren wir mit Fernlicht, um jede Bewegung – oder gar einen »ausruhenden Mann« am Boden liegend – zu erblicken! Auch Lichthupe setze ich immer wieder ein, um Auffälligkeit zu uns zu erwecken!

Doch leider alles ohne Erfolg, und meine Angst-Gedanken schwirren unentwegt weiter in meinem Kopf wie »Satelliten im Weltraum«, wie es am Ende für den jungen Mann neben mir weitergehen soll, wenn wir uns verabschieden. Kann ich ihn überhaupt allein zurücklassen, oder sollten wir beide, im Taxi sitzend, weiter auf seinen Freund warten?

In all diesen wirren Gedanken, überlege ich auch, ob der Freund vielleicht auch einen Kiosk gesucht hat. Aber wäre ja Blödsinn, so weit abgerückt von seinem Freund, diese Suche in der Finsternis, so allein in der Fremde anzusteuern.

Festhaltend an dieser Idee, fahre ich nun aber vor unserem geplanten Kreuzungspunkt, eine Seitenstraße nach links ab, da diese auf eine beleuchtete Hauptstraße führt, und der Freund sich in seinem verwirrten Zustand vielleicht hierher angezogen gefühlt haben

könnte? Aber nein, auch hier wieder weit nach vorn und hinten geblickt, völlige Straßenleere, kein Freund zu erblicken.
Um jetzt auch die allerletzte Idee auszureizen, schlage ich meinem Hamburger Beifahrer vor, einen 500-Meter-Knick nach links zu fahren zu einer beleuchteten Nacht-Tankstelle. Vielleicht wäre dies ja nach langem Fußmarsch ein leuchtender Zielpunkt seines gesuchten Freundes geworden? Er stimmt zu, und wir starten durch nach »Grünlicht« unserer Ampel, in Richtung dieser Tankstelle. In Höhe der Einfahrt befindet sich auch eine überdachte Bushaltestelle mit Wartebank. Hier sehe ich einen »älteren« Herrn sitzen, und frage meinen Beifahrer, ob dies sein Freund sein könnte? Er verneint, und auch ich konnte mir dieses Glück zu unserem Finden mit diesem Herrn nicht vorstellen, da er mir als Freund für meinen Hamburger viel zu alt in der Dunkelheit erschien, und mit seinen Getränkedosen auf der Bank auch eher wie ein Obdachloser wirkte.
Wir fahren nun also die Tankstellen-Einfahrt hinauf und sehen nun zwei Männer – abgerückt vom Nachtschalter stehend – welche sich mit Getränkedosen in der Hand amüsiert unterhalten. Ansonsten ist hier niemand zu sehen, und von den beiden ist auch keiner der gesuchte Freund des Hamburgers.
Mein Beifahrer bittet mich nun aber hier zu halten, da er sich jetzt sein Lieblingsgetränk besorgen will, welches ja bei unserem Zusammentreff das erste Stichwort war! Aber »oh Schreck«, ein Mann kommt über den Platz – aus Richtung der überdachten Bus-Haltestelle – und winkt meinem Hamburger zu. Dieser dreht sich zu ihm um, und erkennt nun seinen gesuchten Freund, es war doch der Herr auf der Wartebank! Beide freuen sich über die Maße, sich endlich gefunden zu haben. Sie kaufen sich schnell noch mal eben Getränke bei der Tanke und dann steigen sie ein, und wir fahren zurück zu unseren Supermarkt-Parkplatz, wo das Hamburger Auto steht. Ich freue mich riesig und bin hoch erleichtert von all

meinen andauernden Sorgen – wie es wohl weiter gehen könnte – befreit zu sein!

Unsere ständige Suche nach Ideen, und die Suche nach dem großen Glück, hatte nun doch noch um Haaresbreite zum Sieg geführt!
Denn immerhin: Trotz »Auffinden eines Mannes auf der Wartebank« und der »leeren Tankstelle«, hätten wir auch weiter gefahren sein können – wenn nicht der letzte Zufall ins Spiel gekommen wäre – dass mein Hamburger Beifahrer den Wunsch hatte, jetzt endlich mal sein Lieblingsgetränk bei der Tanke zu holen, und nur dadurch ein Wiedererkennen beider möglich wurde!!!

Welches Taxi hatte …
am vergangenen Sonntag, vom Flughafen Bremen eine Engelfahrt nach Cuxhaven? Bitte melden.

Reiner Zufall …

Mein Vorname ist Reiner … (Reiner mit »e … i«). Nicht wie eigentlich nach Namens-Lexikon richtiger (Rainer mit »a … i«). Meine Tanten und Verwandten äußerten immer wieder mal, dass »e … i« falsch wäre. Aber meine Mutter hatte dies damals bei meiner Geburt so entschieden, und es gibt ja auch diese Schreibvariante gar nicht ganz so selten. Mir selbst gefiel mein Name im gewohntem Schriftbild »Reiner« auch viel besser im Draufblick zum Schriftbild, wie auch beim Unterschreiben für meine Unterschrift. Bei »Reiner« folgen Buchstabe für Buchstabe nur harmonische Rundungen, während das »a« im Rainer, eine Art »U-Turn« mit sich bringt, und den schnellen Schreibfluss für eine Unterschrift um

1/10 Sekunde verlängert. Gar nicht auszudenken, wenn wegen solch einem Zeitverlust – so ein »Rainer« als Superstar – 1000en Fans keine Autogramme mehr geben kann, weil nun der Vorhang fällt.

Natürlich wurde ich in jungen Jahren mit diesem Vornamen auch immer mal gerne verulkt: »Keiner wäscht Reiner« – Ja, richtig – ich musste mich immer selber waschen! Oder, man suchte mich: »Wo ist Reiner, das weiß keiner?«. Nun ja, und so überlegte ich schon von Jugend an, was man denn so aus meinem »Reiner« mit »e ... i« alles anstellen könnte?

Mein Triumph war die Idee, eine Frau zu finden mit dem Nachnamen »Zufall«. Ich wäre dann ein »Reiner Zufall«, der auf die Erde kam, das klingt doch fantastisch, und wäre immer ein gut gelaunter Lacher in allen Situationen.

Ob es diesen Nachnamen wirklich gab? Und auch in meiner Stadt? Computer gab es damals ja noch nicht, um solch eine Suche schnell mal zu prüfen.

Natürlich habe ich mich, wie alle anderen Jugendlichen auch – beim Auffordern zum Tanzen in Discos – nach hübschen Mädchen umgesehen, welche mir gefallen, die ein liebes Wesen an sich haben, ohne dass ich hier wie bei einer Passkontrolle beim Tanzauffordern zunächst erst mal den Nachnamen erfragt hätte. Und so habe ich mich in eine Frau verliebt, die mir auffällig gefiel und ein liebes Wesen an sich hatte. Und somit haben wir dann auch geheiratet, zwei Söhne groß gezogen, und ich habe nie wieder über »den Zufall« nachgedacht!

Erst »40 Jahre« später in meiner Nebentätigkeit als Taxifahrer erlebte ich den »Zufall« auf einem Klingelschild. Ich hatte einen Fahrauftrag zu einer Adresse mit einem ganz anderen Namen. Bei Ankunft des großen Wohnhauses durchsuchte ich alle Klingelschilder, um mich dort mit Klingelzeichen anzumelden. Und dabei entdeckte ich auch den Namen »Zufall«. Hier gab es also meine

Gedankenwelt leibhaftig. Na gut, zu spät, und vielleicht auch besser so ... ?
Denn man stelle sich nur mal eine Polizeikontrolle mit mir vor: Ein Streifenwagen überholt mich, zeigt mir »ein Stopp« mit der Kelle, der Beamte steigt aus, kommt zu mir zum Auto und sagt: »Polizeikontrolle, wie heißen Sie?« »Reiner Zufall«, dann meine Antwort, und sicherlich merkt man dann auch schon sein Wutstäuben, Fußscharren und Lippenpressen mit dem Herausschreien: »Wollen Sie mich verar ... schen?« »Nein, ich heiße wirklich so!« Wütend entreißt man mir dann wohl die Ausweispapiere aus den Händen, und so weiter!
Aber noch schlimmer wäre vielleicht der Name »Reiner Zufällig«. Auch hier wieder das Szenario einer Polizeikontrolle: »Wie heißen Sie?« »Zufällig Reiner«, müsste ich dann antworten. Aber das ergäbe wohl volle Breitseite mit »einer Watschen« links und rechts, wie der Bayer sagen würde. Die Klatsche mit der flachen Hand ins Gesicht würde mir wohl wahrscheinlich bei jeder Kontrolle drohen, obwohl ich doch nur immer wahrheitsgemäß antworte!

Bei einer Taxifahrt letztens, hatte ich zwei junge Damen und einen jugendlichen Herrn im Taxi sitzen, und dieser fragte mich nach meinem Vornamen. Ich antwortete ihm wahrheitsgemäß: »Reiner mit »e ... i«, und schon kamen wieder die gewitzelten Sprüche meiner Jugendzeit hervor. Daraufhin erzählte ich ihnen von meiner erdachten »Zufall-Story«, und den erdachten Polizeikontrollen, und die Taxifahrt wurde von uns Vieren eine spaßige Lachgesellschaft.

Welches Taxi hatte ...
in der gestrigen Nachtschicht eine Fahrt von Hemelingen zur Marienburger Straße? Die Dame vermisst ihren Handstock.

---

200 Euro Trinkgeld …

Meine heutige Taxischicht beginnt mit einem festen Vorbestellungstermin, wo ich regelmäßig einen jungen Sportler zu seiner abgelegenen Sporthalle fahre, weil es dorthin keine Bus- und Bahnverbindung in der Nähe gibt. Nach dem Aussteigen meines Sportlers fahre ich weiter in Richtung eines nahgelegenen Taxiplatzes.

Auf dem Weg dorthin winken mir zwei junge Männer am Straßenrand zu, und wollen mit Taxe zur Neustadt – einem Stadtteil, der mir von dieser Stelle aus – wegen seiner größeren Entfernung eine gute Taxifahrt verspricht. Bei Ankunft steigen die beiden jungen Männer aus und bezahlen mir die fünfundzwanzig Euro mit aufgerundeten dreißig Euro. Ich freue mich riesig über diese so schnell erfolgte Anschlusstour und das großzügige Trinkgeld! Der Tag wird gut! Und tatsächlich, schon folgt ein Raumangebot für diesen Stadtteil im Display, das ich mit meinem »Klick« als sofortige Anschlusstour von der Funkzentrale zugeteilt bekomme, da kein anderer Kollege näher ist. Tour drei also in Folge.

Es ist ein älteres Ehepaar, wo der Ehemann mit recht zögerlichen Schritten auf mein Taxi zukommt. Ich biete ihm deshalb an – »vorne zu sitzen« – auch wegen der langen Beine, für die geräumigere Platzgröße. Er willigt sofort ein und setzt sich auf den Beifahrersitz. Ein Glück für uns alle, wie sich später noch herausstellen wird! Die Dame hat bereits schon hinter mir Platz genommen. Die Fahrt verläuft sehr angenehm für uns drei, da wir sehr ähnlich zu allen aktuellen und politischen Themen denken und darüber angeregt diskutieren.

Bei Ankunft zu ihrem Restaurant steigen beide aus, und wir verabschieden uns. Beim Rückwärtswenden aus dem dortigen Parkplatzgelände drehe ich mich noch einmal um, mit Blick auf die Rückbank – was ich sehr oft so mache um liegengebliebene

Gegenstände zu entdecken – wie zum Beispiel oft Handys, oder wie letzte Woche, eine 450-Euro-Quittung eines Geschäftsmannes als Steuerbeleg seines Geschäftsessens, und so weiter.
Aber diesmal sehe ich eine Rolle Papier, und weiß dies nicht einzuschätzen. Ich steige also aus, öffne die Hintertür und entdecke eine zusammengerollte Geldscheinrolle. Ich öffne diese und staune … es sind zwei Geldscheine zu je zweihundert Euro, also vierhundert Euro Bargeld! Die Rolle lag genau auf dem Sitz, wo sonst der Ehemann gesessen hätte. Vielleicht hätte er in seiner körperlichen Schwerfälligkeit diese Rolle beim Einstieg gar nicht bemerkt und beim Aussteigen mit seinem Hosenboden nach draußen geschliffen? Kein Mensch hätte dann jemals davon erfahren. Ich halte immer noch staunend die vierhundert Euro in der Hand, da ich selbst eine solch große Geldsumme niemals so locker als Rolle bei mir tragen würde.
Aber die Rolle hat ja Glück und wurde von einem ehrlichen Finder entdeckt, und die Verlierer können ja eigentlich nur die beiden jungen Männer sein, welche ich eben zuvor zur Neustadt gefahren hatte.
Ich rufe also meine Taxi-Zentrale an, ob sich bereits jemand gemeldet habe, der vierhundert Euro verloren hat? Die Antwort: »Nein!« Ich staune … solch eine große Summe und keine Verlustmeldung? Die Unterhaltung geht weiter. Man lobt mich wegen meiner Ehrlichkeit und fragt weitere Einzelheiten ab, wie zum Beispiel: »Von wo, nach wohin ich meine vermutlichen Verlierer gefahren habe?« Ich erkläre, dass dies zwei winkende Einsteiger am Straßenrand der Nordstraße waren, welche zur Neustadt wollten.
Nun »schrickt« die Zentrale auf: »Ja, zu dieser Strecke hatte sich jemand gemeldet, mit der Frage, ob was auf der Rückbank liegen geblieben wäre? Von Geld – oder sogar von vierhundert Euro – war nicht die Rede. Vielleicht, um diesen Betrag nicht zu auffällig zu benennen?«

Man nennt mir die Telefonnummer, und ich rufe den Verlierer an. Dieser freut sich riesig, und erklärt spontan, ich könne die Hälfte behalten, er freue sich über meine Ehrlichkeit und über die Restsumme. Zu sehr war er traurig über den Verlust, soeben vierhundert Euro verloren zu haben. Ich reagiere sofort, und erkläre, soviel Finderlohn nicht haben zu wollen! Da er gleichzeitig darum bittet, hier jetzt wieder abgeholt zu werden, erkläre ich, dass ich mich allein schon über diese Rückfahrt freue, und ein Finderlohn gar nicht mehr nötig ist. Aber er antwortet erneut: »Nein, nein, die Hälfte sollen Sie behalten!« Ich starte nun mein Taxi und fahre los, und beschließe in meinen Gedanken, ihm bei Ankunft ganz selbstverständlich und ohne viel Worte die 400-Euro-Rolle komplett zu überreichen. Aber tatsächlich, er gibt mir einen 200-Euro-Schein zurück!

Ich bin unglücklich, überfordert, finde es maßlos übertrieben, und überlege mir einen Trick: Ich habe noch einen Fünfziger im Portemonnaie. Wenn die beiden jetzt gleich einsteigen, werde ich seinem Freund unbemerkt über meine Schulter den Fünfziger nach hinten reichen, in der Hoffnung, dass auch dieser die ganze Aktion zu übertrieben findet und er den Geldschein annehmen wird. Und tatsächlich, es hat geklappt! Der Freund nimmt den Schein an, und die Sache hat sich nun auf hundertfünfzig Euro reduziert. Für mich aber immer noch das größte Trinkgeld, der größte Finderlohn, oder der größte Stundenlohn aller Zeiten!

Nach Fahrtende bezahlt man mir die Fahrt wieder mit dreißig Euro, obwohl ich hier nochmals betone, dass diese Fahrt längst schon mit dem großen Finderlohn abgegolten ist. Aber er besteht wieder auf sein Recht, und so habe ich jetzt hundertachtzig Euro!

War dies wirklich nur aus seiner Riesenfreude, wegen meiner Ehrlichkeit nicht alles verloren zu haben, oder auch die Freude für ihn als Bestätigung, dass es außer ihm selbst, auch andere ehrliche Mitmenschen gibt?

Oder waren beide Dealer mit Rauschgift? … Oder vielleicht »Dunkler Geschäfte«? Besser,wenn man nicht immer alles genau weiß!

Welches Taxi hatte …
2 Fahrgäste: Es werden 2 Anzüge in 1 Hülle, und 2 Hutschachteln vermisst. Dringend melden, sonst platzt morgen die Hochzeit.

Anstrengender geht's nicht …

Wunderbar! Noch gar nicht lange gestanden am Halteplatz und schon mein allererster Auftrag!
Allerdings – klingt der Namenstext der Adresse etwas merkwürdig in meinem Display, aber das werde ich ja dort gleich sehen beim Klingeln an der Haustür. Den Namen nennt mir die Taxi-Zentrale im Display wortwörtlich mit »Dicke Eier«! Wo gibt's denn so was? Ich lach mich tot. Klingt wohl eher nach einer Gaststätte, aber die Straße ist in einer Wohnsiedlung, ich kenne diese, und eine Kneipe gibt es dort nicht! An der Haustür steht es dann auch anders »Ricke-Reyer«. Also ein akustischer Hörfehler. Ich klingle an der Tür und gehe zurück zum Taxi. Nach fünf Minuten Stille, klingel ich erneut und bleibe an der Tür stehen. Eine Frau im beleuchteten Treppenhaus winkt und ruft: »Wir kommen!«
Ich atme auf, und setze mich in mein Taxi. Aber wieder Stille – über fünf Minuten ungefähr. Aber nun öffnet sich die Haustür. Eine Dreier-Gruppe erscheint mit einem stark Angetrunkenen – untergestützt an den Schultern – links und rechts. Ich eile aus dem Taxi, um vielleicht mit anzufassen, aber sie haben ihn fest im Griff für diesen kurzen Weg zum Taxi, und ich halte mich zurück, bleibe aber in direkter Nähe.

Nun öffne ich die Beifahrertür, schiebe den Sitz ganz nach hinten, und der Angetrunkene fällt wie ein »gefällter Baum« in den Sitz. Ich schnalle ihn an – er ist ja jetzt mein »Co-Pilot« – und auch die anderen drei nehmen Platz auf der Rückbank. Sie erklären mir, zur Krankenhaus-Aufnahmestation zu müssen, da sie dort einen Termin zum Entzug für ihn hätten.
Ob man es für solch einen »Event« nochmal vorweg so richtig krachen lässt, weiß ich nicht zu deuten, habe aber hier, zu dieser Situation, auch keine bessere Erklärung!
Da mein »Co-Pilot« ruhig neben mir sitzt und recht stabil wirkt, »ein Profi« eben, bin auch ich nicht mehr so ängstlich, hinsichtlich eines eventuellen »Freibier-Ausschanks-für-Alle« aus seiner Kehle in mein Taxi. Und so freue ich mich nun doch entspannt über die gute Tour für meinen Preiszähler. Auch meine weiteren drei Insassen machen mir gute Laune in ihrem netten Umgang, sind gepflegt, und die beiden Damen etwa um die fünfunddreißig Jahre, und der Herr hinter mir vielleicht etwa fünfzig Jahre alt.
Auf der geplanten Route zum Krankenhaus liegt auch die Adresse des 50-Jährigen, der nochmal um einen kurzen Zwischenstopp bittet, um seine Frau aufzusuchen. Die beiden Damen auf der Rückbank hinter mir steigen mit aus und folgen ihm ins Haus. Der Fahrpreiszähler im Taxi läuft weiter, und nach fünfzehn Minuten kehren alle drei wieder zurück und wir starten durch.
Nun fragt man nach den wohl zu erwartenden Endpreis, und ich antworte: »Dass zu den zwanzig Euro jetzt, noch fünfundzwanzig Euro für die Restfahrt hinzukommen werden.« »Das klingt realistisch«, antwortet eine Dame, und ich erkläre weiter: »Ich stoppe den Zähler bei den vereinbarten fünfundvierzig Euro, falls weniger, dann zahlen Sie auch weniger!«
»Oh prima, Danke«, so die Antwort, und die Fahrt verläuft weiter in guter Stimmung. Auch mein »Co-Pilot« wacht hin und wieder mal

auf, grinst, stammelt ein Wort, dreht den Kopf dabei nach hinten zur Rückbank und schläft wieder ein.
Nun wird auch eine Bitte der Dreier-Gruppe von der Rückbank ausgesprochen: »Können wir vor dem Ziel noch mal zur Tanke ranfahren, und noch eine Flasche Wodka holen?« »Ja, meinetwegen«, antworte ich, und denke dabei, das hätte ich mir ja eigentlich auch gleich denken können! Nun stoppe ich meinen Zähler und sage dies auch laut: »Die fünfundvierzig Euro sind erreicht!« Im Stillen denke ich weiter, nur noch zwei Kilometer bis zum Ziel, na ja, und noch die Wartezeit bei der Tanke – eine gute Tour!
Aber – von nun an – ging's bergab! Der nette 50-Jährige steigt aus, und betritt den Verkaufsraum der Tankstelle. Nach kurzer Zeit kehrt er zu uns zurück und sagt: »Der Wodka war da zu teuer, und dies habe ich auch so gesagt, und die Verkäuferin rief mir zu: Dann geh doch zu Netto, der ist nur zweihundert Meter weiter!« Wir fahren also dort hin, und er begibt sich in den Laden. Die beiden Frauen im Taxi ergänzten noch ihren Getränkewunsch für einen Sprudel.
Es dauert länger als gedacht mit der Rückkehr. Aber nun hat er seine Wodkaflasche und die beiden Sprudelflaschen. Aber nein – falsch – er hat Orangensaft gekauft. »Den mag ich nicht«, so die beiden Frauen jeweils einstimmig in ihrem Urteil, und wir überlegen nun, den Getränkeshop gleich weiter nebenan zu nehmen. Hier müsste man schneller dran kommen, obwohl dieser so groß erscheint wie ein Baumarkt. So was habe ich bisher noch nie gesehen! Wegen des großen Geländes, fahre ich vor bis zum Haupteingang. Kurz danach kehrt der 50-Jährige wieder zurück mit leeren Händen: »Da stehen vierzig Leute in der Schlange!« Also wieder Kehrschleife zurück zum Supermarkt »Netto«. Nun steigen auch die beiden Damen mit aus, und das Trio begibt sich in den Markt, und damit der vierte Kaufversuch. Nun findet ja wohl alles seinen Abschluss, denke ich noch so, denn die Kurverei bis hierher war ja

mit dem »mal eben bei der Tanke halten«, weit überdehnt worden. Aber mein Trio wird's nun wohl richten.
Aber Nein, es geht weiter bergab! Man vergaß die Zigaretten. Also nochmals Anstellen im Supermarkt: Einkauf Nummer fünf. Ich bleibe immer noch ruhig und gelassen, und die Tour – obwohl im Festpreis gestoppt – ist immer noch eine gut bezahlte Taxifahrt für mich. Mit laufendem Zähler allerdings, wäre es den Betreffenden wohl sicherlich zu teuer und unwohl geworden, und die Atmosphäre im Taxi vielleicht angespannt. Aber so sind nun alle zufrieden und damit weiterhin in guter Laune. Sie steigen wieder ein … und endlich: »Ab die Post, zum Krankenhaus!«
Hierzu überlegen sich jetzt die drei Rückbänkler, vielleicht besser alle vier ein kurzes Stück vor dem Haupteingang auszusteigen. Warum dies, denke ich so? Der Angetrunkene neben mir konnte sich ja das kurze Stück vom Haus aus kaum aufrecht halten. Aber ich stoppe wunschgemäß an der von ihnen angegebenen Stelle. Alle drei steigen aus, und alle erkennen nun, dass es so wohl nicht geht mit unserem regungslosen »Dauerschläfer«!
Der 50-Jährige fragt deshalb also, ob ich seinen Freund alleine bis zum Haupteingang fahren kann? Und die anderen würden zu Fuß dahin folgen? »Ja, meinetwegen, das krieg ich wohl hin«, antworte ich so in meiner Zuversicht. Ich schnall' also meinen Beifahrer wieder an, und fahre das kurze Stück mit ihm bis zum Haupteingang. Hier zieh' ich den Autoschlüssel ab und presche schnell in das Hauptgebäude zur Notaufnahme und erbitte mir einen Rollstuhl für einen gehbehinderten Patienten. Man gibt mir diesen auch, und ich eile zurück zu meinem alleingelassenen »Patienten«. Die anderen drei sind inzwischen aber auch schon da. Ich begebe mich zur Beifahrertür, öffne diese, löse den Anschnaller und präsentiere stolz meine Rollstuhl-Idee! Doch nun kippt die Stimmung. Mein stark angetrunkener Beifahrer sieht jetzt mit dem Entzug wohl alte Erinnerungen hochkommen und will absolut nicht aus-

steigen! »Ich will nach Hause«, sagt er wiederholt, und will die Tür dabei immer mit Wut zuknallen, was ich durch mein Danebenstehen – und Türgriff haltend – abfedere. Nun kommt auch seine hübsche Frau aus der Gruppe, und beugt sich zu ihm ins Auto, worauf er mit Prankenhieb in das Gesicht der Frau greift. Ich – dicht daneben – greife sofort seinen Arm und löse seine Finger aus dem Gesicht der Frau. Sie ist zum Glück nicht verletzt, und appelliert nochmals zum Aussteigen, aber er folgt dieser Bitte nicht, und versucht wieder die Tür zuzuschlagen. Nun tritt sein 50-jähriger Freund heran, die beiden Frauen rauchen inzwischen eine auf der Nebenbank. Der Freund redet gut auf ihn ein, man merkt deutlich die tiefe Freundschaft, weil der »Angetrunkene« auf ihn gar nicht aggressiv reagiert! Aber überzeugen kann auch er nicht, und die Blicke des »Angetrunkenen« werden nun doch immer mürrischer, und immer wieder drängt er mit dem Zuschlagenwollen der Tür. Auch die beiden Frauen versuchen mit gütigen Worten sein Aussteigen herauszulocken – aber leider – ohne Erfolg. Auch ein Securitybeamter nähert sich nun unserer Szenerie, überließ uns aber weiterhin – völlig richtig – allein mit der Situation, um keine weitere, eskalierende Reaktion des »Trunkenboldes« hervorzuheben. Immerhin blickte dieser irgendwie verängstigend, aber auch suchend im Wageninnern umher, als wolle er alles demolieren. Und die Taxe war nagelneu, erst vier Wochen alt!

Doch plötzlich – von den weiteren Passanten, die vorm Krankenhauseingang verweilen – kommt ein junger Mann auf uns zu, und versucht unseren »Problemfall« durch ein kumpeliges: »Komm her, wir rauchen mal eine«, zum Aussteigen aus dem Taxi zu bewegen. Treffer! Der »Störenfried« regt sich hoch aus dem Sitz, stellt sich aufgestützt in die offene Tür, und nimmt eine der angebotenen Zigaretten. Aber das war's dann auch schon bald. Die Zigarette war alle, und wieder ein Zurückplumpsen ins Taxi. Die Tür wieder Zuschmetternwollend – was ich wieder abdämpfte!

Wir steckten allesamt fest! Ein erneuter Versuch von mir, immerwährend die ganze Zeit ja die Tür haltend, und ein erneuter Versuch des 50-jährigen Freundes in kniender Bittstellung, erzielten keine gewünschte Regung.
Und somit entschied das Trio nun – die Polizei anzurufen – »Bravo!« Diese kamen dann auch sofort mit Blaulicht vorgefahren, und es stiegen zwei Polizistinnen aus. »Super!« ... wie sich herausstellte! Die eine erkannte sofort unseren »Störenfried«, und sprach ihn auch direkt an: »Hallo, wir kennen uns doch!« Er blickte auf – schien überrascht – eher angenehm überrascht. Er wurde aufmerksam und gewillt. Die beiden Beamtinnen schoben nun den Rollstuhl ganz nah ran zur Tür und mit ihrer Hilfe richtete er sich hoch, drehte sich in den Rollstuhl und ließ sich ganz friedlich und gewillt von ihnen ins Hauptportal schieben. Ein tolles Abschlussbild für mich. Alle haben wir es richtig gemacht! Ich habe zwar ein bisschen – oder sogar viel Zeit verloren – als Taxifahrer mit Festpreis. Aber alles war heil geblieben, und es konnte für mich endlich weitergehen nach zwei Stunden von Startbeginn an gerechnet.

Aber auch das Trio konnte aufatmen, und sich wieder frei bewegen. Hatte es bei all' den Anspannungen den »Finalen Friedensprozess« miterlebt!
Und somit konnten sie sich nun vielleicht endlich und hocherfreut ihrem laut ausgesprochenen Erst-Gedanken im Taxi zuwenden: »Einmal zur Tanke ranfahren«, und jetzt den tatsächlich gekauften Wodka genießen!

Halt! Stopp! Ich muss kotzen ...

Es ist Dezember, Weihnachtszeit sozusagen. Und die vielen Weihnachtsfeiern der Firmen bringen gute Fahraufträge für uns Taxen,

da ja die Firmenangehörigen aus allen Richtungen und auch von weither kommen.
Es ist bereits Mitternacht und ich entscheide mich – nach Ausstieg meiner Fahrgäste – noch einmal zum Halteplatz in der City zurückzufahren, da hier noch die ganze Nacht Publikum herumtummelt aus Gastronomie und Discos. Im Gegensatz zu meinen Taxikollegen melde ich mich hier am Taxiplatz aber trotzdem an – auch für den Funkbereich – was viele wegen des vorhandenen Publikums hier »vor Ort« dann nicht nutzen. Die sogenannten »Einsteiger« sind nämlich auf jeden Fall die sicheren Fahrgäste, während eine Funkauftrags-Adresse auch mal unsicher sein kann, wie zum Beispiel solche an Bushaltestellen mit dem Hinweis: »Steht da schon«. Zu etwa fünfzig Prozent sind Fahrgäste solcher Fahraufträge in zufällig vorbeifahrenden Taxen eingestiegen und weggefahren. Man selbst hat die Rangfolge am Taxiplatz verlassen und geht somit »leer« aus, und muss sich ganz hinten wieder anstellen! Aber wie schon gesagt, ich melde mich am Halteplatz für Funk an, und bin dort jetzt als erste und einzige Taxe eingeloggt, tatsächlich stehe ich aber hinten als letzte Taxe in der Wartereihe auf Platz neun.
Hier stehe ich aber nur fünf Minuten, und ein Funkauftrag gibt mir sofort Anlass loszustarten. Ich freue mich sehr darüber, aber der Fahrauftrag beinhaltet für mich wieder diese Angst-Adresse mit Bushaltestelle: »Steht da schon«! Die Entfernung mit nur vierhundert Meter ist zwar sehr nah gelegen, aber mit zwei Ampelkreuzungen, jeweils um die Ecke, und jeweils mit »Rotlicht An«. Und tatsächlich, vor mir biegt ein Taxi auf meine Zielgeraden, und meine Angst des Wegschnappens wächst. Aber nun bekomme ich »Grünlicht« und starte durch zu meiner Bushaltestelle. Hier springen nun auch tatsächlich gerade zwei Personen auf die Straße, um die Taxe vor mir anzuhalten. Ich selbst blitze nun unentwegt mit Lichthupe aus der Ferne zu den Fahrgästen um auf mich aufmerk-

sam zu machen. Dies klappt auch und nun erkenne ich, wie das junge Pärchen stark taumelnd – also stark angetrunken – auf mich zu kommt.
Die Angst lässt meine Nackenhaare hochstemmen, da ich nun mit einer Fahrt der Angst rechne, sozusagen einer Fahrt des »Spuckenmüssens«! Ein Wegschnappen durch die vor mir fahrende Taxe wäre mir in dieser Situation jetzt wohl sogar lieber gewesen. Aber nun ist man eingestiegen, und die genannte Adresse ist weiter weg. Also auch noch ein langes Ausharren dieser angespannten und beängstigenden Situation. Hier wäre jetzt eine Kurzstrecke doch eine sehr willkommene Beendigung des drohenden Problems gewesen!
Der junge Mann setzt sich vorne neben mich, tief runtergebeugt, die Ellbogen zwischen den gespreizten Beinen aufgestützt auf dem Sitz, und beide Hände hoch an Kinn und Wangen gestützt.
Die junge Frau – leicht dicklich – sitzt hinter ihm, angelehnt zur Seitentür. Sie habe ich am stärksten in Verdacht für meinen befürchteten »Überfall«.
Da ich extra große Plastiktüten für solche Zwecke mit mir führe, überlege ich, ihr eine anzubieten. Aber innerlich verneine ich mir diese Idee, um den »Spuckebedarf« nicht extra zu wecken. Ich erkläre beiden nur, sich bitte zu melden, falls ich mal anhalten solle!
Wir fahren los. Aber schon nach etwa zwei Kilometern ruft sie: »Stopp … Anhalten … Ich muss kotzen!« Ich bremse runter, halte an, sie öffnet ihre Seitentür und lehnt sich weit aus dem Auto und bricht los. Sie ist noch angeschnallt, wie meist alle in dieser Situation, aber sie beugt sich wirklich äußerst weit raus aus meiner Taxe, und hält diese dadurch vollkommen sauber! »Klasse«, Mädchen! Ich sage ihr noch – und nur ich reagiere wohl so – dass ich jetzt den Preiszähler in der Taxe stoppe, und sie sich in aller Ruhe finden solle. Der Stopp – egal wie lange – wird nicht berechnet,

Hauptsache die Taxe bleibt sauber! Aber ob sie das hörte, weiß ich nicht, denn immer wieder überkam sie das »Volle Programm« ihres Magens. Immer wieder die typischen Geräusche, wie man sie kennt und die durch das hohle Würgen auch erkennen lassen, dass der »Reizhusten« am abklingen ist. Auch ein »Rumtata« immer wieder mal aus der unteren Hüftnähe, zeigt an, dass der Körper Luft- und Mageninhalt nicht mehr will und hat! Sie beugt sich zurück ins Taxi, und ich gebe ihr jetzt nun ein Papiertaschentuch und eine meiner großen Plastiktüten, die ich zuvor noch stark aufschüttel um griffbereit zu sein. Sie entschuldigt sich nun für die große Unruhe und die Fahrt geht weiter. Sie wirkt augenscheinlich stabil, aber ab und dann würgt sie leere Geräusche in die vorgehaltene Tüte. Alles läuft prima!
Ihr Mitfahrer verharrt immer noch ganz steif in gleicher gebückter Sitzhaltung, wie am Anfang des Einsteigens. Sie selbst schläft inzwischen, und wir sind nun auch schon in ihrer Zielnähe angekommen, als er plötzlich: »Schnell ... Halt ... Ich muss kotzen« ruft! Ich halte an, er springt raus und steht auf dem Gehweg, neigt seinen Körper, und der »Prasselregen« beginnt. Immer wieder neue Schübe, und er sucht Halt mit beiden Händen, weit vorgebeugt vor der Motorhaube eines dort stehenden Autos. Der Gehweg scheint nie wieder benutzbar zu sein, so mein augenscheinliches Urteil, wegen des hohen Volumens der »Spucker-Menge«. Aber nun hat auch er sich beruhigt und wir müssen nur noch eine Straße weiter zur Zieladresse und wir sind da!
Nun folgt der Zahlungsvorgang! In solchen Situationen auch oft eine langwierige Prozedur. Und so ist es auch hier so! Man will mit EC-Karte zahlen. »Belegleser habe ich, können wir machen«, so meine Antwort.
Der junge Mann steckt die EC-Karte in den Belegleser, aber seine eingegebene Geheimzahl wird abgelehnt. Nun will er die EC-Karte seiner Freundin, welche immer noch auf dem Rücksitz schläft. Er

weckt sie – bittet um die Karte – aber sie ist zu schwach, zu müde um zu reagieren.
Er steigt aus, öffnet die Tür und hilft ihr auszusteigen um im Stehen besser in ihrer Jackentasche die EC-Karte zu entnehmen. Zur Stabilisierung lehnt er sie stehend an einen parkenden Pkw. Er entnimmt die Karte, und checkt ein, aber die Geheimzahl ist wieder falsch. Die junge Frau draußen am Auto rutscht müde und geschwächt in die Knie und liegt nun in voller Länge am trockenen Bordstein. Wir beiden Männer unterbrechen die elektronischen Zahlungsstopps und eilen beide aus dem Auto um die Frau wieder aufzurichten. Hierbei erkläre ich zur Beruhigung, dass es auch noch andere Zahlungsmöglichkeiten gibt, und wir uns jetzt erst mal nur um die gestürzte Frau kümmern wollen! Jeder stützt eine Schulterseite am Oberarm und wir helfen ihr hoch, und gehen zum Hauseingang. Hierbei entschuldigt sie sich nochmals für die Umstände, und sagt auch den berühmten Satz in solcher Situation: »Ich trinke *NIE* wieder!« An der Haustür verabschiede ich mich, und übergebe meine Telefonnummer-Notiz zum weiteren Besprechen der Zahlungsmöglichkeiten für den nächsten Tag, wenn wieder nüchtern. Das hat dann auch alles geklappt!

Hier klappt auch gar nichts …

Kurze Fahrt, lange Geschichte

Meine erste Fahrt ist gerade zu Ende, der Zähler gestoppt, die Fahrt bezahlt, und die Taxe somit wieder »Frei« für den nächsten Funkauftrag meiner Taxizentrale. Und tatsächlich: Es folgt ein Raumangebot im gleichen Stadtteil. Ich »klicke An« und bestätige meinen neuen Fahrauftrag: «Rollstuhlfahrer in Praxis für Krankengymnastik«. Die Adresse wird genannt, aber genauer gesagt ist die Anfahrt eine große, lange Seitenstraße davon. Diese kenne ich,

und der Hinweis der Zentrale, von welcher Seite die Hausnummer angefahren werden muss, erfreut mich sehr! Aber leider versperrt mir – kurz vor dem Ziel – ein Poller die direkte Zufahrt. Aha ... denke ich jetzt so, eine Navi-Angabe der Zentrale kann auch mal irren, oder der Poller steht da erst ganz neu? Also wieder ganz zurück bis zur Hauptstraße und dort dann rechts und später wieder rechts. Oh jeh ... ich sehe mein Ziel rückwärtig – ein Wendeplatz trennt mich – zum direkten Anfahren. Nun wird's richtig umwegig! Der Rückweg zur Hauptstraße erlaubt kein Linksabbiegen wegen des hochgepflasterten Mittelstreifens. Ich muss also weiter rechts abbiegen und an der Ampelkreuzung einen U-Turn fahren. Nun fahre ich ganz großbauschig meine Zieladresse vom ganz anderen, oberen Ende an.
Da hier beim Einbiegen kein Straßenschild den Namen verrät, bin ich nach all' dem Pech etwas ängstlich. Aber nach der seichten Kurve erkenne ich deutlich die Praxis für Krankengymnastik. Ich steige aus und klingle an der Tür. Nun kommt mir auch wegen meiner vielen Umständlichkeiten ein schlechtes Gewissen in den Sinn, wie lange hatte doch der Rollstuhlfahrer auf mich warten müssen? Aber nun hatte dies ja alles sein Ende! Denkt man so – aber falsch gedacht! Der Rollifahrer ist zwar schon startbereit hinter der Glastür zu erkennen, und die Tür öffnet sich auch automatisch auf mein Klingeln, aber jetzt folgt dort die erste Schwierigkeit.
Ich begrüße den Rollifahrer und will nun die schwere Tür einhaken, was aber ohne jegliche Halterung nicht möglich ist. So stütze, blocke, drücke ich die automatisch schließende Tür breitbeinig gespreizt mit einem Fuß gegen die Wand, und fasse mit beiden Händen zum Rolli, um ihn nach draußen zu schieben. Dabei stütze ich nun die Tür beim langsamen Rausgehen mit meinem Rücken. Wie umständlich für eine Arztpraxis, denke ich noch so dabei.
Ich schiebe nun meinen Patienten die schräge Rolli-Auffahrt hinunter zur Beifahrertür meiner Taxe, helfe ihm beim Einstieg,

klappe den Rolli zusammen und lege diesen in den Kofferraum. Alles Prima – Nun kann's losgehen! Aber Nein, noch lange nicht! Ich steige in mein Taxi und frage nun den Patienten: »Wo müssen Sie denn hin?« »U-scha-are-schu«, so seine Antwort. Oha … denke ich, also noch mal ein neuer Versuch: »Wie heißt denn Ihre Straße?« Aber es folgt eine ähnlich genuschelte Antwort. Also, außer dem Rolli hat dieser nette Herr auch noch eine Sprachbehinderung »Armer Kerl«!

Ich steige also aus, um in der Arzt-Praxis noch mal alles genau zu erfragen. Mein Portemonnaie und den Autoschlüssel nehme ich sicherheitshalber mit, bevor mal jemand wegfährt, und drücke am Eingang wieder auf die Klingel. Die Tür springt auf, und ich betrete erneut den Vorraum. Aber niemand da, außer eine Patientin im vorderen Wartebereich. Diese erklärt mir, dass sie in zehn Minuten ihre Anwendung hat, und das dies hier immer pünktlich klappt. Ich höre auch im Behandlungszimmer Stimmen, will aber hierzu auch nicht stören, und gedulde mich zu den angegebenen zehn Minuten.

Da das Wetter draußen warm und sonnig ist, will ich mir etwas Luft verschaffen. Ich öffne also die große Glashaustür wieder und entdecke nun einen kleinen, weißen Sandsack zum Feststellen der Tür. Dies kommt meiner Idee jetzt sehr gelegen entgegen, denn ich möchte die Tür für einen Moment lang, etwa halb geöffnet, offenstehen haben. Ich lege also den kleinen Sandbeutel als Stopper davor. Aber auch hier wieder Pech, heut' klappt auch gar nichts.

Die Kraft der Automatiktür schiebt diesen leichtfüßig in Richtung »Tür schließen«. Nur in voller 90°-Öffnung hält der Sandbeutel sein Versprechen. Somit ist jetzt endlich Ruhe im Saal, und ich gehe ein paar Schritte nach draußen, um meinem Rollifahrer zuzuwinken, und ihm zu zeigen, dass ich noch immer für ihn da bin.

Dann kehre ich wieder zurück in die Arztpraxis. Immer noch leer hier, niemand am Empfang, aber die zehn Minuten sind gleich rum, und da kommt auch schon die junge Krankengymnastin.
Ich erkläre ihr, dass ich Taxifahrer bin, schon zehn Minuten warte, und überhaupt nicht weiß, wohin mein Patient gefahren werden muss. »Einen Augenblick bitte«, ihre Antwort. »Ich schau mal in die Kartei.« Sie schreibt mir die Adresse auf einen Zettel und gibt mir diesen. »Ja, und welche Krankenkasse ist zuständig, und gibt es einen Beförderungsschein für meine Taxiabrechnung?« Sie wirkt überfordert oder sachunkundig, und ich antworte: »Ich fahre den Herrn jetzt nach Hause, auch wenn ich die Fahrt nicht bezahlt bekomme. Ich will endlich anfangen zu arbeiten!« »Oh, das ist ja nett von Ihnen!«, so ihre Reaktion. »Hören Sie«, antworte ich, »das war jetzt nicht lustig gemeint«, und bin dann endlich raus zu meinem Auto, zu meinem Fahrgast.
Diesem zeige ich den Zettel mit der Adresse, und er nuschelt irgendwie etwas ablehnend hierzu. Aber ich will nun einfach los, und verlasse mich auf die Angaben. Oder ist dies schon wieder eine dunkle Vorahnung?
Mir wird schon wieder leicht mulmig, aber es überwiegt das Gefühl, dass alles klappt, alles gut gehen wird, er nicht wegen Adressabweichungen zappeln wird, und ich wieder in Freiheit gelangen werde. Und tatsächlich – bis zur Ankunft in seiner Straße – alles ruhig! Aber nun zeigt er nach rechts, weit weg von seiner Hausnummer auf dem Zettel.
Da ich durch seinen Hinweis ein großes Gebäude sehe mit großer Aufschrift »Behinderten-Wohnheim« glaube ich ihm dies gerne, und fahre dort auf den Hof, wo auch auf Parkbänken Anwesende sitzen.
Ich lade den Rolli aus, helfe meinem Herrn beim Ausstieg, und schiebe ihn im Rollstuhl zum Haupteingang. Hier zeigt er nach links ums Gebäude – weg vom Haupteingang – was mir etwas

suspekt war, denn nach all' meiner Odyssee wollte ich ihn unbedingt einem Pfleger übergeben! Und somit halte ich unbeirrt weiter Kurs auf den Haupteingang zum Empfang. Aber – wieder keiner da – weit und breit nicht!
Ich lasse nun meinen Rollstuhl-Patienten im Vorraum stehen und gehe den langen Flur entlang auf Suche nach einer Zuständigkeit des Hauses. Hierbei sehe ich zwar einzelne Bewohner in den verglasten Essens- und Aufenthaltsräumen verweilen, oder auch aufstehende Zimmertüren, aber ansonsten «gähnende Leere«.
Aber in einem Zimmer bemerke ich gerade eine Pflegerin, die jemanden ins Bett hilft. Auf diese Pflegerin will ich nun warten. Nach etwa wieder – zehn Minuten gefühlten Wartens – kommt die Pflegerin aus dem Zimmer, und ich erkläre ihr meine Situation: »Ich bin Taxifahrer, habe einen Rollstuhl-Patienten hierher gefahren, bin nicht sicher, ob wir hier richtig sind, können Sie mir helfen?« »Ja, ein Moment, da muss ich meinen Kollegen fragen!« Sie geht den gleichen langen Flur entlang, um dort ihren Kollegen zu finden. Beide kehren zu mir zurück, und der Pfleger erklärt mir: »Sie sind hier richtig!« Wir gehen beide in den Vorflur zu meinem Rollstuhl-Patienten, aber dieser ist nicht mehr da?
Er hatte den Fahrstuhl an dieser Stelle längst »gedrückt«, und war schon längst in seiner Wohnung. Der Pfleger bestätigte mir die gewohnte Ankunft dieses Patienten, und ich bin endlich erleichtert alles zum »Guten Ende« gebracht zu haben!

Welches Taxi hatte ...
heute morgen eine Tour von der Kinderklinik zur Kulenkampffallee? Es wird ein Stoffigel vermisst. Bitte melden.

Nackter Popo …

Der Zeitgeist um einen herum ändert sich stetig, hält sich aber wiederum auch über Jahrzehnte. Die langen Haarfrisuren der Jugend in meinen »Beatles-Zeiten«, die »im Knie angerissene« Mode-Jeans heutzutage, das »Cappy verdreht« nach hinten, und so weiter. Auffällig hierzu auch der heutige Trend der jungen Männerwelt, ihre Jeans sehr locker und tiefhängend zu tragen, sodass diesen bei jeder vorgebeugten Körperhaltung auf Rad – wie auch im Taxi beim Vorbeugen zum Aussteigen – einem eine ein bis sechs Zentimeter lange Poporitze »anstrahlen« kann!
Und so findet alles seinen Hype. Die einen finden es supergeil, die anderen umständlich beim Anziehen, plump im Aussehen, oder gar ekelig und abstoßend wie folgende Story.

Ich stehe nachts allein an einem Taxiplatz, und auch schon ziemlich lange, als plötzlich meine Beifahrertür geöffnet wird und ein junger Mann aus der fernen Welt einsteigt. Er nimmt Platz auf dem Beifahrersitz und wir fahren los. Es fällt mir auf, dass er gut gekleidet ist in »sportlicher Richtung«, und wir unterhalten uns auch sehr nett, bis wir – nach gar nicht so langer Fahrt – sein Ziel auch schon erreicht haben. Er sagt: »Hier stopp, bitte«, und ich halte an! Die angezeigten 9,30 Euro rundet er auf, und er will aussteigen. Hierzu öffnet er die Beifahrertür, dreht sich rechts rum mit dem Körper, um sich dann nach vornegebeugt aufzurichten.
Schon beim Beginn seiner Drehbewegung erkenne ich, dass er völlig nackt mit seinem gesamten Hinterteil – und während der ganzen Fahrt – auf meinem Beifahrersitz saß. Die Jeans samt Unterhose waren ihm beim Einsteigen und Hinsetzen zwischen Knie und Oberschenkel gerutscht, also saß er die ganze Fahrt neben mir »mit blankem Ar …«! Wie hält man denn so was Ekeliges und Unanständiges aus? Ist einem so etwas nicht unangenehm

für sich selbst, schon vom Sitzgefühl, und wie hoch peinlich bei einem Entdecktwerden? Ich bin hoch erschreckt, hoch wütend, aber genauso sprachlos und völlig überfordert und hilflos, und will hier nichts falsch machen, nicht rassistisch wirken. Was ist mein so nett geglaubter Fahrgast nun in Wirklichkeit für ein überraschender Schreck für mich. Seine Haut war zwar völlig zart und makellos – beneidenswert schön – und auch am Popo sah alles makellos zart und sauber aus. Trotzdem stand für mich fest, dass ich nun extra wegen ihm direkt nach Hause fahren muss, um den Ledersitz sofort voll zu reinigen! Am liebsten wollte ich ihm meine Küchenrolle und die Reinigerflasche in die Hand drücken und ihn zwingen dies selbst zu putzen. Aber meine Gewissenhaftigkeit hielt mich zurück. Auch wenn wohl alles sauber aussah, wollte ich doch von Anfang an zu Hause, gründlichst selbst »Hand anlegen«! Niemand sollte mir hier etwas verreiben.
Der Fremde selbst steigt nun aus, richtet sich auf, zieht seine Hose hoch, zeigt keinerlei Regung zur Situation, sagt kein Wort, dreht sich überhaupt nicht um, und geht mit sturem Blick nach vorn gerichtet geradeaus seines Weges.
Noch Wochen später ärgere ich mich über meine erschreckte Sprachlosigkeit zu dieser Situation. Aber leider folgt schon wieder eine neue Überraschung dieser Nackt-Szenerie.

Ich stehe im Zeitungskiosk gegenüber eines Taxiplatzes und unterhalte mich dort mit meinem befreundeten Kioskbesitzer, als drei weitere Personen den Laden betreten. Zwei von ihnen wollen Lottoscheine abgeben, und mein Freund bittet diese rüberzukommen zum Tresen mit dem Lottogerät, während der dritte Herr aus ferner Welt sich zum Kaugummi-Regal neben mir begibt, und sich hier weit runterbückt zum untersten Fach, und dabei seine Jeans samt Unterhose, völlig runterrutscht auf den Erdboden. Ich schrecke innerlich auf, während der völlig »nackte Popo« wieder direkt

mein Gesicht »anstrahlt«! Dem betreffenden, jungen Herrn war dies überhaupt nicht peinlich! Er richtete sich auf, als wäre nichts geschehen, zog die Hose wieder hoch, drehte sich zu mir um, lächelte mich an, und verweilte vor mir stehend an der Kassenschlange zum Bezahlen.
Ich kehre in mich. Lebenslang hatte ich solches noch nie erlebt oder von Freunden gehört. Aber immer schon war mir seit zwei Jahrzehnte sehr auffällig bei den Männern dieser fernen Welt, dass bei ihnen die tiefhängende Jeans am extremsten runterhing. Sodass ich sie mitunter bewunderte, warum ihnen die Hose nie runterrutschte?

Welches Taxi hatte …
gestern eine Tour vom Metropol-Theater zur Malerstraße? Es wird ein Gebiss vermisst. Nähere Info erhalten Sie im Rückfragekanal.

Retter in der Not: Kalter Entzug … (von Kollegin Cora)

Eines Tages rief mich ein Mann an, ob ich seinen Sohn zum Entzug bringen könnte, ob ich solche Fahrten auch mache? Da für Taxifahrer die Fahrpflicht gilt, dafür gibt es eine Taxenordnung, und der Mann schon sehr verzweifelt klang, habe ich zugestimmt. Denn als Nachtfahrerin hatte ich öfter mit Menschen zu tun gehabt, die ihren Alkoholpegel mehr oder weniger überschritten, beziehungsweise gar nicht mehr unter Kontrolle hatten. Da hörte man sich entweder ständig wiederholende Satzschleifen an, etwa, wie gut doch die Frau ist, die zu Hause wartet. Ist man aber am Ziel desjenigen, wird man jedoch gefragt, ob man ihn bis zur Haustür begleiten könnte, dann schimpft die Frau nicht so sehr. Es gibt aber auch diejenigen, die ihrem Alkoholpegel geschuldet herumtoben,

weil sie angeblich schon bezahlt haben, oder gar kein Geld mehr haben, denn das hat ja jetzt der Wirt. Und so geht der Überblick mit steigendem Promillewert gern schon mal verloren!
Während unseres Telefonats dachte ich mir, wenn der junge Mann zum Entzug muss, dann wird er nüchtern oder wenigstens nicht volltrunken sein! So verabredeten wir den genauen Tag, und es würde eine weitere Fahrt werden, Richtung Hessen. Dort ist eine bekannte Entzugsklinik. Oft ist bei solchen Fahrten nicht viel Geld im Hintergrund, also habe ich einen sehr günstigen Preis vereinbart: Hauptsache dem Menschen wird geholfen! So fuhr ich am verabredeten Tag los, der junge Mann wohnte in meiner Nähe, und seine Freundin würde ihn begleiten, die ich anschließend wieder mit nach Hause fahren solle.
Als ich mein erstes Ziel erreichte, die kaputte Scheibe der Wohnung sah und den tristen Hinterhof, stieg dieses mulmige Gefühl in mir hoch. Es gibt solche Momente, wo man sich überall woanders hin wünscht, am besten in einen schönen grünen Wald, oder ans Meer, nur nicht dort, wo man gerade war.
Eine ziemlich traurige, magere Gestalt kam auf mich zu – seine Freundin – und fragte mich, ob ich die Fahrerin für ihren Freund Jan wäre. Ich bejahte. Sie erklärte mir, dass es noch etwas dauern würde und ob ich ihr auch helfen könnte, Jan die Treppe hinunterzubegleiten und entschuldigte sich, weil die Wohnung nicht aufgeräumt war. Hierzu beruhigte ich sie, wir wollten ihren Freund zum Entzug bringen, nicht tapezieren! Wir gingen die Treppe hoch in die Wohnung, durch Räume, die alle irgendwann einmal bessere Tage gesehen hatten, wobei ich mich immer mehr nach meinem Meer sehnte, so erreichten wir schließlich das Schlafzimmer. Im Hintergrund vom Wohnzimmer lief der Fernseher. Wieso gibt es Menschen, bei denen tagsüber – und wahrscheinlich auch nachts – der Fernseher ständig läuft?! Diese Frage stellte ich mir nur, um mich vom wirklichen Geschehen abzulenken. Was ich sah,

ist kaum erklärbar, es wirkte wie eine Mischung aus Bahnhofsgelände mit Junkies und völlig überforderten Menschen, die ihr Leben gar nicht mehr im Griff hatten. Wobei dieses Mal Jogginghosen keine Rolle spielten. Sie erinnern sich an den Spruch von Karl Lagerfeld? »Menschen, die mit Jogginghosen auf die Straße gehen, haben die Kontrolle über ihr Leben verloren!« Mein lieber Karl Lagerfeld, Gott habe ihn selig! Diese beiden Menschen hier hatten ihr Leben völlig außer Kontrolle, und einfach so in den weiten Raum flippen lassen! Sämtliche Träume und Zukunftspläne vergraben unter Alkoholflaschen und Drogenspritzen.
Der junge Mann lag halb auf dem Bett, halb mit dem Kopf in der Spuckschüssel, die zu meiner Erleichterung leer war, denn es gibt Flüssigkeiten, mit denen ich so meine Schwierigkeiten habe, vor allem, wenn sie sauren Geruch abgaben. Der junge Mann stellte sich mir als Jan vor, ich nannte ihm meinen Namen, und dass ich ihn zu einem neuen Leben bringen wolle. Da Jan ganz klare Sätze formulieren konnte, dachte ich, dass er schon mal angefangen hatte zu entziehen – Gutgläubigkeit konnte auch manchmal ein Fehler sein – wie sich noch zeigen würde. In der Hand hatte Jan eine Flasche Wodka, halb leer. Um sein Bett herum standen und lagen fünf Flaschen Wodka, alle leer. Ich vermutete, dass das die Wochenration gewesen war, denn es war Freitag. Am Fußende lag aber noch eine volle Flasche. Die zog ich erst einmal aus seinem Bereich heraus und stellte sie hinter ein Bügelbrett. Dann half ich ihm, gemeinsam mit seiner Freundin, dass er sich aufsetzen konnte. Die Freundin, die etwas verwirrt war und nicht ganz bei der Sache schien, suchte sich jetzt ihr Asthmaspray, oder hatte sie etwa auch getrunken?! Oder sonst welche Drogen genommen?! Jan sackte dann auch gleich wieder zusammen und nahm noch einmal einen kräftigen Schluck aus der Pulle. Die wollte ich ihm am liebsten gleich wegnehmen: Er musste zum Entzug! Sollte man da nicht einigermaßen nüchtern erscheinen?! Da ich bisher mit

so schweren Suchterscheinungen nicht viel Erfahrung hatte, war mein allerersten Gedanke, beim Anblick von Jan: »Cora, ruf einfach den Krankenwagen!« Weil Jan aber völlig klar redete, startete ich nun aber doch meinen Taxifahrauftrag, im Hinterkopf hatte ich dabei die verzweifelte Stimme des Vaters: Bringen Sie meinen Jungen zum Entzug!
Nach einigem Zureden und Hilfe von der Freundin, waren wir inzwischen an der Außentreppe, natürlich steil und eng, und unmöglich zu schaffen für einen Alkoholiker mit unbekannter Promillezahl. Die steile Treppe rutschte Jan dann im Sitzen, Stufe für Stufe, hinunter. Unten angekommen stützten wir ihn ein paar Meter bis zum Taxi. Das war für Jan eine Riesenherausforderung. Denn auf dem Rücksitz klappte er sofort wieder um, mit dem Kopf auf dem Schoß seiner Freundin und umringt von Spuckschüssel, Haushaltstüchern und Müllbeuteln. So machten wir uns nun auf den Weg zur Entzugsklinik. Meine Gedanken waren jetzt bei den Polstern im Taxi, ob die den Weg unbeschadet überleben würden?! In Gedanken verschob ich schon mal meine Termine für den nächsten Tag, um den Wagen in eine Spezialreinigungsanlage zu geben. 350 Kilometer mit einem schwerstkranken Menschen war ich bisher noch nicht gefahren, immerhin hatte ich schon zehn Jahre Taxifahren auf dem Zähler!
Die Fahrt war unerwarteterweise ruhig, Jan schlief oder dämmerte eher dahin, immer mal wieder einen Schluck aus der Pulle nehmend, die seine Freundin dummer Weise mitgenommen hatte. Andererseits war er wohl deshalb so ruhig, denn sie erzählte unterwegs, dass er auch mal Wutanfälle bekam, das erklärte die kaputte Scheibe in der Küche, den kaputten Computer und die Glasplatte im Wohnzimmertisch. So fuhren wir Kilometer für Kilometer immer näher zur Entzugsklinik. Jeder Stau hatte meine Sorgenfalten tiefer werden lassen. Wenn Jan doch endlich aufhören würde, immer wieder aus der Pulle zu trinken! Mittags kamen wir dann endlich

bei der Klinik an. Die Freundin stieg alleine aus, um Jan anzumelden und ich vertrat mir die Beine etwas, bis sie wieder zu uns zurückkehrte.
Aber nun erschien jemand vom Klinikpersonal, und der Albtraum fing an: Die ziemlich resolute Frau kam auf uns zu – so musste man wohl sein, wenn man nur mit Süchtigen zu tun hat, und somit hatte sie schon mal meinen ganzen Respekt! – und sie erklärte, die Aufnahme von Jan ablehnen zu müssen.
Es fehlten die medizinischen Geräte, um ihn zu versorgen. Die Freundin fing an zu weinen, weil sie einfach nur fertig mit den Nerven war. Wohl auch, weil sie wusste, in welchem Zustand Jan wirklich war, denn sie musste in den letzten Jahren ständig für seinen Nachschub sorgen, um ihn ruhig zu halten. Jetzt lenkte ich mich wieder ab mit dem Gedanken an das Meer im Hintergrund, mein Mittel, um ruhig zu bleiben und bei klarem Verstand. Jan nölte herum, dass er nur ins Bett wolle. Er konnte kaum sitzen, wen wundert es: Es war erst mittags und er hatte … ??? … Flaschen Wodka inhaliert. Die Freundin sagte wohl auch nicht ganz die Wahrheit, als sie gefragt wurde, wie viel ihr Freund denn getrunken hatte. Denn ihre Angabe: »Der braucht zwei Flaschen am Tag!«, konnte so nicht stimmen, hatte er doch in meiner Gegenwart hier im Taxi von knapp vier Stunden, schon zwei Flaschen aus. Das auf den Tag hochgerechnet, war unfassbar viel für mich, die beim zweiten Glas Rotwein selig schlafend auf dem Sofa zur Seite fällt. Warum die Freundin nun noch log, wo es im Grunde um Leben und Tod ging, war mir schleierhaft.
Die Ärztin holte das Messgerät, um überhaupt eine Ahnung zu bekommen, wo sie anfangen sollte zu untersuchen. Währenddessen erklärte Jan, immer noch nicht lallend, dass er nur einfach ein Bett bräuchte. Seine gelbe Gesichtsfarbe verriet aber jedem der Betroffenen, dass es nun kein Bett mehr in der Entzugsklinik sein würde, sondern ein Krankenhaus. Nachdem die Ärztin den

Rettungswagen angerufen hatte, kam sie mit dem Alkoholmessgerät um die Ecke. Das Ergebnis hat mich wirklich an meiner Menschenkenntnis und dem Satz: Das Leben bietet keine Überraschungen mehr für mich, zweifeln lassen: Jan hatte 4,8 Promille! Er redete klar, er saß auf der Rückbank meines Taxis und hatte unfassbare 4,8 Promille! Für mich und wohl auch viele andere, wäre das ein Todesurteil! Und weil ich Krebs überlebt hatte, auch unfassbar, warum begeht ein Mensch solch einen Raubbau mit seiner Gesundheit!

Der Rettungswagen war sehr schnell da. Als Jan auf der Trage lag und ich ihm hinterherrief, dass es jetzt an ihm lag, damit er wieder schwimmen in Kanada konnte, was er früher so geliebt hatte, als Bruder Alkohol noch nicht sein bester Freund war, wussten wir wohl beide, dass dieser Wunsch nicht mehr in Erfüllung gehen wird. Der Mann würde den nächsten Tag wahrscheinlich nicht überleben! Ein Leben weggeschmissen für ein paar Flaschen Wodka! Leise verfluchte ich den Job, die Menschen, die sich nicht in der Gewalt hatten, die Gesellschaft und überhaupt! Als die Freundin verzweifelt vor mir stand, atmete ich durch: Der Job war noch nicht zu Ende! Weil ich wusste, dass sie bestimmt noch nichts gegessen hatte, lud ich sie zum Frühstück ein, was sie dankbar annahm.

Auf der Rückfahrt erzählte sie aus ihrem kleinen, wenig erfreulichem Leben: Zerstört durch Alkohol und Drogen. Sie war stolz, dass sie, bis auf kiffen, clean war – konnte man ihr das glauben?! – wobei ich ihr ständig Bestätigungen gab, was blieb mir übrig?! Sollte ich sie anschreien, dass sie selber sich das Zeug doch in ihren Körper zieht, daran kein anderer Schuld ist, außer sie selbst! Dass es Menschen gibt, die bestimmt Schlimmeres durchgemacht hatten und trotzdem immer wieder aufgestanden sind! Dass das Geld, was sie im Leben für diese verdammten Drogen ausgegeben hat, gereicht hätte, um ihr ein mehr als gutes, geregeltes Leben

zu bringen! Dass ihre Dealer sich deren Leben nun mit ihrem Geld finanziert haben! Und das nicht zu knapp! Warum sie sich kein Beispiel an ihrem Freund nimmt, der jetzt den Todeskampf führt?! Was hätte das aber alles genützt?! Sie wäre nach Hause gekommen und hätte sich erst einmal wieder einen Bon (Haschzigarette) gedreht! Also seufzte ich, war freundlich, machte einfach meinen Job und war froh, als ich zu Hause war und die Tür meiner Wohnung aufmachte. Es war alles sauber und aufgeräumt. Eine saubere Tasse Kaffee stand auf dem Tisch. Mein Mann lächelte mich an und fragte, ob wir morgen ans Meer wollen?
Ob Jan überlebt hat, weiß ich bis heute nicht. Seine Freundin hat mich am nächsten Abend noch einmal angerufen und erklärt, es gehe ihm besser: Leberkrebs zwar, Bauchspeicheldrüse angefressen, und auch sonst sieht es nicht gut aus. Seit gestern würde das Krankenhaus ihn entgiften, das würde ihm gut tun! Ich habe aufgelegt!

Taxifahren ist auch Seelsorge … (von Kollegin Janica)

Dass wir auch Schüler fahren, ist eine weitere Dienstleistung von Taxifahrern. Natürlich vertreten wir während der Fahrt gern die Eltern, das heißt, wir beantworten Fragen, verteilen Süßigkeiten, wenn das mit den Eltern abgesprochen ist, trösten, putzen Nasen, denn die meisten Kinder haben natürlich keine Taschentücher dabei, (hatten wir früher auch nicht als Kinder!). Wenn man die ersten Fahrten hat, mit den, meistens behinderten Kindern, müssen sich beide Seiten oft erst an den anderen gewöhnen, bis eine gewisse Routine eintritt, und der Ablauf geregelt ist.
Manchmal hapert es an der Pünktlichkeit, wenn der Taxifahrer unerwartet in einen Stau gerät, dann kommt das Kind zu spät zur Schule, oder auch, wenn das Kind verschlafen hat, oder die Eltern,

oder beide. Dann muss der Taxifahrer das Kind bis zum Klassenraum bringen, oder es wird kurz vor Ankunft in der Schule, die Schule angerufen, dass das Taxi gleich die Schule erreicht hat, dann wartet eine Begleitperson auf dem Schulhof. Oft haben Kinder auch ihre Eigenheiten, an die sich der Taxifahrer gewöhnen muss. Das kennen aber die Fahrer, die mit Kindern zu tun haben. Es kommt auch vor, dass Kinder aus besonderen Lebenssituationen befördert werden, aus Kinderheimen zum Beispiel, oder speziellen Mädchenhäusern, dann werden aber auch besondere Fahrer geschickt, das oft traumatisierte Kind soll sich jetzt sicher fühlen! Und darf dann nicht einfach auf dem Schulhof abgesetzt werden, sondern muss auch hier bis zur Klasse begleitet werden, besonders, wenn die Eltern im Streit um das Sorgerecht sind, und eine Kindesentführung möglich ist.
Am Anfang gibt es auch vieles mit den Eltern zu besprechen, damit das Kind seine Routine, wichtig bei Autisten, nicht verliert und nicht ängstlich wird. Natürlich gibt es auch hier einmal den ein- oder anderen Stress mit dem Kind, wer Kinder hat, weiß, dass das Kind auch mal quengelig ist, oder es ihm einfach nicht gut geht, genau wie bei uns Erwachsenen. Diese Schulfahrten werden darum auch nicht von allen Taxifahrern gern gefahren. Andere wiederum möchten am liebsten nur Kinder fahren. Eine Schultour ist mir ganz besonders in Erinnerung geblieben, denn in diesem Fall war nicht das Kind das eigentliche Problem, sondern die Mutter!

Eines Tages ruft eine nette Frau an, man konnte ihr nicht anhören, dass sie Migrationshintergrund hatte, sie sprach besser Deutsch als so mancher Deutscher! Sie erklärte, dass sie einen blinden Jungen hat, der in eine Blindenschule gebracht werden musste. Ein Teenager, der aber selbstständig ins Auto steigt, sich anschnallt, abschnallt und auch aussteigt. Ob wir *solche* Fahrten auch machen,

da sie wieder berufstätig ist, und den Jungen nicht mehr selber fahren kann. Natürlich war das kein Problem für mich, dafür hatte ich schon lange genug mit diesen besonderen Kindern zu tun. Außerdem gab es diese Fahrpflicht in der Taxenordnung, es gab also keinen Grund, diese Fahrt abzulehnen! Wir verabredeten uns für die nächste Woche, am Montag sollte es losgehen. Als ich den jungen Mann das erste Mal abholte, war ich schon erstaunt, dass die Mutter mir nichts davon erzählt hatte, dass der Junge außer blind, auch stumm war! Denn die erste Fahrt war sehr ruhig, er antwortete nicht auf Fragen, beziehungsweise grunzte nur, was ein wenig an »Chewbakka« aus dem Film »Krieg der Sterne« erinnerte. An der Schule angekommen, fragte ich die Lehrerin, die ihn abholte, welche Defizite der Junge denn nun wirklich hat, worauf ich mich einstellen musste?! Sie zählte alle auf, so wusste ich, wie ich mit dem Jungen weiter umgehen musste. Als ich die Mutter nachmittags nach den Defiziten fragte, die die Schule mir benannt hatte, stritt sie die geistige Behinderung ab und war sogar empört, dass die Schule so über den Jungen urteilte. Allerdings hatte ich während der Rückfahrt auch genau die Eindrücke von dem Jungen, den die Schule geschildert hatte! Es war aber manchmal besser, nicht zu widersprechen und entschloss mich, mir weiterhin ein eigenes Bild zu machen. So fuhr ich ihn bis zu den Sommerferien in die Blindenschule und wieder nach Hause. Paradoxer Weise machte die Mutter mich jeden Tag auf die Besonderheiten, die zu beachten waren, aufmerksam, obwohl er doch eigentlich, nach ihrem Eindruck schildernd, gar nicht so viele Defizite hatte?! Mein ungutes Bauchgefühl wuchs von Tag zu Tag! Darum bat ich einmal meinen Mann einen Tag den Jungen zu fahren, und mir seine Eindrücke zu schildern. Und genau wie die Eindrücke der Schule und meine Eindrücke, bestätigte auch er die Behinderungen. Aber auch hier hatte die Mutter wieder gesagt, dass es gar nicht so schlimm wäre, sie sieht das ganz anders! Und immer mit einem

leichten Vorwurf in der Stimme, als würde man den Jungen nicht gut genug behandeln. Was allerdings oft, durch ein lächeln von ihm, beim Einsteigen anders beantwortet wurde. Aber nun sind erst einmal Sommerferien, in sechs Wochen sieht man sich wieder! Denkt man! Wenn man Schüler fährt.

Nachdem zwei Wochen der Sommerferien vergangen waren, klingelte morgens früh das Telefon: Die Mutter des behinderten Jungen. Nanu, hatte ich etwas übersehen? Sollten für den Jungen andere Schulzeiten gelten, und er heute gefahren werden, so früh? Also meldete ich mich am Telefon (es war mein erster Urlaubstag!). Die Mutter klang sehr aufgebracht. Es wäre etwas sehr Schreckliches passiert, und ob wir sie beide zum Kinderarzt und zur Polizei fahren könnten, um eine Missbrauchsanzeige gegen die Schule zu machen! *Jetzt? Mitten in den Sommerferien? Morgens um halb sechs?,* fragte ich mich. Zuerst einmal fragte ich sie nach dem »Schrecklichen« und ob handfeste Beweise dafür vorliegen, weil das eine schwere Anschuldigung ist und so etwas nicht einfach so behauptet werden sollte! Da war sie schon ruhiger. Als ich erklärte, dass ich gerne kommen könnte und sie zu ihren Zielen fahren kann, nur nicht als Zeugin auftreten würde (ich hatte keinerlei Anzeichen bei dem Jungen dahingehend bemerkt), da ich von gar nichts weiß, und Falschaussage eine Straftat ist, legte die Mutter den Hörer einfach auf! *Au weia!*
*Wenn da mal nicht schwere Depressionen und Überforderung eine Rolle spielen, d*achte ich. Im ersten Moment starrte ich nur minutenlang den Hörer an, weil ich nun auch gar nicht so einer Situation umgehen konnte. Dann war mein nächster Gedanke: *»Hoffentlich tut sie sich und dem Jungen nichts an!«* Also fuhr ich zur Polizeistation, die glücklicher Weise gleich in der Nähe war. Der Polizist verwies mich aber an ein anderes Polizeirevier, der Zuständigkeit wegen! Ob er mich nicht verstanden hätte?! Ich habe den

Verdacht, dass sich eine Frau etwas antun könnte, oder ihrem Jungen, oder beiden! »Ja, da sind sie aber hier verkehrt! Das ist das andere Revier!« Ich zwickte mich, ob ich vielleicht in einem Traum war?! Au, nein, das Zwicken tat weh! Ich war hellwach! Jetzt fuhr ich zum anderen Revier. Dort habe ich meine Sorgen vorgetragen, und auch hier kein Gehör gefunden: »Das dauert mindestens eine halbe Stunde, bis sie an der Reihe sind! Sie sehen ja, was hier los ist!« Auch hier wiederholte ich meinen Verdacht, und nochmal wurde ich auf eine halbe Stunde vertröstet! Unfassbar! Hört eigentlich Jemand zu?! Wie empathielos war die Welt geworden? Jetzt habe ich es aber auch darauf ankommen lassen und fuhr nach Hause: Ich hatte Urlaub! Wenn die es nicht eilig hatten, dann hatte ich das auch nicht!
Einer Freundin konnte ich mein Leid klagen (dabei war es gar nicht MEIN Leid!), denn sie arbeitete bei der Wohlfahrt, und hatte beruflich Routine mit solchen Fällen. Sie riet mir den Sozial-Psychologischen-Dienst anzurufen! Und die haben auch geholfen: Sie versprachen sich zu kümmern! Außerdem kannten sie die Mutter: Ich war nicht der erste Fahrer, der diese Geschichte erlebt hatte!

Erlebte Geschichten aus den 90er Jahren …

(von Kollege Hartmut)

Ohne Handy und Navi zu DM-Zeiten unterwegs!

Der älteste Taxifahrer-Witz:
Wie hieß der älteste Taxifahrer der Welt? Sein Name war »Schlimmes«. Schon in der Bibel steht: »Schlimmes wird Euch wi(e)der fahren …«

Taxifahrt ins Ruhrgebiet

Es war Freitag, der 15. November 1997. Die ersten Weihnachtsfeiern versprachen für die kommenden Wochenenden gute Umsätze. Das Wetter lud jedoch eher dazu ein, zuhause zu bleiben. Aber, wie so oft, freitags und sonnabends, bin ich auch jetzt dabei gewesen. Die jahrelange Erfahrung ermöglichte es mir wieder einmal, sofort und ohne langes Warten, am Taxiplatz dabei zu sein.

Die fünfte Fahrt an diesem Abend führte mich in die Bismarckstraße in Hastedt. Die Dame stand bereits am Straßenrand und stieg in mein Taxi. Die Begrüßung hieß ganz lapidar: »Bottrop!« Meine Antwort war: »Sie meinen die Bottroper Straße in Blockdiek?« »Bottrop« wiederholte sie. Da diese Dame einen sehr *verunnüchterten* Eindruck machte, habe ich ihr die Frage nach der Bezahlung gestellt.

»Das zahlen *DIE*!«, war die Antwort. Daraufhin gingen wir in ihre Wohnung, um »mit Bottrop« zu telefonieren: »Der Kerl hier will mich nicht fahren!«, und sie reichte mir den Telefonhörer. Eine Person stellte sich freundlich vor und bestätigte mir meinen Eindruck von einer alkoholkranken Person. Weiter hieß es, er sei Arzt, seine Frau sei eine gute Freundin, und er würde sie in seiner Suchtklinik im Ruhrgebiet behandeln. Zudem versprach er glaubhaft, die Taxenfahrt zu bezahlen. Durch ein Telefonat rückversicherte ich mich bei meinem Taxihalter, ob ich diese Fahrt durchführen sollte. Das Ergebnis: »Wer nicht wagt, der nicht gewinnt. Wer nicht heiratet, bekommt keine Schwiegermutter.«

Nachdem wir die Fahrt Richtung Westdeutschland begonnen hatten, sollte ich an der nächsten Autobahnraststätte anhalten, um Bier zu kaufen. Ich habe dieses abgelehnt mit dem Hinweis, dass es dort keine alkoholischen Getränke geben würde. Die Dame wurde zunehmend unruhiger und schlug dabei wild um sich. Daraufhin habe ich sie auf die Rücksitzbank gesetzt, nachdem sie

während des Umsteigens auf dem Autobahnparkplatz in die Dunkelheit gelaufen war, und ich sie erst einmal suchen musste. Es herrschte dichtes Schneetreiben. Dieses machte diese Fahrt noch um einiges schwieriger, hat aber wohl dazu geführt, dass die Dame von sich aus schnell zurückgefunden hat. Ich befand mich durch das ewige Lamentieren nach Bier, und auch dem dichten Schneetreiben auf der Autobahn, 270 Kilometer in ständiger Anspannung. Da auch die Dame den Weg zur genannten Adresse nicht wusste, fuhr ich zunächst zum Hauptbahnhof. Dort erklärten mir die Taxifahrer-Kollegen den Rest des Weges, höchstwahrscheinlich mit dem eigenen Wunsch verbunden, auch einmal wieder so eine Fernfahrt zu bekommen.
Dort angekommen gingen wir in eine extrem schöne Dachgeschoss-Wohnung, die über die ganze Länge aus einem Spitzdach bestand, in dem beidseitig kreisrunde Fenster eingebaut waren. Hier fiel, durch eine neben dem Gebäude stehende, angestrahlte Kirche indirektes, gedämpftes Licht hinein. Meine spaßig gemeinte Frage war: »Was soll diese Wohnung kosten?« Die Antwort lautete, dass ich etwa der Fünfzigste gewesen bin, der von diesem »Dach über dem Kopf« angetan sei.
Die Dame erhielt jetzt, um sie zunächst ruhig zu stellen, eine Flasche Bier, die sie in einem Zug austrank. Danach war sie wie umgewandelt und entschuldigte sich bei mir für alle Unannehmlichkeiten. Vielleicht hätte ich ihr unterwegs doch Bier kaufen sollen. Es wäre uns einiges erspart geblieben! Mir wurde noch eine Tasse Kaffee und eine Kleinigkeit zum Essen angeboten. Danach fuhr ich, um 600 DM reicher, wieder nach Bremen.

Eine Verwechslung?

In der Nacht des 27. August 1993 wurde mir zum x-ten Mal eine Fahrt zur gleichen »Tag- und Nacht-Kneipe« im Bremer Stadtteil

Osterholz übermittelt. In das Taxi setzte sich eine *von allen guten Geistern verlassene* Dame. Die Fahrtstrecke brachte es auf 6,80 DM, nachdem ich dafür zuerst einmal eine Stunde am Taxiplatz gestanden hatte. Nach langem Bemühen auf der Suche nach Geld, brachte die Bezahlung tatsächliche 5,70 DM ein. Mehr Bargeld hatte sie nicht!
Nachdem die Dame ausgestiegen war, stellte ich einen etwas penetranten Geruch fest. Die Dame hatte ihre Toilette mit dem Taxi verwechselt. Da ich nicht wusste, wie die Dame heißt und wo sie genau wohnt, bin ich zur Kneipe zurückgefahren und habe den Wirt, unter dem Vorwand, die Dame hätte etwas persönliches im Taxi liegenlassen, um ihre Adresse gebeten. Der Wirt weigerte sich zunächst. Daraufhin habe ich ihm zu verstehen gegeben, dass sich die Dame in den nächsten Tagen ihre persönlichen Utensilien beim Taxi-Ruf Bremen in der Innenstadt abholen könne.
Schließlich erhielt ich dann doch ihren Namen und Anschrift, so konnte damit eine Rechnung für die Komplett-Reinigung und der Ausfallzeiten der Taxe über 450 DM ausgestellt werden. Die Rechnung war nach drei Tagen bezahlt.

»Hilfe, Hilfe!!!«

Eine andere »Tag- und Nacht-Kneipe« im Stadtteil Huchting … In das Taxi stieg eine Dame, der auch nicht mehr richtig bewusst war, ob Donnerstag oder Oktober ist. Sie griff einige Male in das Steuerrad und grölte herum. Mit Nachdruck habe ich versucht, ihren linken Arm festzuhalten. Daraufhin drehte sie das Seitenfenster herunter und schrie mit ziemlicher Lautstärke: »Hilfe, Vergewaltigung!«
Ich erinnerte mich, dass sich in Huchting eine Taxenzentrale befand, die auch nachts besetzt war und fuhr mit hoher Geschwindigkeit dort hin. Die Mitarbeiter hörten diese Schreie. Ich bat sie,

die Polizei zu rufen und entfernte mich soweit wie möglich von der Dame im Taxi.
Dann schoss mir der Gedanke durch den Kopf: Was erzähle ich den Polizisten? Denn hier stand Aussage gegen Aussage! Nach wenigen Minuten war die Polizei vor Ort. Einer der beiden Polizisten sagte lapidar: «Na Helga, bist du wieder einmal besoffen! Jetzt bekommst du eine kostenlose Fahrt zum »Café Viereck ... «
Zum Glück war die Angelegenheit damit erledigt; auch ohne Bezahlung. Allerdings entschloss ich mich, nach einer weiteren kurzen Taxifahrt, doch noch einmal im Huchtinger Polizeirevier vorbeizufahren, um mich zu erkundigen ob dieser Vorfall wirklich erledigt ist.
Währenddessen kam eine stark alkoholisierte Person ins Polizeirevier, lallte etwas von: »Er sei LKW-Fahrer und wollte sich nach dem Weg in Richtung Berlin erkundigen ... «
Das war dann wohl das Ende seiner Reise.

»Leider keine Zeit«

Als Fahrauftrag hatte ich jetzt einmal wieder einen Schnapstransport erwischt: Ein Sechser-Träger Bier und eine Flasche Hullmann. Es waren ungefähr zehn Kilometer von der Tankstelle in Gröpelingen nach Burglesum zur Privatadresse; also ein teurer Spaß! In den Anfang neunziger Jahren hatten nur wenige Tankstellen nachts geöffnet und Alkohol zum Verkauf angeboten. Die Tür öffnete eine etwas ältere Dame mit dem Hinweis: »Junger Mann, ich habe leider nichts zum Anziehen gefunden, aber kommen Sie doch bitte herein.«
Ich bin grundsätzlich nicht in fremde Wohnungen gegangen und bat die Dame, hier an der Tür zu bezahlen. »Kommen Sie doch herein und trinken einen Kaffee mit mir.«

Meine Antworten waren: »Ich habe leider keine Zeit« ... »Ich habe das Taxi nicht abgeschlossen« ... »Ich habe den Motor nicht abgestellt« ... »Ich habe gleich Feierabend« ... »Meine Ablösung wartet bereits!«
Es half alles nichts. Nach der zum wiederholten Mal gestellten Frage, ob ich nicht hereinkommen wolle, gab ich zur Antwort: »Mein Freund wartet bereits ungeduldig in unserem warmen Doppelbett.« Die Bezahlung war daraufhin kein Problem mehr.

Unterwegs auf Hamburgs Straßen

I. An einem frühen Samstagabend winkten in Sebaldsbrück, am rechten Straßenrand, drei junge Männer. »Wir wollen zur Reeperbahn und die Kiste Bier muss mit!« Was war dagegen zu sagen?
Zum Glück gab es in diesem Fall nicht die immer wieder gern gestellte Frage, nach einem erheblich reduzierten Festpreis. In einem solchen Fall lautete dann stets meine stereotype Antwort: »Für das Geld kann man sich allenfalls einen Esel mieten.« Hilfreich war auch die Antwort: »Dass man bei einem nicht eingeschalteten Taxameter nicht unfallversichert ist!«
Die dreißiger Kiste Bier war auf der Autobahn am Horster Dreieck bereits leer. So konnte man ja bis nach St. Pauli noch eine Runde schlafen. Mein Gedanke war nur: »Was will man mit jeweils zehn ausgetrunkenen Flaschen Bier in der Herbertstraße noch bewerkstelligen?«
Auf der Reeperbahn angekommen, waren die drei sich ganz plötzlich einig, dass sie für ihr Vorhaben doch eigentlich zu müde waren! »Fahr' uns wieder nach Hause.« Dieses ließ ich mir nicht zweimal sagen. Die Summe für die Rückfahrt habe ich mir vorsichtshalber bereits in Hamburg bezahlen lassen.

II. Ostern 1995 habe ich mich wieder mal kurzfristig entschlossen Taxi zu fahren und wartete am Taxiplatz Arbergen auch prompt eindreiviertel Stunde. Dann bekam ich eine Kneipenadresse in Mahndorf zugewiesen. Der Fahrgast wollte in die Kuhkamp-Siedlung in Osterholz, sein Fahrrad müsse auch mitgenommen werden! Also ein richtiger Volltreffer.
Der Fahrgast verließ vor seinem Zuhause das Taxi, verbunden mit dem Hinweis, er müsse eben Geld holen! So ein »eben« ist natürlich dehnbar. Nach circa zwanzig Minuten kam der Fahrgast schon zurück und sagte nur: »Reeperbahn.«
Die Fahrt verlief ohne weitere Probleme. Zur Bezahlung gab er mir einen 1000-DM-Schein. »Wenn ich nicht wechseln könne, sollte ich das Geld irgendwo auf der Reeperbahn tauschen«, war sein lässiger Spruch.
In Bremen kannte ich einige Hotels, die für Taxifahrer große Summen getauscht haben, aber nicht auf St. Pauli. Zu der damaligen Zeit gab es jedoch noch Wechselstuben, in denen es kein Problem war, größere DM-Scheine 1:1 als Serviceleistung zu wechseln. Glück gehabt!
Danach fuhr ich in aller Ruhe durch die Straßen Hamburgs in Richtung Bremen zurück, um vielleicht eine am Straßenrand winkende Person mitzunehmen zu können. Plötzlich hörte ich beim Suchen eines Funkkanals die Stimme aus einer Taxi-Zentrale in Hamburg-Wilhelmsburg. Es handelte sich um die gleiche Funk-Frequenz, wie sie in Bremen als zusätzlicher Sprechkanal (Funkkanal 4), genutzt wurde. Es wurden dort in Wilhelmsburg dringend Taxen für den »Grünen Jäger« gesucht. *Den habe ich doch gerade gesehen,* dachte ich mir und drehte das Taxi, und bin zurück zu dieser Gaststätte gefahren.
Wie üblich rief ich in den Gastraum hinein, dass das Taxi da sei. Es kam ein sehr betagtes Ehepaar, dass mir erklärte, sie würden dort immer wieder im »Grünen Jäger« zum Kaffeetrinken sein. Ich

erklärte Ihnen, dass Bremer Taxen angefordert worden sind, da hier am Ostermontag zu wenige Hamburger Taxen zur Verfügung stehen.
»Das ist ja ausgesprochen nett«, meinten die Fahrgäste. Sie erklärten mir daraufhin ihren Heimweg und ich war um 6,50 DM reicher.

Das liebe Geld

In einer Nacht, in der nicht viel zu fahren war, stellte man sich in die Fahrzeugschlange am Hauptbahnhof, um von dort aus auf eine längere Fahrt zu hoffen. Dieses hatte in dieser Nacht nicht wirklich gut geklappt. Nach einer langen Wartezeit von eindreiviertel Stunden, stieg eine Frau in das Taxi, die das Ziel Wachmannstraße im vorderen Schwachhausen nannte. Der Fahrpreis dafür betrug 9,20 DM. Nachdem ich ihre beiden Koffer in die zweite Etage eines Wohnhauses getragen hatte, gab sie mir einen 100-DM-Schein mit den Worten: »Machen Sie 9,50 DM. Ich habe zwar noch einen 10-DM-Schein, möchte diesen Hunderter aber gewechselt haben.« Ich antwortete ihr, dass bei der Annahme der 100 DM sie sich ihr Wechselgeld in der Zentrale abholen könne, da wir nicht verpflichtet seien, in diesem Verhältnis Geld zu wechseln. Letztendlich gab sie mir, doch ziemlich missmutig, 10 DM und erhielt von mir 80 Pfennig zurück.
Irgendwann nachts erhielt ich über Funk von dem Taxiplatz Wiedhofstraße, an der Grenze zwischen Woltmershausen und Rablinghausen, eine Abholadresse in Hasenbüren. Sofort kam mir der Gedanke, dass es vermutlich eine Fehlfahrt werden würde. Denn die Anfahrt vom Taxenplatz zur genannten Adresse betrug circa sieben Kilometer. »Andere Kollegen«, die sich in diesem Bereich aufhalten, können diese Fahrt »bedenkenlos übernehmen«, ohne das weiter registrieren zu müssen. Nach circa fünf Kilometer kam mir auf dem einzigen Weg dorthin, ein mit Fahrgästen besetztes

Taxi entgegen. An der genannten Adresse angekommen, »glänzte der Fahrgast natürlich durch Abwesenheit«, beziehungsweise eine andere Person erklärte mir, dass das Taxi bereits dort gewesen sei. Ich wartete auf die Ersatzfahrt und erhielt eine Adresse in unmittelbarer Nähe. Der Fahrgast nannte mir das Ziel: Hauptbahnhof. Dort angekommen, musste der Fahrgast 10,20 DM bezahlen. Er gab mir einen 20-DM-Schein und meinte: »Stimmt so. Kleingeld brauche ich nicht.« Nun ja, so ist das Leben …

Glücklich – traurig

In einer Nacht von Samstag auf den Sonntag um Viertel nach drei bekam ich eine Adresse im Ortsteil Neue Vahr Süd. Dort wartete ein Polizeiwagen mit eingeschaltetem Blaulicht und ein Polizist erklärte mir, dass so schnell kein Krankenwagen zur Verfügung stehen würde und eine hochschwangere Frau in die Kinderklinik St.-Jürgen-Straße gefahren werden müsse. Der Polizeiwagen fuhr mit Blaulicht und Sirene vor mir, und so erreichten wir das Krankenhaus in etwa zehn Minuten. Später habe ich mich nach Mutter und Kind erkundigt. Es war alles gutgegangen!
Anschließend wartete ich auf die nächste Fahrt am Taxiplatz Zentralklinik. Dort erhielt ich nach kurzer Zeit eine sogenannte Geländefahrt: Das heißt, es müssen möglichst schnell Blutkonserven, Tabletten oder Ähnliches, innerhalb des Krankenhaus-Geländes transportiert werden. Von der Abholstelle, der Blutbank, bekam ich einen verschlossenen Spezialkoffer, mit der Aufschrift: »Eilig«, der zum Haupteingang der Klinik, in die erste Etage zu den OP-Sälen gebracht werden musste. Dieses hat innerhalb weniger Minuten geklappt, jedoch nach dem mehrmaligen Klingeln an der Tür zum OP-Bereich, tat sich gar nichts. Daraufhin lief ich zum Empfang des Haupteinganges und bat dort darum, telefonisch im OP-Saal Bescheid zu geben, dass die Blutbank da sei! Ich lief wieder

in die erste Etage, klingelte erneut und es tat sich wieder nichts. Also, lief ich erneut zum Empfang, mit der nochmaligen Bitte, dort anzurufen. Dann entschloss ich mich, nach einem weiteren Klingeln, zu warten. Nach circa weiteren sieben Minuten wurde die Tür geöffnet und die Krankenschwester sagte mit vorwurfsvoller Miene: »Jetzt ist er tot.«

Schlussbemerkung

Es war immer wieder der besondere Reiz – von nun auf gleich – mit zum Teil extremen Situationen fertig werden zu müssen. Und so frage ich mich heute noch ab und zu, nachdem ich bereits viele Jahre meine Wochenenden nicht mehr mit dem Taxifahren verbringe: Wie wäre es, wenn ich noch einmal dabei sein könnte?!
Mein Resümee von vielen Jahren Taxi fahren: Die Welt, eingebettet von der Geburt bis zum Tod, fokussiert sich in den zum Teil unglaubwürdigen, auf komische Art, sonderbaren Erlebnissen. Das Leben ist eine einzigartige Reise, die es wert ist, mit Achtsamkeit und Dankbarkeit erlebt zu werden!

Tipps für Fahrgäste … Stand: 1/2025

1 … Handy verloren im Taxi (und andere Gegenstände)

Diesen Verlust sofort der Taxi-Zentrale melden, damit diese den betreffenden Taxi-Fahrer ermittelt. Gleichzeitig sollten Sie Ihr Handy selbst anwählen (falls ein Helfer in Ihrer Nähe mit einem Handy), damit der betreffende Taxifahrer dies in seiner Taxe klingeln hört, und aufmerksam wird, wo genau das Handy im Taxi liegt. Auf dem Sitz, eingeklemmt im Halter des Sicherheitsgurts (wie selbst erlebt), am Boden liegend, usw.!

2 ... Bei Barzahlung, bitte keine großen Scheine

Da wir Taxen keine Supermarkt-Kasse sind, ist unser Wechselgeld nur sehr begrenzt, und damit sehr davon abhängig, dass die Fahrgäste nur mit kleinen Geldscheinen bezahlen (10-20 Euro). Wer eine weitere Strecke zu fahren hat, kann dann auch mal mit einem 50-Euro-Schein bezahlen.
So wollte mal ein eiliger Fahrgast zum Bahnhof seine 15-Euro-Fahrt mit einem 100er bezahlen. Das Herumfragen zum Geldwechseln bei Kollegen und in der Bahnhofshalle, hatte das Verpassen des Zuges zur Folge.

3 ... Bei Einstieg mit mehreren Personen

Bitte unbedingt darauf hinweisen, falls dann mehrere Zieladressen angefahren werden müssen, damit der Taxifahrer nicht schon beim ersten Stopp »versehentlich« den Preiszähler ausschaltet. Da eine Weiterfahrt dann einen Neustart der Startgebühr hinzuzählt.

4 ... Freie Taxi-Wahl

Laut unserer Personenbeförderungs-Bedingungen hat der Fahrgast freie Wahl, in welches Taxi er einsteigt. Wenn aber nichts dagegen spricht, bitte immer das erste nehmen, weil dieses steht schon am längsten, und somit rücken dann auch alle anderen Taxen einen Platz auf!
Auch ein Großraumtaxi (als 1. Taxe) sollte nicht abschrecken, da dies in der Taxireihe gleichwertig eingereiht ist, und bei Einzelpersonen (max. 1–4 Personen), wie 1 normales Taxi, auch keinen Extra-Großraumzuschlag kostet.

5 … Frauen-Nacht-Taxi … FNT

Dieser deutlich günstigere Sondertarif wurde geschaffen, um nachts Frauen (sowie Kinder bis 14 Jahre) heil und gesund nach Hause zu fahren bis zur Tür, um somit den Alleingang auf dem dunklen Heimweg ihrer Seitenstraßen, oder einem Anpöbeln in Bus und Straßenbahn zu umgehen.
Dieser Sonder-Nachttarif gilt in der Zeit von 19 bis 05 Uhr morgens, und muss in der Taxi-Zentrale extra als FNT bestellt werden, da nicht alle Taxenunternehmen Sondertarife fahren, wie zum Beispiel: Botenfahrten, Rechnungsfahrten oder FNT-Fahrten.

6 … No Essen und Trinken im Taxi

Als Service-Taxi unterliegen wir strengen Anforderungen, und verlieren bei Auffälligkeiten einen Monat unseren »Service-Status« (was dann etwa 50% weniger Fahraufträge bedeutet).
Somit ist das Essen und Trinken im Taxi nicht gestattet, auch nicht für Kinder, da immer mal was kleckert und klebt, und danach vielleicht schon als nächster Fahrgast ein Theaterbesucher mit Anzug sich darauf setzt.
Somit hatte ich mal Kneipengäste, welche ich ablehnte, da sie mit gefüllten Bierbechern einsteigen wollten, in ihrer spaßigen Laune: »Wir passen auch auf!«

7 … Starthilfe/Überbrücken

Wenn im Winter der eigene Wagen nicht anspringt, kann man auch ein Taxi rufen zum »Überbrücken«. Einige Taxen haben solche Überbrückungskabel und diese kommen dann helfen.
Der Preis ist 29 Euro (1/2025).

8 … Engelfahrten

Wer mit seinem eigenen Wagen unterwegs ist, und zum Beispiel nach einer Feier (wg. Alkohol) nicht mehr selbst fahren will, aber sein Auto unbedingt wieder mitnehmen muss, der kann sich ein Taxi als »Engelfahrt« bestellen. Hierzu kommt dann ein ganz normales Taxi, und der Taxifahrer fährt Sie dann in Ihrem Auto nach Hause. Besonderheit hierzu: Der Fahrpreis zählt dann doppelt, da der Taxifahrer nun ja auch wieder ein Taxi bestellen muss für seine Rückfahrt. Der Fahrpreis errechnet sich nach dem notierten Km-Start Ihres Autos bis zum Ziel, und wird mit dem Taxi-Tarif hochgerechnet.

9 … Botenfahrten

Wir Taxis fahren auch Botenfahrten. Auch dies ist ein deutlich günstigerer Sondertarif gegenüber einer Personenbeförderung. Wer also zum Beispiel seinen Regenschirm in der Theater-Garderobe vergessen hat, oder einen bestellten Einkauf abholen lassen will, kann sich solch eine Botenfahrt als Taxi bestellen.

10 … Geier »An/Aus«?

Alle Taxen haben ein Taxi-Dachlicht leuchten (Geier genannt). Es ist »An« und leuchtet, wenn die Taxe frei ist … und ist »Aus«, wenn die Taxe besetzt ist. Denn beim Einsteigen und Losfahren schaltet sich das Taxameter (der Preiszähler) sofort auf »Besetzt«, und der leuchtende Geier auf dem Dach erlischt.
Unser Taxi-Tipp: Wenn Sie zufällig am Straßenrand stehen, und spontan ein Taxi benötigen (und auch noch keines bestellt haben, das zu Ihnen auf den Weg ist), dann sollten Sie jedem vorbeifahrenden Taxi zuwinken, egal ob der Geier »An oder Aus« ist.

Denn dieses »An-oder-Aus« an Taxen, kann auch andere Gründe haben: Sie winken einem freien Taxi zu, aber dieses fährt trotzdem weiter, weil es gerade einen Funkauftrag erhalten hat, und jetzt diese Adresse aufsuchen muss. Oder die Taxe ist besetzt, aber der Fahrer hält trotzdem »bei Ihrem Winken« an, da er jetzt schon ganz nah am Ziel ist, und zu Ihnen sofort leer zurückkehren würde.
Oder das Taxi hat seinen Geier »Aus«, weil es eine Fahrt nach Außerhalb hatte, und bei seiner leeren Rückfahrt den Geier erst wieder einschalten darf, nach Erreichen der Bremer Stadtgrenze, (seinem Tarifgebiet) und hat das Wiedereinschalten vergessen.
Oder ein Taxifahrer beginnt gerade »seine neue Taxischicht«, und vergaß beim Start sein leuchtendes Dachzeichen einzuschalten, und wirkt somit besetzt, obwohl er ja »Frei« ist.

11 … Silvester

Silvester ist der größte Taxibedarf für uns Taxen! Besonders nach Mitternacht – starten nach und nach – alle nach Hause. Dadurch entstehen lange Anruf-Wartezeiten bei den Taxi-Zentralen. Und wegen des großen Andrangs der Bestellungen, können auch wir Taxis nicht sofort überall sein! Lange Wartezeiten auf ein Taxi sind die Folge.
Mein Taxi-Tipp: Wenn das Wetter trocken und nicht sehr winterkalt ist, und man in Nähe einer Hauptstraße wohnt, dann vielleicht auf der Straße ein Taxi heranwinken, um die langen Wartezeiten zu Hause zu umgehen. Dabei möglichst auf der stadteinwärts liegenden Straßenseite winken, da alle Taxen auf dieser Straßenseite zurückkehren in Richtung City, und Sie als »Winker« somit deutlicher zu sehen sind.

12 … Wenn dem Fahrgast übel wird im Taxi

Ein heikles Thema für Fahrer und Fahrgast. Wegen der Beförderungspflicht sind Taxis zwar für stark Angetrunkene nicht ausgeschlossen, wohl aber, wenn diese schon vorab (durch Vorfälle) verschmutzt sind. Auch ein starker Verdacht des Wiederholens lässt dann zunächst erst einmal innehalten und ablehnen.

Ansonsten sollte dieser Angetrunkene auf dem Beifahrersitz Platz nehmen, um einen eigenen, leichten Zugriff zum Öffnen der Beifahrertür zu haben.

Ganz wichtig ist aber vor allem das rechtzeitige Ausrufen: »Halt, Stopp, Anhalten«, um sich ein Aussteigen nach draußen zu verschaffen!

Hier bitte nicht schüchtern sein, jede Warteminute des Anhaltens, und sich Beruhigens, kostet nur circa 60 Cent, während eine stark bespuckte Taxe bis zu 200 Euro und mehr kosten kann.

Der hohe Preis richtet sich nach dem Grad der Verschmutzungen, und auch die Nachtschicht ist sofort beendet, und der Taxifahrer muss erst mal eine Grundreinigung vornehmen.

Danach folgt morgens eventuell eine nötige Komplettreinigung im Betriebshof, oder sogar eine Spezialreinigung in der Werkstatt, wenn in die Lüftungsschlitze gespuckt wurde. Die dadurch entstandenen Verdienstausfälle des Nacht- und Tagfahrers müssen dann noch hinzugerechnet werden.

ENDE

Unsere Kennenlerngeschichte

Reiner und Christiane

5-facher Zufall zum Glück

Wir hätten uns *NIE* kennengelernt …

Zufall 1 …
wären wir nicht beide Taxifahrer und Taxifahrerin gewesen!

Zufall 2 …
hätte ich nicht eines Morgens (nach meiner Nachtschicht) an einem Taxiplatz nach netten Kollegen gesucht (für die Fahrt einer Geschäftsfrau von mir, für Tage, wo ich nicht fahre) und somit dort Christiane kennengelernt und ihre Handy-Nummer erhalten!

Zufall 3 …
hätte mir meine Taxi-Zentrale nicht meine Idee verneint, im Taxi-Display alle Kollegen zu informieren, für eine Beteiligung mit einer eigenen Taxi-Story! Denn dann wäre Zufall 4 nicht entstanden.

Zufall 4 …
hätte ich nicht als letzte Chance, meine privaten Handynummern von einigen Kollegen genutzt, wie auch gerade ganz neu die von Christiane, um diese alle selbst mit einer SMS anzufragen.

Zufall 5 …
hätte Christiane nicht zufällig die gleiche Idee gehabt, ein Taxi-Buch zu schreiben, hätten wir uns somit ja auch nie extra hierzu verabredet! … Ein Riesen-Glücks-Zufall … !!!

Unsere Kennenlerngeschichte

»5-facher Zufall zum Glück!«

Irgendwann fiel mir mal als Taxifahrer auf, dass wir in unserem Beruf viele Erlebnisse haben … von schlimm bis lustig! So wie dies wohl auch bei vielen anderen Berufen zutrifft, die mit der Öffentlichkeit zu tun haben, von Krankenschwester, Polizei, bis Feuerwehr und so weiter.

Und so überlegte ich mir, dass diese Erlebnisse sicherlich ein großes Interesse bei den Lesern finden müsste. Da ich nun aber nicht so viele Storys habe, dass diese gleich ein Taschenbuch ausfüllen würden, überlegte ich, ein gemeinsames Buch zu erstellen, wo sich alle Kollegen und Kolleginnen mit ihren erlebten Storys beteiligen könnten. Da wir im Taxi ein Display haben, wo wir unsere zugeteilten Aufträge ablesen können, glaubte ich dies als Möglichkeit zu nutzen, um allen Kollegen und Kolleginnen meine Info zu vermitteln. Ich besuchte deshalb meine Taxizentrale, um persönlich meine Idee zu besprechen. Die Antwort war aber leider ablehnend: »Es gibt schon sooo viele Taxibücher, da brauchen wir nicht noch eins von Bremen.« Ich war enttäuscht und fragte: »Erlaubt Ihr mir dies denn?« »Ja«, so die Antwort, »verbieten wollen wir Dir das nicht!«

Ich eilte sofort nach Hause, um in meinem Computer nach Taxibüchern zu googeln. Und tatsächlich – der Kasten war voll davon – und so bestellte ich mir zwei Taschenbücher. Die darin zu lesenden Taxigeschichten haben mir sehr gefallen, aber ich bemerkte ebenso, dass meine Erlebnisse ein anderes Genre sind, und viel mit meiner aufmerksamen Hilfsbereitschaft zu tun haben, und somit hielt ich fest an meiner Idee … eines eigenen Taschenbuches!

Wegen der Absage meiner Taxizentrale, nutzte ich jetzt meine letzte Chance, die etwa zehn privaten Telefonnummern meines Kollegenkreises zu kontakten. Ich schrieb also allen eine SMS von

mir: »Reiner will ein Taxibuch schreiben, wer auch eine erlebte Story weiß, bitte melden!« Aber leider meldeten sich nur zwei Kollegen mit einer Story (die Fahrt nach Polen und nach Paris) und eine Kollegin (zum Entzug), alle anderen lehnten ab: »Sie hätten zwar auch Erlebnisse gehabt, aber dass diese gleich eine Story wären, könnte man so nicht sagen!«
Aber dann passierte der riesengroße Zufall! Eine neue Kollegin, deren Telefonnummer ich erst zufällig seit drei Wochen hatte, antwortete mir mit einem besonderen: »Ja!« Dieser große Zufall war nur dadurch entstanden, weil ich kürzlich irgendwann mal morgens nach meiner Nachtschicht, an einem Taxiplatz nach netten Kollegen schaute – welche für eine Geschäftsfrau von mir – an Tagen fahren, wo ich nicht fahre. Bei meiner Durchsicht in der dortigen Taxischlange gefiel mir die Fahrerin in Taxe vier am besten, und ich sprach diese an, welche mein Anliegen mit Interesse bejahte! Wir tauschten unsere Telefonnummern aus und verabschiedeten uns.
Das besondere »Ja« dieser Kollegin zu meiner Story-SMS war weiterführend in ihrem Text: »Ich habe die gleiche Idee, mein Manuskript ist schon fertig!« Ich bin überrascht, wie schön klingt das denn? Ich rufe sie an, und wir sprechen über diese tolle Situation. Dabei unterhalten wir uns auch über Verlage, wo ich bereits schon zusagende Gespräche hatte. Des Weiteren erklärt die Kollegin aber, dass sie aus ihrem Gesamtwerk keine Storys heraustrennen könnte, und fragte mich, ob ich aber vielleicht Interesse hätte, ihr Manuskript Korrektur zu lesen? Ich bejahte, und somit verabredeten wir ein Treff in einem Café in der City, für alle genaueren, weiteren Absprachen.
Hierbei saßen wir uns nun genau gegenüber und spürten große Sympathie zueinander, und die Unterhaltung über Erlebnisse und Erfahrungen im Taxifahren nahm ihren Lauf. Auch in unserer Kritik zur aktuellen Politik und ebenso unserer Verkehrspolitik, wie auch

allen anderen Tagesthemen, spürten wir viel Gemeinsamkeiten, gleiche Vorlieben und hatten hierzu viel Spaß und Witz. Die Sympathie zueinander wuchs Stunde für Stunde, und wir ahnten wohl beide noch nicht, das hier eine neue Liebe entstehen würde, als wir uns nach drei Stunden verabschiedeten. Und so führten weitere SMS-Anfragen und Antworten zu weiteren Café-Treffs und zu weiteren Buch-Absprachen, bis wir uns endlich unsere Liebe zueinander eingestanden!

Dabei erfuhr ich jetzt auch unseren Altersunterschied. Da ich zehn Jahre älter war, wollte ich ihr jüngeres Alter nicht verbauen und zögerte, wollte jetzt nur noch Freundschaft. Aber sie war traurig! Erst ihr Mut am PC sich per E-Mail zu »outen«, wie sehr traurig sie jetzt ist, lässt uns zusammenkommen … für immer!!! Und so bin ich schon nach zwei Wochen zu ihr in die Wohnung gezogen!

Die Idee war nun, unsere beiden Taschenbücher zusammenzulegen und in ein einziges Taschenbuch mit zwei Titelseiten zu drucken – wo jeder für sich in der Buchmitte – unsere zufallsentstandene Kennenlerngeschichte beschreibt.

Diese besondere Kennenlerngeschichte führte in kurzfolgenden Jahren bis hin zur Hochzeit, wo wir uns glücklich unser »Ja-Wort« aussprachen!

P.S.: »Mein Fahrrad-Schlüssel für mein kleines, billiges Ringschloss, passt ebenso für Christianes großes, stabiles Ringschloss. Auch hier sind wir eins!«

Unser Altersunterschied (nur zufällig im PC gegoogelt) ist zufällig genau 4000 Tage. Wenn das kein Zufall ist!

ENDE